Divinia

PETER R. HUBER

DIVINIA

Teufelszeug

Kriminalroman

Bibliografische Information der Deutschen Nationalbibliothek
Die Deutsche Nationalbibliothek verzeichnet diese Publikation in der Deutschen Nationalbibliografie; detaillierte bibliografische Daten sind im Internet über http://dnb.dnb.de abrufbar.

Die automatisierte Analyse des Werkes, um daraus Informationen insbesondere über Muster, Trends und Korrelationen gemäß §44b UrhG (»Text und Data Mining«) zu gewinnen, ist untersagt.

Lektorat, Korrektorat, Cover und Satz: BoD

Verlag: BoD · Books on Demand GmbH, In de Tarpen 42, 22848 Norderstedt, bod@bod.de
Druck: Libri Plureos GmbH, Friedensallee 273, 22763 Hamburg

ISBN: 978-3-7583-5501-1

PROLOG

1980

»In dieser Nacht«, er war sich gewiss, »in dieser Nacht werde ich Erfolg haben!« Er saß mit gekrümmtem Rücken auf dem Stuhl im abgedunkelten Laboratorium über seinen Protokollen.

Durch die hohen Fenster sah er den Nachthimmel gräulich hereinschimmern. Eine einzelne Lampe brannte über dem Schreibtisch.

Im Hintergrund röhrte Wasser durch eine Wasserstrahlpumpe und saugte Luft aus einem Trocknungsgerät.

Seine Augen brannten vor Erregung. Er liebte es, nachts ins Institut zurückzukehren. Spät abends, am liebsten um Mitternacht, zur Hexenstunde. Da war es ruhig und gespenstisch. Nur das blubbernde Geräusch seiner Mixturen und das bläuliche Licht der Bunsenbrenner, die in ihm eine mystische Stimmung erzeugten.

Er bevorzugte alte Gerätschaften gegenüber neuen, auch wenn daraus ein Schwall Äther unvorsichtigerweise entweichen konnte, durch den Raum schwebte und sich dabei explosionsartig entzünden konnte. Er liebte die Gefahr.

Der Geruch der Lösungsmittel, Äther, Benzol, aber auch das grünlich riechende Pyridin weckten in ihm sinnliche Vorstellungen.

So muss es bei den Alchemisten gewesen sein, dachte er jedes Mal, wenn er im Labor arbeitete, und er sah sich selbst vor einem mit Holzkohle befeuerten Herd, wobei aus einem gläsernen Schnabelkolben eine wohlriechende Flüssigkeit herausdestillierte.

In dieser Nacht brauste ein Schneesturm um die Ecken des Gebäudes und ließ die Straßenleuchten draußen vor dem Fenster über

5

der Kreuzung wild hin und her pendeln. Das Licht der schwankenden Laternen warf wild durcheinanderlaufende, helle Flecken auf die hohe Decke des Raums. Der Schatten im Laboratorium wuchs dadurch noch schwärzer. Er fühlte sich geborgen durch die starken Wände des alten Gebäudes.

Zum wievielten Mal hatte er seine Notizen studiert? Seine Resultate geprüft? Hinter ihm auf dem Labortisch stand ein kleines Becherglas. Es war gefüllt mit einer leicht gelblichen klaren Flüssigkeit.

Er erhob sich, nahm einen Glasstab, fasste sorgfältig das Becherglas mit der Linken, hob es hoch und begann, den Glasstab gegen die Wand des Gefäßes zu reiben.

Sein Herz klopfte nun heftig. Er atmete in kurzen Stößen. – Nichts! Enttäuscht warf er den Stab auf den Tisch, dessen Platte von den vielen Flecken übersät war, die heiße Gefäße und scharfe Chemikalien hinterlassen hatten, und setzte sich wieder an seinen Schreibtisch.

Wo lag der Fehler?

Er stützte seinen Kopf in beide Hände und kratzte sich am Schopf.

Er wollte die gelbe Flüssigkeit gerade in den Ablauf schütten, als sich seine Augen weiteten. Er hielt den Atem an, während sich in der gelben Flüssigkeit entlang der Kratzer, die er mit dem Glasstab in die Becherwand geritzt hatte, blütenweiße Kristalle bildeten. Sie breiteten sich immer weiter aus. Es bildeten sich weiße Körner, die sich von der Wand ablösten und langsam und doch stetig zu Boden sanken.

Er tanzte wie Rumpelstilzchen und sang lautstark: »Niemand weiß, was ich geschafft habe! Ich bin der Beste!«

»Ich hab's geschafft! – Ich hab's geschafft!« Er sank zurück auf seinen Stuhl und starrte fasziniert auf den immer stärker werdenden Schneefall in dem kleinen Becherglas.

Einige wenige weitere Handgriffe später füllte er die weißen Kristalle in zwei Gläschen, verschloss sie sorgfältig und stellte sie auf das Tablar oberhalb des Arbeitsplatzes. Unversehens nahm er eines davon wieder an sich und steckte es in seine Hosentasche. Mit dem zweiten Gläschen würde er weiterarbeiten.

Plötzlich sah er sich vor dem großen Meister stehen. Ein Saal voller Leute applaudierte ihm nach seinem Vortrag über Divinia, die Göttliche, die LSD überflügeln würde.

Er schüttelte den Kopf und rief sich zur Ordnung. Albert Hofmann würde ihm sicher gratulieren, ein großer Mann, er bewunderte ihn und hatte ihm all die Jahre nachgeeifert ihn zu übertreffen.

Geistesabwesend strich er mit der Hand über den Labortisch und wischte einen kleinen weißen Kristall weg, ging zurück an den Schreibtisch, schloss sein Protokollbuch und legte es in die Schublade. Er drehte das Licht über dem Schreibtisch aus.

Das Licht wollte und wollte nicht ausgehen. Im Gegenteil, es wurde immer heller und greller, rote Blitze und grüne Lichter jagten sich vor seinen Augen. Er schwankte, fühlte sich wie betrunken. Der Raum begann, sich um sich selbst zu drehen, die Flaschen auf den Regalen, der Schreibtisch, der Stuhl, das dunkle Fenster, sie erschienen ihm seltsam verzerrt. Der Labortisch war ihm für einen Moment eine willkommene Stütze, dann sank er zu Boden. Das sich mischende Lichtermeer, die aufglühenden und ersterbenden Sterne hörten nicht auf, sich zu jagen, wiederzukehren, erneut aufzusteigen und zu rotieren. Seine Beine und Arme zuckten ekstatisch und plötzlich erfasste ihn eine Leichtigkeit, die ihn hinaus ins Weltall trug.

*

Er versuchte angestrengt seine verklebten Augen zu öffnen. Wo war er? Sein Ellbogen schmerzte und auch der Brustkasten schien nicht in Ordnung. Was war passiert? Mühsam versuchte er sich aufzurichten, fiel aber immer wieder kraftlos zu Boden. Durch das Fenster schimmerte der frühe Wintermorgen. Entsetzen packte ihn.

Ich muss aufstehen! Es darf mich so niemand finden! Niemand darf etwas wissen!, durchfuhr der schreckhafte Gedankensturm den jungen Doktoranden.

Mühsam zog er sich am Labortisch hoch und sah genau vor seinen Augen das kleine Flakon mit den weißen Kristallen, seinen Kristallen stehen. Eine Welle des Glücks durchfuhr ihn von Kopf zu Fuß.

Meine Substanz, Divinia, mit der ich die Welt auf den Kopf stellen werde!

Er zog den von Säure zerfressenen Laborkittel aus, warf ihn über seinen Stuhl, ging zur Türe, als ihn eine ungeheure Übelkeit überfiel. Frische Luft, er brauchte frische Luft.

Das mit weißen Kristallen gefüllte Fläschchen blieb einsam und unschuldig zurück auf dem Tablar. Er ging durch die Gänge, wo weder Professor noch Hauswart, geschweige denn ein Student zu sehen war.

Seine Beine waren weich wie gut gekauter Kaugummi. Er fand sein Velo vor dem Haus unter einer schön weißen Schneedecke, stieg auf und fuhr schwankend und rutschend los. Noch kringelten sich Lichtblitze, farbige Ringe und Punkte in seinem Blickfeld.

Der Schnee war nass und schwer. Über die Dreirosenbrücke kam ihm eine Tram entgegen und klingelte wie wild, rutschte im Bremsmanöver auf den Velofahrer zu und vermied im letzten Moment einen Zusammenstoß. Er lachte und winkte dem Tramführer, der das kleine Seitenfenster herunterließ und auf ihn schimpfte. Unsicher vollführte er weiter Kapriolen und ondulierte dabei von rechts nach links und wieder zurück über die Tramgeleise. Es kümmerte ihn nicht, er lachte in den Himmel, wo zwischen den Wolken einzelne Sterne mit der aufkommenden Morgendämmerung den Kampf verloren. Er zeigte der ganzen Welt den Stinkefinger und schwankte auf seinen zwei dünnen Rädern weiter von Seite zu Seite. Eine eisige Fläche an einer Kreuzung wurde ihm zum Verhängnis, er stürzte, schwarze Nacht umfing ihn.

1

2000

Vor dem Gemeindehaus rutschte der rote Alfa Romeo auf Kies und Kastanien, drehte nach links und blieb schräg und unordentlich vor dem Zaun, der das Areal von der Straße trennte, stehen.

Ein Mann mit leicht angegrauten, schwarzen Haaren schälte sich mühsam aus dem Sportsitz, griff sich ins Kreuz, streckte sich, schaute sich kurz um und stieg die Treppe zur Eingangstür hoch. Sie drehte sich knarrend in den Angeln. Das Echo verlängerte sich in den langen Flur und kam wieder zurück, seine Tritte hallten auf dem Steinboden.

Ganz am Ende des Flurs fand er eine weitere schwere Tür. Ein Schild kündigte den Eingang zur Gemeindekanzlei an. Auch diese Tür ließ sich nur schwer aufstoßen und knarrte in den Angeln. Er schüttelte den Kopf, ein Tropfen Schmieröl wäre hilfreich.

Hinten im Raum erhob sich schwerfällig eine Frau und trat an das Schalterfenster. Sie schaute den Mann in der saloppen Kleidung fragend an. Sie schien sich gestört zu fühlen.

»Könnte ich den Gemeindepräsidenten sprechen?«, stellte er sein Begehren vor. Ein gewinnendes Lächeln hatte sich auf sein Gesicht gestohlen.

»Der ist nicht da! Was wollen Sie von ihm?«, kam es karg zurück.

»Der Gemeindeverwalter ist da, soll ich ihn rufen?« Sie griff, ohne seine Antwort abzuwarten, zum Telefon.

»Ja, bitte!«, entgegnete Guido weiterhin lächelnd, doch sein freundliches Grinsen hatte sich in ein verstimmtes Lächeln verwandelt.

»Da ist einer, der will den Gemeindepräsidenten sprechen, komm mal runter!«, sagte die Frau kurz angebunden in den Hörer.

9

Auf der Treppe draußen ging ein Radau sondergleichen los. Das alte Schulhaus erzitterte in seinen Grundfesten, so dass das eigene Wort kaum noch zu verstehen gewesen wäre. Trampeln und Kindergeschrei unterbrachen den etwas sprachlosen Dialog über den Tresen. Der Unterricht im Kindergarten war gerade zu Ende gegangen, als das Elfuhrgeläut vom nahen Kirchturm dröhnte. Die große Eingangstür auf den Schulhof schlug zu und eine wohltuende Stille kehrte ein, wurde aber sofort durch das Türenknallen im oberen Stockwerk und das schwere Knarren der hölzernen Treppenstufen unterbrochen. Die Kanzleitüre wurde aufgerissen und der Qualm einer stinkenden, billigen Zigarre irritierte Guidos Nase. Eine breite, schwere Person trat dem Besucher entgegen.

»Was willst du?«, nuschelte der Verwalter. Der bestialische Gestank nistete sich augenblicklich in Guidos Kleider ein.

Er überlegte, ob er hier richtig war, sagte dann aber doch: »Ich suche ein Grundstück!«

»Wozu?«, schlappte es neben der Zigarre aus dem breiten Mund des Mannes, der sich mittlerweile hinter einer Nebelwand aus Zigarrenrauch versteckt hatte.

»Keine Monte Cristo!«, schnupperte Guido, der Zigarrenkenner, der es liebte, neben seiner nächtlichen Laborarbeit, gute und wohlriechende Zigarren zu rauchen. Es schüttelte ihn, dieses verbrannte Herbstlaub einatmen zu müssen. Kein Wunder stank das ganze Haus danach.

Der Verwalter schlenkerte den Kopf Richtung Zimmerdecke.

»Komm, wir gehen hinauf in mein Büro«, sagte er nun etwas freundlicher.

Sie stiegen die Treppe hoch und landeten in einem engen Büro, vollgestopft mit Bundesordnern. Der Verwalter befreite den Besucherstuhl von einem Stoß mit Papieren und Mappen. Auf dem Schreibtisch stand eine offene Bierflasche zwischen einem Exemplar Steuerunterlagen und weiteren Papieren.

Der Verwalter klemmte sich mühsam zwischen die Tischkante und die Rücklehne seines Stuhls und ersetzte den Zigarrenstummel mit einem etwas freundlicheren Gesicht.

»Ihr sucht Land? Wozu und wie viel?« Die Fragen kamen absatzlos. Er hatte sich nun doch entschlossen, vom abschätzigen Du zum etwas höflicheren Ihr zu wechseln. Zum respektvollen Sie reichte es nicht.

Guido ließ sich nicht beeindrucken und begann mit ruhiger Stimme:

»Ich bin beauftragt, Land zu finden und zu kaufen, wenn die Konditionen stimmen. Es geht um die Errichtung eines privaten Labors. Wir sind spezialisiert auf chemische Analysen auf verschiedenen Gebieten.«

Jetzt setzte sich der Verwalter gerade und sehr interessiert in seinem Stuhl zurecht. Sein Gesicht strahlte vor Freude.

»Da seid Ihr bei uns goldrichtig!«

Guido spielte den Erstaunten. Er hatte natürlich schon gerüchteweise von der großen Fehlinvestition in diesem Dorf erfahren.

»Oh, weshalb?«

»Sie müssen doch sicher davon gehört haben!«

Ach, jetzt also doch das Sie.

»Nein, wovon reden Sie?«, erwiderte Guido.

»Haben Sie Hunger? Bei einem Wurstsalat und einem Bier lässt es sich leichter reden!«, presste der Verwalter hervor.

Guido war nicht nach Essen und schon gar nicht nach Wurstsalat.

Aber was tut man nicht alles unter Druck? Er hatte keine Wahl.

Im behäbigen Wirtshaus an der belebten Straßenkreuzung, ein paar Schritte weiter vom Gemeindehaus, steuerten die beiden Männer einen Tisch im hinteren Teil der Gaststube an. Vom Stammtisch her rief eine Stimme unter dem Gelächter der Stammgäste:

»Hey, Stefan, komm, setzt euch zu uns. Oder sind wir dir auf einmal zu wenig?« Der Verwalter winkte ab.

Eine junge Frau kam an ihren Tisch und stellte unaufgefordert zwei schäumende Bier vor die Männer hin und sah sie fragend an:

»Das Übliche?«, fragte sie. Der Verwalter nickte. Guido nickte ebenfalls.

Das Glas des Verwalters war im Nu leer, die Bedienung brachte

11

schon die nächste Stange Bier, während Guido kaum am Schaum seines Getränkes genippt hatte. Dem Wurstsalat konnte er sich nicht entziehen. Er würde nachher einen langen Spaziergang machen müssen.

*

Erleichtert schob er sich hinter das Steuer seines Sportwagens und war dankbar dafür, dass er noch nicht die Körpermasse des Gemeindeverwalters angenommen hatte. Seine Fahrt führte ihn durch das Dorf zwischen einigen wenigen hässlichen Wohnblöcken über eine mit Mostobstbäumen bestandene Straße hinauf auf die Anhöhe.

Der leichte Morgennebel war der Mittagssonne gewichen. Obstgärten mit alten Apfel- und Birnbäumen lockerten das Bild auf, liefen aber Gefahr, mit unansehnlichen Wohnblöcken überstellt zu werden. Ein Paradies für Spekulanten.

Das Dorf war gut beraten, steuerkräftige Steuerzahler anzuziehen, die es sich leisten konnten, Einfamilienhäuser auf großen Grundstücken zu erstellen. Das hatte ihm der Verwalter zögernd verraten.

Als er sich der Anhöhe näherte, breitete sich vor ihm im Süden ein Panorama aus, das ihn kurz seine rasante Fahrt verlangsamen ließ. Hügelketten staffelten sich in immer hellerem Blau, bis weiße Berggipfel die Sicht in die Ferne begrenzten. Kein Bauwerk störte den Blick.

Weit ab vom Dorf stand eine alte Villa, grau und verkommen, inmitten hoher Birken und ein paar düster wirkenden Fichten, die sich recht bedrohlich im auffrischenden Wind eines sich mit dicken, schwarzen Wolken ankündigenden Gewitters wiegten. Das unweit davon zum Anwesen gehörende alte, verlassene Bauernhaus, auf dessen Dach einzelne Ziegel fehlten und bei dem die Stalltüren und Scheunentore schief in den Angeln hingen, stand unweit der Villa.

12

Im grellen Sonnenlicht leuchtete eine weiße Hauswand, die zu dem zum Verkauf stehenden Gebäude gehörte. Das dreistöckige, langgestreckte Haus schmiegte sich in einem leichten Bogen an den Waldrand. Nach Süden hin reihten sich im obersten Stockwerk Panoramafenster. Das musste das Gebäude sein, von dem der Gemeindeverwalter vorhin gesprochen hatte. Die großzügige Bauweise, deutete eher in Richtung eines Hotel-, anstelle eines Laborgebäudes.

Dieses neuere Haus sollte einmal als Ausbildungs- und Forschungsstätte für junge Zahnärzte dienen? Nun schauten die großen Fenster trübe über die weite Gegend. Keinerlei Aktivität. Auf einem nackten Ast in der Nähe saß ein Greifvogel und wartete gelassen auf seine Beute. Die Gewitterwolken rückten bedrohlich näher.

Statt grünem, gepflegtem Rasen, dürres Gras, angesammelt über lange Zeit. Ein Maschenzaun spannte sich rund um das Gebäude und versperrte Neugierigen den Zugang.

Guido legte sein Gesicht zwischen seine Hände an das Glas des Eingangs, um etwas vom Innern zu erhaschen. Er sah ein elegantes Möbel, das als Empfangstresen diente, sonst herrschte gähnende Leere.

»Da ist seit Jahren nichts mehr los!«, schimpfte ein älterer Spaziergänger, der auf der geteerten Straße vor dem Gebäude stand. Sein Hund pinkelte verächtlich an den Markierungspfosten nahe der Einfahrt.

Guido wandte sich um, als er die Stimme hörte, beachtete sie jedoch nicht weiter. Er stellte sich vor das Haus und rieb sich gedankenverloren das Kinn. Wie kamen die Leute hier dazu, ihr Unternehmen so in den Sand zu setzen?

Das Haus, dazu noch in dieser unvergleichlichen Lage, hätte man doch wenigstens anders nutzen können, vielleicht ein Hotel mit einer schönen Restaurantterrasse. Diese unverbaubare Aussicht bot sich geradezu an.

Aber er wollte kein Hotel bauen, er wollte sein Ziel, ein eigenes

Labor zu eröffnen, verwirklichen. Guido kam ganz ins Schwärmen. Wenn es mit dem Privatlabor nicht hinhauen würde, könnte er zum Hotelier mutieren. Aber er war zuversichtlich, das Labor würde satte Gewinne abwerfen, seine Auftraggeber hungerten nach guten Einkünften.

Wenn er dem Gemeindeverwalter glauben konnte, musste die Verzweiflung im Dorf groß sein, und damit stiegen seine Chancen, das Gebäude zu einem guten Preis zu erwerben.

Der Gemeindeverwalter hatte ihm mit einem hämischen Lächeln, das über sein ganzes Gesicht verlief, mit gesenkter Stimme über den Tisch das Gerücht weitergegeben, vor ein paar Jahren sei der Gemeindepräsident mit jämmerlichen Zahnschmerzen erwacht und hätte seinen Zahnarzt aufgesucht. Der hätte gebohrt, und der Mann habe, befreit von seinen Schmerzen, ein Gespräch mit ihm begonnen. Dabei sei dieser auf die Pläne der Gesellschaft der Zahnärzte zu sprechen gekommen, die Ausbildung von Zahnärzten zu verbessern. Ein Institut sollte gebaut werden, zentral gelegen und gut erreichbar, sollte es der Ausbildung von jungen Zahnärzten dienen.

Der Gemeindepräsident war ein umtriebiger Mann. Der Bau würde dem Dorf, aber auch ihm erfreulichen Gewinn bringen. Dem Gemeinderat machte er das Angebot schmackhaft, mit der Zonenordnung solle man es nicht so genau nehmen. Er versprach, er werde bei den oberen Behörden seine Beziehungen spielen lassen.

Die Gemeinderäte sahen in diesem Vorschlag eine Möglichkeit, dem Dorf aus der finanziellen Patsche zu helfen. Das würde ihnen auch die Wiederwahl erleichtern.

Die Bauarbeiten waren schon vollendet und das Haus zum Bezug bereit, als plötzlich das Verdikt kam, das Institut werde nicht in Hochrütti eröffnet, es solle einer Universität angegliedert werden und nicht allein auf weiter Flur stehen. Lange Gesichter im Dorf, ein Schuldenberg und Gläubigerklagen häuften sich. Täglich betete der Pfarrer bei der Frühmesse um Erlösung.

14

Das Gelände wurde im Ersten Weltkrieg als Truppenübungsplatz genutzt. Bauern stießen bei der Feldarbeit noch lange auf Mauern und Fundamente alter Unterstände und Pulvermagazine.

Das Aus für diesen kriegerischen Ort hinterließ eine verträumte Wiesenlandschaft, begrenzt von Wald und Hecken, die diese schützend umgaben.

Guido stieg in sein Auto und wollte heimfahren. Er hatte genug gesehen und doch, er konnte sich nicht losreißen. Er schaute auf den sich im Westen eintrübenden Himmel, klappte sein Verdeck zu und beschloss, das Gelände noch einmal zu umfahren. Er stoppte seinen Wagen in der Nähe der Villa ab und genoss erneut den Blick über das schweizerische Mittelland bis hin zur endlosen Kette der Alpen.

Er musste es haben, alles. Unbedingt!

2

2016

Sturmbö folgt Sturmbö. Die Wipfel der Bäume biegen sich gefährlich und schnellen zurück, nur um gleich wieder in die andere Richtung auszuschlagen. Der Wind dreht in Wirbeln die Kronen einiger hoher Tannen mit gewaltiger Kraft, sie brechen und lassen ganze Baumwipfel mit Krachen zu Boden stürzen.

Im schnell weichenden Tageslicht keucht Dominik den Trampelpfad hoch. Erleichtert erinnert er sich an die Trainingsläufe mit Tanja. Er sieht noch die etwas hellere Linie des Pfads. Bald wird er seine Lampe am Smartphone brauchen. Aber noch ist es nicht so weit. Der gewaltige Lärm des Sturms ängstigt ihn.

Er versteckt sich hinter einem Busch und schaut durch die Zweige zurück auf den Weg.

Sein Verfolger ist nirgends zu sehen.

Wo ist der Kerl? Seit dem Kleinholz hat er ihn nicht mehr gesehen. Hat er die Verfolgung aufgegeben? Unwahrscheinlich. Der war so was von wütend auf dem Parkplatz gewesen.

Dominik schimpft auf sich selbst. Warum war ich so blöd und hab mein Auto so weit entfernt vom Eingang weg geparkt? Da war es doch zappenduster.

»Er hat versucht, mich k.o. zu schlagen!«, redet er laut vor sich hin, um seine Angst in den Griff zu bekommen. Seine Stimme gibt ihm das Gefühl, nicht allein zu sein! Sein Haar klebt an der Stirn. Warum bin ich nicht Richtung Stadt gerannt? Nein, es musste dieser bescheuerte Weg auf den Born hinauf sein.

Steine und Wurzeln sind mittlerweile kaum mehr zu erkennen. Er rutscht mit seinen Stadtschuhen aus und kann sich nur mit Glück an einem der vom Sturm wild gebeutelten Büsche im letzten Moment vor einem Sturz bewahren. Es gießt mittlerweile in Strömen und er spürt, wie die nasse Unterwäsche an seiner Haut klebt.

Mit Grausen sieht er, dass er zu nahe an den Rand des großen Steinbruchs in der Bergflanke gekommen ist. Er zieht sich am Busch nach oben und läuft, nein, rutscht weiter, sein Atem kommt jetzt stoßweise und die Angst vor seinem Verfolger wird übermächtig. Ein dunkler Schatten baut sich vor ihm auf. Eine Felswand. Ängstlich schaut er zurück.

Wie weiter? Das grelle Licht eines Blitzes zeigt ihm die Richtung. Erleichterung, gefolgt von der Erkenntnis, dass er nicht erneut vom Weg abgekommen ist, steigt in ihm auf. Er schiebt sich tastend an der Felswand entlang, rutscht weg, hält sich fest an allem, was auch immer er in der herrschenden Dunkelheit zu fassen kriegt.

Zwei glühende Punkte und ein wildes Grunzen lassen sein Blut in den Adern gerinnen. Siedend heiß erinnert er sich, dass ihm ein Jäger vor Kurzem erzählt hat, dass sich hier oben unter der Felswand oft Wildschweine zurückziehen, wenn sie von ihren Streifzügen auf der Suche nach Würmern und Maden durch die Wiesen und Felder zurückkehren. Er schüttelt sich, um nicht länger daran zu denken.

Vorsichtig hält er sich an einem Ast fest und lässt sich nach unten gleiten. Am ganzen Leib zitternd vor Kälte und Angst, hofft er, bald Boden unter seinen Füßen zu finden. Dabei sendet er, der Ungläubige, ein Stoßgebet zum Himmel und wird erhört. Er fasst Fuß. Im Schein des Mondes, der kurz durch die wild wirbelnden Wolken bricht, sieht er unter sich das helle Band eines breiten Weges. Soll er ihm folgen und wenn ja, in welcher Richtung?

Er tritt vorsichtig aus dem schützenden Gebüsch auf den Weg, sieht sich um und eilt weiter. Er war schon oft in dieser Gegend und weiß, dass er nach rechts laufen muss, wo bald eine Weggabelung kommen wird. Der steil ansteigende, steinige Trampelpfad bringt ihn erneut außer Atem. Er ist schmal, vom Regen ausgewaschen, aber er muss da hoch. Er hastet weiter, rutscht aus, ein hässlicher Schmerz durchzuckt seinen rechten Knöchel. Seine Schuhe sind für dieses Terrain gänzlich ungeeignet. Er stößt einen leisen Schrei

18

aus, stöhnt und beißt die Zähne zusammen. Er humpelt, mehr als er steigt, kämpft sich mühsam nach oben in die neue Dunkelheit.

Endlich lichten sich die Bäume über ihm und er findet einen neuen breiten Weg. Dominik sieht sich zum wiederholten Male nach seinem Verfolger um. Wo steckt er?

Endlich kramt er sein Smartphone aus der Seitentasche und betätigt die Lampe. Ein Markierungsfelsen leuchtet hell auf. Der gelbe, von Moos überwucherte Kalkstein ist ein Zeichen der Hoffnung.

Seitlich des Weges liegt die Häxechuchi. So wird die Höhle in der Gegend genannt, wo nach den Erzählungen der Gäuer Großmütter Fahrende in früheren Zeiten ihr Lager aufgeschlagen haben sollen.

Ein Gitter versperrt den Eingang, doch ein faustgroßer Stein tut seine Wirkung. Das verrostete Vorlegeschloss fällt klappernd zu Boden.

Er wartet, schaut sich um und horcht in den Sturm hinein. Nichts. Das Gittertor angebracht, damit niemand in die Höhle einbrechen kann, sich verletzt oder sogar abstürzt, öffnet sich mit kreischendem Geräusch in den verrosteten Angeln. Wieder wartet er ab, nur im Wind knarrende Äste sind zu hören.

Er schleppt sich auf die kleine Plattform, hinter der sich der Abgrund der Höhle auftut.

Erst ein Geräusch. Dann ein dunkler Schatten. Eine Faust, hart wie Eisen, trifft ihn am Kopf. Noch tiefere Dunkelheit umfasst ihn und er schlägt auf dem Boden auf. Blut sickert aus einer klaffenden Wunde an der Seite seines Kopfes. Er ist bewusstlos.

Grob werden seine Taschen durchwühlt, Handy und Portemonnaie wechseln den Besitzer. Ein Stoß und sein schlaffer Körper schlittert in die Tiefe. Knochen machen knackende Geräusche, als er auf einem Steinvorsprung aufschlägt.

3

2016

Tanja schlägt die Augen auf und presst sie sofort wieder zu. Ein Bohrer frisst tiefe Löcher von hinten in ihren Schädel. Lähmender Schmerz steigt seit Stunden von der Bohrstelle über die Nervenbahnen auf. Eine schmerzende, krampfende Spur zieht seitlich unter dem braunschwarzen, gekrausten Haar hindurch in die schweißnasse Stirn. Er kehrt zurück über den unteren Kiefer zum Ausgangspunkt. Ihr ganzer Körper ist verkrampft. Lichtblitze lösen ein krampfartiges Würgen aus.

Sie schlägt panisch die Bettdecke zurück und läuft auf wackligen Beinen ins Badezimmer. Gerade rechtzeitig erreicht sie die WC-Schüssel. Ein weiteres Würgen und Stoßen des Magens und sie spuckt gelbe Gallenflüssigkeit hinterher. Ein bitterer Geschmack füllt ihren Mund. Sie spült ihn mit Wasser aus und trinkt durstig. Aus dem Spiegel über dem Waschbecken schauen sie rotumrandete Augen aus einem leichenblassen Gesicht verloren und leidend an.

Sie reibt sich die Schläfen. Tränen rinnen über ihre Wangen. Wie oft muss ich das noch durchmachen? Gibt es denn wirklich kein Mittel dagegen?, fragt sie sich.

Sie weiß, dass es wohl ein Wunsch bleiben wird, Migräne ist nicht heilbar. Sie ist ein Teil von ihr. Tanja kann lediglich versuchen, die Schmerzen zu lindern und die Nebenwirkungen abzuschwächen.

Erschöpft wankt sie zurück ins Bett und zieht die Decke über ihren Kopf. Nur kein helles Licht, das ist die Hölle. Sie will nichts mehr von dieser Welt, nur schlafen, und versinkt endlich in einen ohnmächtigen Tiefschlaf.

21

Das Klingeln und Surren ihres Telefons auf dem Nachttisch vermag sie nicht zu wecken und erstirbt.

Ein Sonnenstrahl stiehlt sich durch die Vorhänge und streichelt Tanjas Gesicht. Der Schmerz ist endlich weg, aber die Müdigkeit drückt sie zurück in ihre Kissen.

Der hässliche Rufton zerreißt die Stille des Raums erneut und lässt sie wenigstens eine Hand unter der Decke hervor nach dem Apparat ausstrecken:

»Ja?«, murmelt sie leise.

»Hallo Tanja? Hast du verschlafen? Der Chef verlangt nach dir. Wann kommst du?«

»Ich habe eine scheußliche Migräne! Sag Alex das bitte, er wird es verstehen!«, flüstert sie als Antwort.

Ihre Kollegin lässt nicht locker. »Tanja, wir haben eine Leiche!«

»Ja und?«

Das rote Tastenfeld mit dem weißen Hörersymbol ist die Rettung. Sie dreht sich zur Wand. Die Leiche hat Zeit zu warten. Niemand hetzt sie. Tanja kehrt tief seufzend zurück in Morpheus' Arme.

*

Zum ersten Mal quälte ein Migräneanfall Tanja in der Primarschule. In einer Schulstunde kam es plötzlich über sie. Farbige Lichtpunkte tanzten vor ihren Augen und ihr Kopf war auf einer Seite ein einziger Schmerz. Sie schoss aus der Schulbank, rannte zum Waschbecken neben der Tafel und übergab sich. Dann sank sie zu Boden, hielt den Kopf mit ihren beiden kleinen Händen und Tränen kullerten über ihre Wangen. Der Schmerz in ihrem Kopf war schier unerträglich.

Die Klasse saß wie versteinert, bis hinten in der letzten Schulbank ein Bub losprustete und sich vor Lachen nicht mehr einkriegen konnte. Die Lehrerin tröstete Tanja und bat ein Mädchen aus der Klasse, sie nach Hause zu begleiten.

Ungezählte Attacken folgten. Ihre Eltern waren ratlos, eilten mit dem Kind von Arzt zu Arzt. Einer hatte ein Einsehen:

»Geben Sie Tanja bei einem Anfall ein halbes Cafergot-Zäpfchen. Vielleicht nützt das etwas, obwohl sie noch jung ist.«

Tanjas Vater studierte den Packungsbeileger und erblasste: »Was? Ich soll der Kleinen das hier geben? Das ist ja pures Gift! Cafergot enthält ein Ergotaminderivat und Koffein!«, zeterte er erregt. Der sonst so ruhige und überlegte Mann verlor beinahe die Beherrschung.

Der Arzt zuckte mit den Schultern. »Ich habe nichts Besseres.«

»Aus Ergotamin wird LSD gemacht. Soll ich so etwas an unser Kind verfüttern?"

Der Arzt suchte den Blick von Professor Sandro Beduzzi und versuchte ihn zu beruhigen.

Beduzzi konnte das Leiden seiner Tochter nicht ertragen. Eine Idee kam ihm. Ich mache selbst ein Medikament.

Damals, nach dem ersten Anfall in der Klasse, war das Mädchen wieder munter, lachte und tanzte, bis sie ein paar Wochen später der nächste Anfall wieder grausam überfiel. So konnte es nicht weitergehen.

Verzweifelt suchte Sandro Beduzzi in der chemischen und der pharmazeutischen Literatur nach einem besser geeigneten Stoff. Erfolglos. Er beschloss, neben seiner eigenen Forschungslinie in der Nahrungsmittelchemie eine zweite aufzuziehen.

Zusammen mit einem Freund in der pharmazeutischen Industrie schrieb er unzählige Forschungsgesuche. Endlich, nach langen, einsamen Stunden am nächtlichen Schreibtisch und endlosen Telefonaten, Gesprächen mit dem Freund, Kongressreisen und Essen in gehobenen Restaurants mit möglichen Geldgebern, begannen die Gelder zu fließen.

Professor Beduzzi ärgerte sich darüber, wie viel Zeit er mit Antichambrieren und Überzeugungsversuchen verloren hatte, statt sie im Labor zu verbringen.

Vier Jahre suchte die kleine Arbeitsgruppe nach einem besser geeigneten Migränemittel. Der verhangene Himmel lichtete sich erst, als ein neuer vielversprechender Doktorand seine Arbeit aufnahm. Dieser junge Mann entwickelte wilde Ideen, die Beduzzi in ruhigere Bahnen zu lenken versuchte. Erste vielversprechende Resultate zeigten in die richtige Richtung.

Auch die Tierversuche bei Beduzzis Freund in der Chemie stifteten Hoffnung.

Dann kam der Unfall.

*

Am späten Morgen hat sich Tanja von ihrer Migräne fast erholt. Sie kleidet sich an, brüht sich eine Tasse Tee statt des üblichen Kaffees und eilt dann zu Fuß in ihre Dienststelle. Noch hat sie wacklige Beine, aber die frische Luft an diesem föhnigen, aufgehellten Tag im September tut ihr gut.

Im Polizeiposten geht sie zuerst in ihr Büro, das sie mit ihrer Kollegin und Freundin Marta Kissling teilt. Leer.

Sie geht hinaus und schaut in die übrigen Büros, niemand da.

Sie öffnet schließlich die Tür zum Aufenthaltsraum. Hier ist es stickig und Tanja spürt sofort die Anspannung.

Seit Langem hat die Gruppe keinen schwierigen Fall mehr gehabt.

Alex Frind, der Chefermittler, sitzt in der Mitte der langen Reihe zusammengeschobener Tische. Rechts neben ihm wartet ein leerer Stuhl auf Tanja, links verharrt mit finsterem Gesicht Staatsanwalt Fluri aus Solothurn. Seine Frustration quillt ihm aus den Poren.

Tanja schiebt sich vorsichtig in den Raum, um neben ihrem Kollegen Platz zu nehmen, wirft einen Blick auf die Flipchart, die schon von Text und farbigen Linien übersät ist, um sich ein Bild zu machen. Der Rapport scheint schon weit fortgeschritten.

Bei Tanjas Erscheinen unterbricht Frind seine Ausführungen und schaut sie prüfend von der Seite an. Ein Blick genügt, er weiß Bescheid.

24

Unbeirrt fährt er fort. Einige von Tanjas Kollegen grinsen spöttisch in ihre Richtung.

»Wohl eine wilde Partynacht«, kann sie von ihren Gesichtern ablesen.

Frind räuspert sich laut und unmissverständlich, um die Aufmerksamkeit der Männer wieder auf sich zu lenken.

»Ich fasse zusammen! – Weiblicher Leichenfund, keine Hinweise auf die Identität. Fundort: Steinbruch der ehemaligen Portlandzementfabrik in Olten Süd-West. Die Leiche weist schwere Verletzungen am ganzen Körper auf. Todeszeitpunkt noch offen. Todesursache unbekannt.

Ein Spaziergänger wurde durch seinen Hund auf die Leiche aufmerksam. Der Mann hat uns telefonisch sofort nach dem Auffinden der Leiche verständigt.

Vordringlich ist die Aufklärung der Identität der Toten. Mehr zur Todesursache durch Spurensicherung und Gerichtsmedizin. Die Leiche wurde ausnahmsweise ins gerichtsmedizinische Institut nach Basel überführt.«

Auf ein Kopfnicken Frinds füllt sich der Raum mit dem Lärm der zurückgeschobenen Stühle und mit Stimmengewirr. Die Männer verlassen den Raum. Tanja stürzt zum Fenster und reißt es auf. Erlöst atmet sie die frische Luft ein.

Besorgt stellt sich ihre Kollegin Marta neben sie an das offene Fenster und sagt leise: »Geht's?« Tanja nickt ihr dankbar zu. Der Druck in ihrem Kopf wird schwächer. Sie zieht die frische Luft tief in ihre Lungen hinein, bei jedem Atemzug hellt sich auch ihre Stimmung auf und der ihr eigene Tatendrang kehrt langsam zurück.

Es ist ein ungeschriebenes Gesetz in ihrem eingeschworenen Team: Nach solchen Informationstreffen besprechen sich das Team Tanja Beduzzi, Marta Kissling und Paul Kuchta mit ihrem Chef, Inspektor Alex Frind, in dessen Büro.

Heute hat sich auch Staatsanwalt Hans Fluri aufgedrängt und sofort die Gesprächsführung an sich gerissen.

»Wir müssen schnell handeln und eine Pressekonferenz

25

einberufen!«, sagt er scharf. »Wir werden den Fall von Solothurn aus bearbeiten. Sie werden die Fakten nach oben melden.«

»Was wollen Sie den Journalisten mitteilen, Herr Staatsanwalt?«, entgegnet Alex trocken. »Sie betonen doch immer, Sie hätten in Solothurn nicht genügend Personal. Also wäre es doch klüger, dass wir hier in Olten den Fall bearbeiten und der Staatsanwaltschaft in dichter Folge berichten.«

Er wartet die Antwort des wütend dreinblickenden Staatsanwalts gar nicht ab. »Ist noch etwas dringend?«, fragt er die anderen im Raum.

Der Staatsanwalt schnappt nach Luft. Er ist sprachlos.

Marta Kissling meldet sich fast schüchtern, ein ungewohntes Verhalten für die Frau, die nie um treffende Fragen und Antworten verlegen ist.

Sie ist die Frau am Schreibtisch oder besser am Bildschirm. Keine verschlüsselte E-Mail bleibt ihr verschlossen und sie surft mit ihrem privaten Laptop, der immer eingeschaltet neben dem offiziellen Terminal steht und auf Kommandos wartet, im Darknet, als wäre dies das Selbstverständlichste der Welt. Nur wissen soll es niemand, weder im weiteren Team, geschweige denn bei den Vorgesetzten in Solothurn.

Sie zuckt jeweils nur mit den Schultern und grinst verschwörerisch, wenn sie gefragt wird, woher sie dies und das wieder einmal wüsste. Kein angeliefertes Handy kann ihren geschickten Fingern widerstehen, kein Passwort ist von ihr nicht zu entschlüsseln. Die Mitarbeiter in der Kriminaltechnischen Abteilung und sie stehen in ständiger, lockerer Konkurrenz. Marta hat einige Zeit aktiv in der KTA Erfahrungen in der Spurensicherung gesammelt und auch im Außendienst der Kapo mitgearbeitet. Die quirlige Frau ergänzt das Wissen Tanjas als Chemikerin mit Doktortitel, die erst später die Ausbildung zur Polizistin absolviert hat. Die beiden Frauen mögen sich, wenn auch hin und wieder zwischen ihnen beiden die Funken sprühen.

»Da ist noch etwas,« druckst Marta mit einem Seitenblick auf den Staatsanwalt herum, »erst heute Morgen hat Werner Weber von

26

der Pforte einen Vorfall vom Freitag an uns weitergeleitet: Zwei Männer haben die Bergung eines Verletzten gemeldet, den sie aus der Häxechuchi oben am Born geborgen haben wollen. Die Höhle liegt schließlich nur eine kurze Distanz vom Steinbruch entfernt. Sie haben sich erkundigt, wohin der Verletzte gebracht wurde. Weber konnte die Frage nicht beantworten und hat sie wieder weggeschickt. Er hat zwar ihre Adressen aufgeschrieben und den Meldezettel ins Fach geworfen, aber weiter hat er nichts unternommen.«

Der Staatsanwalt winkt ungeduldig ab: »Das hat nichts mit dem Fall der Frauenleiche im Steinbruch zu tun!«

Marta fährt unbeirrt weiter:

»Wir haben heute Morgen im Kantonsspital und bei der REGA nachgefragt, aber nur erfahren, dass der Patient notoperiert im künstlichen Koma auf der Intensivstation liegt.«

»Das sollten wir weiterverfolgen. Wie heißt der Patient?«, hindert Paul Kuchta den Staatsanwalt, der schon wieder heftig eingreifen will, sich dann jedoch entschließt, nichts zu sagen.

»Datenschutz, die dürfen den Namen nicht herausgeben, auch wenn sie ihn kennen würden«, antwortet Marta.

»Nein, wir unternehmen im Höhlensturzfall nichts. Der Patient lebt ja noch und der Fall ist bei uns gemeldet. Ich habe schon vorhin gesagt, dieser Vorfall hat nichts mit dem Tod der Frau im Steinbruch zu tun. Dieser Fall hat Priorität«, schnappt Fluri.

Alex und seine Leute schauen entsetzt auf den Staatsanwalt, der die letzten Sätze etwas gar nonchalant, ja herzlos, geäußert hat.

»Herr Staatsanwalt, sind wir sicher, dass die beiden Fälle nichts miteinander zu tun haben?«, entgegnet Tanja, die mit Hans Fluri seit Längerem auf Kriegsfuß steht.

Der Staatsanwalt wirft ihr einen verächtlichen, ja gehässigen Blick zu und geht über ihren Einwand hinweg.

»Sie konzentrieren sich auf den Steinbruchfall. Ich wünsche umgehend Bericht, wenn sich etwas Neues ergibt!«, schleudert er schnippisch in ihre Richtung. Sie zuckt leicht zusammen, lässt sich aber sonst nichts anmerken.

27

4

2016

Tanja, im schwarzen Joggingdress, mit leicht verdreckten Laufschuhen an den schlanken Füßen, setzt sich auf einen Felsvorsprung unterhalb des markanten Felsens der Belchenfluh, dem angesagten Ausflugsziel zahlloser Wanderer, Jogger und natürlich Biker, die hier den ultimativen Kick suchen.

Kaum hat sie sich gesetzt, holpert eine solche bunt gewandete Spezies auf unsicheren Rädern über den schmalen Pfad unterhalb des Felsens. Das Hinterrad des Mountainbikes bricht auf den losen Steinen des sogar für Fußgänger und Vierbeiner schwer begehbaren Weges aus. Ein lauter Fluch, fast ein Sturz, der Mann fängt sich im letzten Moment auf. Tanja schaut ihm kopfschüttelnd nach. »Trottel! Je unbegehbarer, umso beliebter.«

Sie braucht einen solchen Adrenalinkick nicht! Sie findet auf ihrem Zielpunkt unterhalb des Felsenturms der Belchenfluh nur eines: wohltuende Ruhe.

Sie schaut zurück auf den Weg, der sie aus der Ebene durch die Schlucht über Weiden und durch Waldgebiete in steiler Linie heraufgeführt hat, und wendet den Blick hinaus in die durch bewaldete Hügelzüge unterbrochene Ebene. Still ist es hier oben. Ab und zu hört sie einen Vogel. Unter ihr in den hohen Bäumen versucht sich ein Käuzchen mit seinen ersten Nachtrufen.

Im Osten schickt der Kühlturm des Atomkraftwerks seine weiße Dampffahne in den blauen Abendhimmel. Das Sälischlössli schwebt, von einem leichten Nebelschleier umwoben, über einer steilen Felswand in den Abendhimmel. Unterhalb kündigt eine leichte Braunfärbung des Waldes den Herbst an. Noch ist es angenehm warm.

Unter der Steilwand des Sälis frisst sich die Aare seit Jahrtausenden ihr Bett. Das Flussufer, eingegraben an der Flanke des Engelbergs, steigt ebenso steil wieder an, endet aber in einem etwas flacheren Bergrücken. Wie ein flacher Kuchen liegt der Born mitten in der Ebene zwischen Aare und Dünnern.

Heute formt die leichte Bewölkung einen eigentümlichen Ring und lässt dem Himmel über dem Hügel freien Raum. Heiligenschein nennt Tanja diese Wolkenformation. Muss ja wohl so sein, denn die Kapelle, die im herbstlichen Abendlicht zwischen den Lindenbäumen hervorguckt, erinnert sie an eine Sage. Darin heißt es, dass eine Hexe, in der Walpurgisnacht auf ihrem Besen reitend, ein Fuder mit zwei Ochsen so sehr erschreckt, dass diese aus der Ebene hinauf zu der Stelle rasen, wo später die Kapelle erstellt wurde.

Tanja blickt auf den stillgelegten Steinbruch der früheren Zementfabrik, dem Fundort der weiblichen Leiche. Die Felswand leuchtet im schwindenden Sonnenlicht und lenkt Tanjas Gedanken zum Morgen nach ihrem Migräneanfall und zur Sitzung über die Tote im Steinbruch.

Ein schwieriger Fall, denn die kritische Zeit für die Aufklärung eines Todesfalls mit unbekannter Ursache ist längst verstrichen. Und auch die gerichtsmedizinischen Untersuchungen gestalten sich offenbar schwierig. Ihr Vorgesetzter, Alex Frind, hat heute schon mehrmals nachgebohrt und damit nur den Unmut der zuständigen Stellen in der Gerichtsmedizin und auch bei seinem Freund, dem Leiter der Kriminaltechnischen Abteilung, gesteigert, aber keine Antworten erhalten. Andere Fälle haben Vorrang.

Tanja sucht mit ihrem Blick jenseits der Gäuebene den schweißtreibenden Trampelpfad, der von der Stadt zum höchsten Punkt des Bornhügels führt. Wie oft ist sie den steilen Hang schon hinaufgehechelt? Sie mag die Gelegenheiten nicht mehr zu zählen. Tanjas Augen beginnen zu blitzen. Sie schmunzelt. Sie ist immer schnell unterwegs. Ihr Freund Dominik hat beim letzten Mal schlappgemacht, als sie etwas abseits, am Südhang des Born, das Tuusigerstägeli, eine Holztreppe entlang einer stillgelegten Druckleitung des Kraftwerks Ruppoldingen, in Rekordzeit hinauftrippelte.

Vor dem Computer sitzen und ein bisschen Laufen in der Ebene war eben nicht dasselbe, mahnte sie ihn an diesem Tag lächelnd.

Wie sie nun hier auf dem flachen Stein sitzt, erinnert sie sich an jenen Sonntagmorgen nach dem anstrengenden Lauf auf die Anhöhe des Born. Er begann so schön und dauerte bis in den Mittag hinein. Ihr Freund hatte seine Kräfte wieder gesammelt und verausgabte sie mit Vehemenz.

Im Westen flimmern in der beginnenden Dämmerung die ersten Lichter auf. Der Sturm, der vor ein paar Tagen über die Stadt gefegt ist, hat Regen und Hagel, gefolgt von Blitz und Donner gebracht und erste bunte Blätter von den Bäumen gewirbelt, die sich nun in den Straßenecken der Oltner Altstadt vor Tanjas Haus verfangen haben. Tiefblauer Himmel überspannte am Morgen nach dem Sturm die Stadt.

Als kleines Mädchen hat sich Tanja bei heftigen Gewittern immer in ihrem Bett verkrochen. Sie fürchtet sich noch heute vor Unwettern. Und so hat sie beim ersten Donnerschlag des Gewitters vor ein paar Tagen die Decke über die Ohren gezogen und sich ein klein wenig dafür geschämt, dass die große Tanja sich noch immer vor Gewittern fürchtet. Als sie noch Kind war, kam ihr Papa bei solchem Wetter in ihr Zimmer, deckte sie sanft zu und strich ihr tröstend über den Kopf.

Jetzt auf dem Stein sitzend, formt sie mit unhörbaren Worten den Vorwurf, der sich seit Kindsbeinen immer wieder in ihrem Kopf dreht: »Papa, weshalb bist du nicht mehr da? – Ich war noch so klein, ich hätte dich gebraucht!«

Heute, wenn sie mit Dominik zusammen ist, fühlt sie sich nicht mehr so allein, nein, sie fühlt sich in seiner Gegenwart geborgen, aber jetzt, wo er sich seit Tagen nicht meldet, stürmt dieses Verlangen nach Papa erneut auf sie ein. War es damals ein Unfall gewesen? Die Sehnsucht zu wissen, treibt sie noch immer an. Sie muss einfach herausfinden, was damals wirklich geschehen ist und wer dafür die Verantwortung trägt.

Und jetzt: Wo ist Dominik? Er ist Wissenschaftsjournalist und sie hofft, dass er sich einfach nur bei der Suche nach einer interessanten

31

Story verloren hat und bald wieder auftauchen und sie in die Arme nehmen wird.

Es kommt zwar öfter vor, dass er ganze Tage und Nächte wegbleibt, doch meist weiß sie, wo es ihn hinzieht. Aber jetzt? Es scheint ihr eine Ewigkeit, dass er sich von ihr mit einem langen Kuss verabschiedet und die Wohnung verlassen hat.

Es interessiert sie brennend, in welche krummen Geschichten er seine Nase dieses Mal wieder hineinsteckt. Hat er ein schlechtes Gewissen? Wollte er ihr nichts sagen, weil er eine Gefahr für sie spürt, oder war da gar eine andere Frau?

»Tanja!«, schimpft sie sich. »Sei nicht so misstrauisch. Alles wird gut!«

Sie erhebt sich mit einem kleinen Seufzer von ihrem flachen Stein und schaut nochmals über die vor ihr ausgebreiteten Hügel und die Ebene, um auf andere Gedanken zu kommen. Weit im Westen sieht sie die Scheinwerfer der endlosen Fahrzeugkolonnen auf der Autobahn. Die erleuchteten Fenster eines Schnellzugs gleiten unten im Tal vorbei.

Tanja klaubt ihre Stirnlampe aus dem Rucksack, stülpt sie über ihre gekrausten Haare und schaut nochmals kurz um sich, ob sie auch nichts liegen gelassen hat. Das Käuzchen ruft mit verlorenem Ton und sie läuft los über Stock und Stein hinunter in die Teufelsschlucht.

5

2000

Der verzweifelte Ruf einer Laborantin vor dem Bildschirm eines Analysengeräts für klinische Probenuntersuchungen schallte Guido Lombardi entgegen, als er durch das Labor eilte. Er trat an den Apparat und lächelte die Laborantin an. Nur keine Hektik, schien sein Blick zu sagen. Er prüfte die Angaben auf dem Bildschirm und sah, dass sämtliche Kontrollresultate als ungenügend markiert waren.

Während er versuchte, die Maschine wieder in Gang zu setzen, surrte das Telefon in seiner Tasche. Mit der Rechten hielt er das Telefon an sein Ohr, während seine Linke die Zeichen auf der Tastatur des Geräts suchte und sein Blick weiterhin auf den Bildschirm gerichtet war.

Eine heisere Stimme krächzte aus dem Lautsprecher in sein Ohr: »Vieni a casa, ma adesso!« Komm nach Hause, aber sofort! Es klickte und das Telefon schwieg!

Eine plötzliche Hitze stieg in Guido auf, und er vertippte sich ständig. Die Laborantin schaute ihn verstört an: »Was hast du, ist dir nicht gut?«

»Ruf Patrick, der kann dir besser helfen! Ich muss weg, mein Vater ist krank!«

Er stürzte aus dem Labor.

Wenn der Padrone rief, hieß es, sofort zu reagieren.

*

Der Padrone des Clans der Barbaro kam leicht hinkend in die Küche. Sein Gehstock klopfte in abgehacktem Rhythmus auf

33

die steinernen Bodenplatten des Flurs und der Küche. Sein Bein schmerzte ihn heute wieder besonders. Die Schussverletzung, die vor langer Zeit seinen Oberschenkel und den Knochen darunter zerfetzt hatte, machte sich heute wieder besonders stark bemerkbar und machte ihn reizbar.

Guido erhob sich respektvoll von seinem Stuhl, als der alte Herr in Anzug und Krawatte eintrat. Die Glatze auf seinem Kopf, umkränzt mit kurzen grauen Haaren, war von braunen Altersflecken übersät. Einzelne schwarze Haare sprossen unordentlich zwischen den Flecken.

Zio Antonio setzte sich Guido schweigend gegenüber an den Küchentisch. Es war ruhig in dem großen Haus. In der großen Eingangshalle tickte eine alte Uhr monoton vor sich hin. Die Angestellten hielten sich respektvoll zurück. Eine ältere Haushälterin trat in den Raum und schenkte aus der Kaffeekanne, die auf dem Gasherd vor sich hin blubberte und manchmal würgend zischende Dampfgeräusche von sich gab, Kaffee in weite Tassen und entfernte sich so leise, wie sie gekommen war. In der Luft lag ein leichter Geruch nach Gas und Kaffee. Stille.

Majestätisch thronte der Alte am oberen Tischende, Guido setzte sich respektvoll ans untere Ende, aber erst, nachdem der Onkel Platz genommen hatte.

Der Alte knurrte, nachdem er laut von seinem Kaffee geschlürft hatte. Aus der kleinen Seitentasche an seiner ärmellosen Weste klaubte er eine Schmerztablette und steckte sie in den Mund. Dabei sah er sein Gegenüber aus kleinen Augen, die zwischen labbrigen Gesichtsfalten schwarz herausblitzten, grimmig an.

»Ich habe dir einen Auftrag gegeben.«

Guido begann, vorsichtig von seinem Fund in dem kleinen Schweizer Dorf zu sprechen. Er lobte die Vorzüge und verschwieg die Nachteile des Fundes. Haus und Umgebung passten genau in Guidos Vorstellungen. Ob sie auch den Ansprüchen des Alten entsprachen? Er fügte schnell an: »Es werden keine großen Folgekosten entstehen. Ich kann sofort mit der Arbeit beginnen, sobald ich den Kaufvertrag unterzeichnet und die notwendigen Apparate erhalten habe.«

Er erhob sich kurz und nahm aus seiner Anzugtasche einen kleinen Stoß farbiger Fotos und legte sie vor den Padrone auf den Tisch. Zio Antonio warf einen flüchtigen Blick auf die oberste Aufnahme, beachtete sie aber nicht weiter. Er schaute nur ungeduldig über den Rand seiner Brille und schlürfte dann wieder laut an seinem Kaffee. Er schwieg.

»Wie bringen wir das Geld über die Grenze?«, brachte Guido vorsichtig vor. »Zu einer Bank können wir nicht gehen, die melden das sofort den Behörden, besonders dann, wenn ein so großer Betrag, wie ich ihn brauche, eintrifft«, ergänzte er seinen Bericht.

»Lass das mal meine Sorge sein!«, knurrte der Padrone. Dann wurde er ungehalten.

»Die Familie hat bis jetzt so viel Geld in dich gesteckt, jetzt musst du endlich liefern. Sonst bist du geliefert!«, drohte er.

Guido wurde weiß im Gesicht und seine Hände begannen leicht zu zittern und zu schwitzen. Er faltete sie deshalb in seinem Schoß wie ein Schulbub, der die Schläge des Lehrers fürchtete.

Der Alte, mit allen Wassern gewaschen, hatte Guidos ängstliche Reaktion natürlich sofort befriedigt zur Kenntnis genommen und sagte nun wieder mit ruhigerer Stimme: »Du sagst, dieses Dorf hat finanzielle Probleme? Wir werden die Schulden übernehmen.«

»Wird das nicht auffallen? Die Kontrolle durch die Steuerbehörden in der Schweiz sind anders als hier in Italien«, warnte Guido. Zum ersten Mal lächelte der alte Mann spöttisch und wissend. »Lass auch das unsere Sorge sein.«

Guido zuckte mit den Achseln.

»Wie Sie denken!«, sagte er in untertänigem Ton. Ihn interessierte der finanzielle Teil der Aktion nicht. Er wollte im Labor arbeiten.

»Und kennst du einen Schuhhändler in der Schweiz, der größere Mengen Schuhe braucht?«, fragte der Alte nach einigen Momenten des Nachdenkens. »Nein? Dann wird sich Vicenzo darum kümmern!«.

Als Guido den Namen hörte, wurde er noch bleicher. Vicenzo D'Amato, ein weit entfernter Neffe im Clan der Barbaro, war studierter Botaniker, kümmerte sich nebenher in der Familie um die

35

Finanzen und war in dieser Beziehung nicht zimperlich, was den Padrone für ihn einnahm. Vicenzo zögerte auch nicht, grob zu werden, wenn es nicht im Sinne der Barbarofamilie lief.

Der Alte nahm seinen Stock, stand mühsam auf und hinkte wortlos aus der Küche. Wer ein Ächzen des Alten zu hören glaubte, der irrte sich.

*

Guido verließ Bologna beinahe fluchtartig über die Tangenziale Richtung Mailand. Er lenkte seinen schnittigen Alfa Romeo an den großen Hallen der Fiera vorbei, wo in diesen Tagen eine große Ausstellung mit Medizin- und Laborgeräten stattfand. Ein Besuch der Ausstellung erübrigte sich angesichts des Auftrags von selbst, er musste dringend zurück, Zeit war Geld!

Der Padrone verfügte über dieses Geld und war ungeduldig, es loszuwerden und in geordnete Kanäle zu leiten.

Guido wollte ihm keinen Anlass geben, Vicenzo loszuschicken.

*

Er war zurück in Luzern. Vicenzo war in Italien, weit weg. Guido schob jeden Gedanken an ihn in den Hintergrund.

Der Arbeitstag war anstrengend gewesen, aber die Aussicht, bald sein eigener Herr und Meister zu sein, munterte ihn auf und ließ ihn die Strapazen der unendlich langen Arbeitstage vergessen.

Er setzte sich erschöpft auf eine Bank an der Seepromenade und schaute den ein- und ausfahrenden Ausflugschiffen voller Touristen aus Asien zu, die Richtung Rigi unterwegs waren. Auf dem gekiesten Weg hinter seiner Bank eilte eine Fremdenführerin mit erhobenem Signalregenschirm einer Gruppe plappernder Touristen voran.

Genervt erhob sich Guido und suchte eine ruhigere Stelle. Er musste nachdenken.

Er schaute hinaus auf die Wellen, die sanft an die Ufersteine

36

schwappten. Sein Gehirn registrierte jedoch nichts von der Schönheit der Landschaft vor ihm. Es beschäftigte sich mit der Vergangenheit. Viel Zeit war seit dem Unfall vergangen, er konnte nicht vergessen, wie sein Leben damals eine so unglaubliche Wende genommen hatte.

Eine Hand tippte leicht seine Schulter an. Er schaute sich um. Erfreut schoss er von der Bank auf. »Luana!« Ihr trauriges Lächeln machte ihn etwas verlegen, denn seine geheimsten Gedanken an sie tauchten sofort in ihm auf. Er schalt sich selbst. Vergiss es, sie ist zu jung oder du zu alt! Das seltsame Kribbeln in ihm stieg dennoch jedes Mal in ihm hoch, wenn er sie sah und mit ihr sprach. Sie war mit ihrer olivfarbenen Haut und ihren schwarzen Haaren eine Schönheit. Ihre dunklen Augen blitzten und ließen ihn an einen längeren Aufenthalt im mittleren Osten denken.

»Die Stimmung bei uns im Labor ist zum Durchdrehen! – Wenn ich nur wegkönnte, aber in meiner Situation?«

»Du kannst mit mir kommen, ich werde bald auch weggehen!«, sagte Guido spontan und enthusiastisch.

»Das kannst du vergessen, ich bekomme keine Arbeitsbewilligung für eine andere Stelle, ich bin auf Gedeih und Verderb an dieses Labor hier in Luzern gebunden. Die Aufenthaltsbewilligung ist schon vor einem halben Jahr abgelaufen. Die Behörden haben das nur noch nicht gemerkt.«

»Lass uns da vorne im Café etwas trinken!«

Die spontane Idee, Luana zu bitten, mit ihm beruflich etwas Neues anzufangen, fand er schlichtweg genial! Sie war ihm schon lange aufgefallen, nicht nur, weil er eine begehrenswerte Frau in ihr sah. Sie war blitzgescheit, selbstbewusst und wusste ihren Standpunkt gut zu vertreten. Nicht wie er selbst. Seine Vergangenheit machte ihn oft unsicher im Auftreten.

Er spürte ihre Traurigkeit und ihre Zurückhaltung. Trotzdem, sie wären sicher ein gutes Team!

Guido fasste Luana am Arm und lenkte sie Richtung City.

Sie stiegen die Treppe zu einem Café empor und nahmen an einem Tisch Platz, von wo man eine phänomenale Aussicht auf das

Seebecken und die Rigi hatte. Er begann, Luana von seinen Plänen, ein eigenes Labor zu eröffnen, zu erzählen.

»Wir werden uns auf Spezialanalysen im Umwelt- und Nahrungsmittelbereich konzentrieren. Wir können auch gewisse klinisch-chemische Untersuchungen einführen und mit den Leuten hier in Luzern zusammenarbeiten. Aber wir wären selbstständig.«

Seine Augen leuchteten vor Begeisterung.

»Wir haben Glück, ich habe ein Haus gefunden. Die Besitzer wollen es dringend loswerden. Und das Beste an der Sache, die Räumlichkeiten sind schon eingerichtet. Wir müssen nur noch die notwendigen Maschinen und Geräte hineinstellen. Die Lage des Hauses ist phänomenal.«

Nun beugte sich Luana doch interessiert vor:

»Du meinst, ein ganzes Haus voll mit Apparaturen für Analysen und Automaten? Du spinnst, das hast du dir ausgedacht! Und wo liegt das? Du willst doch nicht auf dem Land etwas auf die Beine stellen.«

Er griff in seine Jackentasche, zog sein Smartphone heraus, scrollte zu den Bildern, die er geschossen hatte, und hielt es ihr vor die Augen.

*

Patrick Krämer setzte sich in der Tiefgarage des Labors in seinen Sportwagen und stoppte nach rasanter Fahrt aus der Einfahrt. Dabei schoss die Erinnerung an den Arbeitstag im Labor durch ihn. Was war heute mit Luana los? Die war irgendwie nicht bei der Sache gewesen. Sollte er links oder rechts fahren?

Am Eingang zur Garage stellte er den Blinker zuerst nach rechts, wechselte dann unvermittelt nach links und gab Gas.

Schwungvoll schlüpfte er in die Parklücke vor einem Wohnblock in der recht wohlhabenden Gegend, wo Bäume und gepflegte Rasenflächen die Häuserlinien unterbrachen.

Er lief auf das Gebäude zu, drückte die Klingel und trat zurück, damit sein Gesicht von der Kamera gut erfasst werden konnte. »Oh, Patrick«, tönte es blechern aus dem Lautsprecher. »Komm rauf!«

Die Wohnungstür stand leicht offen, als er aus dem Lift trat und Luanas verheultes Gesicht im schmalen Spalt zwischen Türe und Rahmen erschien.

Sie öffnete die Tür ganz, um ihn einzulassen, dann warf sie ihre Arme um seinen Hals und weinte still an seiner Schulter. Patrick fasste die junge Frau fester und wartete.

Endlich löste sie sich wieder und ging in den großen Wohnraum, wo ein älterer Herr in einem bequemen Stuhl saß. Patrick kannte den Vater Luanas und begrüßte ihn ernst.

»Wir müssen weg aus der Schweiz! Luana und ich können nicht mehr bleiben«, gestand Luanas Vater als Erstes und schaute Patrick traurig an.

Luana trat hinter die beiden Männer.

»Patrick, willst du etwas trinken?«

»Gerne.«

»Wir trinken aber keinen Alkohol.«

Patrick schluckte leer.

»Ein Glas Wasser bitte! Das genügt!«

»Wie kann ich euch helfen?«

»Papa kann nicht zurück in den Iran und ich bekomme keine neue Aufenthaltsbewilligung. Jetzt arbeite ich wie eine Sklavin, bin zwar anständig bezahlt, aber auf Gedeih und Verderb dem Chef ausgeliefert. Die Firma gehört einem reichen Italiener. Das weißt du ja.«

Patrick nickte. Guido hatte ihm doch dieses Angebot gemacht, mit ihm in die Pampa auszuwandern und ein eigenes Geschäft aufzumachen. Er könnte ja Luana mitnehmen. Es war nicht die Zeit, lange Pläne zu schmieden und abzuwarten. Es mussten Nägel mit Köpfen gemacht werden.

»Herr Krämer«, sagte Luanas Vater plötzlich, »schauen Sie nicht auf mich, helfen Sie Luana. Ich werde in meine Heimat zurückkehren und dort sterben! Das klingt jetzt theatralisch, aber es ist die einzige Lösung.«

»Nein, Papa! Das kannst du nicht machen! Ich habe nur noch dich!« Luana kniete sich neben ihren Vater und umarmte ihn. »Papa, ich bleibe bei dir! Bald wirst du wieder gesund!«

39

»Nein, Luana, du hast Patrick. Er wird dir sicher in der einen oder anderen Form helfen!«

6

2016

Tanja kommt durch die Teufelsschlucht zum Dorfplatz, wo sie ihr Mountainbike am Brückengeländer festgebunden hat. Das Telefon meldet sich in diesem Moment penetrant aus ihrem Rucksack.

»Alex, was liegt an?« Ihr Gesicht verzieht sich. »Oh, nein, heute geht schlecht. Ich muss noch nach Diavolo sehen. Kann das nicht bis morgen Abend warten?« Sie verstummt, das Smartphone noch immer am Ohr. Gleichzeitig fasst sie nach dem Lenker ihres Mountainbikes und hebt ihr Bein im Schwung über den Sattel. Sie verdreht die Augen, während sie weiter zuhört, und antwortet mit einem Stöhnen: »Also gut, dann halt heute um halb acht! Aber sag meiner Mama, ich werde im Joggingdress kommen, ich habe keine Zeit zum Duschen oder zum Umziehen! Und bitte sag ihr, sie soll nicht erwarten, dass ich viel esse, ein Salat genügt!«

Sie drückt das Telefonat weg und steckt das Gerät leicht verärgert weg. Alex hat sie in seiner geduldigen Art überzeugt, mit Mama und ihm zu Abend zu essen und etwas Wichtiges zu besprechen. Stichwort Papa!

Für Tanja ein starkes Argument einzulenken.

Sie stampft in die Pedale und umkreist in rasanter Fahrt das künstliche Hindernis, aus dessen Mitte eine Teufelsfigur aus Gusseisen bösartig grinsend Richtung Schlucht deutet, so als will sie den stetig wachsenden Lastwagenverkehr durch das Dorf zur Hölle schicken. Oder meint er vielleicht die wilde Fahrradfahrerin, die wie eine zornige Wespe um ihn herumschwirrt?

Aus der Box des Reitstalls lugt ein Pferdekopf erwartungsvoll

41

nach draußen. Seine Ohren drehen sich suchend nach einem vertrauten Geräusch. Das Tier hebt den Kopf und stellt die Nase in den Wind.

»Hat Diavolo wohl gespürt, dass ich auf der Anfahrt bin?« Ein fröhliches Wiehern empfängt sie und ebenso Berni, der verschmitzt lächelnde Stallbesitzer. »Tanja, hallo! Diavolo hat dich vermisst. Seine Verletzung scheint gut zu heilen. Wir haben ihn heute versuchsweise auf die Weide gebracht.«

Diavolo lahmte bei einem Ausritt vor ein paar Wochen plötzlich auf einem Hinterlauf und Tanja musste das edle Pferd wie einen Hund am Zügel zu Fuß zum Stall zurückführen.

Jetzt umarmt sie den Kopf des Tieres. Das Pferd stellt aufmerksam die Ohren auf, als sie flüstert: »Was meinst du, Diavolo, erfahre ich heute mehr über Papa?« Es stupst sie mit der Nase und schnaubt.

Tränen steigen ihr in die Augen, sie ist gerührt über die Zuneigung des Tieres. Diavolo scheint sie besser zu verstehen als manche Menschen.

Die Türme der Martinskirche tauchen vor ihr auf, als sie gemächlich und in Erinnerungen versunken Richtung Olten radelt.

Das Bild eines jungen Mannes schwankt vor ihr. Sein Gesicht strahlt glücklich, wann immer er auf das kleine Mädchen schaut, das in einem auf dem Spielplatz aufgehängten Lastwagenreifen hin und her schaukelt. Immer wieder fordert sie, er möge sie doch noch stärker anstoßen. Sie hält sich fest und fliegt Richtung Himmel und kommt kreischend wieder zurück, um Papa von Neuem anzuspornen.

Noch bleibt genügend Zeit. Sie reicht zwar nicht für eine Dusche, aber für eine erholsame Fahrt über das Gheid genügt sie allemal. Sie liebt diese Ruhe und die Zeit, die ihr bleibt, ihre Gedanken fliegen zu lassen.

*

Klingeln ist unnötig, die Tür zur Küche steht weit offen und der verführerische Geruch nach italienischen Gewürzen, vor allem nach

Basilikum und Thymian, kitzelt ihre Nase. Schon jetzt bricht ihr vorhin am Telefon geäußerter Vorsatz, heute nur Salat zu essen, in sich zusammen.

Mama Marinas Küche verkümmert jeden Widerstand. Sie wappnet sich gegen die zu erwartenden Kommentare Mamas zu ihrem schlanken Körper und ist erstaunt, als sie ihre Mutter sagen hört: »Gut siehst du aus, mein Kind! Du hast eine gesunde Farbe! Ja, hier auf den Hüften, da dürfte es ein bisschen mehr sein!« Sie tätschelt Tanjas Seite, während sie sich freudig umarmen.

Tanja liebt ihre Mutter, aber diese ständige Kritik an ihrem Körper ärgert sie bisweilen. Marina selbst war einst gertenschlank, heute werden die leichten Rundungen der älteren Frau von der Küchenschürze verdeckt.

Tanja ärgert sich heute nicht und verspürt unter dem Einfluss dieser Gerüche einen schon lange nicht mehr gefühlten Hunger, der in ihrem Magen wühlt.

»Mama, wann gibt es zu essen?«, fragt sie gerade, als Alex mit einer Flasche Prosecco aus dem Esszimmer auftaucht. Auch er umarmt Tanja, als hätte er sie an diesem Tag noch gar nicht gesehen.

Im Dienst kennen sie sich nicht! Sie grüßen sich wie gute Kollegen, aber distanziert. Er ist und bleibt der Chef, Tanja seine, wenn auch mitunter etwas eigenwillige Untergebene.

Das hat sich über die Zeit so eingependelt und beide halten sich an die selbstauferlegte Regel. Erstaunlicherweise weiß noch immer niemand im weiteren Team von ihrer besonderen Beziehung. Einzig Tanjas Kollegin und Freundin Marta Kissling und der ruhige Kollege Paul Kuchta sind eingeweiht, behalten aber das Geheimnis für sich.

Alex entlässt Tanja aus seinen Armen und sie tätschelt den leichten Bauchansatz des großen Mannes. »Mama kocht zu gut, mein Lieber, mäßige dich!«, raunt sie ihm zu und lächelt ihn verschmitzt von unten an.

Marina klatscht in die Hände und ruft leicht eifersüchtig: »Fertig

43

jetzt, ihr Turteltäubchen, zuerst Spinat-Ricotta-Cannelloni und gemischter Salat und selbstverständlich San-Giovese-Wein. Tanja, isst du mit oder bleibst du beim Salat?«

»Aber vorher haben wir noch etwas mit dir zu besprechen«, bremst Alex und schwenkt erneut die Proseccoflasche.

Sie treten in das Wohnzimmer mit seiner großen Fensterfront, die eine Sicht weit über das Land und die Stadt erlaubt. Die Möbel sind schlicht und geschmackvoll, italienische Designer haben ihr Bestes gegeben.

Es gelingt Alex endlich, den Prosecco zu öffnen, und gießt drei Gläser mit dem schäumenden Getränk voll: »Salute! – Tanja, Mama und ich haben wichtige Neuigkeiten für dich!«

Tanja fällt ihm lachend ins Wort und ruft freudig: »Was sind denn das jetzt für Neuigkeiten? Ah, ich weiß – ihr heiratet!«

Alex' Gesicht verliert sein Lächeln und er wirft einen traurigen Blick auf Marina. Unmerkbar schüttelt er den Kopf. »Nein, nein, Tanja, das ist es nicht, zumindest nicht heute! Es geht um deinen Papa.«

Sie sieht abrupt zu dem großen Fenster und schaut einige Zeit mit tränenfeuchten Augen versunken in die Ferne.

Als sie sich endlich zu Mama umdreht, sieht sie auch Tränen in ihren Augen stehen.

Marina erinnert sich an die Zeit mit Sandro, dem lustigen Studenten und Vater ihres gemeinsamen Kindes. Sie sagt leise: »Tanja, wir glauben, wir wissen heute ein bisschen mehr über diesen Studenten Renzo Barbaro, der beim Unfall deines Papas dabei war.« Sie formuliert vorsichtig, man spürt die Juristin. »Alex, erzähle du!«

Alex stellt sein Glas ab und beginnt zu erzählen: »Heute Morgen kam bei der Abteilung *Geldwäsche* eine Meldung zu einem Geldwäschering, der auch in der Schweiz aktiv zu sein scheint. Die Kollegen haben einige Fotos mitgesandt. Ein mit mir befreundeter, ehemaliger Studienkollege aus dieser Abteilung weiß, dass ich seit zwanzig Jahren nach diesem Renzo Ausschau halte, er war es, der mir die Fotos zugeschickt hat. Die Namen der fotografierten Personen sind noch unbekannt. Bitte, Tanja, vergiss nicht, du bist

44

Polizistin, du unterliegst in diesem Fall der Schweigepflicht! Unsere Suche hat nichts mit unserer täglichen Polizeiarbeit zu tun.«

Er sieht Tanja bedeutungsvoll an. Er kennt das manchmal ungestüme Wesen seiner Ziehtochter. »Du darfst das nur zur Kenntnis nehmen, aber davon keinen Gebrauch machen, verstehst du?«

Wieder stockt er, geht dann weiter ins Detail: »Einer der Männer auf einem der Fotos kam mir bekannt vor. Er trägt auf dem Bild zwar einen Bart und hat angegraute Haare, aber die Augenpartie, die hat, trotz schwarzer Hornbrille, bei mir ein paar große Glocken läuten lassen. Die Ähnlichkeit mit dem Studenten Renzo Barbaro.«

Gespanntes Schweigen breitet sich aus, Marina winkt mit dem Proseccoglas, um es zu brechen: »Lasst uns anstoßen!«

Alex nippt an seinem Glas, dann beginnt er zu reden. »Ich sehe ihn noch immer wie ein Häufchen Elend vor mir sitzen.« Tanja schaut ihn kritisch an und auch Marina schüttelt leicht den Kopf.

»Alex, da ist ein großes Aber! Wie kommst du auf diesen Renzo Barbaro? Der könnte ja genau so gut nicht mehr am Leben sein. Du weißt selbst, wir alle haben so eine fixe Vorstellung von italienischen Männern. Das könnte auch jemand anderes sein. Der Unfall ist viele Jahre her. Und zudem: Wir kennen die Einzelheiten nicht. Du konntest ihn ja nicht befragen. Wir wissen nur, dass an diesem Tag in diesem Labor an der Universität in Basel etwas neben Papa explodiert ist. Dabei wurde er tödlich verletzt.« Es tönt fast vorwurfsvoll, wie Tanja das sagt.

Jetzt ist es an Alex, leicht beleidigt aus dem Fenster zu schauen, hinter dem es mittlerweile Nacht geworden ist. Er sieht sein Spiegelbild und runzelt die Stirn. In der Ferne hört er Tanja fragen: »Was hatte dieser Renzo eigentlich damit zu tun? Hat er wirklich die Explosion verursacht? Weshalb hat Papa neben ihm gestanden? Ich habe während meines ganzen Chemiestudiums nie einen ordentlichen Professor in einem Studentenlabor gesehen. Das mag heute anders sein, aber damals zu Zeiten dieses Renzos, in den siebziger und achtziger Jahren, waren die Professoren noch Götter, die sich nicht in die Niederungen der Studentenlabors begaben. Dafür

45

hatten sie die Assistenten. Das muss einen speziellen Grund gehabt haben.«

Die Stille im Wohnzimmer wird durch das schnarrende Geräusch des Küchenweckers durchbrochen. Marina mimt wieder die eifrige Köchin. Sie zuckt erschrocken zusammen. »I Cannelloni!«, kreischt sie beinahe und eilt in die Küche, in Gedanken bei ihrem verstorbenen Mann.

Alex hat sich wieder Tanja zugewandt und legt nun eine Hand auf ihre Schulter: »Du weißt, ich tue seit Jahren alles, um mehr über diesen Renzo herauszufinden. Als junger Kripo-Mitarbeiter war ich zu unerfahren, und als die Untersuchung durch meine Vorgesetzten als abgeschlossen und als Unfall eingestuft wurde, war ich nicht hartnäckig und mutig genug, dagegen zu protestieren. Erst viel später habe ich es gewagt, meine privaten Abklärungen zu treffen.«

Sie nickt resigniert und schaut zu Boden. Ihre Gedanken überschlagen sich und sie überlegt: Alex ist sich zwar nicht sicher, dass der Mann auf dem Foto ihr Mann ist, aber da ist auf dem Bild diese große Ähnlichkeit.

Es ist, als spüre sie seine Verunsicherung in dieser Situation, denn er rechtfertigt sich einmal mehr: »Nachdem ich heute dieses Gesicht auf dem Foto gesehen habe, habe ich sofort einen ehemaligen Kollegen bei der Basler Kripo angerufen. Der hat mir gesagt, dass es schwierig werden würde, den Fall wiederaufzunehmen. Der sei nicht im modernen Computersystem, den müsste er im Papierarchiv suchen. Auch weil es aus Sicht der Justiz kein Mord oder Totschlag, sondern ein Unfall war, sei die Chance minimal, dass der Fall wiederaufgenommen wird. Er würde sich damit befassen, wenn ich ihm neue Fakten bringe. Er riet mir, wir sollten es auf einem anderen Weg versuchen, den Mann wiederzufinden und nötigenfalls dingfest zu machen. Lass uns hoffen. Aber du weißt, wir können ihn, falls wir Renzo Barbaro finden, höchstens befragen.«

»War es wirklich nicht Absicht?«, unterbricht Tanja den Familienfreund heftig. »Mir leuchtet einfach nicht ein, dass da hinter dem Ganzen nicht ein Motiv gestanden hat. Weshalb war Papa im Labor des Studenten? – Das muss einen triftigen Grund gehabt haben.«

46

Um die plötzlichen Zweifel über ihren damaligen Entschluss, von der promovierten Chemikerin in leitender, zur Polizistin in subalterner Stellung zu wechseln, zu überwinden, gibt sie entschlossen zur Kenntnis: »Weißt du was, heute ist Freitag. Ich habe am Montag dienstfrei. Da fahre ich nach Basel und gehe ins Chemische Institut. Da muss sich doch jemand noch erinnern.«

Alex reagiert sofort und mahnt: »Du kannst dabei nicht als Polizistin auftreten, wir haben in Basel keine Befugnis, Befragungen durchzuführen!«

»Ich weiß, ich weiß«, gibt sie ungeduldig zurück. »Ich gehe als Privatperson. Ich habe da schließlich Chemie studiert, der eine oder andere meiner Kollegen ist vielleicht hängengeblieben, entweder als ewiger Doktorand oder mindestens als wissenschaftlicher Mitarbeiter in einer der Arbeitsgruppen«, sagt sie augenzwinkernd. »Komm, lass uns essen, jetzt habe ich wirklich Hunger, mein Magen reklamiert!«

Tanja ist richtig aufgedreht! Endlich hat sie eine konkrete Aufgabe, in die sie sich verbeißen kann.

Alex, durch Tanjas plötzlichen Enthusiasmus angesteckt, fährt sich mit der Hand zum Kinn und schaut ihr hinterher, wie sie sich mit leichtem Schritt und mit strahlenden Augen dem Esstisch nähert.

Dabei fragt er sich, wie sie es machen würden, wenn sie den Kerl tatsächlich finden? Ihn einfach fragen, ob er damals den Professor umgebracht hat, wohl kaum. Er legt seine Stirn in Falten. Sie brauchen Beweise und noch besser: ein Geständnis. Das wird dauern.

Kaum sitzen sie am Tisch, vor sich einen Teller bis zum Rand gefüllt mit Cannelloni, noch zu heiß, um sie zu essen, schwenkt Tanja nochmals ab. Sie legt die Gabel zurück und sagt schnell mit einem etwas unsicheren Lächeln: »Alex, ich bitte Marta, im Darknet zu recherchieren, vielleicht findet sie oder einer ihrer Hackerfreunde eine Info zu unserem Mann.«

Alex' Gabel bleibt in der Luft hängen und er schaut Tanja streng an: »Das lässt du schön bleiben, auch wenn etwas dabei herauskäme, könnten wir das kaum vor Gericht verwenden. Und denk

47

daran, du hast von der Chemikerin zur Polizistin gewechselt, um durch seriöse Polizeiarbeit herauszufinden, was damals im Labor wirklich vorgefallen ist.«

Mit seiner Gabel zerteilt er die wohlschmeckenden Teigwaren, spießt ein Teil auf und schiebt es sich genüsslich in den Mund. Seine Augen verengen sich verträumt zu Schlitzen. Er kaut behutsam und genüsslich, nimmt einen großen Schluck Wein, langt über den Tisch und legt die Hand liebevoll auf den Arm seiner Partnerin: »Göttlich, Marina!«

*

Im Schwung fliegen die Hausschlüssel in die Schale auf der kleinen Kommode beim Eingang zu ihrer Wohnung. Sie greift in ihren Joggingrucksack, um nach ihrem Handy zu tasten. Wieder einmal hat es sich zuunterst zwischen allerlei nützlichen und unnützen Dingen verfangen. Gleichzeitig schält sie sich aus dem Laufdress und eilt, das Smartphone endlich in der Hand, in das Badezimmer. Der abgestreifte, verschwitzte Jogginganzug bleibt achtlos vor der Dusche liegen, wobei der übervolle Wäschekorb nur wenige Schritte daneben Bände spricht. Tanja steigt über den am Boden liegenden Wäscheberg und wischt und scrollt hektisch auf dem Screen ihres Apparates.

»Verdammt, Domi, wo bist du? – Du bist immer so geheimniskrämerisch und sagst mir nie, was du vorhast!«

Bevor sie den Hahn aufdreht, kehrt sie wütend vor die Dusche zurück und wirft das Handy auf den übervollen Wäschekorb.

Das warme Wasser der Dusche rieselt über ihren Körper und langsam entspannen sich ihre Muskeln. Sie träumt, es wären Dominiks warme Hände, die über ihre Haut streichen. Sie schließt die Augen und sagt leise: »Domi, bitte melde dich!«

Das rauschende Wasser der Dusche verschluckt ihre Worte und spült die aufsteigenden Tränen weg. Der Beatles Song »All you need is love«, die Rufmelodie, die zu Dominiks Nummer hinterlegt ist, verkriecht sich zwischen T-Shirts und Sportswear im Wäschekorb. Der Bildschirm flackert hektisch und vergeblich.

7

Der Wecker reißt sie unsanft aus dem Schlaf. Sie hat sich bewusst eine scheußliche Weckmelodie einprogrammiert, damit sie auch ja wach werden würde und dem Terror des Gedudels ein Ende setzen müsste. Sie stöhnt, tastet auf der Ablage neben ihrem Bett und stoppt den Störenfried. Als sie sich wieder erschöpft fallen lässt, stellt sie fest, ihr sehnlichster Wunsch ist nicht in Erfüllung gegangen.

Dominik ist nicht heimlich, still und leise nach Hause gekommen.

Mit der Hand fährt sie sich durch ihre verstrubbelten, schwarzen Haare, schlurft zur Küchenzeile und aktiviert ihre Espressomaschine, ein kleines handliches Gerät, nicht eine dieser zischenden, dampfenden Kolbenmaschinen, wie sie der Inspektor in unzähligen Kriminalromanen verschlafen am Morgen in Gang setzt. Sie legt eine Kaffeekapsel ein und setzt sich dann an den kleinen Küchentisch. Draußen ist es noch dunkel. Das Licht einer Straßenlaterne spendet genügend Licht. Sie sucht überall nach ihrem Smartphone und wird tief unten im Wäschekorb fündig.

Sie wischt über den Bildschirm und sucht die Verzeichnisse ab. Dominiks Nummer sticht ihr sofort in die Augen: »Wann hat er angerufen?« Sie ärgert sich über sich selbst, dass sie bei ihrem Verlangen nach einer beruhigenden Dusche, das Gerät unachtsam in die Wäsche geworfen hat. Sie wirft einen schiefen Blick auf den Haufen und seufzt: »Wäschetag!« Dann konzentriert sie sich wieder auf das Display.

Atemlos wählt sie. Nach endlos langem Warten hört sie die Computerstimme: »Der gewünschte Teilnehmer ist zurzeit nicht erreichbar, bitte versuchen Sie es später noch einmal!«

Sie gibt sich einen Stoß, genug mit Trübsalblasen! »Wenn Dominik es nicht für nötig hält, mir *Guten Morgen* zu sagen ... Bei aller

49

Liebe, ich habe heute auch keine Zeit«, brabbelt sie vor sich hin. Sie springt ins Bad, schnappt sich den von gestern noch immer feuchten Jogginganzug, der sich beim eiligen Gang ins Bad mit ihren Füßen verfängt, und schleudert ihn missmutig auf den übervollen Wäschekorb.

Ihre schlanke Gestalt verschwindet in der Dusche. Das kalte Wasser weckt sie endlich. Ein Blick in den Spiegel, ein kurzer Bürstenstrich, dem Kajalstift gibt sie auch eine gekonnte Chance und schon eilt sie ins Schlafzimmer und wählt eine leichte Jeans aus dem Schrank, die sie gekonnt mit einer fast lasziven Bewegung über ihre langen Beine streift. Ein enganliegendes weißes T-Shirt vollendet das Bild einer sportlich eleganten Frau.

Mit einem kurzen Stirnrunzeln, ausgelöst durch einen koketten Blick in den bodenlangen Spiegel, dreht und wendet sie sich und streicht sich prüfend mit den Händen über ihre Hüften. Wie würde sie sich unter den jungen Studentinnen ausnehmen? Sie reckt kurz und anerkennend den Daumen und zieht ihre Mundwinkel nach unten.

Die Wohnungstür fällt laut ins Schloss, die Turnschuhe machen ein schmatzendes Geräusch auf dem altmodischen Linoleumboden.

Ihre große Tasche über die Schulter gehängt, öffnet sie die Tür der kleinen Cafébar im Nachbarhaus.

»Hallo Tanja«, tönt es vom Ende der Bar, »ein Espresso, wie immer?«

»Gerne! Und heute noch ein Croissant!«, strahlt sie. Sie setzt sich an ein Tischchen am Fenster, ein erster Sonnenstrahl drängt sich über ein Hausdach durch den leichten Herbstnebel, der über der Stadt liegt, und blendet sie. Aus ihrer Handtasche holt sie eine Sonnenbrille. Auch das Smartphone schleicht sich bei der Suche in ihre Hand.

Die Sonnenbrille auf der Nasenspitze schaut sie auf den Bildschirm, scrollt zum Fahrplan und bestellt sich ein Billett.

»Wo ist Domi? Ich hatte schon lange nicht mehr das Vergnügen!« Der Barbesitzer stellt ihr ihren Espresso und ein Körbchen mit Croissants vor sie hin.

50

»Xhavid, nur eines habe ich gesagt!«

Er grinst: »Ich muss Umsatz machen! Die Miete ist hoch!«

Tanjas Stirn umwölkt sich. Sie schüttelt den Kopf und sagt gleichermaßen stolz und doch ein bisschen traurig: »Du weißt, Domi ist ein Vagabund! Aber irgendetwas stimmt nicht. Er hat mich gestern angerufen, aber ich habe das Telefon nicht gehört, und als ich zurückgerufen habe, war nur die Mailbox dran. Das habe ich bei ihm so noch nie erlebt.« Sie schüttelt erneut den Kopf. Der Mann sieht sie ratlos an und zuckt die Schulter: »Probiere es halt später noch mal, mehr kann ich dir leider auch nicht raten.«

»Och, er vergisst sich, wenn er seine Zähne in ein Problem geschlagen hat. Das letzte Mal habe ich erst nach einem halben Jahr etwas von ihm gehört.«

»Hat er dir damals gesagt, wo er war?«

Sie grinst das ihr eigene Lächeln, wenn es um Dominik geht. »In Kanada. Angeblich hat er einen ehemaligen Studienkollegen besucht. Was er dort getrieben hat, sagte er mir nicht!«

Plötzlich hüpft sie vom Stuhl, reißt die Handtasche von der Lehne ihres Stuhls, gibt dem Barkeeper einen Wangenkuss. Mit dem Ruf »Ich zahle morgen«, eilt sie aus der Tür und durch die Gasse um den Ildefons Turm herum. Sie ist die einzige Fußgängerin, die im Eiltempo über die alte Aarebrücke läuft.

Ihr Zug donnert genau in dem Moment auf dem Gleis nach Basel ein, als sie leichtfüßig die Rampe zum Perron heraufspringt. Sie findet ein leeres Abteil, ein Glücksfall, plumpst ins Polster und schon sieht sie bei einem Blick aus dem Fenster das Kakaosilo der Schokoladenfabrik vorbeigleiten. Im Dunkel des Hauensteintunnels spiegelt sich ihr Gesicht im Wagenfenster.

Sie hatte Dominik Gerber bei einem Kongress kennengelernt, als sie noch als Chemikerin bei einer Nahrungsmittelfirma forschte. Er hatte sie damals frech angebaggert. Aber es hatte ihr gefallen, er war höflich und neugierig. Klar, zuerst wollte er sie aushorchen, aber das war kaum der einzige Grund. Er gestand ihr später in der Kongresswoche, dass er als Wissenschaftsjournalist tätig ist. Bald nach seinem Chemiestudium in Zürich hatte er den Beruf des Chemikers an den Nagel gehängt und sich entschlossen, die Branche zu wechseln. Die Journalistenschule hatte seinem Vagabundenwesen Ecken und Kanten genommen. »Aber so ganz ausgetrieben haben die dir das Gott sei Dank nie!«, stellt Tanja jetzt bei ihrer Fahrt durch den Tunnel fest.

*

Das Dunkel des Tunnels weicht hellstem Sonnenschein. Einzelne Bäume beginnen, sich gelb und bräunlich zu verfärben, und kündigen an: Genießt es noch einmal, bald kommen die Regenstürme.

Tanjas Gedanken hängen bei ihrem Studium. Sie dachte damals kaum an ihren Vater, feierte Partys, blödelte mit ihren Kolleginnen herum. Es gab nicht so viele Frauen, die Chemie studierten. Die meisten gingen eher Richtung Biologie, Medizin und Pharmazie. Tanja dachte an Elly Köchlin, ihre beste Freundin. Sie hielten durch dick und dünn gegen die Phalanx der männlichen Studenten in ihrem Semester zusammen. Mit dem Studium nahm man es nicht so genau, und trotzdem, sie lernten viel und Interessantes.

Tanja absolvierte die Prüfungen mit Bestnoten und fragte sich dabei dauernd, wie es kam, dass sie besser als die anderen Studis die Vorgänge einer chemischen Reaktion verstand. War das das Erbe ihres zu früh verstorbenen Vaters?

Der Zug fährt pünktlich im Basler Bahnhof ein. Sie steigt aus und läuft beschwingt hinaus auf den Bahnhofsplatz. Die Tramgleise sind wie eh und je ein Wirrwarr. Tram, Bus und Menschen wuseln durcheinander. Sie wundert sich, dass da nicht mehr Unfälle passieren. Tanja huscht schnell vor der Nase eines Achtertrams hindurch, schaut auf, als der Tramführer heftig bimmelt. Sie winkt ihm lachend zu, schnell schlüpft sie durch die sich gerade automatisch schließende Tür des Elfertrams Richtung St. Louis Grenze. Am St. Johannstor ist es Zeit, auszusteigen.

Erwartungsvoll steigt sie im Organischen Institut die breite, geschwungene Rundtreppe aus den Fünfzigerjahren des letzten Jahrhunderts hoch. Wie oft ist sie diese auf und ab geeilt, ohne

52

sie zu beachten. Jetzt würde das ganze Gebäude bald der Spitzhacke zum Opfer fallen, glaubt sie im Internet gelesen zu haben. Viele Erinnerungen an ein frohes, manchmal etwas tränenreiches Studentinnenleben würden mit den Trümmern weggeräumt werden.

*

Sie hat Glück, eine ältere Institutssekretärin hört sich ihre mit traurigem Gesichtsausdruck und belegter Stimme vorgetragene Geschichte geduldig und verständnisvoll lächelnd an.

Wie das doch Wunder wirkt, dass Tanja in der Polizeischule in Hitzkirch auch das Klavier der Gefühle zu spielen und einzusetzen gelernt hat. Sie beruhigt sich mit dem Gedanken, dass diese Gefühlsduselei ja der Wahrheitssuche dient, und schaut die mütterliche Dame mit leicht wässrigen Augen an. Trotzdem tadelt sie sich: Tanja, du bist ein Biest!

Genau in diesem Moment öffnet sich die Tür und ein älterer Herr tritt ins Büro. »Frau Bieri!«, drängt er sich in das Gespräch der beiden Frauen. »Ich muss gleich in die Vorlesung! Bitte seien Sie so nett und suchen Sie mir die Unterlagen zu Doktorand Aebersold heraus. Ich habe nachher ein Abschlussgespräch mit ihm!« Dann realisiert er, dass er sich unhöflich verhalten hat, und sein Blick fällt auf Tanja. Er kneift seine freundlichen, grauen Augen zusammen.

»Tanja Beduzzi! Meine Lieblingsstudentin! Was treibt Sie hierher? Zurück in die Forschung? Man hört so nichts mehr von Ihnen. Wie ist es Ihnen ergangen?« Er redet sich richtig ins Feuer! Tanja ist perplex, ihren Tutor von damals so urplötzlich vor sich stehen zu sehen.

Er trägt Anzug und Krawatte. Schlohweißes, dichtes Haar kraust sich über einer hohen Stirn. Ein eleganter Mann, denkt Tanja anerkennend.

»Herr Professor Koller!«, ruft sie erstaunt.

Tanja starrt den Mann, der damals der beste Freund ihres Vaters war, an, als wäre er von einem anderen Stern.

53

»Frau Beduzzi sucht Antworten zum Tod ihres Vaters vor zwanzig Jahren«, bringt sich nun die Sekretärin wieder ins Gespräch. »Meinen Sie, wir hätten noch Unterlagen bei uns im Archiv, Herr Professor?«

Tanja hat noch kein Wort gesagt, sondern starrt weiter auf Koller. Sie kann ihr Glück kaum fassen, er weiß sicher, wo sie mit ihrer Suche beginnen soll. Der Professor zögert kurz:

»Tanja, äh, Frau Beduzzi! Lassen Sie uns das doch nach meiner Vorlesung zusammen besprechen. In einer Stunde im Chemikercafé, oben im obersten Stock?« Die Tür schnappt hinter ihm ins Schloss. »Und Herr Aebersold ...?«, ruft ihm Frau Bieri nach. » ... muss warten«, ergänzt sie ihre ungehörte Frage.

Die Füße ihres Stuhls scharren über den unebenen Klinkerboden des Cafés. Das Geräusch ist im Parterre, drei Stockwerke tiefer, noch deutlich zu hören und weckt in Tanja erneut Erinnerungen. Es ist ihr, als ob sie noch immer als Studentin der Chemie in diesen Räumlichkeiten ihr Unwesen treiben würde. Lebhafte Erinnerungen stürmen auf sie ein.

Sie hält die Nase über ihren Kaffeebecher und rümpft sie sofort verächtlich. »Immer noch die gleiche Brühe wie zu meiner Zeit.« Sie schaut von ihrem Getränk auf und studiert das Gesicht der Frau hinter dem Tresen. Zu ihrer Zeit war es Mamma Hosang, eine freundliche Frau, die für jeden da war, um ihn mit einem Lächeln in den Tag zu schicken.

Was soll's, Tempi passati! Sie sucht einmal mehr ihr Handy in den Tiefen ihrer Umhängetasche, wühlt geraume Zeit und findet nur das Falsche. Taschentuch, Sonnenbrille, Lippenstift, eine Schachtel Notfall-Migränetabletten. Endlich, unter einem Seidenschal findet sie den kleinen Terroristen, ihr Smartphone. Auf dem Bildschirm herrscht gähnende Leere. Sie zuckt mit den Achseln und scrollt weiter. Die Vorlesung Kollers zieht sich in die Länge. Sie fragt sich, während sie ihr Handy traktiert, wie es sich wohl anfühlt, heute Chemie zu studieren. Sie ruft eine Suchmaschine auf und sucht nach Informationen zum Chemiestudium hier an der Universität

Basel und zieht die Augenbrauen hoch, sobald der Studienplan der verschiedenen Semester aufscheint.

Sie staunt. Streng geordnet reiht sich der Tagesplan der Studenten auf. Wenig Freizeit. Nicht so, wie sie es damals erlebt hat. Wieder spulen ihre Erinnerungen in ihr Studentinnenleben zurück. Ein feines Lächeln umspielt ihre Lippen.

»Wir hatten es schöner in meiner Studienzeit. Uff, das wäre nichts mehr für mich!«, stöhnt sie, genau in dem Moment, als Professor Koller mit zwei Espressi in der Hand an den Tisch tritt und diese abstellt.

Endlich sitzt er ihr gegenüber auf dem harten Schalenstuhl und legt seinen Arm nonchalant auf das Treppengeländer, das den Cafébereich vom Abgrund des Treppenhauses begrenzt.

»Tanja, wie kommen Sie gerade jetzt dazu, nach den Umständen des Laborunfalls Ihres Vaters zu recherchieren?«

Sie zögert einen Moment.

»Ich hatte Angst davor, Grausliches zu hören oder zu lesen, denn niemand gibt mir genaue Auskunft. Wenn ich aber mehr weiß, kann ich vielleicht mein Leben ändern. Wo ich gehe und stehe, hier in Basel, aber auch wenn ich mit meiner Mama zusammen bin, muss ich daran denken. Ich habe mich endlich durchgerungen, etwas in dieser Sache zu unternehmen.«

»Das Studium und die Forschung in der Chemie und auch hier am Institut haben sich drastisch geändert«, lenkt Koller das Gespräch wieder auf das heutige Chemiestudium zurück. »Alles ist durchorganisiert, das Bologna-System ist eingeführt worden, nicht zur Freude von allen. Zugegeben, der Lotterbetrieb zu Ihren Studienzeiten ist aus heutiger Sicht reine Romantik!«

»Ja, aber wir haben doch am Studieren noch Spaß gehabt. Klar, wir sind es ein bisschen langsamer angegangen, haben aber trotzdem viel gelernt. Ich kann bei meiner heutigen Arbeit noch leicht mithalten, wenn neue Verfahren publiziert werden. Ich muss zugeben, die heutigen Studenten und Studentinnen machen mir einen gut aufgestellten Eindruck. Die Arbeit ist sicher spannend.«

Beinahe hat sie sich verplappert und eine zarte Röte steigt ihr ins

Gesicht. Koller bemerkt es nicht. Er ist immer noch bei der cleveren Studentin, die in der Industrie doch eine beachtliche Karriere hingelegt hat.

»Du hast gute und originelle Ansätze präsentiert, ist mir zu Ohren gekommen!« Koller ist unvermittelt ins vertrauliche Du verfallen, als es ihm auffällt.

»Entschuldige das Du, wir kennen uns schon so lange, ich bin Christian! Und heute sind die Studenten und die Professoren ohnehin meistens per Du.« Er hält ihr seine warme Hand hin. Sie greift zu und ist erleichtert, dass er sie nicht nach ihrer heutigen beruflichen Tätigkeit fragt.

»Ich bin so froh, dass du mir Gelegenheit gibst, endlich Antworten zu finden! Weißt du, weshalb mein Vater neben dem Studenten oder Doktoranden gestanden hat, als die Explosion erfolgt ist? Ich möchte mehr über die Hintergründe erfahren. Papa war doch Lebensmittelchemiker, er hat aus Pflanzen Wirkstoffe extrahiert und sie dann moduliert, so viel habe ich aus seinen Publikationen herausgefunden.«

»Das ist richtig, er hat einige interessante und vielversprechende Substanzen gefunden und diese mit originellen Ansätzen chemisch verändert. Einige werden noch immer als Medikamente eingesetzt. Sein Assistent, ein gewisser Renzo Barbaro, ein Schweizer mit italienischen Wurzeln, hat mitgearbeitet, um seine Doktorarbeit zu schreiben.«

Tanja schaudert, als Koller den Namen des in ihren Augen Schuldigen am Tod ihres Vaters erwähnt.

Sie nickt, ihr ist das bewusst und sie ist froh, dass sie sich heute nicht mehr mit so kniffligen und langwierigen Methoden herumschlagen muss.

»Barbaro hat manchmal dabeigesessen und sich Notizen gemacht. Irgendwann muss er selbst ein Projekt begonnen haben, ohne Sandro darüber zu informieren. Er war von den Arbeiten Albert Hofmanns, die er durch deinen Vater kennengelernt hat, so begeistert, dass er sich aufgemacht haben wird, selbst eine noch aktive Substanz zu finden. Aber was dann geschehen ist, weiß ich nicht. Barbaro hat die Explosion beinahe schadlos überstanden, dein Vater leider nicht.«

Christians Stimme klingt belegt. Tanja schüttelt den Kopf. »Ich frage mich ständig, weshalb Papa im Labor des Doktoranden anwesend war. Hat es denn Streit gegeben?« Sie muss sich zusammennehmen, dass sie wie eine trauernde Tochter redet und nicht in den Verhörstil der Kriminalpolizei verfällt.

»Ja, da war etwas, es kann keine Kleinigkeit gewesen sein. Sie scheinen sich, als Sandro herausgefunden hat, welche Substanz Barbaro unerlaubt synthetisiert hat, so sehr in die Wolle gekriegt zu haben, dass er den jungen Mann hochkant hinausgeschmissen hat. Ohne Doktoratsexamen und damit ohne Doktortitel. Wohin Barbaro verschwunden ist, weiß ich nicht, und wohl auch niemand hier im Institut. Und ob noch irgendwelche Unterlagen vorhanden sind, kann ich nicht sagen.« Er schüttelt zweifelnd seine weiße Mähne.

»Ich muss dich warnen, das ist nun zwanzig Jahre her, ob da nicht beim letzten Umbau ausgemistet und die verstaubten Unterlagen weggeworfen wurden, weiß ich auch nicht.«

»Noch eine Frage, Christian, wer hat eigentlich Papas Forschung finanziert? Hatte er einen Nationalfondskredit, oder kamen die Gelder aus der Industrie, oder waren da auch private Gelder von Sponsoren? Er muss doch seine Substanzen irgendwo und zusammen mit irgendwem auf ihre biologische Wirksamkeit getestet haben. Da waren damals doch noch häufiger, ja fast immer, Tierversuche notwendig, bevor man die Substanzen an Menschen verabreicht hat.«

»Ich erinnere mich, jetzt, wo du fragst, da war einer bei der Firma Solaro, der Sandro Zugang zu den Tierversuchen verschafft hat, ohne die geht es nebenbei gesagt auch heute bei gewissen Fragestellungen nicht. Woher er das Geld hatte, Chemikalien und Löhne zu zahlen, darüber haben wir nie gesprochen.«

Tanja drängt: »Gibt es da wirklich keine Unterlagen mehr? Was war denn sein eigentliches Forschungsgebiet? Die Doktorarbeit dieses Renzo Barbaro war doch sicher nur ein Nebenprojekt?«

»Sandro hat mit der Erforschung von Naturstoffen begonnen und

57

dann bald mit Ergotaminderivaten eine zweite Forschungsrichtung aufgenommen. Frag mich nicht, warum.«

Tanja richtet sich beim Wort Ergotamin unvermittelt auf. »Hey, das ist es, ich hatte schon als kleines Mädchen Migräneattacken. Ergotaminderivate wurden und werden in der Migränetherapie eingesetzt. Papa hat wohl gehofft, für mich einen wirkungsvolleren und weniger schädlichen Wirkstoff zu finden. Er hat den Doktoranden darauf angesetzt und der muss wohl etwas in der Richtung gefunden haben.«

»Aber das wäre ja genial gewesen! Ein Mittel, mit dem man Migräne heilen kann«, unterbricht sie Koller.

»Aber dann ist es doch unverständlich, dass Papa diesen Barbaro rausgeschmissen hat. Er muss eine Substanz entwickelt haben, die keineswegs Papas Vorstellungen entsprach, ja, die vielleicht noch gefährlicher war oder eine andere Eigenschaft als das geplante Migränemittel hatte.« Sie winkt ab: »Jetzt wissen wir aber immer noch nicht, weshalb Papa neben dem Doktoranden gestanden hat, als sich die Explosion ereignete.«

Ein leicht maliziöses Lächeln umspielt ihren Mund. »Seit wann setzen die Professoren einen Fuß in die Laboratorien der Studenten und Doktoranden? Nein, das muss einen tieferen Grund gehabt haben, da war noch etwas. Aber was? Wie komme ich an die Papiere meines Vaters, falls es sie noch gibt?«

»Ich werde ins Archiv gehen und nach Unterlagen aus jener Zeit suchen, vielleicht wissen wir dann mehr«, verspricht der Professor. Er schaut seine ehemalige Studentin lange an. »Ich verspreche dir, ich werde alles daransetzen, mehr herauszufinden.«

Tanjas Gesicht verzieht sich enttäuscht. Koller legt ihr die Hand auf den Arm. »Komm, Tanja, Kopf hoch, wir finden sicher etwas!«

»Christian, nochmals zu dem jungen Doktoranden. Du weißt also nicht, wo er sich heute aufhält?«

Koller breitet seine Arme aus. »Frag am besten im Studentenbüro im Kollegiengebäude oben am Petersplatz nach. Die haben vielleicht sogar eine Adresse. Anderseits, wenn die Polizei damals eine Adresse herausgefunden hätte, wäre die Suche doch weitergegangen. Weshalb willst du den Mann eigentlich unbedingt finden? Es müsste doch genügen, wenn du die Forschungsunterlagen einsehen kannst.«

»Um zu verstehen, muss ich herausfinden, was für ein Mensch er ist! Nur wenn ich den Mann fühle, kann ich sehen, wie er tickt, und ob er mit Absicht eine Explosion verursacht oder ob er spontan gehandelt hat, in einem Anflug von Wut oder Unbeherrschtheit! – Kannst du das nicht verstehen?«, braust sie auf. Koller erschrickt ob der Vehemenz dieses Ausbruchs, denn ein fanatisches Glitzern blitzt kurz in Tanjas Augen auf.

»Aber weshalb sollte ein Student seinen Professor, der ihm eine Chance gegeben hat, umbringen?«

Tanja spürt, dass sie zu weit gegangen ist, sie braucht Koller und der trägt am allerwenigsten Schuld. Jetzt ist es an ihr, ihre Hand auf Kollers Arm zu legen. »Entschuldige, ich bin undankbar!«

Koller schiebt seinen Stuhl zurück und steht auf.

Tanja tut es ihm gleich und packt ihre Tasche mit hartem Griff. Sie gibt Koller die Hand, dann umarmt sie ihn spontan und drückt ihm einen leichten Kuss auf die Wange. Sie sagt leise: »Danke, Christian!« und wendet sich zum Gehen, damit Koller die Tränen, die in ihre Augen aufquellen, nicht sehen kann. Sie ist an diesem Tag nicht viel weitergekommen. Trotzig fragt sie sich: »Wo ist der Kerl? Ich muss ihn unbedingt finden.«

*

Die Vorbereitungen zur jährlichen Herbstmesse sind auf dem Petersplatz in vollem Gang, als Tanja dem Hauptgebäude der Universität zustrebt.

Buden und Verkaufsstände werden aufgestellt, trotzdem sich Wolken vor die Sonne geschoben haben und es unversehens in Strömen regnet. Sie springt die wenigen Stufen hinauf, hinein in die Eingangshalle und geht den breiten Durchgang entlang zum Studentenbüro. Vergeblich rüttelt sie an der geschlossenen Tür. Ein junger Mann stellt sich neben sie. »Geschlossen!«, kommentiert er

59

spöttisch und lässt seine Blicke schamlos über die Figur der sportlichen Frau gleiten.

»Die machen erst um halb zwei wieder auf, weißt du das nicht?«, frotzelt er frech. Tanja bedankt sich freundlich lächelnd: »Ist wenigstens die Cafeteria noch offen? Ich war vor zehn Jahren das letzte Mal da.« Der Student glotzt leicht blöd. Er hat sich im Alter Tanjas verschätzt. Tanja grinst. Ich bin wohl ein bisschen zu alt für dich, Bübchen, hätte sie gerne gesagt, aber insgeheim freut sie sich. Sie gehört noch nicht zum alten Eisen.

Im Tram hat sie genügend Zeit über das nachzudenken, was sie im Studentenbüro nach langem Warten erfahren hat.

Der Angestellte dort leistete nur kurz Widerstand. Tanja zog schnell ihren Polizeiausweis aus der Tasche und wedelte ihn vor seinem Gesicht. Bevor er ihn genauer prüfen konnte, ließ sie ihn jedoch sofort wieder in ihrer Gesäßtasche verschwinden. Er schien von dieser Frau schwer beeindruckt und wurde richtig fleißig.

Der Computer spuckte die gespeicherten Daten zu Renzo Barbaro im Sekundentakt aus. Sie überflog das Gedruckte, bedankte sich und verließ mit einem schelmischen Blick über die Schulter den Raum. Der Mann schaute ihr völlig verdattert nach.

*

Aus ihrer Handtasche tönt »Stay'in Alive!«

»Alex, ich bin wieder zurück! Wo treffen wir uns? Ich habe Neuigkeiten.«

»Im Chöbu, ich brauche ein Bier!«

Sie setzt sich im Ratskeller in eine Ecke an einen runden Tisch. Um sie herum sind die Gäste in Gespräche vertieft, jeder mit einem schäumenden Bier oder einem Glas Weißwein vor sich. Tanja bestellt ein helles Bier und für sich ein Panaché und wartet.

Dann kommt Alex. Er setzt sich Tanja gegenüber. Niemand beachtet ihn. Es ist ihm recht so, sein Kopf wird ohnehin bald bekannter sein als ein bunter Hund. Allerdings werden sich der Staatsanwalt oder sogar der zuständige Regierungsrat das Rampenlicht streitig machen. Alex wird der Notnagel sein, wenn alle Stricke reißen, und die Journalisten ihre dümmlichen Fragen stellen.

Eine Tote im alten Steinbruch? Die Gerüchte summen durch die Stadt.

Alex nimmt einen großen Schluck aus seinem Glas und pickt sich gedankenverloren eine Erdnuss aus der Schale, die der Kellner mit dem Bier gebracht hat.

Tanja kann nicht mehr an sich halten. Im Eiltempo erzählt sie, Renzo Barbaro sei offensichtlich in Italien untergetaucht. »Und dort haben sich seine Spuren verloren. Nein, nicht ganz, eine Adresse in Bologna war angegeben. Die Universität hat die Anschrift vor zwanzig Jahren wohl von den Eltern erhalten. Die stehen aber nicht mehr im Adressverzeichnis. Das ist sicher herauszufinden. Eine Erkundigung über seinen weiteren Aufenthalt hielt die Universität nicht für nötig, einen Studienabschluss hatte er nicht und damit war eine Korrespondenz nicht nötig.«

Sie hält sich unvermittelt zurück, als sie sieht, dass Alex nicht bei der Sache ist. »Alex, hallo, ich bin hier!« Sie langt über den Tisch, um seine Aufmerksamkeit zu erlangen.

»Entschuldige, der Leichenfund lässt mich nicht los. Erzähl bitte noch mal langsam von vorn.« Er nimmt erneut einen Schluck aus seinem Glas und stellt es etwas hart zurück auf den Tisch und sie wiederholt das eben Gesagte: »Dieser Renzo Barbaro soll sofort nach seinem Rausschmiss nach Italien verschwunden sein.«

Alex runzelt die Stirn. »Eine Absicht, geschweige denn ein Motiv war nicht zu erkennen, deshalb wurde der Fall zum Unfall erklärt und nicht weiterverfolgt. Aber weshalb nach Italien, er ist doch Schweizer? Wenn ich mich richtig erinnere, wohnten seine Eltern in Kleinhüningen in einem der grauen Wohnblöcke an der Hiltalingerstraße gleich am Hafenbecken. Keine gute Adresse.«

»Was war denn sein Vater von Beruf? Wo hat er gearbeitet?«, fragt Tanja.

»Er war Hilfsarbeiter in einer der chemischen Fabriken in Basel. Rechtschaffene Leute.«

61

»Wie passt das alles zusammen? Ein schlechtverdienender Arbeiter, der sich Geld vom Mund abspart, um seinen Sohn studieren zu lassen, und wohlhabende, wenn nicht sogar reiche Verwandte in Italien«, gab Tanja zu bedenken.

Alex trinkt den Rest seines Biers. »Woher willst du wissen, dass diese Familie Barbaro wohlhabend ist?«

»Ist anzunehmen, die Adresse liegt in einer wohlhabenden Gegend.«

Alex schaut Tanja strafend an. »Das vermutest du. Bist du dir ganz sicher, Tanja? Trotzdem zurück zu Renzo Barbaro!«, lenkt er das Gespräch auf Tanjas Besuch in Basel. »Was hast du im Chemischen Institut erfahren?«

»Ich hatte Glück. Ich habe Professor Koller getroffen, bei dem ich studiert habe. Ich habe mit ihm ein langes Gespräch geführt und er hat mir versprochen, Unterlagen zur wissenschaftlichen Arbeit von Papa im Archiv herauszusuchen. Da findet er hoffentlich auch die Laborprotokolle von Renzo Barbaro.«

»Und was bringen die uns?«

»Wenn ich herausfinde, woran er gearbeitet hat, dann kann ich vielleicht herausfinden, weshalb Papa verunfallte und sterben musste.«

Alex Frind ist wieder ganz bei Tanjas Erzählung. Vor seinem geistigen Auge blitzen Szenen von dem Tag auf, als er beabsichtigte, diesen Renzo Barbaro zu vernehmen.

»Er saß damals geknickt auf einem kaputten Laborstuhl vor dem fast völlig zerstörten Labor und ließ den Kopf hängen. Der junge Mann hatte einen Schock. Ein Sanitäter kümmerte sich um ihn und ich inspizierte den Unfallort. Ich sehe noch vor mir, wie die Tür zum Labor schräg in den Angeln hing. Durch die zerbrochenen Fenster fiel die Schneeluft in den Raum. Zerbrochene Chemikalienflaschen standen noch halbwegs auf den Gestellen, das meiste hatte sich im ganzen Raum verteilt. Und es stank bestialisch.

Nach der Explosion war ein Feuer ausgebrochen, das aber schnell wieder gelöscht werden konnte. Kein Wunder mit all den vielen gut brennbaren Lösungsmitteln. Aus dem Brunnentrog, an dem ein großes Stück fehlte, tropfte das Wasser. Das fehlende Stück steckte in der Brust deines Vaters.

Als ich wieder aus dem zerstörten Raum trat, war der Junge verschwunden. Wir haben ihn bei seinen Eltern gesucht, aber nicht gefunden. Sie wussten auch nicht, wohin ihr Sohn gegangen war, oder sie wollten es mir nicht sagen. Sie zeigten sich verzweifelt und ratlos. Auch eine Vermisstenanzeige brachte nichts. Er blieb verschwunden. Deshalb bezweifle ich, dass er wirklich nach Italien ausgereist ist. Vielleicht hat er sich etwas angetan.«

*

Mit Eifer haben sie neben ihren lokalen Aufgaben den Auftrag aus Solothurn angenommen. Das Team von Frind hat bis jetzt Stunden damit verbracht, Fakten zum Vorfall im Steinbruch zu sichten und zu besprechen. Noch ist die Faktenlage dünn.

Als sie gestern nach ihrem kurzen Wirtshausbesuch auf die Gasse traten, hatte ein Nieselregen eingesetzt. Alex zog sein Handy aus der Tasche. Ungeschickt tippte er auf dem Bildschirm und schimpfte leise vor sich hin. Tanja nahm ihm das Gerät aus der Hand. »Was willst du tun?«

»Ich will meinen damaligen Kollegen Tomy Leutwyler in Basel anrufen und um die alten Unterlagen zum Unfall im Labor bitten. Aber ich finde seine Nummer nicht.« Keine zwei Minuten später hatte Alex die gute Nachricht, die alten Papiere vom Fall Barbaro würden morgen oder übermorgen in Olten eintreffen.

*

An diesem Morgen sitzt Alex Frind an seinem Schreibtisch oder steht am Fenster seines Büros, schaut zum Steinbruch hinüber und wartet. Das Telefon auf seinem Schreibtisch beginnt zu klingeln.

Die Zentrale in Solothurn meldet sich mit einem weitergeleiteten Gespräch.

»Ja, Alex Frind, Kantonspolizei!«, meldet er sich deshalb

63

ungeduldig. Eine unaufgeregte Frauenstimme ist in der Leitung: »Kupper. Ich rufe an wegen der Nacht im Steinbruch. Ich habe heute in der Zeitung gelesen, dass da eine tote Frau gefunden wurde.«

»Guten Tag, Frau Kupper!« Alex hört schweigend zu, dann springt er auf: »Haben Sie Zeit für ein Gespräch? Wir kommen sofort!«

Er reißt seine Bürotür auf. »Tanja! Kuchta!«

Zwei Köpfe tauchen zwei Türen weiter im Flur auf und schauen perplex in Richtung Alex. »Was gibt's?«, tönt der zweistimmige Chor.

»Eine Zeugin hat sich gemeldet.«

»Ja und?«, wiederholen die beiden fast simultan. »Zu welchem Fall?«

»Steinbruch!«

Die Bürotür schließt sich kurz, dann stürzen Tanja und Paul aus dem Raum und ziehen gleichzeitig ihre Uniformjacken an. Marta schaut ihnen leicht eifersüchtig dabei zu. Die Tür schließt sich langsam.

Paul Kuchta setzt sich ans Steuer, die Autotüren knallen zu und schon spritzen die Kieselsteine unter den Rädern des Polizeiautos weg.

Tanja klingelt an der Haustür einer stattlichen Villa. Eine gepflegte ältere Dame schaut die drei Besucher verdutzt an: »So schnell? Gleich zu dritt? Ist es so dringend?«

Die Besucher schauen sich etwas betreten an. Alex fasst sich als Erster, stellt sich und seine Begleiter vor und bittet: »Dürfen wir hereinkommen?«

Sie treten in einen geschmackvoll eingerichteten Raum, dessen Südostseite von einer großen Fensterfront eingenommen wird. Die Aussicht hinüber über die Dünnern ist phänomenal. Tanja stellt für sich ernüchtert fest: Wir hätten auch zu Fuß hierher gehen können. Man kann tatsächlich durch das große Fenster das Gebäude der Polizeistation ein paar Straßen weiter gut erkennen. In der Aufregung sind die drei zum bereitstehenden Einsatzfahrzeug geeilt und haben nicht daran gedacht, dass sie ohne Auto tatsächlich schneller beim Haus der Zeugin gewesen wären.

»Nehmen Sie doch Platz, ich mache uns einen Kaffee. Oder wollen Sie lieber Tee?«

Alex setzt sich auf das Sofa und Tanja lässt sich neben ihm nieder, während Paul sich einen bequemen Sessel aussucht. Das helle Ledersofa ist ein bisschen hart, aber man sitzt gut.

»Ja, bitte Kaffee!«, wünscht sich Alex. Endlich ein bisschen Koffein. An seiner Seite seufzt Tanja: Nicht schon wieder. »Einen Tee bitte«, sagt sie und bekommt dafür einen schiefen Seitenblick von Alex und Kuchta, den unverbesserlichen Kaffeeschlürfern!

»Schwarztee oder Kräutertee?«, fragt Madeleine Kupper im Tonfall der Starbucksreklame. Sie spielt den Spannungsaufbau mühelos und verschmitzt mit. Sie hat den schiefen Seitenblick der beiden Männer sofort richtig erfasst.

Sie lässt sich Zeit mit der Zubereitung der Getränke und bringt sie sorgfältig auf einem Tablett angerichtet herein. »Kaffee für die Herren, Kräutertee für die Damen«, sagt sie lächelnd und setzt sich gegenüber in einen Sessel.

»Frau Kupper«, beginnt Alex höflich. Man sieht ihm die Erleichterung an, als er endlich die Befragung beginnen kann. »Sie haben eine Aussage zu machen?«

»Vielleicht, ja. Es war so, ich konnte in der Nacht vom Mittwoch auf Donnerstag letzter Woche nicht schlafen. Ich bin aufgestanden, habe mir einen Kräutertee gemacht.« Sie schmunzelt in Richtung Tanja, die ihr verschwörerisches Lächeln erwidert. »Ich stellte mich ans Fenster und schaute hinüber zum Born. Da war ein mystisches Schauspiel zu sehen oder vielmehr zu erahnen: Das Mondlicht ließ den Kalkfelsen schimmern. Es war traumhaft schön!«, schwärmt sie in der Erinnerung an jenen Moment. Sie hat offenbar Vergnügen daran, ihre Befrager auf die Folter zu spannen. »Als sich eine Wolke vor den Mond schob, wurde es sehr dunkel und da sah ich etwas Merkwürdiges, ein Lichtstreifen bewegte sich im Zickzack im Steinbruch nach oben. Plötzlich hielt der Streifen gegen den oberen Rand inne und blieb stehen.«

Die drei Besucher hängen förmlich an den Lippen der Hausherrin. Hat die Frau das geträumt und fantasiert?, steht in ihren konzentrierten Gesichtern zu lesen.

Madeleine Kupper starrt in ihre Teetasse, während sie erzählt. Sie redet stockend, als müsste sie den genauen Ablauf des Geschehens aus Bruchstücken möglichst genau wieder zusammensetzen. Dann hält sie inne, fährt aber gleich fort: »Nach einiger Zeit bewegte sich der Lichtstreifen wieder, jetzt aber rückwärts, bis zu einem bestimmten Punkt, dann hielt er erneut an und drehte sich dann um sich selbst, einmal blitzte der Lichtstrahl intensiv auf und dann schweifte er wieder hinunter, die Felswand entlang und verschwand so plötzlich, wie er aufgetreten war. Seltsam, dachte ich, trank meinen Tee und legte mich wieder hin. Am Morgen hatte ich vergessen, was ich in der Nacht gesehen hatte. Erst als ich den Zeitungsbericht gelesen habe, ist mir der Lichtstreifen wieder in den Sinn gekommen.«

»Wann, um welche Zeit war das denn?«, fragt Tanja.

»Ich würde sagen, so ungefähr um drei Uhr!« Instinktiv schaut sich Tanja im Raum um, ob sie irgendwo eine Uhr entdecken kann.

»Aber es war doch dunkel, ich sehe keine Uhr. Wie konnten Sie denn wissen, dass es um drei Uhr war?«

Statt einer Antwort kam die verschmitzte Gegenfrage: »Müssen Sie nachts nie aufstehen, um aufs Klo zu gehen? Im Alter …« Sie redete nicht weiter.

Es ist wie in einem Comicfilm, wie die drei Polizisten simultan ausatmen und dann nach dem Henkel ihrer Tasse greifen, um endlich ihre erkalteten Getränke zu trinken.

*

Sie stellen sich im Büro an die Tafel, wo sie, wie im Fernsehen, die Meldungen notieren und die Faktenzettel aufkleben.

»Diese Frau Kupper hat also diesen Lichtstreifen am Donnerstagmorgen um ungefähr drei Uhr gesehen. Ich werde den Gerichtsmediziner anfragen, auf wann er den Todeszeitpunkt festlegt«, summiert Alex. »Der lässt sich nie herbei, am Fundort einen auch nur ungefähren Todeszeitpunkt zu nennen.«

In diesem Moment schellt Tanjas Telefon: »Ja? – Ich geb ihn dir!« Sie streckt Alex das Telefon entgegen.

»Frind!«, schnappt dieser kurz angebunden: »Sicher! Bring ihn gleich rauf!«

Kuchta und Tanja schauen ihn mit gerunzelter Stirn an.

»Vielleicht ein weiterer Zeuge oder auch einer, der Fantasien hat!«, gibt er sich salopp.

Das Gespräch mit dieser Frau Kupper, hat ihn nicht befriedigt, zu viele Fragen stürmen auf ihn ein. Es klopft. Ein junger Mann in Arbeitskleidung tritt herein und schaut verunsichert auf die Beamten. »Heiri Wyss! Ich bin Bauer in der Nähe vom Steinbruch.«

»Herr Wyss, haben Sie uns etwas zu erzählen?«, raunzt Alex auf Baseldeutsch etwas hochmütig und ungeduldig. Heiri Wyss ist eingeschüchtert, doch er beginnt in seinem Gäuerdialekt langsam zu berichten: »Letzte Woche hat in der Nacht mein Vreneli gekalbt.«

Die Beamten schauen sich an. Jetzt werden sie gleich einen Bericht über den Geburtsvorgang eines Kalbes bis in alle Details zu hören bekommen. Sie ziehen die Luft ein. »Es hat sich verzögert, da bin ich vor den Stall raus und habe hinauf zum Steinbruch geschaut«, beginnt er umständlich zu erzählen. »Er war so schön im Mondlicht zu sehen. Wie ich so stand, höre ich einen lauten Schrei, so ähnlich, wie wenn die schreien, die mit dem Fallschirm springen. So hab ich's im Fernsehen gehört. Der Schrei ist zuerst laut gewesen und dann ist er ein bisschen leiser geworden und ist dann plötzlich verstummt.«

»Wann in der Nacht war denn das, Herr Wyss?«

»So um drei! Ich weiß das so genau, weil ich auf die Uhr schauen musste, als das Vreneli gekalbt hat, das war genau um …«. Er zieht ein Formular aus der Tasche, kämpft mit dem gefalteten Papier und fährt mit dem Zeigefinger einer Zahlenkolonne entlang. »Hier, um drei Uhr und einundzwanzig Minuten kam das Kalb, es hat noch keinen Namen!« Er schaut stolz auf und grinst.

Alex hat es offensichtlich die Sprache verschlagen. Er schämt sich ein wenig, Wyss so unhöflich entgegengetreten zu sein. Er versucht die Scharte auszuwetzen: »Herr Wyss, das ist eine sehr gute Nachricht für uns, danke, dass Sie gekommen sind! Das hat uns sehr geholfen!«

*

67

Der Airbus der Swissair aus Boston fährt sein Fahrwerk aus und landet sanft. Eben ist die Sonne in Zürich Airport über den Horizont gestiegen und begrüßt durch die großen Fenster die müden Reisenden, die ihr Handgepäck hinter sich herziehen. Einer unter ihnen überholt mit beschwingtem Schritt und leichtem Handgepäck seine Mitpassagiere und scrollt im Gehen auf dem Bildschirm seines Smartphones.

Noch vor der Gepäckausgabe hebt er das Gerät an sein Ohr. Keiner hebt ab. Dann nochmals. Vergeblich. Genervt schüttelt er den Kopf. Luana hatte ihm doch versprochen, ihn am Flughafen abzuholen. Danach würden sie zusammen nach einem kurzen Frühstück zu einem zukünftigen Kunden fahren. »Sie hat wohl keinen Empfang und steht draußen in der Ankunftshalle«, formt er die halblauten Worte.

Er tritt durch die große Milchglasschiebetüre der Kontrollstelle und schaut ungeduldig um sich. Ein dunkelhaariger Mann mit hellem Regenmantel kommt auf ihn zu. Sein kurzgeschnittenes, gewelltes Haar glänzt im Licht der Beleuchtung.

»Was machst denn du hier in Zürich? Luana wollte mich doch abholen.«

Der Mann tritt mit ernstem Gesicht näher, begrüßt ihn knapp mit einem Kopfnicken und fasst ihn am Ellbogen. »Lass uns fahren!«

Er schaut ihn erstaunt und leicht beunruhigt an. »Ja, und der Kunde in Regensdorf? Der erwartet Luana und mich!«

8

Mit einem schweren Paket unter dem Arm kommt Weber von der Pforte durch die Tür.

»Hallo Werner! Bist du Treppen gelaufen, du bist so rot im Gesicht?«, frotzelt Marta frech hinter ihrem Bildschirm hervor, als Weber vor ihrem Tisch durchläuft.

»Du hast gut lachen, der Lift ist kaputt!«

»Zwei Treppchen laufen und du bist außer Atem. Mann, dann mach was dagegen. Du mit deinen ewigen fettigen Wurstwecken!«, setzt Paul Kuchta die Hänselei fort.

Tanja nimmt das Paket entgegen. »Danke Werner, hör nicht auf die zwei Spötter!«

Dankbar für das Mitgefühl schaut Weber sie an.

Tanja setzt sich nach einem kurzen Blick auf den Absender des Pakets wieder hinter ihren Bildschirm, seufzt und wirft einen leicht angeekelten Blick auf den Stapel mit Notizen und Protokollen, der sich daneben auf ihrem Schreibtisch angesammelt hat. Sie muss die Zeit nutzen und endlich die Berichte schreiben.

Marta schleicht sich von hinten neugierig an und wirft einen Blick auf das Etikett des Pakets. Ihr Mund bildet lautlos die Worte Chemisches Institut Uni Basel.

Es ist Mittag. Tanjas Magen knurrt. Das Telefon schrillt und schrillt. »Kann jemand endlich abnehmen?« Da keiner reagiert, packt sie genervt den Hörer:

»Polizeileutnant Tanja Beduzzi!«

»Zentrale Solothurn: für euren Chef. Ist er nicht da?«

»Ich schau mal, Moment!«

Sie eilt, das Telefon in der Hand, zum Büro von Alex. Leer! Wo steckt er? Sie schimpft: »Ach, immer diese Alleingänge.«

»Ich finde ihn gerade nicht. Was kann ich ausrichten?«, sagt sie in den Hörer und hört sich die Meldung der Kollegin aus der Zentrale an:

»Leichenfund in der Kiesgrube in Gunzgen, Streifenpolizei, Feuerwehr und Ölwehr sind vor Ort.«

Zurück an ihrem Platz beginnt sie sofort in eigener Regie das Aufgebot abzuwickeln. Sie ist schließlich in diesem Moment die ranghöchste, anwesende Polizistin.

Das Telefon nervt erneut. Staatsanwalt Fluri wettert sofort los: »Da Ihr Chef offenbar nicht auffindbar ist, werde ich selbst vor Ort sein. Ich übernehme!«

Tanja staunt. Fluri traut ihr offensichtlich nicht zu, dass sie die Organisation richtig in die Wege leiten kann. Sie vermutet vielmehr, er wolle die Gelegenheit nutzen, seine Liebe zu skurrilen Verbrechen, die dem ganzen Polizeikorps bekannt ist, auszuleben.

»Marta, du machst bitte die Kommunikation, Paul und ich fahren zur Kiesgrube. Auch wenn der Herr Staatsanwalt geruht, durch seine Anwesenheit zu glänzen. Und versuch bitte mit Alex in Kontakt zu kommen. Sein Handy hat er im Büro liegen lassen. Also stell dich am besten aufs Dach und rufe in alle vier Himmelsrichtungen nach ihm«, sagt sie lachend in Richtung ihrer Freundin.

Ach, diese Männer! Plötzlich schwirrt der Gedanke an Dominik durch ihren Kopf. »Der hat sich auch nicht mehr gemeldet«, brummt sie vor sich hin, gleichzeitig alarmiert sie weitere Dienste. Ihr Kopf ist nur halb bei der Sache. »Domi, du liebes Scheusal, wo bist du?«

»Tanja?« ruft Kuchta. »Ich fahre, du kannst ja aus dem Auto heraus telefonieren!«

Mit Blaulicht fährt er schnell aus der Stadt hinaus und über die Landstraßen, an neuralgischen Stellen lässt er das Martinshorn aufjammern.

»Gott sei Dank, die Kinder sind schon lange aus der Schule und daheim beim Mittagessen!«, stößt Paul erleichtert hervor, während er sich auf die Fahrbahn konzentriert und seinen Blick trotzdem

70

wachsam in jede einmündende Straße oder Lücke in einer Hecke schweifen lässt.

Man spürt, ihm ist unwohl, wenn er mit dem Dienstfahrzeug im Einsatz ist. Kind, Hund oder Katze, wie schnell springen die auf die Fahrbahn. Er denkt dabei an seine eigenen Kinder. Ihm graut es.

Der Eingang zur Kiesgrube kommt in Sicht. Ein Kollege in Uniform steht mit gespreizten Beinen vor dem Eingangstor. Dahinter ragen weiße Zementsilos auf. Weiter entfernt rieselt Kies aus einem Fließband auf einen Haufen und bildet den Horizont.

Der Beamte weist ihnen den Weg. Das Gelände ist weiträumig abgesperrt. Kieslastwagen und Betonmischer reihen sich hintereinander vor dem Tor. Die Chauffeure stehen neben ihren Fahrzeugen und gestikulieren heftig. Sie sind erbost über die Warterei. Tanja kann sich vorstellen, welche wilden Gerüchte unter ihnen zirkulieren.

»Fahrt geradeaus, immer der Nase nach, bis zum Ende der Grube, dort, wo die Rampe wieder in den Wald hinaufführt«, hören sie die Anweisungen des Postens durch das geöffnete Wagenfenster. Tanja winkt zum Dank.

Paul gibt Gas. Durch mit vom letzten Regen gefüllte Wasserpfützen rumpeln sie zum Fundort der Leiche und erkennen aus der Ferne weitere Absperrbänder, die die Streifenpolizisten vorschriftsgemäß angebracht haben.

Ein Bagger steht mit seiner hochgehobenen Schaufel wie ein vorsintflutliches Reptil, umringt von Polizei- und Sanitätsfahrzeugen.

Die Beamtinnen und Beamten der Spurensicherung haben schon mit ihrer Arbeit begonnen. Tanja grinst: »Das ging aber schnell, sonst kommt Arthur doch immer hinten drein, wie die alte Fastnacht.«

»Fluri hat ihn wohl auch in Trab versetzt. Aber er kommt, darauf ist immer Verlass und sie machen gute Arbeit«, nimmt Paul die Kollegen in Schutz, während er ihr Auto etwas weiter entfernt anhält und nach vorne durch die Windschutzscheibe schaut: »Das klassische Bild aus dem Fernsehen, wie beim Alten oder bei der

Chefin, du kannst es dir aussuchen, das ist Realität gewordene Show. Und wer ist denn auch noch da? Schau, er hat eine neue Karre!«

Ein schwarzes, tiefgelegtes Cabriolet ist sorgfältig außerhalb des größten Drecks abgestellt. »Der elegante Herr Staatsanwalt Fluri in voller Montur«, gibt Tanja schnippisch zurück. »Mit hellem Regenmantel und elegantem Hut, welch ein Anblick!«

Dass Tanja und Fluri nicht gut aufeinander zu sprechen sind, ist im Corps hinlänglich bekannt.

Sie steigen aus, gehen zum Kofferraum, holen ihre Dreckstiefel heraus und ziehen sie ohne Eile über. Tanja kocht. »Was hat dieser Lackaffe hier eigentlich zu suchen? Seine überschäumende Fantasie befriedigen?« Sie richtet sich seufzend auf und Paul schaut voll Verständnis auf sie, nickt, sagt aber nur: »Wollen wir?«

In diesem Moment stürmt der Staatsanwalt auf sie zu und tritt dabei unvorsichtigerweise in ein Loch, gefüllt mit gelbem Lehmwasser. Erstaunt zieht er seinen Fuß aus dem Brackwasser, schaut betreten an sich hinunter und verzieht sein Gesicht gleichzeitig wütend und bekümmert. Seine Schuhe sind ruiniert. Er bemerkt zu spät, dass ihn seine Untergebenen spöttisch beobachten und sich diebisch an seiner Ungeschicklichkeit ergötzen.

»Frind nicht hier?«, dröhnt er, als er sieht, dass sich die beiden Polizisten anschicken, davonzugehen. Seine laute, an Gerichtssäle gewöhnte Stimme lässt Tanja genervt stehen bleiben.

Sie dreht sich um: »Nein, ich bin da, Herr Fluri, als Dame Leutnant der Polizei und deshalb in Stellvertretung von Herrn Alex Frind, Chef des Regionalpostens in Olten. Genügt das nicht?« Sie setzt genervt nach: »Jetzt sind Sie, Herr Staatsanwalt, ja da! Obwohl ich weiß, weshalb.«

Er schaut sie giftig an, verkneift sich jedoch eine Antwort. Er schweigt, schaut dann um sich und bemerkt versonnen: »Schaurig schön und beklemmend zugleich, dieser verkohlte Arm, wie er aus der Schaufel hängt!«

Die beiden Polizisten schütteln entsetzt den Kopf ob des plötzlichen Sinneswandels ihres Vorgesetzten.

Fluri liebt Szenen, wie sie sich ihm jetzt darbieten. Wenn er einmal in Rente geht, was leider noch lange nicht der Fall sein wird, wird er viel Material haben, Horrorkrimis zu schreiben.

In diesem Moment richtet sich das Interesse des Staatsanwalts wieder auf seine Schuhe, sie sind ihm plötzlich wieder wichtiger als der Tote in der Schaufel: »Schweinerei! Fünfhundert Franken im Eimer!«, lamentiert er bedauernd. »Ich hab' genug gesehen! Sie finden mich über mein Mobiltelefon!«

»Der Geck wird wohl rüber nach Rothrist fahren, ins Büro wird er heute kaum zurückgehen!«, spöttelt Paul.

Tanja zuckt mit den Schultern: »Komm, lass uns mit dem Baggerführer reden!«

»Guten Tag, Herr …?«

»Cselikovic!«, ergänzt der Mann, der sich offenbar etwas nutzlos am Rand des Fundorts herumbewegt, freundlich.

»Was können Sie uns sagen, Herr Cselikovic?«

»Oh, nicht viel, ich habe Kies geladen und wollte zurück zum Werk. Als ich die Schaufel angehoben habe, ich wollte besser sehen, wo ich fahre, habe ich den schwarzen Arm gesehen. Ich habe mich sehr erschrocken. Ich habe über Funk sofort im Büro angerufen. Die haben die Polizei benachrichtigt und mir gesagt, ich solle da bleiben, wo ich gearbeitet habe.«

Paul schaut sich um und sieht, dass ein Teil der Baugrube mit Bauschutt und Kies aufgefüllt wird. Der Baggerführer ist wahrscheinlich damit beschäftigt, angeliefertes Material zu verteilen. Die Leiche muss somit wohl unter einem der Kieshaufen gelegen haben.

»Was haben Sie gearbeitet? Ich war der Meinung, die Kiesgrube werde sich selbst überlassen, wenn der Kies ausgeräumt ist«, fragt Paul.

»Nein, nein wir füllen die Kiesgrube wieder mit Bauschutt und ich decke den Bauschutt mit Kies zu. Ich mache Teiche, die sich mit Regenwasser füllen. Nach einiger Zeit kommen viele Tiere und Pflanzen. Das wird sehr schön!« Sein Gesicht strahlt.

»Tanja, das muss der Täter gewusst haben.« Sie spüren, Cselikovic hätte gerne mehr über seine Arbeit berichtet.

»Danke, Herr Cselikovic«, sagt Tanja. »Sie haben uns sehr

geholfen, Sie können zum Werk zurückgehen, das ist ja nicht so weit. Sie brauchen nicht zu warten! Den Bagger müssen Sie hier stehenlassen. Bitte geben Sie Herrn Kuchta noch Ihre Adresse und Ihre Telefonnummer.«

Sie weist mit der Hand auf Paul. Cselikovic zieht seinen Ausweis aus der Tasche und Paul notiert die Personalien. Die Arbeitsbewilligung zeigt, Herr Cselikovic arbeitet seit Langem in der Schweiz.

Der Nebel, der am Morgen die Gegend dicht überzogen und der Szene etwas Trauriges vermittelt hat, hat sich verflüchtigt. Die Sonne brennt nun in die steinige Grube. Im weiten Gelände und an dessen Rändern sieht man die weißgekleideten Beamtinnen und Beamten der KTA, die minutiös die Umgebung absuchen. Ein lauter Ruf lässt die Männer und Frauen, die um den Bagger und die verbrannte Leiche herum nach Spuren suchen, aufblicken und ihre Arbeit ruhen lassen.

»Da oben im Wald steht ein Auto auf einem Holzweg. Es ist mit Sträuchern und Büschen verdeckt!«, ruft einer der Männer, die den Rand der Kiesgrube und den umliegenden Wald absuchen.

»Welche Marke, welche Farbe, Kennzeichen?«, ruft Tanja, bleibt aber ungehört.

Ein Funkgerät quakt: »Hier liegt ein Benzinkanister. In einem der Teiche, die schon als Biotop angelegt sind, schwimmt Benzin. Die Ölwehr soll kommen.«

*

Kurz bevor die Meldung zum Leichenfund in der Kiesgrube hereinkommt, fährt Frind hinüber zum stillgelegten Steinbruch. Seine Gedanken eilen schon die Wand über den vor sich hin rostenden Gerätschaften zur Bruchsteingewinnung empor. Das im Wind flatternde Absperrband ist für ihn kein Hindernis.

Er zerreißt es ohne Bedenken – er wird es beim Verlassen des Steinbruchs wieder zusammenknüpfen – und lenkt sein Fahrzeug weiter zum Fundort der weiblichen Leiche.

74

Im Kofferraum lagern seit Wochen seine vor der letzten Wanderung mit Marina noch verschmutzten Wanderschuhe. Er schlüpft hinein, wobei sein Bauchansatz ihn stört. Auch das Schnüren geht nicht ohne heftiges Schnaufen und verstecktes Fluchen. Dann läuft er hinüber zu dem Gestrüpp, wo der Hund des Spaziergängers angeschlagen hat. Sein Blick sucht sich durch die Blätter des Gestrüpps der Steilwand entlang nach oben.

Er ist einmal in seiner Jugend von einem Garagendach gefallen und hat sich dabei den Arm gebrochen. Das war so schmerzhaft und der Gipsverband hat fürchterlich gejuckt. Was musste die Frau erst durchgemacht haben, als sie an den vorstehenden Felsnasen aufgeschlagen ist?

Er blickt weiter sinnend nach oben. »Ich geh mal hinauf«, beschließt er spontan und gibt sich damit selbst Schub. Etwas sagt ihm, dass er oben fündig werden würde.

Die Sonne brennt schon von einem leicht milchigen Frühherbsthimmel. Bei der Vorstellung, wie weit nach oben er da klettern muss, bricht ihm der Schweiß aus. Beunruhigt schaut er die steilen Rampen hoch. Auf ihnen sind noch vor Kurzem Lastwagen mit riesigen Reifen verkehrt. Die Rampe ist nur wenig breiter als die Lastwagen selbst, an einigen Stellen ist die Fahrrinne so schmal wie die Spurbreite. Seitwärts geht es senkrecht nach unten. »Die Chauffeure müssen wahre Fahrkünstler sein. Hinaufkommen kann ich mir noch vorstellen, aber runterfahren?«, führt er sein Selbstgespräch weiter. Über seine Arme kriecht eine Gänsehaut.

Er bleibt stehen, um sich den Schweiß von der Stirn zu wischen, überlegt, von welcher Stelle aus die Frau hinuntergefallen sein könnte, und sucht immer wieder vorsichtig über die Felskante tief unten den Aufschlagpunkt.

Fuß vor Fuß steigt er über den scharfkantigen Schotter und wischt sich den Schweiß immer häufiger von Stirn und Nacken. Das gute Essen von Marina rächt sich, es ist zu gut und zu nahrhaft. Er kann es einfach nicht lassen. Was sie auf den Tisch bringt, muss einfach weggeputzt werden. Sie ist eine wunderbare Köchin. Der

75

Gedanke an sie lässt ihn leichter steigen und vergessen, wie er sein Gewicht nach oben schieben muss.

Sie hat ihr Können schon damals bewiesen, als er vor mehr als zwanzig Jahren von ihr das erste Mal eingeladen wurde, mit ihr und ihrer Tochter Tanja zu Abend zu essen.

Er hatte sich, nachdem der Fall von Sandro Beduzzis Tod zum Unfall erklärt und ad acta gelegt worden war, verpflichtet gefühlt, sich um die Frau und das Kind zu kümmern, denen er keine Antwort zu ihren wortlosen Fragen hatte geben können. Er besuchte Mutter und Tochter über die Jahre sporadisch und dann immer öfter. Daraus war eine tiefe Freundschaft geworden. Er fühlte sich in der Schuld der Frau und vor allen Dingen des Mädchens, das seinen Vater verloren hatte. Immer blieb das Gefühl, versagt zu haben.

Marina Beduzzi war eine starke Frau. Sie meisterte den plötzlichen Tod ihres Mannes und des Vaters ihres Kindes in ungewöhnlicher Weise. Sie verkündete ihm einige Jahre später, sie würde von Basel nach Olten in die Nähe ihrer Eltern ziehen, denn die brauchten sie. Und sie suchte die Geborgenheit einer Familie, wenn auch Mann und Vater fehlten. Marina fand in dieser Kleinstadt bald eine Stelle als Anwältin und trat in eine ortsansässige Kanzlei ein. Tanja würde in Olten zur Schule gehen.

Alex fühlte sich in Basel alleingelassen. Liebschaft folgte auf Liebschaft, keine hielt länger. Sie zerschellten an den Unregelmäßigkeiten, die sein Beruf auslöste. Seine Besuche in Olten bei Marina und Tanja wurden immer häufiger.

Die steile Rampe wird zur Tortur und er muss immer öfter stehen bleiben. Erschöpft setzt er sich auf einen Stein.

Was empfand die Frau, die da hinunterstürzte? Da war Mondschein, wie die Zeugin Kupper gesagt hatte, schön, aber gespenstisch und angsteinflößend! Was hatte die Frau da hinaufgetrieben? Allein war sie nicht gefahren, jemand musste sie hinauf in diese schwindelerregende Höhe gebracht haben.

Der Schrei, wie war er anzuhören? Voller Todesangst, Verzweiflung? Oder war es ein Lustschrei, so wie der Wyss es beschrieben hatte? Aber um diese Zeit? War es eine Frauen- oder eine Männerstimme, die die Nachtruhe gestört hatte? Wie schreit jemand, der selbst, aus eigenem Antrieb springt, oder jemand, der gestoßen wird? Freudig oder erschreckt, verängstigt, verzweifelt? Frind starrt hinaus in die Ebene. Er ruft, einer Eingebung folgend mit voller Lungenkraft »Hallo«. Der laute Ruf, ein Echo von Wand zu Wand. Man kann deutlich hören, wie das Wort an der Wand abprallt und dann in Wellen wieder zurückkommt. Schauerlich!

Er entscheidet sich, endlich seine Angst zu überwinden und nahe an den Abgrund zu treten. Schwindel erfasst ihn und er springt voller Angst wieder zurück! Dabei macht er einen unbedachten Tritt und rutscht kurz aus, sein Herz beginnt zu rasen. Ein vorstehender Stein bewahrt den rutschenden und heftig mit den Händen fuchtelnden Mann vom selben Schicksal der toten Frau.

»Zeit hinabzusteigen!« Er geht langsam und vorsichtig. Seine Knie zittern. Die groben Bruchsteine der Fahrbahn erschweren das Gehen. Er tastet sich mehr voran, als er geht. Mit verknotetem Magen fixiert er die Seitenwand, denn immer wieder zieht ihn der Abgrund magisch an. Er bleibt wie angewurzelt stehen.

»Sehe ich da, was ich zu sehen glaube, oder ist es nur der Schattenwurf der Steine?« Er beugt sich vor und fährt mit der Hand über einen breiten Streifen schwarze Farbe! Er zieht sich über ein paar Meter hin. Eine Kurve in der Fahrrinne zwingt abwärtsfahrende Fahrzeuge nahe an die Wand. Beim Weitergehen richtet er seinen Blick zu Boden. Etwas Rotes schaut zwischen den Steinen hervor. Ein Plastikteil liegt rotbrillierend in der Mittagssonne. Der Fahrer muss an dieser Stelle zurückgesetzt haben, um die Haarnadelkurve besser meistern zu können. Dabei muss ihn der Fels kalt erwischt haben. Das wird wohl der Punkt sein, bei dem die Zeugin Kupper meinte, der Lichtstrahl habe sich gewendet, überlegt sich Alex.

Er lässt das Teil unberührt liegen. Die KTA soll den schwarzen Farbkratzer und das rote Plastikteil untersuchen.

Bei seinem Auto angekommen, schirmt er mit der Hand seine Augen vor der hellen Mittagssonne ab und schaut nochmals die Felswand hoch. Der Leichenfundort liegt etwas weiter weg von der geraden Falllinie in dem Gebüsch, wo er vor einer Stunde nach

77

oben geschaut hat. Der Körper konnte irgendwo beim Fallen durch die Wand an verschiedenen Stellen aufgeschlagen sein. Er ist überzeugt, dass das nicht das Resultat eines Sprungs ist, keinesfalls eines freiwilligen. Aber er hat keinerlei Hinweis auf einen gewaltsamen Tod. Was hat der Gerichtsmediziner über die Schrammen an der Leiche gesagt? Sollte ein Kletterer sich die Wand an den kritischen Stellen ansehen? Es fällt ihm ein, dass irgendwo in der gerichtsmedizinischen Literatur ein Forscher dargestellt hat, an was man feststellen kann, ob jemand aus der Höhe gestoßen wurde oder selbst gesprungen ist. Wie war das, wenn jemand eine Leiche oder einen betäubten Menschen nach unten stieß, um einen Mord oder Selbstmord vorzutäuschen?

Er ruft sich sofort wieder zur Ordnung. Er will nicht in die Falle der vorschnellen Schlüsse treten.

*

Der Kellner im Restaurant Kreuz lächelt Alex zu und macht eine einladende Handbewegung zu einem Tischchen am Straßenrand an der Hauptgasse.

Allein an einem Tisch in einem Straßenrestaurant oder Straßencafé zu sitzen, ein Getränk oder noch besser ein leckeres Mahl vor sich und dabei den Passanten zuzusehen, ist eine seiner liebsten Freizeitbeschäftigungen. Es beflügelt in ihm das wunderbare Gefühl von Leben. Er sitzt für sich und ist dank der vorbeischlendernden Leute oder der anderen Gästen doch nicht allein.

Das fehlende Telefon in seiner Tasche gibt ihm Hoffnung auf eine kurze Zeit ungestörten Beobachtens und Träumens. Sein leerer Magen fordert ohnehin ungestüm und schnell nach Sättigung.

*

Die Tür zu seinem Büro steht offen und sein Blick fällt auf sein Smartphone. Das schlechte Gewissen meldet sich kurz, zieht sich aber sofort wieder zurück. Handyfreie Zeit, wie schön!

78

Es sind nur ein paar Schritte zum Büro seiner Mitarbeiter. Marta sitzt wie gewohnt hinter ihrem Bildschirm.

»Wo sind denn die andern?«, fragt er sie.

»Eine verbrannte, männliche Leiche in der Schaufel eines Baggers unter Geröll in der Kiesgrube Gunzgen hast du verpasst. Das hat sie hinausgelockt, und stell dir vor, sogar unser Spezialfreund, der Herr Staatsanwalt Fluri, ist hingefahren.«

Alex schürzt die Lippen,

»Ach, wenn der Fluri sich sogar bemüht, hat er wohl ein schlechtes Gewissen. Letztes Mal hat er mich buchstäblich im Dreck sitzen lassen, aber heute ist halt schönes Wetter«, sagt er scheinheilig.

»Übrigens, wieso hat mir niemand Bescheid gesagt?«

»Du Spaßvogel! Du gehst einfach weg und nimmst nicht einmal dein Handy mit«, lästert sie.

»Handyfreie Zeit – Zeit zum Denken!«, gibt er ihr zur Antwort und macht ein bedeutungsvolles Gesicht. Sie streckt ihm frech die Zunge raus, dann grinst sie. Alex nimmt es gelassen und grinst auch. Sie hatten in den letzten Tagen so wenig zu lachen.

»Tanja hat die Führung übernommen«, fährt Marta ernsthaft fort. »Sie hat mir kurz Bescheid gesagt. Sie kommen zurück, sobald die Leiche abtransportiert ist.«

Alex wendet sich zum Gehen, dreht sich aber nochmals um: »Hat die Spurensicherung schon den Bericht zum Steinbruch geschickt?«

»Nein, noch nichts, auch die Gerichtsmedizin hat sich nicht gemeldet. Die haben in Basel wohl mehr zu tun, und unser Fall wird bei denen nicht erste Priorität haben. Und jetzt kommt noch die Leiche aus der Kiesgrube dazu.«

Frind geht nachdenklich zurück in sein Büro und schnappt sich das Telefon.

Der Leiter der KTA Arthur Brenneisen, für seine Freunde Duri, meldet sich, hört sich aber merkwürdig an.

»Duri, hast du was für mich? Wenn nicht, hätte ich noch eine Frage«, sagt Alex, wird von Brenneisen aber sofort unterbrochen.

»Alex, entschuldige, ich kann jetzt schlecht reden. Ich stehe da in der Kiesgrube und der Empfang ist hier nicht gut, zudem ist noch viel

Arbeit zu erledigen. Der Fluri war übrigens auch vor Ort! Mann, du hast recht, der hat sie nicht alle. Der meint, alles müsse sofort auf seinen Tisch«, hört Frind seinen Kollegen und Freund durch die knackende und rauschende Leitung schimpfen. »Tut mir leid, mein Freund, aber ich hab noch was für euch.« Er spricht sofort weiter, damit Duri nicht protestieren kann. »Das trifft sich gut, dass ihr noch in der Kiesgrube seid, da ist es ja nicht mehr so weit. Wenn ihr in Gunzgen fertig seid und es nicht zu spät wird, ich meine wegen des Lichts, dann fahrt doch gleich nochmals in den Steinbruch. Ich will dir ja nicht dreinreden. Ich selbst war vorhin nochmals selbst dort und habe versucht, die Stimmung einzufangen. Dabei habe ich etwas für euch gefunden!«

»Du hast da oben wohl ein Schäferstündchen über Mittag gehalten. Wer war denn die Schöne? Du hast noch Ideen, und wir schuften hier in der Grube seit Stunden!«

»Spaßvogel!«

Brenneisen wird wieder ernst. »Was möchtest du, das wir uns ansehen?«

»Oben am Rampenende, da, wo die Fahrrinne etwas schmaler ist, ist ein schwarzer Farbstreifen, der da definitiv nicht hingehört, und ein rotes Plastikteil liegt gleich daneben zwischen den groben Steinen der Fahrrinne. Die könnten von einem Fahrzeug stammen.«

»Wir waren nicht so weit oben, es gibt da einen tieferen Felsabsatz, von wo die Person hätte runterfallen können. Da haben wir nichts entdeckt!«

»Aber weiter oben, eben da, bei dieser schmalen Stelle ist noch eine Felsnase. Das würde vielleicht auch helfen, zu erklären, weshalb die Leiche nicht direkt in der Falllinie, sondern etwas weiter weg von der Wand in dem Gebüsch gelandet ist. Vielleicht wäre es auch gut, wenn einer von euch mit Kletterzeug die Felswand in der Falllinie auf Aufschlagstellen untersucht!«

»Du meinst das aber nicht im Ernst, Alex. Ich habe kaum genügend Leute, um den Schlamassel hier korrekt zu untersuchen, und jetzt willst du noch einen, der klettert!«

»Bitte schau selbst mal nach! Du hast ein Abendessen bei Marina und mir gut!«

80

»Oh, in dem Fall fahre ich gerne zweimal hinauf und vielleicht klettere ich am Sonntag mal mit einem Kollegen vom Alpenclub! – Tschüss!«

Alex klickt sich aus der Leitung und schickt Tanja eine Kurznachricht.

»Besprechung um fünf Uhr, ich habe Neuigkeiten zum Steinbruch und von dir und Kuchta möchte ich einen Lagebericht zur Kiesgrube. Ist der Fluri noch da?«

Die Antwort kommt umgehend: »Nein, der hat, als es ans Arbeiten ging, die Flucht ergriffen und ist wieder abgehauen.« Man kann das hämische Grinsen Tanjas förmlich sehen. »Der ist wirklich zu nichts zu gebrauchen, taucht da in seinen Hochglanzschuhen mit Ledersohle und im Anzug auf und reklamiert hier rum, wir sollten schneller arbeiten! War gut, dass du nicht da warst! Alles andere um fünf Uhr!«

9

»Wir haben nun zwei Fälle zu bearbeiten. In der gleichen Gegend – gehören sie zusammen?«, stellt Alex säuerlich fest. Was einmal als ein Fall mit wenig Haken dahergekommen ist, wird immer komplizierter. Und er spürt, der Druck von Solothurn her wird immer größer.

Die Flipchart präsentiert sich noch blütenweiß. Die früheren Aufzeichnungen hat Marta an einer der Wände aufgehängt. Bald wird sie mit Wörtern, Kreisen und Pfeilen ein chaotisches Bild bieten. Ein Unbeteiligter hätte dann zu Recht Mühe, sich zu orientieren.

Die Abendsonne wärmt durch die hohen Fenster. »Tanja, bitte lass Luft rein! Ich ersticke hier drin«, bettelt Alex. Marta schiebt in diesem Moment ein zusätzliches Whiteboard in den Raum. »Zwei Fälle, zwei Boards!«, ruft sie fröhlich. Sie ist nicht leicht unterzukriegen.

»Oh nein, es ist ohnehin schon verdammt eng hier!«, ächzt Kuchta, der seine langen Beine neu arrangieren muss. »Wir wissen bis jetzt so wenig, dass das wohl auf einem Board Platz hat«, schimpft er weiter.

Alex übergeht Pauls Bemerkung. »Danke, Marta, gute Idee! Wir gewinnen so besser die Übersicht! Auch wenn die Fälle nicht zusammenhängen sollten. – Was haben wir? Tanja, du schreibst!«

Sie rümpft die Nase, sagt aber nichts und greift zum Stift.

Tanja betrachtet stirnrunzelnd die beiden Flipcharts. Dann schreibt sie *Weibliche Leiche* an den oberen Rand des ersten Blatts. Sie hält kurz inne. Was haben sie zur männlichen Leiche zu notieren? Zwei Unbekannte sind zu Tode gekommen. Durch eine Hand?

Die Sonne sinkt hinter eine Wolke, das Licht im Raum wird schummrig. Es ist trotz des offenen Fensters noch immer stickig. Das mag wohl auch an der Stimmung liegen.

Beide Boards überfließen von Daten und Uhrzeiten, und die offenen Fragen auf beiden Boards färben die ehemals weißen Flächen lückenlos schwarz.

»Die weibliche Leiche war also kahlgeschoren, muss aber schwarze Haare gehabt haben. Ihre Augenbrauen sind natürlich schwarz. Sie muss eine sehr schöne Frau gewesen sein, ihre olivfarbene Haut ist makellos, von den schrecklichen Schrammen abgesehen,« fasst Tanja zusammen.

Plötzlich richtet sie sich auf und weist mit ausgestrecktem Zeigefinger auf die Fotografie der Frauenleiche, wie sie auf der Steinplatte liegt: »Seht ihr das? Da ist kein Blut an der Felsplatte, wo sie liegt! Und das Gesicht ist trotz der Schrammen noch erkennbar. Wir könnten einen Zeichner bitten, ein Phantombild zu erstellen, das wir veröffentlichen könnten.«

Alex Frind räuspert sich, um sich Gehör zu verschaffen: »Du hast recht, Tanja, aber es ist die Aufgabe der Kriminaltechniker oder der Gerichtsmediziner herauszufinden, ob die Frau erstens noch lebte, als sie über den Felsen stürzte, oder zweitens, ob die Frau gestoßen wurde, oder die dritte Möglichkeit, ob sie schon tot war und hinuntergeworfen wurde, um die Todesursache zu verschleiern.«

Betretenes Schweigen im Raum.

Paul kritzelt mit seinem Stift auf seiner Schreibunterlage Strichmännchen, liegend, stehend und von einem Felsen fallend. Tanja beißt sich empört auf die Unterlippe. Marta flickt kunstvoll ihren Stift. Alex klopft einen Trommelwirbel auf die Tischplatte. Er räuspert sich und beginnt vorsichtig: »Was ich jetzt sage, ist reine Spekulation. Ich gehe mal vor, wie ein Romanschriftsteller, der muss auch einen Plot haben, bevor er mit dem Schreiben loslegen kann. Die Geschichte wird deshalb nicht unbedingt wahrheitsgemäßer. Ich bin sonst gegen ein solches Vorgehen, aber wir müssen uns schließlich an etwas halten, damit wir unsere Gedanken über das vielleicht Geschehene an etwas ausrichten können. Mehr Kontur ist vonnöten!«

Sein entschuldigendes Lächeln lockert die schwere Stimmung im Raum etwas auf. Es fehlt nur noch, dass er sich mit verschränkten

84

Beinen wie ein orientalischer Märchenerzähler auf den Schreibtisch setzt. Ein letztes Aufblitzen der Abendsonne simuliert das Lagerfeuer und die Zuhörer versinken im Dämmerlicht.

»Die Frau wird zu einem Abendessen in einem Privathaus eingeladen, Grund unbekannt. Aber man kennt sich gut, ja, vielleicht sogar sehr oder zu gut. Champagner und Kerzenlicht. Leise Musik im Hintergrund. Der Hausherr macht auf Diener. Ein Essen, das leicht warm zu stellen ist, gediegen und lecker. Dezente Stimmung, keine lauten Stimmen, keine weiteren Gäste. Dann schwerer Rotwein und später ein süßer Dessertwein. Dann wieder ein Glas von dem dunklen Bordeaux, der im Kerzenlicht aufleuchtet. Das Paar tanzt, der Mann bietet noch mehr Rotwein. Die Frau schwankt schon leicht und kichert, der Alkohol tut seine Wirkung.

Noch etwas Wein? Er lässt sie auf dem Sofa zurück und geht in die Küche, stellt neue Gläser auf ein silbernes Tablett, träufelt in ihr Glas ein paar K.o.-Tropfen oder schon ein tödliches Gift? Nein, K.o.-Tropfen genügen. Er kommt zurück und sieht sie schlafend. Die leise Musik füllt den Raum. Er weckt sie und bietet ihr noch ein Glas an. Sie trinkt im Halbschlaf gierig und merkt keinen Beigeschmack. Sie sinkt zurück, sie ist total ausgeklinkt.

Er zieht sie aus, vergeht sich an ihr. Er wollte sie schon lange, aber sie wollte nicht, sie liebt den anderen, der nun Gott sei Dank auf Reisen ist, einer langen Reise, er hat ihn fortgelockt.

Nun greift er zu Schere und Rasierer, die prächtigen, schön glänzenden Haare fallen achtlos auf den Teppich. Er rafft sie nachlässig zusammen und wirft sie und die Bekleidung in den Kamin, wo ein Feuer, der Jahreszeit entsprechend, sanfte Wärme spendet. Ein Glas Rotwein in der Hand schürt er die Asche. Er nimmt sich Zeit, der nächste Schritt, die Entsorgung.«

Alex Frind zeichnet mit den Fingern Anführungszeichen in die Luft.

»Was er nicht bekommt, soll der andere auch nicht haben.«

Seine Teamkollegen schauen ihren Chef gebannt an. Was sie da hören, erschreckt sie. Welch unglaubliche Szenerie zeichnet er. Welche Boshaftigkeit, welche Kaltblütigkeit! Und das von ihrem Chef!

85

Tanja schaut ihren väterlichen Freund und Tutor verschreckt an. Solches von ihm zu hören, unglaublich! Welch kriminelle Energie! »Alex, hör auf, das ist ja schlimm, was du da fabulierst.« Er schaut sie traurig an. »Tanja, leider ist das in irgendeiner Form schon oft geschehen und es geht noch weiter: Er bewegt sich in seinem Sessel, schlägt die Beine übereinander und schaut auf den reglosen Körper, wie er da nackt und vollkommen vor ihm liegt. Sein Blick ist eisig. Dann lädt er sich den leblosen Körper über die Schulter und trägt ihn in die Garage, wo sein Auto steht, fährt zum Steinbruch und hinauf zur obersten Felskante.«

»Sie muss schon tot gewesen sein, als er sie in den Steinbruch wirft, denk dran, es findet sich kein Blut unten auf dem Stein. Aber weshalb wirft er sie weg wie ein Stück Müll? Er muss doch damit rechnen, dass man sie findet«, gibt Tanja zu bedenken.

»Das ist auch meine Einschätzung«, meint Marta aus der Düsternis des Büros. »Er hat wohl nicht bedacht, dass eine abstürzende Leiche beim Aufprall nicht mehr oder nur wenig blutet.«

»Nochmals zu den Zeugenaussagen«, sagt Alex. »Der Bauer Wyss kann nicht genau sagen, ob es der Schrei einer Frau oder eines Mannes war, den er gehört hat, aber ihm ist noch in den Sinn gekommen, dass da nach dem Schrei noch das Echo eines irren Gelächters, wie er sich ausdrückte, von der Felswand reflektierte.«

»Das kommt ihm erst jetzt in den Sinn?«, braust Paul heftig auf.

Alle schweigen, Marta beginnt nach einigem Nachdenken die Geschichte von Alex auszubauen. Sie ist fasziniert und erschreckt zugleich von seiner Erzählung und spricht ungerührt von Pauls Ausbruch weiter:

»Nachdem er ihr eine Droge in den Wein geschüttet hat, ist sie leicht zu mobilisieren. Er trägt sie ins Auto und fährt sie hinauf in den Steinbruch, lässt sie aus dem Auto aussteigen, gibt ihr noch einmal eine Dosis und sie beginnt zu halluzinieren. Die Nacht ist so schön, der Mond scheint hell, es ist bald Vollmond. Sie macht einen ekstatischen Tanz, ganz wie ihr Mörder es will, sie stößt einen lauten Lustschrei aus, denn in ihrem Kopf geht es wild drunter und drüber und sie stürzt sich in die Tiefe, sie kann ja fliegen.«

»Ihr habt eine kranke Fantasie, das hätte ich euch gar nicht zugetraut! Sie ist doch vorher misshandelt worden, sie hat so viele Wunden, die nicht mehr bluteten!«, ruft Paul empört.

»Nein, sie ist selbst gesprungen und ist wahrscheinlich an dem Felsen mehrmals aufgeschlagen!«, ruft Marta erregt.

»Wir müssen miteinbeziehen«, geht Alex dazwischen, »dass der Wyss einen Schrei gehört hat und sogar genau sagen kann, wann. Der Zeitpunkt stimmt einigermaßen mit der Aussage der Zeugin Kupper überein! Aber hilft uns das?«

Ratlosigkeit macht sich breit, sie haben einfach zu wenig Fakten, nur Spekulationen.

»Und das Motiv? Was war der Auslöser? Eifersucht?«, knurrt Paul und kritzelt weiter auf seinem Notizblock. Auch er hat ein mulmiges Gefühl, das wird schwierig werden. »Nimmt Solothurn uns den Fall aus den Händen? Oder bleibt er bei uns?«, lenkt er plötzlich ab und versucht dabei seine verkrampften Beine in eine bessere Stellung zu schieben.

»Es scheint also Gemeinsamkeiten bei den beiden Toten zu geben: Beide Leichen waren nackt, als sie gefunden wurden«, wirft Tanja ein.

»Wie können wir wissen, ob die verbrannte Leiche in der Kiesgrube nackt war, und wenn ja, was hat das zu bedeuten?«, zischt Kuchta.

»Tanja, kläre deinen Kollegen auf!«, sagt Alex in ungeduldigem Ton.

Sie weist mit dem Stift auf dem zweiten Board auf die Stelle, wo sie das Aussehen der männlichen Leiche notiert hat. »Der Gerichtsmediziner hat schon auf dem Platz, was für ihn sehr ungewöhnlich ist, er ist ja vor Ort immer so wortkarg, festgestellt, dass auch diese Leiche kahlgeschoren worden ist, bevor sie verbrannt wurde, es finden sich keine verkohlten Haarreste. Kleider und persönliche Gegenstände gab es auch nicht im Umkreis des Leichenfundorts. Es sind einfach keine zurückgelassenen, persönlichen Gegenstände zu finden. Der Mann muss noch gelebt haben, als er in die Grube gebracht wurde. Seltsamerweise war er nicht gefesselt. Man muss sich deshalb fragen, ob er nicht bei Bewusstsein war, als er ins Gesicht geschossen wurde.«

»Die Mafia lässt grüßen! Bei denen ist das doch gerne die Methode, um die Opfer unkenntlich zu machen. Ist der Täter ein Italiener mit Verbindungen zur Mafia oder macht er die einfach nach, um uns in die Irre zu führen? Und auch hier: Was war das Motiv?«, fragt Paul.

Alex beugt sich vor. »Stopp, das sind Spekulationen, die zum jetzigen Zeitpunkt nicht angebracht sind. Deine Fantasie in Ehren Paul, aber bitte mehr Sachlichkeit!«, kommt es aus Alex' Ecke. Er scheint vergessen zu haben, dass er eben selbst seiner Fantasie freien Lauf gelassen hat.

»Beide Fälle spielen im Bergbaubereich. Die Fälle müssen wohl etwas mit dem Bau zu tun haben, Steinbruch und Kiesgrube«, meint Kuchta, der es nicht lassen kann, zu spekulieren.

Alex lehnt sich zurück: »Kann ja sein, aber ebenso auch nicht! Jetzt habe ich doch gerade gesagt, wir dürfen uns nicht vorschnell festlegen.«

Alex hält sich jedoch selbst nicht an seine eigene Weisung, nicht zu spekulieren, bevor mehr Fakten auf dem Tisch liegen und die Zusammenhänge klarer werden. Vor seinem inneren Auge sieht er die Fotografie des ihm so bekannt vorkommenden Mitglieds des Geldwäscherings. Er hütet sich, dazu etwas zu erwähnen.

»Der oder die Täter wollen nicht, dass die Opfer erkannt werden können!«, spekuliert nun auch Tanja.

»Wir haben keinerlei Beweise, dass die Fälle zusammenhängen, das eine könnte eine Selbsttötung sein, wie auch ein Mord, das andere war sicher ein Mord.«

Marta reckt sich und platzt in die Spekulationen ihrer Kollegen: »Auch wenn der Herr Staatsanwalt Fluri beim Fall um den Sturz in die Höhle der Häxechuchi nicht ermitteln will, muss ich es sagen: Es ist schon seltsam, dass sich die Stürze in unserer Gegend häufen.«

»Kollegen, wir wissen jetzt etwas mehr, aber es sind trotzdem noch so viele Fragen offen«, übergeht Alex Martas Einwurf.

Die Tür zum Raum wird in diesem Augenblick aufgerissen. Alex schaut erzürnt in ihre Richtung und verstummt. Weber steht gewichtig im Türrahmen. Seine Leibesfülle blendet das Licht aus dem Flur nahezu aus.

»Tanja, das Kantonsspital hat angerufen, deine Mutter hatte einen Unfall mit dem Auto, sie liegt in der Notfallstation des Kantonsspitals und verlangt nach dir!«

Tanja springt wie elektrisiert auf. Ihr Stuhl fällt bei der heftigen Bewegung nach hinten. Alex, ebenso erschrocken wie Tanja, kann sich im letzten Moment bremsen.

Tanja fliegt förmlich die Treppe zum Ausgang hinunter und erlaubt sich, die kurze Strecke mit Blaulicht, aber ohne Sirene über die Baslerstraße mit der maximal für Dienstfahrzeuge erlaubten Geschwindigkeit zum Kantonsspital zu fahren. Alle Rotlichter, auch das berüchtigte auf der Handelskreuzung stehen auf Grün. Ein Glücksfall.

Sie bremst direkt vor dem Eingang scharf ab und eilt zum Fenster der Aufnahme: »Wo ist meine Mutter, wie geht es ihr?«, keucht sie.

Kühl und mit einem leicht herablassenden Gesicht schaut die Diensthabende auf die junge Frau in Uniform. Sie erwartet von einer Polizistin mehr Haltung, fragt aber dennoch freundlich: »Der Name Ihrer Mutter?«

Tanja bemerkt die leise Kritik und ruft sich zur Ruhe: »Marina Beduzzi!«

Ein kurzer Blick auf den Bildschirm.

»Ja, sie ist hier auf der Notfallstation. Gehen Sie der blauen Linie nach!«

»Mama!«

Marina Beduzzi liegt etwas bleich auf einem Schragen, eine dicke Halskrause stützt ihren Kopf. Sie lächelt erleichtert beim Anblick Tanjas. »Mama, was machst du für Sachen?«

»Der Kerl hat mir den Vortritt abgeschnitten!« Sie verändert ihr Lächeln beim Anblick ihrer Tochter in leicht verlegenes Grinsen. »Sie wollen mich zur Beobachtung ein paar Tage hierbehalten. Ich habe mir den Kopf angeschlagen und wohl eine leichte Gehirnerschütterung. Kannst du mir ein paar Sachen bringen?«

Tanja umarmt ihre Mutter: Tränen der Erleichterung stehen in ihren Augen. »Sicher, bis später!« Sie eilt hinaus und ist eine Stunde später schon wieder zurück. Marina ist auf Station verlegt worden. Ihr Zimmer liegt in den oberen Stockwerken des neuen Bettenhauses und bietet einen wunderbaren Blick auf die Lichter des Quartiers und den Bahnhof in der Ferne. Ein kleines Stück der alten Holzbrücke ist als dunkler Schatten auch zu erkennen.

Als sie sich bei der Stationsschwester nach ihrer Mutter erkundigt, stellt sie mit Freude fest, dass eine alte Schulkollegin hier die Stellung hält. »Ruth! Meine Mutter liegt hier, welches Zimmer? Wie geht es ihr?«

»Hoi, Tanja, long time no see!«, entgegnet die Krankenpflegerin. »Deiner Mutter geht es den Umständen entsprechend gut!«

Drei Wangenküsschen und eine Umarmung später sprechen die zwei über alte Zeiten, die Arbeit und das Familienleben. Mama kann warten.

Ruth ist verheiratet und hat drei Kinder. Tanja gibt zerknirscht zu, dass sie noch Single ist, aber einen Journalisten zum Freund hat. Der aber derzeit wohl untergetaucht ist. Sie zieht ihr Handy hervor und schaut verloren auf den Bildschirm.

»Hoffentlich ist ihm nichts passiert!«, gibt Ruth mitfühlend zur Antwort. Nach einigen Sekunden des Überlegens spricht sie weiter: »Wir haben einen jungen Mann auf der Abteilung, der liegt im Koma, wir wissen nicht, wer er ist. Ist er euch bei der Polizei nicht gemeldet worden? Die Verwaltung hat sicher eine Vermisstenanzeige aufgegeben.«

Tanja erschrickt: »Wieso sagst du mir das?«

»Einfach so, du bist bei der Polizei. Eine Familie hat er scheinbar nicht, denn es hat sich niemand gemeldet und nach ihm gefragt. Er ist übel zugerichtet, aber wir nehmen an, in einigen Wochen wird er wiederhergestellt sein!« Tanja nickt nachdenklich.

»Darf ich ihn sehen?«, fragt sie, einer plötzlichen, schrecklichen Eingebung folgend. Ruth zögert.

90

»Eigentlich nicht, aber du als Polizistin, dir kann ich sicher den Zugang erlauben!«

Eine kleine Tafel, »Keine Besuche. Bitte sich im Stationsbüro melden!«, verkündet ein Zutrittsverbot. Ruth öffnet für Tanja die Tür zum Krankenzimmer. Sie sieht nur einen von Verbandstoff umhüllten Kopf und eingeschiente Beine und Arme. Dichtgespannte Verbandstoffstreifen machen das Gesicht unkenntlich. Ein Beatmungsgerät pumpt Sauerstoff. In jedem Arm steckt eine Infusionsleitung. Aus den Beuteln am Medikamentengalgen tropft die Flüssigkeit langsam und regelmäßig in die Schläuche. Die Brust hebt und senkt sich sanft.

Der Patient liegt da mit geschlossenen Augen. Man kann sie kaum in dem weißen Kopfverband erkennen.

»Ruth, was weißt du von dem Mann?«, flüstert Tanja.

»Nicht viel, er scheint keine Papiere bei sich gehabt zu haben, auch kein Handy, keine Schlüssel. Die Sanitäter haben ihn oben auf dem Born in der Häxechuchi aufgelesen, mehr weiß ich nicht. Seine Kleider waren total zerschlissen und blutig. Aber die Polizei weiß doch sicher etwas.«

Tanja antwortet: »Dazu darf ich dir eigentlich keine Antwort geben. Aber sag es niemandem, wir wissen auch nichts.«

Ruth schaut ihr nach, als sie langsam und gedankenverloren aus dem Zimmer auf den Flur hinausgeht. Sie sagt nichts.

Tanja vergisst beinahe, bei Mama reinzuschauen, um die mitgebrachten Dinge vorbeizubringen. Ihre Gedanken schlagen Purzelbäume und eine schreckliche Ahnung steigt in ihr auf. Sie muss dem unbedingt nachgehen.

91

10

Die Besprechung hat lange gedauert. Alle sind ausgelaugt. Sie sind an einem toten Punkt angelangt. Tanja ist völlig aufgelöst zurückgekommen. Sie muss dringend mit jemandem reden.

Die Kollegen räumen auf, als Tanja wieder in den Besprechungsraum tritt.

»Deine Mama, was ist mit ihr?«, kann sich Alex nicht enthalten, ängstlich zu fragen.

Tanja macht eine wegwerfende Handbewegung. Sie beschwichtigt, obwohl sie sich schlecht fühlt.

»Ein paar Prellungen, wahrscheinlich eine kleine Gehirnerschütterung. Sie behalten sie ein paar Tage da, morgen machen sie ein CT oder ein MRT nur zur Sicherheit!«, schiebt sie nach.

»Habt ihr etwas Neues von dem Unfall in der Häxechuchi gehört?«, erlaubt sie sich jetzt doch zu fragen.

Alle drehen den Kopf und schauen sie fragend an.

»Auf der Abteilung liegt ein Mann. Er scheint schwer verletzt. Die Ärzte haben ihn in ein künstliches Koma versetzt. Das muss ein schwerer Sturz gewesen sein, ich habe den Mann gesehen. Total einbandagiert. Er ist nicht erkennbar.«

Der reinen Form halber fragt sie: »Muss ich wegen unserer Fälle noch etwas erledigen? Wenn nicht, gehe ich heim.«

»Heute nicht mehr!«, beruhigt Marta. »Geh nur, wir schmeißen den Karren hier. Und wegen deiner Mutter, sag ihr gute Besserung von uns allen, wir warten schon auf ihre Lasagne!«

»Und auf ihr Tiramisu!«, werfen Alex und Paul gleichzeitig ein. Alle lachen befreit auf.

*

93

»Mama?«, ruft sie leise. Es hat Tanja keine Ruhe gelassen und sie ist wieder ins Spital zurückgekehrt. Sie betritt das dunkle Krankenzimmer. Das Bett ist leer. Das sieht nicht gut aus. Gab es eine Komplikation?

Fast panisch eilt sie aus dem Raum und sucht Ruth.

»Wo ist Mama?«, ruft sie von Weitem den langen Flur entlang. Das hell erleuchtete Stationsbüro ist leer.

Sie eilt durch den Flur und sieht die Tür zu dem Zimmer mit dem Komapatienten leicht offenstehen. Sie stößt sie weiter auf und sieht ein ungewöhnliches Bild. Ruth steht neben einer Patientin mit Halskrause am Bett. Sie schauen aber nicht auf den Patienten. Ihr Blick liegt gebannt auf einem kleinen Sträußchen, arrangiert aus fünf weißen kurzstieligen Rosen, gemischt mit feinen Gräsern und seltsam schwarz anmutenden Roggenähren, das unschuldig auf der Bettdecke des Patienten liegt.

Tanja erfasst es sofort: Die geschnittene Ähre, Symbol des Todes, und die schwarzen Körner, Symbol des Wahnsinns und des Zerfalls. Aber die weißen Rosen, für was stehen die? Sie sind doch Symbol der Unschuld? Aber in der Kombination mit den schwarzen Körnern? Todesdrohung?

Die Blicke der beiden Frauen treffen Tanjas Augen, während sie das Bett umrundet und von der anderen Seite das Bouquet betrachtet.

Ruth will nach dem Büschelchen greifen, doch die Polizistin in Tanja stoppt sie mit einer Handbewegung. Sie zieht aus ihrer Tasche ein paar Latexhandschuhe hervor und streift diese sorgfältig über. Dann greift sie nach dem Strauß und fragt: »War jemand hier?«

»Nicht, dass ich wüsste. Wenn doch, dann hat er oder sie sich hereingeschlichen. Wohl eine Verehrerin? Ich habe Frau Beduzzi geholt, ich wollte eine Zeugin.«

Marina, die clevere Anwältin, fragt sofort: »Tanja, was soll das? Eine Warnung? Eine Drohung? Weshalb die weißen Rosen in Kombination mit diesem schwarzen Getreide? Roggen sieht doch ganz anders aus!«

Tanja nickt zustimmend. »Die Roggenähre mit schwarzen,

94

länglichen Körnern, das ist doch …«, sie zögert, »Mutterkorn.«
Ihre Gedanken rasen.

»Mama, Papa hat doch damals ein Forschungsprojekt mit Mutterkorn gestartet. Das ist der Pilz, aus dem Albert Hofmann Ergotamin extrahiert hat. Papa wollte doch ein Migränemittel daraus entwickeln, so hast du mir das immer erklärt. Der Wirkstoff aus Mutterkorn ist ein Halluzinogen und ist hochgiftig! Im Mittelalter sind die Menschen, die Brot aus Roggenmehl, das aus mit Mutterkorn verunreinigtem Roggen gebacken wurde, gestorben, nachdem ihnen die Glieder abgefallen und sie vor Schmerzen wahnsinnig geworden sind.«

Marina und Ruth starren Tanja entgeistert an.

»Weshalb dieser Strauß und weshalb bei diesem Mann?«

»Ich rufe Alex an!«

»Wer ist Alex?«, fragt Ruth. Sie erhält jedoch keine Antwort, denn Tanja ist schon auf den Flur hinausgeeilt. Sie hält ihr Handy ans Ohr, während sie hektisch Türen öffnet, die alle unverschlossen sind. Vergeblich. Sie eilt weiter. Ihre Suche bleibt erfolglos. Schweiß steht auf ihrer Stirn. Die Notbeleuchtung in den Gängen ist gespenstisch.

Endlich meldet sich Alex. Sie berichtet ihm und er verspricht, in wenigen Minuten ins Spital zu kommen, nachdem er die kriminaltechnische Abteilung alarmiert hat.

Tanjas Suche nach der Besucherin bleibt erfolglos. Sie ist überzeugt, dass es sich um eine Frau handelt. Niemand ist zu finden. Sie schaut auf die Balkone, niemand. Sie würde es sich nicht verzeihen, wenn sie nicht die ganze Station absuchen würde.

In einer Glaskabine sitzen drei ältere Männer in ihren weißen Bademänteln und rauchen halb schlafend. Keiner lässt sich durch die aufgeregt herumgehende Polizistin stören. Sie sind zufrieden, endlich wieder ihrem Laster frönen zu können, auch mitten in der Nacht. Der Glaskasten ist hell erleuchtet, steht jedoch um die Ecke.

In einer der Besenkammern sieht sie einen weißen Ärztekittel hängen. Sie wundert sich darüber, denkt sich aber nichts dabei. In der einen Hand hält sie ihr Handy, mit der andern tastet sie nach ihrer Pistole, die sie noch immer in ihrem Holster, neben Handschellen und anderen Utensilien trägt. Keine Verdächtige, nichts, keine Spur. Enttäuscht und doch froh, läuft sie zurück ins Zimmer, wo die beiden Frauen noch immer wie angeleimt am Bett stehen.

»Ich habe Alex angerufen, er alarmiert Duri Brenneisen und seine Leute von der KTA.

Die werden natürlich stänkern, dass ich schon wieder der Grund sei, dass sie ausrücken müssen.« Sie hört auf dem Flur das quietschende Geräusch von Schuhen und schaut gebannt hinaus in den Flur. Alex erscheint in der Türöffnung, er macht überhaupt keinen frischen Eindruck. Er sieht Marina, die im Nachthemd mit ihrer Halskrause um das Genick auch nicht ihren besten Tag hat. Der Anblick der Frau, die er liebt und verehrt, lässt ihn erzittern. Trotzdem lächelt er erleichtert. Er macht aber keine Anstalten, sie zu begrüßen, sondern tut ganz förmlich.

»Ich bin Alex Frind, Kantonspolizei, Tanja gehört zu meiner Abteilung.« Seine Worte richten sich an Ruth. »Und Sie sind?«

»Ruth Lack. Ich bin die heute zuständige Stationsleiterin.«

Er tritt ans Bett. Die Brust des Patienten hebt und senkt sich regelmäßig. Der ganze Trubel um seine Person kümmert ihn nicht. Ein Mann in weißem Überkleid eilt schwer atmend herbei und flucht schon von Weitem:

»Alex, verdammt, was soll das? Zuerst jagst du mich von der Kiesgrube in den Steinbruch und nun auch noch hierher. Weißt du, wie spät es ist?«

Beim Anblick des Patienten, eingehüllt in weiße Verbände, dämpft er seine Stimme. »Da braucht es manches gute Essen, dass Du bei mir wieder aus dem Schneider bist!« Marina schmunzelt. Was hat Alex wohl wieder versprochen?

Duri wendet seinen Blick und hält unversehens mit seiner Tirade inne.

»Marina, ich habe dich mit deinem Halsschmuck gar nicht erkannt. Was machst du denn hier? Wo hast du denn deinen Kopf hingehalten?«, spöttelt er.

96

Er öffnet seine Arme, um sie zu umarmen, lässt es dann jedoch bleiben.

Ruth schaut entgeistert von einem zum anderen. Ist sie in den falschen Film geraten? Ihr Piepser beginnt seinen hässlichen Lärm, sie eilt hinaus.

Ein Uhr nachts! Tanja, Duri und Alex stehen vor ihren Fahrzeugen. Sie sind hundemüde und trotzdem aufgekratzt.

»Ein Bier, ein Glas Wein bei mir?«, lädt Alex die beiden ein.

»Musst selbst schlucken, altes Haus! Ich muss in die Federn. Wer weiß, was du mir morgen wieder auftischst. Eins weiß ich sicher, morgen ist Bergsteigen angesagt und vergiss nicht, mein Freund, du wirst mir zur Sühne Essen kochen, bis ich platze!«, witzelt Duri, steigt in sein Auto und fährt davon.

Auch Alex und Tanja nicken sich zu: »Ciao, a domani!«

Der von Neonlampen hell erleuchtete Platz vor der Notfallstation liegt nun still und leer.

*

Als die Tür ihrer Altstadtwohnung hinter ihr ins Schloss fällt, steht Tanja im Dunkeln. Durch die offene Küchentür fällt ein schwacher Lichtschimmer. Die Straßenlampen am Ildefondsplatz zeigen ihr den Weg in ihr Schlafzimmer. Sie lässt ihren Polizeigürtel nachlässig zu Boden gleiten, setzt sich aufs Bett und zieht sich mühsam ihre Stiefel aus, dann wirft sie sich rückwärts aufs Bett und schläft sofort ein.

Mit wilden schwarzen Augen und wirrem langem Haar starrt sie der Mann an. Sein Mund ist verzerrt. Lange gelbe Zähne wachsen zwischen gesprungenen bluttriefenden Lippen hervor. Er sabbert und ein blutiger Speichelfaden tropft auf sie. Das Gesicht kommt ihr bedrohlich nahe. Tanja weicht verängstigt zurück, sie greift nach ihrer Pistole und – findet sie nicht. Bei dieser Bewegung knallt sie rückwärts gegen die Wand. In diesem Moment beißt das Ungeheuer zu.

97

Sie reißt die Augen auf, liegt neben dem Bett auf dem harten Fußboden und tastet suchend nach ihrem Handy, um die Uhrzeit abzulesen. In diesem Moment schrillt es los.

»Hallo!«, ist alles, was sie sagt, wie sie es gewohnt ist, wenn sie privat angerufen wird. Beinahe hätte sie gierig gefragt: »Domi?«, kann es sich aber im letzten Moment verkneifen. Stattdessen horcht sie weiter in den Hörer, ohne etwas zu sagen. Sie hört hartes Atmen und wartet weiter. Das Schnaufen wird stärker und bricht dann plötzlich ab.

Tanja schaut auf die Uhr. Sie hat kaum geschlafen, aber wild geträumt. Sie zittert am ganzen Leib, rappelt sich auf und prüft Knochen und Gelenke. Ihr Training hat sich ausgezahlt. Ein erneuter Blick auf das Display und sie weiß, es ist Dominiks Nummer. Wer nutzt Dominiks Telefon, nachts um zwei? Sie steht vom Boden auf, schlüpft aus der Uniform und zieht den Pyjama über, obwohl ans Weiterschlafen nicht zu denken ist.

Die Kaffeemaschine macht in der Stille der Nacht Lärm wie eine Straßenputzmaschine und Tanja fürchtet, ihre Nachbarn in den anderen Wohnungen des Hauses damit aufzuwecken.

»Jemand hat sein Handy gefunden und spielt damit herum, um zwei Uhr?« Sie führt das Selbstgespräch weiter, findet aber keine Lösung des Rätsels.

Espresso mitten in der Nacht ist wohl nicht das Richtige, denkt sie, geht mit der Espressotasse in der Hand ins Wohnzimmer und tritt an ihre Hausbar. Ein Calvados oder doch lieber einen Cognac oder was trinkt der Inspektor in der Krimiserie jeweils? Whisky. Blöder Gedanke! Sie schenkt sich einen doppelten Zwetschgenschnaps ein und versucht, nach dem heftigen Hustenanfall, der sie ergreift, als sie den ersten Schluck des scharfen Alkohols in die Kehle bekommt, Luft zu bekommen, um einen geraden Gedanken zu fassen.

»Marta!« brummelt sie. »Marta muss mir helfen.«

Eine müde, verschlafene Stimme antwortet und geht unvermittelt in ein wüstes Schimpfen über, als sie Tanjas Stimme erkennt.

»Weißt du, wie viel Uhr es ist? Morgen ist auch noch ein Tag!«

»Ich kann nicht bis morgen warten, ich muss es wissen und zudem, es ist schon Morgen!«

Klick. Marta hat den Anruf abgewürgt und lässt sich auch auf ein erneutes Gespräch nicht ein.

Den Rest der Nacht verbringt Tanja mit einem rastlosen Spaziergang durch ihre kleine Wohnung. Schnell ist sie immer wieder an ihrem Ausgangspunkt. Der Tag dämmert. Sie eilt in die Dusche, dann macht sie sich in Zivilkleidern auf den Weg zum Büro.

Weber vom Empfang hat an diesem Morgen seinen Dienst noch nicht angetreten und ihre Kollegin Corinne Jäger, mit der Tanja oft zusammen Dienst tut und Sport betreibt, begrüßt sie an seiner Stelle erstaunt!

»Tanja, schon auf? Du kommst doch sonst nicht so früh! – Aber es ist gut, dass du da bist. Da gibt es noch jemanden, der dich schon erreichen wollte.« Sie lacht verschmitzt, denn sie hat Dominiks Telefonnummer erkannt. »Hat dich Domi im Stich gelassen und will sich wieder versöhnen? Ich habe mich noch gewundert, weshalb er hier im Posten anruft, er hat doch deine persönliche Nummer.«

Sie reicht ihr einen Zettel mit einer einzigen Telefonnummer darauf.

Tanja erbleicht.

»Wann kam der Anruf?«, stammelt sie.

Corinne versteht nicht gleich. Da es sich um einen privaten Anruf zu handeln schien, hat sie die Uhrzeit des Telefonats nicht aufgeschrieben.

»So etwa um zwei oder drei! Weshalb ist das wichtig? Es war aber niemand dran.«

»Woher weißt du, dass es Domi war?«

»Hey, ich kenn doch Domis Nummer!«

Eine leichte Eifersucht steigt in Tanja auf. Hatte ihre Kollegin etwas mit Domi? Er ist schließlich ein sehr attraktiver Mann.

»Corinne, hat er etwas gesagt?« Kopfschütteln.

»Ich habe nämlich auch einen Anruf bekommen, auch von Domis Telefon aus, aber da hat nur einer heftig geschnauft. Ich

99

habe den Rest der Nacht nicht geschlafen.« Von ihrem Traum erzählt sie nichts.

Sie zögert, ob sie Corinne vom Mann im Koma erzählen soll. Doch, die Kollegin und Freundin sollte es wissen.

»Ich befürchte, da trachtet jemand nach Dominiks Leben! Im Spital liegt ein Mann, der im Koma liegt. Und irgendetwas sagt mir, dass es Domi ist! Aber er ist so bandagiert, dass ich ihn nicht erkennen kann. Es passt zeitlich. Vor zehn Tagen haben sie den verunfallten Mann oben auf dem Born aus der Häxechuchi geborgen. Seitdem hat er sich seit Längerem nicht gemeldet.«

»Was redest du da? – Ich habe nichts mitgekriegt, das war mein erster Dienst heute Nacht nach meinen Ferien!«

»Gut für dich! In letzter Zeit war hier auf einmal der Teufel los. Du weißt aber von der Toten im Steinbruch, da sind wir auch noch nicht viel weiter. Alex ist etwas auf der Spur, aber er hält sich zurück. Du weißt ja, er ist manchmal ein Geheimniskrämer. Und gestern gab es in der Gunzger Kiesgrube eine verbrannte Leiche unter einem Kieshaufen! Dann weiter, meine Mutter hatte einen Unfall und ist im Spital zur Beobachtung. Da habe ich Ruth Lack, du kennst sie, die Krankenpflegerin, sie ist momentan die Stationschefin, getroffen und sie hat mir von ihrem Patienten ohne Namen erzählt.«

Corinne ist nicht auf den Kopf gefallen: »Tanja, wer hat dich angerufen?«

»Ich bin mir sicher, es ist derjenige, der Dominik angegriffen hat. Er hat ihn niedergeschlagen und in den Abgrund gestoßen, nachdem er ihm das Handy gestohlen hat.«

Corinne sieht sie entsetzt an. »Jetzt weiß er, wer du bist.« Tanja überlegt. Keine Liebhaberin, ein Mann!, geht es ihr spontan durch den Kopf. Und der will nichts Gutes.

»Corinne, Dominik hat mich in seinem Handy nicht unter meinem vollen Namen abgespeichert!« Ein versonnenes Lächeln erhellt ihr müdes Gesicht. »Er hat mich unter meinem abgekürzten Kosenamen abgespeichert!«

Corinne richtet sich erleichtert auf und fragt neugierig: »Und wie geht der?«

100

»Das sag ich dir später einmal«, kommt die prompte Antwort.

Sie fährt ihren Computer hoch. Das dauert ewig, gibt ihr aber Gelegenheit nachzudenken. Die offiziellen Leichen sind ihr heute gleichgültig, sie muss Dominik schützen. Sie ist sich sicher. Er ist der Komapatient.

Diese Mutterkornähren, die beiden Telefonate, wer steht da dahinter? Es muss ein Mann sein, keine Verehrerin. Wieso soll er Dominik nach dem Leben trachten? Es ist doch unwahrscheinlich, dass dieser Mann Dominik kennt. Weshalb da oben auf dem Born? Was ist da vorgefallen?

Sie schnellt auf und eilt aus dem Büro hinunter an Corinne vorbei, die ihr erstaunt nachsieht. Sie läuft zu ihrem Auto, einem Fiat Cinque Cento.

Das Bijou gehörte zur Hinterlassenschaft ihres Vaters. Als sie den Führerschein gemacht hatte, überraschte Mama sie mit dem Geschenk. Das kleine Cabriolet mit dem Zuckerwassermotor und mit Gangschaltung war all die Jahre bei einem befreundeten Autohändler in Verwahrung und eigens auf Tanjas großen Tag wiederhergerichtet und ein bisschen getunt worden. Ungestüm setzt sie sich ans Steuer und rast mit heulendem Motor aus dem Parkplatz vor der Dienststelle.

Zur Häxechuchi kann sie mit diesem Auto schlecht hinauffahren. Tanja denkt nicht so weit. Sie fliegt förmlich durch die Kurven und erreicht in kürzester Zeit den Parkplatz bei der Kapelle.

Eine Stahlbarriere verhindert die Weiterfahrt zum Wald. »Verdammt! Geschlossen!«, flucht sie los und schlägt mit der flachen Hand auf das kleine Lenkrad. Sie braucht einen Schlüssel, um die Barriere zu öffnen.

»Dauert mir zu lange!« Tanja lenkt das kleine Fahrzeug zwischen Barriere und dem großen Felsbrocken, der seitwärts am Rand steht, hindurch und erreicht mit heulendem Motor und seitwärts schleudernd den Weg dahinter. Der schmale Durchgang ist genau so breit wie das kleine Auto und der Felsbrocken gibt einen kratzenden Gruß mit.

101

Der Motor jammert. Unter der Anstrengung trägt das kleine Kistchen sie unter Protest zum Waldrand und in den Wald hinein.

Aufgescheucht durch den Lärm des aufheulenden Motors in der Morgenstille quert ein Wildschwein ihren Weg und sie muss scharf bremsen, eine Schar Frischlinge trippelt ängstlich hinter der Mutter her. Als sie bremst, bricht der Wagen aus und schlingert bedrohlich auf dem feuchten Waldboden. Weiter geht es den schmalen Waldweg hinauf, morsche Äste schlagen dröhnend gegen den Wagenboden. Unversehens hält sie das Fahrzeug an. Wieso rast sie so?

Sie lässt das Auto stehen und läuft heftig keuchend, den Blick in Gedanken zu Boden gerichtet, weiter. Die Häxechuchi, erinnert sie sich, ist rechts im Gebüsch versteckt. Der Markierungsstein bestätigt ihr, sie ist auf dem richtigen Weg.

Ihr Atem kommt stoßweise. Sie muss kurz anhalten, um Luft zu holen. Das kurze Stück zu Fuß und die schlaflose Nacht fordern ihren Tribut. Abgebrochene Äste hängen unordentlich von Büschen und jungen Bäumen und zeigen ihr, dass es geeilt haben muss. Vor der Höhle ist der Boden von zahllosen Fußabdrücken zermanscht. Ein Albtraum für jeden Spurensicherer. Sie tritt an das notdürftig geflickte Gitter und löst die Drahtschlaufe, die es kaum geschlossen hält. Auch dahinter im Höhleneingang sieht es übel aus. Die Rettungskräfte haben ganze Arbeit geleistet. Vorne am Rand des Abgrunds, in den sie vorsichtig hinableuchtet, schimmert ein dunkelroter Farbfleck. Blut von Dominik? Dominik ist da garantiert nicht von selbst hinuntergestürzt, geht es ihr durch den Kopf. Sie erschauert beim Anblick der tiefen Schwärze des Lochs im Felsen.

Sie hat die Wahl: Soll sie selbst eine Probe nehmen oder zuerst Alex oder sogar den Staatsanwalt informieren? Nein, das dauert zu lang, ist sie überzeugt. Nicht gerade nach den Regeln der Kunst und des Gesetzes, aber was soll's. Bis der ganze Apparat in Gang kommt, besteht die Möglichkeit, dass ein Neugieriger hierherkommt und die Spuren noch mehr verwischt. Alex wird mir zwar die Leviten lesen und einen Vortrag halten, dass ich es einfach nicht lassen kann, eigenmächtig zu handeln. Aber sie hat hundert Ausreden bereit und beruhigt ihr schlechtes Gewissen. Alex hat genug zu tun. Vor der Höhle wählt sie die Nummer der Staatsanwaltschaft und hält das Gerät vorsorglich auf etwas Distanz.

»Staatsanwaltschaft Solothurn, Fluri«, dröhnt ihr nach dem ersten Signalton die Gerichtssaalstimme des Staatsanwalts entgegen und geht sofort, noch bevor Tanja mit ihrer Erklärung fertig ist, in ein wüstes Geschrei über.

»Beduzzi, was fällt Ihnen ein, auf eigene Initiative und ohne Befehl zu recherchieren? Wir haben keine freien Kapazitäten für Ihr Hirngespinst! Sie wissen gar nicht, ob es sich um Blut und noch weniger, ob es sich um das Blut von Gerber oder von einem Täter handelt!«

»Herr Fluri, genau aus diesem Grund rufe ich Sie ja auf dem Dienstweg an. Ich gebe zu, ich bin auch aus persönlichen Gründen hierhergefahren und ich muss wohl den Fall abgeben, aber ich bestehe darauf, dass dieses Hirngespinst, wie Sie es nennen, nicht schubladisiert wird, sonst erstatte ich Anzeige. Ich will wissen, wer meinem Partner nach dem Leben trachtet!« Sie fragt sich, ob sie zur Bekräftigung die nächtlichen Telefonate erwähnen soll, lässt es jedoch bleiben.

Am anderen Ende ist es still, dann klickt es in der Leitung, die Verbindung ist unterbrochen.

Tanja laufen Wutränen über die Wangen. »Nicht mit mir, du arroganter Lackaffe mit deinen geschmacklosen fünfhundertfränkigen Schuhen!«, schimpft sie in die Stille der Höhle. Ein paar Fledermäuse machen sich davon.

Sie macht Aufnahmen mit ihrem Handy und kauert sich dann nieder, um sorgfältig etwas von den Blutresten in einen der Asservatenbeutel, den sie aus einer Gesäßtasche ihrer Jeans herauszieht, zu schieben.

Sie prüft am Eingang noch das Drahtgeflecht und sieht an den herausragenden Drähten noch weitere Blutspuren. Sorgfältig protokolliert und beschriftet sie ihren Fund.

Dann steigt sie in ihr Auto und fährt den Weg zurück. Diesmal vorsichtiger, sie will nicht noch mehr Kratzer an den Kotflügeln, als sie sich durch ihre etwas gar ruppige Fahrweise beim Herauffahren schon eingefangen hat.

»Ich muss eine Untersuchung durchsetzen, bevor alle Spuren zerstört sind«, predigt sie sich selbst.

11

Eine halbe Stunde später ist Tanja am Basler Tor in Solothurn und steigt erst aus, nachdem sie sich vergewissert hat, dass niemand, den sie kennt, sie sieht. Schnell schlüpft sie in die Kellertür an der Seite des Polizeigebäudes, steigt die Treppe hinunter zum Labor der Spurensicherung und läuft direkt dem Chef der KTA, Duri Brenneisen, in die Arme.

»Tanja! Du hier und so früh, hast du nicht geschlafen?«, ruft er erfreut und zugleich besorgt. Sie gibt ihm zur Begrüßung die obligatorischen Wangenküsse.

»Kann ich dich kurz sprechen, Duri?« Sie zieht ihn kurz entschlossen in sein Büro und dreht den Schlüssel.

»Ich vermute, du bist da, weil du was verbockt hast und jetzt meine Hilfe brauchst! Ich kenne dich, war schon im Fall mit den Tierquälern so. Hast du wieder einmal Eigeninitiative entwickelt?«, spottet der gut gelaunte, aber müde aussehende Mann.

Ihr steigt eine leichte Röte ins Gesicht und sie legt los, und wie. Sie redet wie ein Wasserfall und macht ihrer Wut über den Staatsanwalt Luft. Sie fuchtelt mit den Händen. Ihr Temperament braucht Raum.

»Fluri ist einfach nicht in der Lage, strategisch zu denken, und von Taktik hat er keine Ahnung. Wo hat der denn sein Studium absolviert, hat er überhaupt studiert? Sein Herr Papa hat ihn wohl auf den Stuhl gehoben!«

Duri hebt abwehrend die Hände: »Tanja, brems mal, so kommst du nicht weiter. Der Fluri ist kein schlechter Kerl, zugegeben, zuweilen ein bisschen mühsam, aber wenn du ihn nett darum bittest oder ihm handfeste Fakten vorlegst, bekommst du von ihm, was du willst.«

»Aber eben um diese Fakten geht es.« Tanja ist wieder auf

105

vernünftigem Niveau.«Und es ist mir bewusst, dass da bis jetzt keine Akte eröffnet wurde, was den Unfall anbelangt. Ich habe Domi ja erst gestern gefunden. Ich denke jedoch, die Tatsache seiner Rettung aus der Häxechuchi, und dass er so schwer verletzt ist, dass er im künstlichen Koma liegt, die Mutterkornähre in seinem Krankenzimmer, das Blut in der Höhle, sind genügend Grund, eine Untersuchung einzuleiten. Nur dieser Herr Staatsanwalt, findet das nicht für notwendig!

Zu wenig Personal. Dass ich nicht lache, der Mann lebt ja noch, viel zu wenig wichtig, ha, der Fluri hat sie nicht alle!«

Sie steigert sich wieder in ihre immense Wut und geht heftig mit den Armen fuchtelnd in dem kleinen Raum hin und her. Duri schaut ihr nachdenklich zu.»Wir wissen ja noch nicht einmal sicher, ob es sich bei dem Patienten auch wirklich um Dominik handelt. Wo komme ich ins Spiel?«, unterbricht er ihren Hindernislauf.

»Bitte untersuch die Blutproben hier.« Sie zieht aus ihrer Tasche die Asservatentüten hervor.»Ich kann dir für einen DNA-Vergleich Haare von Dominik bringen. Und zudem, die haben im Spital-Labor sicher noch eine Blutprobe von Herrn Unbekannt. Ich werde mir davon etwas beschaffen.«

Brenneisen schaut sie schief lächelnd an. Tanja redet weiter, aber Brenneisen unterbricht sie:»Tanja, ich wiederhole, du weißt noch nicht einmal, ob dieser Mann im Koma auch wirklich Dominik ist, und du weißt auch, ich kann solche Untersuchungen nicht ohne Auftrag machen!«, gibt er zu bedenken. Tanja geht auf ihn zu und sieht ihn mit traurig bittenden Augen an. Dann schmiegt sie sich an ihn.

»Duri, bitte!«, fleht sie.»Ich muss herausfinden, wer Domi zu schaden versucht! Und das schnell! Ich muss ihn schützen! Da ist noch etwas anderes. Jemand hat versucht, mich von Dominiks Smartphone mitten in der Nacht anzurufen«, fügt sie noch schnell an. Duri Brenneisen faltet seine Stirn, geht aber nicht auf die Bemerkung ein.

»Gib mir die Säckchen, mach mir die Vergleichsproben bereit, ich muss heute eh nochmals Richtung Olten.«

106

Tanjas Anspannung löst sich etwas und sogar ein Lächeln huscht über ihre Lippen.

Als sie noch vor Arbeitsbeginn auf den Hof ihrer Dienststelle einmündet, stellt auch Alex sein Auto gerade in eine Parklücke. »Hallo, mein Mädchen«, lacht er. »Wieder wach? Besprechung um neun!« Als sie nicht antwortet, schaut er sie kritisch an und bemerkt die Ringe unter ihren Augen. »So schlimm, Migräne?« »Noch nicht«, sagt sie kurz angebunden, lässt ihn stehen und eilt zum Eingang. Er sieht ihr trotzdem das schlechte Gewissen an. Vor ihren Augen tanzt eine grellgefärbte Aura und Teile ihres Gesichtsfeldes nimmt sie nur verschwommen wahr. Nach der Besprechung wird sie sich wohl für den Rest des Tages krankmelden müssen. Und nach Mama muss sie auch noch sehen. Sie hofft durchhalten zu können.

*

»Wir haben also zwei Tötungsdelikte mit unbekannten Opfern, wobei beim ersten Opfer noch nicht abgeklärt wurde, ob es sich um ein Tötungsdelikt oder um Selbsttötung handelt. Gibt es Vermisstenmeldungen?«

Marta hämmert auf ihren Laptop ein und ruft laut:

»Die Gerichtsmedizin hat eben im Fall der Leiche aus dem Steinbruch den Todeszeitpunkt durchgegeben. Er stimmt ziemlich genau mit den Beobachtungen der Zeugen Kupper und Wyss überein. Ich habe euch allen die Unterlagen auf eure Rechner gelegt«, meldet sie sich und beugt ihren Kopf vor, um genauer vom Bildschirm vorzulesen:

»Die Blutwerte deuten auf eine Vergiftung mit einer noch nicht definierten Substanz hin. Die Gerichtschemiker sind noch dran. DNA und Blutproben, sowie Fingerabdrücke, soweit sie nach dieser langen Liegedauer der Leiche noch erfassbar waren, sind aufgenommen und wurden bereits abgeglichen. Ob Geschlechtsverkehr stattgefunden hat, ist unklar. Sie suchen weiter.

107

Sehr interessant ist, die Fingerabdrücke der Toten sind bei der Fremdenpolizei abgespeichert. Merkwürdig dabei, sie finden für diese Luana Ghorbani keine Adresse. Sie hatte ein Studentenvisum hier in der Schweiz und hätte mit ihrem Vater zusammen vor drei Jahren wieder ausreisen müssen. Auch vom Vater keine Spur.«

Diese Meldung wirkt wie ein elektrischer Schlag auf die kleine Versammlung.

»Marta, das ist sehr interessant, bleib da dran!«, trägt Alex ihr sofort auf.

»Damit kennen wir den Namen, aber warum ist sie in unserer Gegend? Hat sie hier gewohnt, war sie auf der Durchreise?«

Tanja liest auf ihrem eigenen Bildschirm: »Die Verletzungen deuten auf einen freien Fall über die Felswand. Die KTA fand trotz sorgfältiger Suche an der Wand keine Spuren eines Aufschlags auf Felsvorsprüngen oder an Pflanzen, die in Felsritzen entlang der Falllinie wachsen. Sie muss relativ weit hinausgesprungen sein, oder«, sie schauert, »sie war schon tot und ihre Leiche muss weit hinausgeworfen worden sein.«

Tanja reibt sich die linke Schläfe, hinter der sich ein wütender Schmerz in ihr Gehirn bohrt.

»Sie war sicher noch am Leben, als sie oben auf der Klippe war. Sie kann selbst gesprungen sein, oder sie wurde überrascht und kräftig gestoßen«, kontert Alex die Vermutung Tanjas.

»Marta, sagt der Gerichtsmediziner etwas zu den Blutungen?«

Marta durchsucht den Bericht des Gerichtsmediziners.

»Nein, er schreibt nichts.«

»Schade! Ich werde nochmals nachfragen und ihn um seine Meinung bitten.«

Paul wirft nach einem schnellen Blick auf seinen Bildschirm ein:

»Die Frau muss auch einen kräftigen Schuss Alkohol intus gehabt haben. Die hat wohl nichts mitgekriegt.«

Alex fährt gleich weiter:

»Wie ist sie da hinaufgekommen? Gelaufen ist sie wohl kaum. Sie wurde wohl hinaufgekarrt, gefesselt, betäubt oder war schon tot.«

»Aber weshalb diese Mühe, wollte der Täter keine Spuren

hinterlassen?«, stochert Marta. Sie sieht wieder auf ihren Bildschirm, wo sich eine neue Nachricht angekündigt hat.

»Da kommt gerade der Bericht von Duri herein,« meldet sie. »Er hat den Farbstreifen am Felsen gefunden und die Spusi, Entschuldigung, die KTA, hat die Farbproben identifiziert. Es ist Farbe von einem Range-Rover, Farbe schwarz, und das Plastikteil, das Alex gesehen hat, stammt von der Heckleuchte des gleichen Modells.«

»Paul, du kontaktierst die Range-Rover-Händler und lässt dir die Besitzer angeben.«

»Und wenn der Wagen aus dem Ausland stammt?«, mault dieser.

»Dann haben wir Pech gehabt. Wir kontaktieren die Leute, schauen uns ihre Autos an und fragen sie, was sie am fraglichen Abend und in der Nacht gemacht haben.« Paul ist von diesem Auftrag nicht angetan.

»Und wenn du gerade dabei bist, klapperst du die Karosseriewerkstätten der Region ab!«, fügt er etwas hinterhältig grinsend an. Er weiß, wie viele Telefonate das braucht.

»Marta, du wirst im Netz hoffentlich etwas Interessantes finden, zum Auto und, wie gesagt, zum Aufenthaltsort dieser Frau Luana Ghorbani!«

Der Name prangt nun in großen Lettern zuoberst an der Tafel.

*

Paul und Marta raffen ihre Papiere und Laptops zusammen und verlassen den Raum. Tanja hängt bleich und fahrig in ihrem Stuhl. Alex schaut sie besorgt an. »Tanja, was ist los? Hast du ein Problem?«

»Alex, ich mache mir große Sorgen. Ich war oben in der Häxechuchi und hab mir ein Bild gemacht. Es muss ein Kampf stattgefunden haben, denn Blutspuren sind am Eingang zur Höhle, wie auch vorne am Abgrund zu finden. Ich habe die Proben zu Duri gebracht. Ich werde ihm noch Haarproben oder die Zahnbürste geben, damit er die Blutproben aus der Höhle damit vergleichen kann. Und ich werde auch noch eine Blutprobe des Patienten nach Solothurn schicken.«

Alex sieht sie nachdenklich an, schüttelt missbilligend den Kopf und tadelt sie:»Tanja, Dominik ist noch kein offizieller Fall, das weißt du. Fluri hat keinen Grund, ein Verfahren zu eröffnen. Er wird dir einen Strick daraus drehen, dass du so eigenmächtig handelst.«

Die bleiche Farbe in Tanjas Gesicht weicht und ihre Augen sprühen vor Zorn!

»Fluri ist ein Ar …«, sie schluckt leer,»er will einfach nichts unternehmen. Der Fall Dominik Gerber ist für ihn nicht existent. Aber dieser Sturz von Domi muss untersucht werden, er muss Polizeischutz bekommen! Begreifst du endlich? Wenn niemand etwas tut, dann muss ich eben selbst handeln, verdammt noch mal!«

Alex stellt sich vor sie hin und schaut sie nicht mehr besorgt, sondern wütend an:»Tanja, dein Handeln ist unverantwortlich, du reitest das ganze Team und besonders Duri mit deinem Rachefeldzug gegen Fluri in den Morast. Hoffentlich rastet er nicht aus, wenn er von deiner Aktion erfährt. Ich verstehe dich ja, aber du bist Polizistin und hast den Regeln zu folgen und keine eigenen Wege zu gehen!«

Sie sinkt erschöpft in ihren Stuhl zurück und reibt sich heftig Schläfen und Nacken, der Schmerz in ihrem Kopf ist unerträglich geworden und ihr ist schlecht. Die schlaflose Nacht und die Aufregung heute Morgen waren zu viel! Schwach sagt sie:»Ich muss ins Bett, aber zuerst sehe ich noch nach Domi und nach Mama. Gibst du mir frei?«

Alex nickt.

»Vielleicht ist es besser, wenn du dich hinlegst und Distanz bekommst. – Und Tanja, du weißt, dass du im Fall von Domi weg vom Fenster bist. Du bist befangen! Keine Alleingänge mehr!«

Sie blickt ihn entgeistert an.»Du bist wie der Fluri. Ihr wollt keine Verantwortung übernehmen und nicht weiter bohren!« Sie weiß genau, sie ist Alex gegenüber ungerecht. Er hat immer versucht, sie vor sich selbst zu schützen, und sich auch wider besseres Wissen vor sie gestellt.

Bei Fluri spürt sie, der Mann ist eifersüchtig, obwohl sie ihm nie

Anlass gegeben hat. Es ist ihr nicht bewusst, was der Grund seiner Antipathie ist. Ist es der bisherige Verlauf ihrer Karriere, zuerst als Chemikerin und jetzt ihre Erfolge bei der Polizei? Sie vergisst, sie hat ihn ganz zu Anfang, als sie frisch bei der Polizei angefangen hat, abblitzen lassen. Von da an herrschte Eiszeit. Sein männliches Ego war zutiefst getroffen.

Alex zuckt bei den Worten Tanjas zusammen und er muss sofort an den jungen Mann auf dem Stuhl vor dem Labor denken, damals im Chemischen Institut, vor zwanzig Jahren. Den hatte er auch, ganz im Sinne seiner Vorgesetzten, als nicht wichtig genug angesehen, einer näheren Untersuchung zu unterwerfen. Wenn nötig auf eigene Faust. Es war ein Unfall, fertig.

Tanja steht von ihrem Stuhl auf und läuft, ohne Alex eines Blicks zu würdigen, aus dem Zimmer.

*

Ihr Kopf ist völlig in Aufruhr. Sie lässt ihr völlig verschmutztes und an einigen Stellen eingedelltes Auto auf dem Parkfeld bei der Dienststelle stehen und eilt zu Fuß Richtung Spital.

Die Insalata Mista ihrer Gedanken führt sie von den Diskussionen mit Alex und Duri, der Besprechung zu den Fällen im Steinbruch und in der Kiesgrube, wieder zur Häxechuchi zu Dominik. Sie kehren zurück zur gestrigen Nacht im Spital, zu ihrem grässlichen Traum mit dem bösen Scheusal.

Sie weiß nicht, wie sie vor die Tür zu Mamas Zimmer gekommen ist. Erschöpft sinkt sie auf den Besucherstuhl. Tränen laufen über ihre Wangen. Marinas Blick verrät mütterliches Mitleid, aber sie sagt nichts.

Endlich hebt Tanja ihr tränenüberströmtes Gesicht und sieht Marina anklagend an. »Mama, weshalb hat Papa kein Migränemittel gefunden? Wann hört das endlich auf? Mein Kopf fühlt sich seit mehr als vier Stunden wie gespalten an. Ich kann keinen klaren Gedanken fassen, ich fühle mich so schwach und hilflos. Ist dieser Renzo schuld, dass Papa kein Migränemittel gefunden hat? Wenn ich den je in die Finger kriege, werde ich ihn würgen bis …«

111

»Tanja, hör auf! Was du jetzt sagst, ist Blödsinn. Bitte beruhige dich.«

Nach diesem wütenden Ausbruch fühlt sich Tanja erleichtert. Sie schaut ihre Mutter dankbar an und steht auf. Sie umarmt sie und legt den Kopf an sie, wie damals, als sie als kleines Mädchen Schutz gesucht hat.

Marina ist bei der Umarmung zusammengezuckt, denn ihr Genick unter der dicken Halskrause protestiert heftig mit einer Schmerzattacke. »Hol mir bitte noch ein paar Sachen von zu Hause!« Sie wollte Tanja beschäftigen.

»Wie geht's Dominik?«, ruft Tanja ihrer Schulfreundin Ruth atemlos entgegen, als sie zurück im Spital ist und bei ihrer Mutter noch ein paar Sachen abgeliefert hat.

»Ruth, das Labor bewahrt die Blutproben von Dominik vom Tag der Einlieferung sicher auf. Kannst du bitte nachfragen.«

Der kritische Blick Ruths spricht Bände. Sie grinst. »Ist die Polizistin unterwegs oder die Geliebte?«

Tanja zwinkert trotz Kopfschmerzen lächelnd: »Beides.«

»Ich werde mal nachfragen! Du brauchst aber einen richterlichen Beschluss, wenn du die Probe mitnehmen willst. Das ist dir klar, oder?«

Tanja fragt sich selbst, ob der Teufel sie reitet, aber trotz pochendem Kopf entgegnet sie: »Das Labor muss mir nur einen Teil der Probe geben, es ist mir sogar recht, wenn sie die andere Hälfte behalten. Ich gehe jetzt zu Dominik.«

Es klopft leicht an der Tür und Ruths Kopf erscheint im Türspalt.

»Störe ich euch beiden Täubchen?«

»Was gibt es hier zu stören?«

Tanja weist auf Dominik.

Sie streicht die Stelle an der Seite des Betts, wo sie beim Eintreten von Ruth gesessen hat, glatt, tritt einer plötzlichen Eingabe folgend zum Schrank und reißt ihn auf.

»Ich nehme jetzt die Kleider mit und lasse sie ...« Sie stockt. Der Schrank ist leer.

112

»Der Eindringling hat die Kleider mitgenommen!«, schreit sie ohne Rücksicht auf den Verletzten, ruft sich aber gleich wieder zur Ordnung.

»Ich dachte mir, ich nehme die Kleider mit ins Stationsbüro. Da sind sie besser aufgehoben. Übrigens, bist du ganz sicher, dass unser Patient wirklich Dominik ist?«

Erleichterung und Ärger zugleich strömen durch Tanja.

»Du hast doch Handschuhe getragen und nichts aus den Taschen entfernt, ja? Entschuldige, ich muss dich das fragen«, sagt sie, sobald sie das Missfallen Ruths spürt.

»Wir tragen immer Handschuhe, wenn wir mit den Patienten zu tun haben.«

Tanja bittet um Entschuldigung. Wieder einmal ist sie unsensibel gewesen. Das passiert ihr immer wieder, besonders wenn eine Migräneattacke sie quält.

»Und die Taschen, hast du mir gesagt, waren ja leer. Gib mir bitte die Sachen, ich gebe dir eine Quittung.«

Jetzt ist es an Ruth, ihren aufkommenden Unmut zu unterdrücken. Sie dreht sich um und geht aus dem Zimmer, kommt aber nach einigen Minuten wieder zurück.

»Ich habe mich im Labor erkundigt, du kannst einen Teil der Blutprobe gegen Quittung und unter Vorweisung deines Dienstausweises abholen. Die wollen aber noch einen richterlichen Auftrag.«

Sie betont bei diesen Worten das Wort »Quittung« besonders und begleitet die Bemerkung mit spöttisch hochgezogenen Augenbrauen.

Tanja ist es leid, Ruth gegenüber immer die Polizistin spielen zu müssen.

»Verzeih, Ruth, war nicht so gemeint, ich mache halt nur, was Vorschrift ist. Ich bewege mich ohnehin auf dünnem Eis.

Noch eine Bitte, wir haben zu wenig Leute, die Dominik bewachen könnten, kannst du nicht meine Mama überzeugen, hier im Zimmer Wache zu schieben?«

Ruth verkneift missbilligend den Mund.

»Ich muss den behandelnden Arzt und meine Vorgesetzte fragen.

113

Eine ungewöhnliche Situation braucht wohl etwas Großzügigkeit. Eine Frau zusammen mit einem Mann im Koma in einem Zimmer.«

*

Er nutzt die Mittagszeit, um einen kleinen Spaziergang zu machen. Der Himmel ist heute zwar etwas gar grau, aber Gehen ist immer gut, denkt er sich. Er bleibt hin und wieder am Ufer stehen und beobachtet den Fluss unter sich.

Er klopft an Marinas Zimmertür und schiebt sie vorsichtig auf. Das Zimmer ist leer. Keine Marina, kein Bett! Er erschrickt und eilt zum Stationsbüro. Er weist vorsichtshalber seinen Dienstausweis vor.

»Wo ist Frau Beduzzi?«
»Sie wurde verlegt.«
»Verlegt, aber weshalb, und wohin?«
»Sie ist auf Zimmer … entschuldigen Sie, ich habe meinen Dienst erst übernommen.« Sie sieht von einer Liste auf und winkt ihm, ihr zu folgen:
»Kommen Sie, ich zeige es Ihnen!«

Alex geht hinter ihr her. »Ist Frau Ruth Lack nicht hier?«, fragt er ihren Rücken.

»Nein, sie ist in der Mittagspause, sie wird erst um drei wieder im Dienst sein.«

Das ist nicht gut, das hat er nicht erwartet. Bei dem steten Wechsel an Personal ist es ein Leichtes für einen Eindringling. Ich kann schlecht einen Wachposten vor die Tür setzen, das ist auffällig und wohl eher nutzlos und zudem, wir haben wirklich nicht genügend Personal. Und dieser Patient im Koma ist vielleicht nicht einmal Dominik und er ist kein Fall.

Die Pflegerin dreht sich um und bittet ihn, leise zu sein, dann öffnet sie die Tür sorgfältig. Schon durch den Spalt sieht er das lachende Gesicht Marinas über der dicken Halskrause, die sich köstlich über seinen ängstlichen Gesichtsausdruck amüsiert. Er atmet erleichtert aus und die Tür schließt sich leise hinter ihm.

114

»Alex, freut mich, dich zu sehen, es ist ein bisschen langweilig hier, der Einbandagierte redet so wenig.«

Alex schüttelt den Kopf. »Weshalb bist du hier drin?«

»Tanja war kurz hier, ich habe sie gleich nach Hause geschickt und ihr versprochen, dass ich auf Dominik aufpassen werde. Er scheint in Gefahr zu sein. Ich habe darum gebeten, dass mein Bett für die nächste Zeit ins Zimmer von Dominik geschoben wird. Er wird mir sicher nicht an die Wäsche gehen«, spöttelt sie leicht boshaft. »Falls der Kerl oder die Frau, die ihm übelwollen, wiederkommen, werden sie etwas erleben.« Sie hebt die Bettdecke. Das graue Metall einer kleinen Pistole macht sich gut auf dem weißen Laken. »Ihr habt ja eh kein Personal, um rund um die Uhr Personenschutz zu geben.«

Alex ist so verblüfft, dass er nur kurz angebunden sagt: »Ich hoffe, du hast einen Waffenschein!«

»Ich könnte notfalls auch damit schießen!«, pflaumt sie. »Ich werde eh noch eine Weile hier sein. Dann habe ich wenigstens eine Aufgabe.

Ich kenne den Arzt aus dem Rotary Club, er ist mit meinen Befunden ohnehin nicht zufrieden«, zwinkert sie.

12

Aus der offenen Schachtel strömt ein Geruch, der an altes Papier, Staub und Milben erinnert. Ein Brief liegt gefaltet obenauf.

Liebe Tanja, ich wünsche dir viel Erfolg bei der Durchsicht der Unterlagen zur unvollendeten Doktorarbeit von Renzo Barbaro, die ich tatsächlich im Archiv des Instituts gefunden habe.

Bitte halte mich auf dem Laufenden, wenn du etwas findest. Die schiere Zahl der Papiere hat mich abgehalten, genauer hineinzusehen. Ein Chromatogramm hat meine Aufmerksamkeit erregt. Viel Erfolg!

Christian

*

Marina wird durch das leise Geräusch der sich öffnenden Tür geweckt. Sie hatte schon immer einen sehr leichten Schlaf. Zwischen Tür und Rahmen sieht sie undeutlich einen Kopf. Sie kann nicht erkennen, ob es sich um einen Mann oder um eine Frau handelt.

Sie greift mit der Linken nach der Pistole unter ihrer Bettdecke. Die dunkle Gestalt schiebt sich näher zu ihrem Bett. Dominik schläft friedlich in der Nähe des Fensters.

Sie ist die Ruhe selbst: »Frau Lack?«, fragt sie und streckt gleichzeitig ihre rechte Hand nach der Nachttischlampe aus. Ein dunkler Handschuh schlägt hart auf ihren Arm. Die Gestalt weicht zur Tür zurück und zieht sie heftig hinter sich zu. Marina tastet im Dunkeln nach der Notfallklingel.

*

Die Uhr schlägt Mitternacht, dann eins, dann zwei Uhr. Auf und rund um den Küchentisch liegen wild verstreut Papiere und

117

Chromatogramme, wo Messpunkt auf Messpunkt von Hand auf Millimeterpapier gezeichnet wurde. Die von Professor Koller mitgelieferten damals eingefärbten Papierchromatogramme sind verblasst und unbrauchbar für Tanjas Zwecke.

Die Kaffeemaschine hat den Geist aufgegeben. Die Kartonschachtel steht, kaum zur Hälfte ausgeräumt, neben Tanja auf dem Boden.

Sie reibt sich die geröteten Augen. Noch immer leidet sie an den Folgen des Migräneanfalls vom Morgen und am Schlafmangel der vorigen Nacht. Aber ihre wissenschaftliche Neugier und der Jagdinstinkt sind in ihr geweckt. Sie wühlt sich weiter.

Plötzlich überfällt sie eine bleierne Müdigkeit. Sie nimmt ein Laborprotokoll von dem Tisch und schleppt sich ins Wohnzimmer auf die Couch, die Leselampe dimmt sie aufs Minimum. Ein Fehler. Das Schriftstück bleibt ungelesen auf ihrem Schoß liegen. Sie ist im Sitzen eingeschlafen.

»Tanja, wo steckst du?«, tönt es aus dem Lautsprecher ihres Smartphones. Marta hat wieder einmal den Weckdienst übernommen.

»Hej, wir warten!«, tönt es jetzt ungeduldiger.

Da sie sich am Abend nicht ausgezogen hat, verzichtet sie auf die Morgentoilette und eilt aus dem Haus. Zehn Minuten später steht sie in der Tür zum Besprechungszimmer, die Augen verquollen, ungekämmt und ungeschminkt.

Die Kollegen schauen sie mitleidig an.

»Kaffee?«, bietet Marta mitfühlend an. Sie nickt dankbar und setzt sich langsam auf einen Stuhl nieder. Die Augen drohen ihr wieder zuzufallen.

Alex fährt ungerührt in seinen Ausführungen fort: »Nun denn, die Frau im Steinbruch ist vor ihrem endgültigen Tod vergiftet worden, so viel ist uns jetzt bekannt. Wir wissen natürlich nicht, wo sie vergiftet wurde«, fügt er noch an.

»Eine unbekannte Substanz konnte in ihrem Blut nachgewiesen werden. Das heißt jedoch nicht, dass das das Gift ist, an dem sie gestorben sein muss. Aber die Menge soll sehr hoch sein,

118

berichtet die Gerichtschemie. Jetzt kommt der Knüller!«, kann der sonst in solchen Aussagen so zurückhaltende Alex sich nicht verkneifen zu sagen. »Die Leiche im Kieswerk ist nicht nur«, er macht mit den Händen Anführungsstriche, »bis zur Unkenntlichkeit verbrannt und ins Gesicht geschossen worden, sondern auch in seinem Blut wurde eine unbekannte Substanz in hoher Menge nachgewiesen.«

»Tanja«, schnappt Alex. Ihr Kopf schnellt empor. »Du fährst nach Basel in die Gerichtschemie und schaust den Leuten da über die Schulter. Sie haben eingewilligt, dass du anwesend sein kannst und sie, wenn nötig, berätst.«

»Wer spielt denn bei uns in der Gegend mit Gift herum?«, wirft Paul Kuchta in die Diskussion.

»Warten wir ab, was Tanja herausfindet. Paul, hast du wegen des Autos oberhalb der Kiesgrube etwas Neues?«

»Ja, das ist so eine Sache, das Auto ist, man höre und staune, ein Land Rover mit Allrad, schwarz«, er macht eine Kunstpause, »und hat auf der rechten Seite eine Schramme von vorne bis hinten.«

Jetzt wacht sogar Tanja auf.

»Die Abdeckung der Heckleuchte hinten rechts fehlt teilweise, und das im Steinbruch gefundene Teil passt exakt in die Reste am Land Rover.«

»Mach's nicht so spannend, Paul! Die Autonummer?«, werfen sie und Marta gleichzeitig ein.

»Wahrscheinlich gestohlen und die Motornummer ausgeschliffen. Die Räder stammen aus England und sind ziemlich abgelaufen, also vielleicht stammen die Originalteile noch aus England.«

»Die Werkstatt der Spurensicherung kann hoffentlich die Motornummer rekonstruieren, dann könnten wir zumindest den ersten Eigner finden«, stellt Tanja fest.

»Bringt uns das weiter, wenn wir den kennen?«

Ihre gespannten Schultern fallen zurück. Auf den Lippen des Teams formt sich das Wort: Sch …!, jetzt sind wir gleich weit wie zuvor.

Schwere Stille lagert in dem Raum. Alle schauen betreten auf ihre Unterlagen. Paul hebt den Kopf:

»Was ist mit meiner Frage. Weshalb im Steinbruch und in der Kiesgrube? Man kann doch Leichen auch anders entsorgen«, fügt er herzlos bei.

Alex schaut ihn streng an, er mag solche respektlosen Bemerkungen nicht besonders. »Du kannst dich ja mal über Kiesgruben und Steinbrüche schlau machen und dir überlegen, wo es einen Zusammenhang mit den Tötungsdelikten geben könnte. Aber klär zuerst die Herkunft des Fahrzeugs ab.«

13

Marta sammelt die Kaffeetassen ein und stellt sie im Office in den Geschirrspüler.

»Marta, hast du viel zu tun?«, tönt Tanja scheinheilig hinter ihr. Sie sind allein in dem kleinen Raum. Überhaupt, die ganze Polizeistation scheint heute wie ausgestorben.

Paul hat sich vorhin abgemeldet mit der Ankündigung, er werde sich das Auto aus der Kiesgrube selbst nochmals ansehen, hat seine Jacke genommen und ist winkend verschwunden. Und Alex hat sich auch, allerdings ohne sich abzumelden, verkrümelt.

Marta schaut Tanja misstrauisch an. Was hat das Mädchen wieder im Sinn? Schmeichelnd legt Tanja ihren Arm um Martas Schultern. »Kannst du dich einmal schlau machen, was es mit diesem Divinia auf sich hat? Es muss eine Droge sein. Wo sie hergestellt wird, interessiert mich. Ist es in der Drogenszene schon angekommen und wo war allenfalls der erste Auftritt? Was sind so die Reaktionen in der Szene?« Marta ist nicht überzeugt, sie rümpft die Nase. »Divinia? Was soll das?«

Tanja entschließt sich, ihrer Freundin von ihrem Fund zu erzählen.

»Ich habe heute Nacht in den Unterlagen von Professor Koller an der Uni, den ich besucht habe, gewühlt und dabei diesen Namen und ein Chromatogramm gefunden.« Marta schaut sie verständnislos an. Tanja redet unbekümmert weiter. »Du musst doch nur auf dein schlaues Kistchen klopfen und deine Freunde aus der ganzen Welt tuscheln dir ins Ohr.« Sie zwinkert auf einem Auge und schmunzelt verschwörerisch.

»Ein was?« Marta überhört die Anspielung ihrer Kollegin geflissentlich.

»Ein Chromatogramm ist das Resultat einer Auftrennung eines

Stoffgemisches in der Chemie, aufgezeichnet in einer Grafik. Du verstehst?«

»Nö!«

Tanja gibt nicht auf und schaut sie weiterhin bittend an und legt ihre flachen Hände wie zum Gebet zusammen. »Bitte, bitte Marta-lein«, schmeichelt sie und fügt mit leidender Miene an: »Ich gehe jetzt nochmals ins Bett, ich bin so verdammt müde. Dann fahr ich nach Basel und schau dem Kollegen über die Schulter.«

Marta nickt, weiß aber noch immer nicht, was unter einem Chro-matogramm zu verstehen ist.

*

In der Scheune im alten, baufälligen Bauernhaus prüft der Mann die Senkrechtkulturen von Tomoffelpflanzungen. Künstliches Tages-licht und feuchtwarme Luft füllen den Raum.

»Dummerweise ist Luana nicht mehr da. Ich muss Ersatz für sie suchen«, überlegt er, während er an den Gestellen entlang weiter zu einer Eisentür im hinteren Teil der Scheune schlendert. Er bleibt vor der schweren Tür stehen und tippt einen Code in das seitlich angebrachte Zahlenfeld.

Aus dem nächsten Raum, in dem dieselben Gestelle wie in der Scheune stehen, strömt ihm trockenwarme Luft entgegen. Hier wach-sen Pflanzen, die eher Gräsern als Gemüse gleichen. Kurzstielige Roggenpflanzen tragen schwarze kornähnliche Ausstülpungen auf ihren Ähren. Er streicht mit der Hand über den Pflanzenteppich. Ein befriedigtes und zugleich bösartiges Lächeln verzieht sein Gesicht.

Er geht hinüber zu einem der großen Tiefkühlschränke, die an der Wand des Raumes aufgereiht stehen. Aus dem offenen Schrank quillt ihm Nebel entgegen und er blickt befriedigt auf die im weißen Schnee verborgenen Schachteln.

Er erinnert sich, wie er Luana vor wenigen Tagen dazu an-getrieben hat, noch mehr Divinia aus den Körnern herzustellen.

Die schwarzen Körner füllen die Schachteln im Tiefkühler bis zum Rand. Es braucht nur wenige Tage Divinia daraus herzustellen.

Deshalb suchte er damals einige der Schachteln aus ihrem eisigen Grab heraus und stellte sie auf einen kleinen Transportwagen. Er würde Luana schon dazu bringen, die Reaktionen durchzuführen, die ihm ein Buch mit sieben Siegeln waren. Heute verfluchte er sich selbst, dass er zu harschen Methoden hatte greifen müssen, aber es blieb ihm keine andere Wahl.

Seine Abnehmer drängten ihn, mehr zu liefern. Warten, bis genügend Divinia vorhanden war, war lebensgefährlich. Er fürchtete, wenn er nicht lieferte, als verstümmelte Leiche in einem Graben zu enden.

Er öffnete die nächste schwere Eisentür am anderen Ende des Raums mit seinem Zugangscode und verließ den mit künstlichem Tageslicht überfluteten Raum, in dem gerade die Mittagssonne simuliert wurde.

Luana stand am Labortisch und goss in diesem Moment ein Lösungsmittel in ein großes Becherglas. Sie würdigte die auf dem Tisch gestapelten Schachteln kaum eines Blicks.

»In zwei Tagen wirst du wieder genügend Stoff haben, um die ganze Gegend zu vergiften!«, ätzte sie ihn verächtlich und mit blitzenden Augen an. Ihr stolzes Gesicht war in zornige Falten gelegt.

»Wird aber auch Zeit und nein, heute Abend, noch vor Mitternacht, will ich den Stoff!«, verlangte er fordernd. »Wo ist eigentlich das Zeug, das Guido bis jetzt produziert hat? Er muss den Stoff irgendwo gelagert haben.«

Luana zuckte verächtlich mit den Schultern. Sie hatte sich schon wieder ihrer Tätigkeit am Labortisch zugewandt. Laut sagte sie: »Selbst, wenn ich es wüsste, dir würde ich es ganz sicher nicht sagen. Willst du nun den Stoff oder nicht? Lass mich jetzt endlich weiterarbeiten und verzieh dich! Übrigens, das wird das letzte Mal sein, dass ich für dich arbeite. Guido ist mein Chef und nicht du.«

Er schäumte, hielt aber an sich und krallte sich grob ihren Arm, er war verzweifelt. In einem neuen Anlauf drohte er: »Du wirst machen, was ich will! Ich befehle hier! Und deinen Freund Patrick will ich nicht in diesen Räumen sehen,« schrie er sie an. »Der treibt sich in letzter Zeit zu viel in Bars und Clubs herum und macht seine eigenen Geschäftchen. Das gefällt mir nicht, er wird dafür büßen müssen. Gib es zu, du belieferst ihn mit meinem Stoff!«

»Patrick macht keine krummen Dinge, das weißt du genau. Und wie er seine Freizeit verbringt, geht dich rein gar nichts an.«

*

Statt nach einem Routineeinsatz in der Stadt ins Büro zurückzukehren, legt er sich zur Mittagszeit in seiner Wohnung aufs Bett.

Es ist still im Wohnblock und er denkt an Marina, die, ohne viel zu zaudern, die Initiative ergriffen und den Wachdienst aufgenommen hat, während er hier untätig herumliegt. Seine Gedanken beginnen zu wandern. Was ist eigentlich los? Der früher so ruhige Job ist unversehens so hektisch geworden. Die Unbekannte im Steinbruch, der Verbrannte in der Kiesgrube und der unerklärliche Unfall von Tanjas Freund Dominik in dieser Höhle, die er selbst noch nicht für nötig gehalten hat, zu untersuchen. Er muss Fluri insgeheim recht geben, es ist doch recht unwahrscheinlich, dass der Sturz Dominiks in die Höhle und Luana Ghorbanis Tod in einem Zusammenhang stehen.

Seltsam dabei ist, dass sich niemand über den Verbleib dieser Luana erkundigt hat.

Seine Gedanken gleiten zu Tanja. Was kann er tun, um die spontanen Extratouren seiner Ziehtochter in geordnete Bahnen zu lenken? Insgeheim bewundert er sie dafür, dass sie so spontan handelt, ganz anders als er. Trotzdem, denkt er, ich muss mich an vorgegebene Regeln und Vorschriften halten, spontane Aktionen sind untersagt. Schablonen müssen ausgefüllt werden, sonst funktioniert der ganze Apparat nicht. Tanja ist eine gute Polizistin und trotzdem, sie ist immer noch durch und durch Wissenschaftlerin. Sie liebt das Risiko. Sie akzeptiert, dass sie auch Niederlagen erleidet. Die Erfolge ihrer Handlungen geben ihr recht.

Es hat ihn und ihre Mutter trotzdem recht erstaunt, als sie ihnen eines Tages bei einem Essen eröffnet hat, dass sie den Chemikerberuf an den Nagel hängen wird, um Polizistin zu werden. Sie hatte sich dazu in Solothurn beworben und wurde angenommen.

124

Natürlich hatte er den Grund ihres Berufswechsels geahnt. Sie will endlich ihre quälende Frage beantwortet haben, wie ihr Vater gestorben ist. Sie glaubt nicht an einen Unfall und daran, dass sie nur innerhalb der Behörden Antworten erhalten kann. Alex hatte damals darauf bestanden, dass sie in seinem Team in Olten ihre Ausbildung machen konnte und ihr Fachwissen als Chemikerin dem gesamten Korps zur Verfügung stellte. Nur so glaubte er, sie vor Fehltritten beschützen zu können. Er hatte ihr eingeschärft, dass sie keine Abklärungen aus privaten Motiven durchführen dürfe.

Die Sorge um Tanjas Handeln schiebt er jetzt in den Hintergrund. Er muss dringend eine Standortbesprechung zusammen mit der KTA und dem Gerichtsmediziner organisieren. Auch Staatsanwalt Fluri muss zu der Besprechung dazukommen. Er würde ihn nach Olten bitten. Der Mann wartete bequem in seinem Büro in Solothurn, dass ihm die Lösung auf dem Präsentierteller serviert wurde, und er wollte sich offenbar nicht im Fall Dominik einschalten. Aber war das wirklich richtig? Sicher, Dominik müsste klagen, aber wie sollte das gehen? Wann erwacht er wohl? Die jetzigen Ereignisse passieren alle so nah aufeinander, wo bestehen die Zusammenhänge? Auch die Bemerkung von Paul, dass Steinbruch und Kiesgrube wichtig sein könnten, gibt ihm zu denken.

»Weshalb bin ich nicht selbst darauf gekommen?«, fragt er sich und nimmt einen Schluck dieses scheußlichen Kraftgetränks, das er anstelle einer warmen Suppe zur Stärkung aus dem Vorratsschrank gefischt hat.

Er seufzt.

»Wo fange ich an, wo höre ich auf, was will ich herausfinden?«

Mit diesen Gedanken nickt er müde ein, die Augen fallen ihm zu und er hofft, dass es »den Seinen der Herr im Schlaf gibt.«

Er erwacht, als das Festnetztelefon schrillt.

»Hallo?«

»Hallo! Mit wem rede ich?«

Aufgelegt.

Das ist ungewöhnlich, dass man ihn auf dem Festnetz anruft. Er hat schon oft überlegt, den Anschluss schließen zu lassen. Alex ist misstrauisch und tippt Martas Nummer in sein Handy.

»Marta, ich bin eben auf dem Festnetztelefon angerufen worden. Ich habe nur Atmen gehört, fast eine Minute lang. Kannst du den Anruf zurückverfolgen?«

»Ich kann's versuchen!«, kommt die kurze Antwort.

»Chef, ich habe eine Nummer, aber es ist eine Handynummer von einer Prepaidkarte!«, begrüßt ihn Marta, als er wieder in der Dienststelle eintrifft. Er hasst es, mit Chef angesprochen zu werden, und zieht ein langes Gesicht. Sie lacht triumphierend:

»Aber ich habe es geschafft, wenigstens herauszufinden, woher das Signal gekommen ist.«

»Und? Sag schon!«

»Aus der Region!«

Die aufgekeimte Hoffnung sinkt wieder in ihm zusammen. Kein fixer Punkt.

»Zwischen einem Sendemast in Oensingen und einem in Olten und einem dritten, beim Eurorest, da ist das Signal stehen geblieben.«

»Aha! Mehr nicht?«

Sie schüttelt den Kopf und duckt sich wieder hinter ihren Bildschirm. Sie hat zu tun.

Er geht in sein Büro und setzt sich an den Schreibtisch. Nachdenklich sieht er durch das Fenster zum Steinbruch hinüber. Doch er betrachtet nicht die wirkliche Felswand. Vor seinem geistigen Auge sieht er den Scheinwerferstrahl in der Schwärze der Nacht, den die Zeugin Kupper beschrieben hat, den Felsen entlang hinaufkriechen, dazu echot der Schrei in seinem Ohr. Ihn schaudert und er fühlt sich selbst fallen.

Er sitzt zurückgelehnt in seinem Bürostuhl und spielt mit seinem Kugelschreiber, zwirbelt ihn zwischen den Fingern, legt ihn ab, schraubt ihn auseinander, wirft die auseinandergeschraubten Teile heftig auf den Schreibtisch und starrt weiter auf den Berg mit seiner Steinwunde.

126

Die Dämmerung setzt zu dieser Jahreszeit recht früh ein und erinnert ihn daran, dass er auch zu Hause nachdenken kann. Was hat Tanja wohl noch herausgefunden?

Er schnappt sich seine Jacke und verlässt sein Büro. Auf dem Weg nach draußen, öffnet er noch die Tür zu Martas Büro. »Hast du noch mehr herausgefunden ...?« Keiner mehr da!

*

Die Papiertasche mit Dominiks Kleidern liegt auf dem Bett in ihrem Schlafzimmer. Sie streift ein Paar Schutzhandschuhe über und zieht die Sachen heraus. Die Jacke ist an verschiedenen Stellen zerrissen, Blutflecken bedecken die Vorderseite. Der Boden der Höhle hat seine Spuren hinterlassen.

Die Taschen bleiben leer, so intensiv sie auch sucht. Irgendein Gefühl treibt sie an, weiterzusuchen, sie tastet das Futter ab. Legt die Jacke weg und greift zur Jeans. Diese ist an verschiedenen Stellen arg zerschlissen. Ein Kampf, kommt ihr der Gedanke, ein Kampf, den Dominik verloren hat. Sie greift trotz besseren Wissens in die Hosen-, dann in die Gesäßtaschen. Erneut schiebt sie ihre Hand in die Vordertaschen. Da ist doch vorhin etwas gewesen. Die fünfte Tasche! Die, in der man Münzgeld aufbewahren konnte. Mit dem Zeigefinger wühlt sie in den versteckten, enganliegenden Schlitz. Sie schält mühsam ein kleines Plastikteil heraus und betrachtet es neugierig und etwas ratlos.

»Ein Computerstick?«

Sie schlüpft wieder in ihre Kleider, die sie gegen bequemere ausgetauscht hat. Gleichzeitig chattet sie mit Marta.

»Bist du zu Hause?«

»Ja, Tanja, was gibt's?«

»Einen Stick!«

»Ja, und?«

»In Domis Hose!«

»Ich hab gemeint, die sei leer.« Ein Smiley ziert diese Antwort.

»Kann ich kommen?«

127

»Also komm!«

Ein Smiley vergießt seine Freudentränen auf dem Display ihres Smartphones.

*

In der Gerichtschemie wartet der Chemiker Rudi Clasen nicht gerade enthusiastisch auf die angekündigte Besucherin.

Er sitzt vor einem weißen Apparat und studiert konzentriert den Bildschirm.

Tanja klopft an die Glastür des Labors. Rudi Clasens Miene hellt sich auf, als er sie sieht, dann schluckt er zweimal leer und starrt. Tanja sieht förmlich, welche Gedanken im Kopf des Mannes ablaufen. Ein Macho, fährt es ihr durch den Kopf. Sie lächelt ihn freundlich an.

Er schüttelt seine Erstarrung ab, begrüßt sie mit Handschlag und lässt dabei ihre Hand einen kurzen Moment zu lange nicht los. Eine leichte Röte steigt ihm ins Gesicht, als fürchte er, ertappt worden zu sein. Er führt sie zum Apparat, vor dem er gerade gesessen hat.

Aus der Maschine, von der man als Laie nicht wüsste, ob es sich um eine große Kaffeemaschine oder um einen zu groß geratenen Computer handelt, hört man das leise, klagende und zugleich schmatzende Geräusch der Pumpen. Auf dem großen Bildschirm formt sich eine Linie, die, je länger sich der analytische Vorgang hinzieht, wie eine sich windende Schlange über den Bildschirm bewegt.

»Siehst du diesen Peak?«, überspielt Rudi seine Verlegenheit und zeigt mit ausgestrecktem Zeigefinger auf die Linie. Dabei drängt er sich neben Tanja, die gebannt den Bildschirm betrachtet. Etwas zu dicht, wie sie findet.

»Ist das die unbekannte Substanz? Was hast du herausgefunden?«, fragt sie bewusst schnippisch.

»Das Molekulargewicht, das mir der Massenspektrograf angibt, ist nicht in unserer Datenbank. Ich müsste mehr von der reinen

Substanz haben, dann könnte ich eine weitergehende Analyse durchführen und den Peak zuordnen.«

»Haben wir aber nicht!«, gibt Tanja spitz zur Antwort und fährt weiter: »Und, hast du zur möglichen Struktur eine Vorstellung? – Nein?«

»Ich hab dir doch gesagt, ich muss weiter suchen und übrigens, da war eine recht erhebliche Menge des Stoffs im Blut, das siehst du an der Höhe des Peaks«, gibt er ungeduldig zurück.

Tanja kraust nun ebenfalls verärgert die Stirn. Das ist ihr selbst aufgefallen und nicht das, was sie wissen will.

»Du hast die Blutprobe in Arbeit?«

Er nickt und schaut sie erstaunt an.

»In welcher Plasmafraktion hast du die Substanz entdeckt?«, fragt sie deshalb.

Jetzt ist er wirklich überrascht. »Warum willst du das wissen? Verstehst du etwas davon?«

»Mann, ich bin nicht auf den Kopf gefallen, ich habe nicht nur Chemie studiert, sondern auch eine Weiterbildung in klinischer Chemie und Biologie.«

»Aber – du bist doch Polizistin!«, ruft er konsterniert.

Sie kann förmlich sehen, wie er fast unmerklich den Kopf einzieht. Er hat eine hochnäsige Tussi erwartet, die von Tuten und Blasen keine Ahnung hat. Und jetzt sie!

Er lässt sich trotzdem herab und erklärt: »In der Plasma-Albuminfraktion! Da, wo die meisten niedermolekularen Substanzen, Steroide und Medikamente im Blut transportiert werden, wie du offenbar weißt!«

Tanja übergeht diese süffisanten Belehrungen. Obwohl ihr bewusst ist, dass sie das Urteil des Untersuchers beeinflusst, erklärt sie: »Ich muss dir sagen, wo die Kollegen die Frau gefunden haben. Sie muss, so glauben wir wenigstens, in die Tiefe gesprungen sein oder sie wurde in die Tiefe gestoßen. Ein Zeuge hat einen Schrei gehört. Er berichtete, es habe wohl eher nach Angst und Wahnsinn als nach Lust geklungen. Aber kann man das wirklich unterscheiden?«

Sie unterbricht sich und denkt über die Empfindungen der Frau beim Fall in den Abgrund nach und erschauert erneut. Sie rafft sich wieder zusammen und fragt: »Hast du neben dieser unbekannten Substanz noch andere Medikamente oder Drogen gefunden?«

»Große Mengen Alkohol! Andere der üblichen Drogen haben wir nicht gefunden. Wenn ich es mir aber recht überlege, trat da noch ein anderer, etwas unklarer Peak auf. Er ist aber nicht sauber von einem weiteren Peak getrennt. Ich tippe auf Aconitin oder Aconin, die im Eisenhut vorkommen. Das ist eine der giftigsten Pflanzen und führt bei hoher Dosis zu Herzversagen. Zuerst fühlst du ein Kribbeln und Taubheit der Haut. Dein Blutdruck sinkt. Verschluckst du Pflanzenteile, endet das mit Herzversagen und Atemstillstand. Eine halbe Stunde oder nur drei Stunden später, je nach Dosis, bist du tot. Aber der Peak geht, wie schon gesagt, fließend in einen anderen Peak über. Ich muss das Gemisch auf andere Weise noch weiter auftrennen. Aber das wird dauern. Nur, wie kommen Wirkstoffe aus Eisenhut zu dieser Jahreszeit in eure Leiche?«

»Du meinst wohl das Opfer,« betont sie. »Du könntest recht haben, wir wissen nicht, ob die Frau schon tot war, als sie in den Steinbruch fiel oder gestürzt wurde. Da kommt ihr und die KTA ins Spiel.«

Clasen ist nachdenklich geworden und will seinerseits einen Beitrag zur Aufklärung des Todes der Frau leisten. »Wenn die Frau ein Halluzinogen intus hatte, wäre es wahrscheinlich, dass sie gesprungen ist. Wenn ihr noch zusätzlich eine erhebliche Menge des Eisenhutgifts verabreicht wurde, war sie wohl schon tot, als sie in die Tiefe stürzte.

Ich suche mal entlang der Linie der Halluzinogene und versuche Aconitin oder Aconin zu bestätigen.« Beide starren kurze Zeit still auf den Bildschirm. »LSD oder Crystal Meth scheint es ja nicht zu sein, das kennst du sicher häufiger von deiner täglichen Arbeit, aber vielleicht eine neue Substanz, die noch nicht publik geworden ist.«

Jetzt ist es an Tanja, Clasen nachdenklich anzusehen. Ihr Vater ist vor ihr geistiges Auge getreten und nickt vehement.

Das Gebäude der Gerichtschemie ist Teil des Areals, auf dem auch das Chemische Institut angesiedelt ist. Tanja weist mit der Hand aus dem Fenster auf das benachbarte Gebäude. »Mein Vater hat vor Jahren da drüben, am Chemischen Institut, nach neuen Formen des Ergotamins als Migränemittel geforscht. Er ist dabei bei einem Laborunfall gestorben.« Sie schluckt und dreht sich weg, greift dabei schnell nach ihrer großen Ledertasche und flüstert leise: »Danke für deine Hilfe!«

Der Gedanke an Papa hat ihr einmal mehr die Tränen aufsteigen lassen. Sie will es Clasen nicht sehen lassen.

Schnell schiebt sie die Henkel elegant über die Schulter und verlässt erregt das Labor.

Er schaut ihr nachdenklich und mit Hochachtung nach.

*

Einem Impuls folgend, steigt sie hinauf ins oberste Stockwerk der im Nachbargebäude zur Gerichtsmedizin liegenden Bibliothek des Chemischen Instituts. Erinnerungen an ihr Studium und ihre damaligen Kommilitonen überkommen sie und eine leichte Sehnsucht nach der trotz allem schönen Zeit ergreift sie.

Sie blättert sich durch die neuesten Ausgaben verschiedener Fachjournale und entdeckt ein Journal für klinische Chemie. Ein Artikel zieht ihre Aufmerksamkeit auf sich: Rationeller Nachweis von Drogen im klinisch chemischen Labor, ein Erfahrungsbericht. »Was heißt *rationeller Nachweis*?«, wundert sie sich murmelnd, »und wer hat den Artikel geschrieben?«

Sie hat den Namen Guido Lombardi noch nie gehört. Den gleichen Namen findet sie ein paar Seiten weiter in einer Stellenausschreibung: Chemiker oder Chemikerin, spezialisiert in Analytischer Chemie gesucht. Guido Lombardi, dazu eine Adresse, aber die sagt ihr nichts.

Sie legt das Journal achtlos zurück und macht sich auf den Weg zum Bahnhof. In ihrer Tasche vibriert und klingelt das Smartphone.

»Marta?«

»Auf dem Stick ist ein abendfüllendes Programm«, beginnt ihre Kollegin sofort, »aber nur für Eingeweihte wie dich. Da wimmelt es nur so von chemischen Formeln und Fachausdrücken! Ich bin nach

131

Dienstschluss zu Duri nach Solothurn gefahren und habe ihm den Chip gegeben. Ich hoffe, das ist in deinem Sinn!«

Wie vom Donner gerührt, bleibt Tanja stehen. Sie stottert: »Ja, ja, sicher, dem Duri, ja okay!«, dann sagt sie nichts mehr.

»Tanja, bist du noch dran?«, tönt es aus dem Lautsprecher ihres Smartphones.

»Chemische Formeln und was noch?«

»Da ist noch ein verschlüsselter Ordner. Ich brauche aber noch etwas Zeit und Ruhe, um die Nuss zu knacken«, hört Tanja sie ins Telefon flüstern. Sie spürt, der Jagdinstinkt ist in Marta Kissling erwacht. »Duri hat den Stick im Labor selbst nach Fingerabdrücken untersucht. Er hat gefragt, wo du das Teil gefunden hast. Da sind keine Fingerabdrücke von Dominik drauf, so viel hat er schon festgestellt, nur jede Menge von dieser Luana. Und ich sage dir, er hat gestänkert, er dürfe das alles gar nicht bearbeiten.«

Tanja hört diese letzte Bemerkung nicht. Wieso die Fingerabdrücke von Luana? Hat Dominik eine Affäre? In ihrer Speiseröhre steigt saurer Magensaft auf.

Sie drückt das Smartphone an ihr Ohr, weil neben ihr auf der Straße ein Lastwagen losfährt. Es ist gut, dass Marta deshalb nicht verstehen konnte, wie sie sagt:

»Dieser A … von Staatsanwalt soll endlich mal einen Fall eröffnen! Schließlich ist Domi schwer verwundet und das gehört erkennungsdienstlich abgeklärt!«

Sie ist während des Gesprächs beim Aeschengraben angelangt und läuft im Strom der Pendler Richtung Bahnhof mit.

»Ich bin in einer halben Stunde in Olten, ich habe gleich einen Zug. Ich hole zu Hause die Kleider von Domi und komme mit dem Auto nach Solothurn. Bitte bleib noch dort, ich komme auch zu Duri in sein Labor.«

Während sie das große Portal des Bahnhofs zu erreichen versucht, wiederholt sich die Frage in ihrem Kopf: Warum sind die Fingerabdrücke dieser Luana auf dem Stick und keine von Dominik? Gleich fügt sich die Frage an: Haben Dominik und Luana ein Verhältnis?

Einmal mehr läuft sie quer über den von unzähligen Tramgleisen und Busspuren durchzogenen Platz. Dabei rammt sie beinahe eine Fahrradfahrerin. Ein Fahrradkurier vermeidet durch kunstvolle Kapriolen eine Kollision mit den beiden Frauen, die heftig miteinander streiten, wer wohl an dieser Stelle den Vortritt habe. Wertvolle Minuten bis zur Abfahrt des Zuges verstreichen in sinnlosem Gezeter.

Tanja winkt verärgert ab und sprintet los. Das große Tor des Bahnhofs schluckt sie und sie schlängelt sich in schnellem Gang zwischen den Pendlern hindurch, immer das Telefon am Ohr. Sie sieht den wartenden Zug, die offenen Türen und setzt zu einem schnellen Spurt an, wenigstens noch im letzten Wagen und im letzten Moment in den Zug zu springen.

Sie sinkt auf einen freien Sitz und ist außer Atem, nicht wegen des Sprints, das Training zahlt sich aus, nein, sie ist aufgeregt, wie ein Kind vor dem Weihnachtsbaum.

Der Schaffner kommt auf sie zu und sie wird jäh aus ihrer Träumerei gerissen. Sie streckt ihm ihr Smartphone entgegen. Er sieht sie fragend an. »Und?« Sie dreht ihr Handy und sieht erstaunt: Sie hat vergessen ein Billett zu lösen. Mit einem Wimpernaufschlag schaut sie den Mann freundlich an: »Ich hatte keine Zeit ein Billett zu lösen, ich bin im Dienst!«, antwortet sie und zieht cool ihren Dienstausweis aus der Tasche. Der Mann nimmt den Ausweis in die Hand und beginnt, ihre Daten in sein Tablet einzutippen.

Er senkt einen schweren und strengen Blick auf sie: »Macht vierzig Franken in bar oder soll ich Ihnen eine Rechnung schicken lassen? Dann kostet es Sie hundert.«

Wütend klaubt sie ihre letzten Scheine aus ihrem Portemonnaie und zerknüllt ungnädig die Quittung. Der Mann entfernt sich. Sie murmelt: »Sturer Bock!« Der Zuglärm ist stärker.

Die vorbeiziehende Landschaft des Baselbiets sieht sie nicht, der Ärger mit dem Ticket ist schon vergessen. In ihrem Kopf dreht sich der sich stetig wiederholende Satz: »Weshalb diese Luana?«

*

»Hier sind Domis Kleider und ein Teil der Blutprobe. Der Laborchef im Spital war gar nicht glücklich darüber, ohne richterlichen Beschluss von Dominiks Proben etwas abzugeben. Und Domis Zahnbürste habe ich auch gleich mitgebracht,« platzt sie in Römers Büro, wo Marta und Duri sich vor seinem Bildschirm zusammengesetzt haben und sich durch die einzelnen Seiten eines chemischen Berichts klicken.

»Das ist die Grundstruktur von Ergotamin, der Ausgangssubstanz für LSD!«, ruft Tanja erstaunt, schon von der Tür aus. Sie schiebt Marta ungeduldig zur Seite und setzt sich wie eine gespannte Feder, die jeden Moment zu springen droht, vor den Computer und hämmert auf die Tastatur ein. Ein weiteres Bild poppt auf:

»Wow, ein neuartiges Derivat!« Sie kann sich nicht sattsehen. »Und da sind die Angaben zur Struktur und zur Wirkung. Seht ihr die Formel hier? Die ist neu!«

Marta blickt verärgert auf Tanja und wirft Arthur einen vielsagenden Blick zu.

Die Bilder auf dem Bildschirm springen auf und erlöschen, je nachdem, wie hektisch Tanja die Tastatur bearbeitet. Arthur und Marta schauen schockiert auf Tanja, die alles um sich herum vergessen zu haben scheint.

Beide fragen sich bei ihrem hektischen Verhalten, ob hier eine Kandidatin für die Irrenanstalt demnächst die Tastatur zertrümmern könnte. Endlich lässt Tanja von ihrem verrückten Hacken ab. Die Tastatur ist heil geblieben. Sie dreht sich zu ihnen um, springt von ihrem Sitz hoch und umarmt begeistert zuerst Marta und dann Arthur.

»Das ist es! Danke euch beiden. Was ihr da herausgefunden habt, bringt uns vorwärts!«

»Was ist was?«, wagt Duri als Erster zu fragen. Auch Marta verzieht säuerlich ihr Gesicht und rümpft kritisch ihre Nase. Sie versteht nur Bahnhof.

Tanja wendet sich wieder zum Bildschirm und scrollt die Bilder durch. Bei einem Bild stockt sie und schiebt den Kopf konzentriert nach vorne, um genauer zu sehen.

»Dieses Chromatogramm kenne ich! Nur wo habe ich es gesehen?«

Ihre beiden Kollegen schauen sie erneut konsterniert an. Schließlich lenkt Römer ab: »Tanja, ich muss noch etwas erwähnen, was ich nicht verstehe. Wie kommen die Fingerabdrücke der Toten im Steinbruch auf diesen Chip in Dominiks Jeans? Nur Luanas, keine anderen. Der Chip ist sonst sauber wie ein Kinderpo, nachdem Mami ihn abgewischt hat.«

Anstelle des wissenschaftlichen Eifers steigt in Tanja jäh die Eifersucht wieder auf, die sie vor dem Bahnhof in Basel gepackt hatte.

Bilder von Dominik in den Armen der schönen Luana. Ihr Magen verkrampft sich. Die Chromatogramme und Formeln sind plötzlich nicht mehr so wichtig.

Römer durchschaut die junge Frau. »Die zwei müssen sich aber sehr nahegekommen sein!«, streut Duri noch Salz in die Wunde.

Tanja schickt ihm einen tödlichen Blick zu, geht aber über seine Spöttelei hinweg.

»Was hat Domi mit der Toten vom Steinbruch zu tun? Wo liegt die Verbindung?«, kontert sie, ganz Polizistin.

Ein neuer Gedanke durchzuckt sie wie ein Blitz: Führt Domi ein Doppelleben? Sie spricht den Verdacht, der eher von Eifersucht, als von Sachlichkeit geprägt ist, nicht aus. Schnell lenkt sie ab: »Ich werde Anzeige gegen Unbekannt erstatten, oder noch besser, Alex soll mit dem Staatsanwalt reden!«

Widerstrebende Gefühle und Gedankengänge, chemische Formeln, Kurven, wilde Partys, Dominik im Bett mit der Frau aus dem Steinbruch, jagen durch ihren Kopf und rauben ihr den Verstand. Sie muss an die frische Luft!

Sie hebt die Tüte mit Dominiks Kleidern vom Boden neben der Tür auf und umarmt Marta und Arthur. Sie hat schon wieder Tränen in den Augen: »Ich muss raus, es ist zu viel! Danke nochmals!«

Sie drückt Duri die Tüte mit Dominiks Sachen in die Hand, eilt aus dem Raum und lässt sich erschöpft hinter das Steuer ihres Autos fallen, schließt kurz die Augen und startet dann den Motor.

Sie umkreist den Verkehrskreisel beim Baseltor und kollidiert

135

beinahe mit dem Bipperlisi, der Straßenbahn, stoppt kurz und beschleunigt dann.

Sie stellt das eiförmige, leicht verbeulte Gefährt unter die Bäume der Schützenmatte gleich unter ihrer Wohnung und hetzt die schmale Steintreppe hinauf. In der Aufregung fallen ihr ihre Schlüssel aus der Hand. Das Chromatogramm! Wo hat sie dieses Chromatogramm schon einmal gesehen? War das nicht ...

Sie braucht mehrere Versuche, bis sich die Haustür endlich öffnen lässt. Sie ist zu aufgeregt und nimmt wiederholt den falschen Schlüssel von ihrem Schlüsselbund. Stolpernd springt sie die Treppe zu ihrer Wohnung hinauf, eilt zum Küchentisch und wühlt in den mit chemischen Formeln übersäten Papieren, die noch immer verstreut den Küchenboden bedecken. Sie stöbert in der Schachtel und findet endlich das Chromatogramm, das ihr von Professor Koller zugeschickt worden ist. Sie wirft einen kritischen Blick darauf und versucht sich zu erinnern, wie die Grafik auf den Bildschirmen bei Duri in Solothurn und jene in der Gerichtschemie ausgesehen haben. Enttäuschung macht sich breit. Die Bilder in ihrem Kopf sind zu verschwommen, sie müsste die einzelnen Chromatogramme direkt vergleichen können.

Sie wählt die Nummer des Gerichtschemikers, sein Name ist ihr entfallen, nur das Freizeichen quillt ihr höhnisch entgegen. Ein enttäuschter Stoßseufzer. Sie wirft einen Blick auf ihre Uhr. Nach acht. Da ist wohl keiner mehr.

Die Tür zu ihrem Appartement schnappt ins Schloss.

Die Gassen der Oltner Altstadt sind leer. Nur einzelne Fußgänger gehen durch die sonst leere Hauptgasse Richtung Alte Holzbrücke.

Sie eilt in der anderen Richtung über den Munzingerplatz, wo nur noch einzelne geparkte Autos stehen. Nicht einmal Randständige halten ihre Bierdosenkonferenzen ab. Es ist schlichtweg zu kalt. Und doch schaut sich Tanja um. Sie hat das Gefühl, dass irgendwo im Schatten eines Häusereingangs jemand steht, der sie beobachtet. Der nächtliche Anruf von Dominiks Telefon hat seine Spuren hinterlassen.

Endlich erreicht sie den Wohnblock von Alex. Sie klingelt Sturm, tritt dabei ungeduldig von einem Fuß auf den anderen und schaut um sich.

*

Alex ist niedergeschlagen. Seine Stimmung ist nach dem Ausbruch der Entschlossenheit von vor ein paar Minuten wieder auf den Nullpunkt gesunken. Der Abendverkehr rollt an ihm vorbei, ohne dass es ihn stört. Im Gegenteil, es gibt ihm eine Kulisse, hinter der er sich gedanklich verstecken kann. Ein leichter Hunger knurrt in seinem Magen. Soll er sich etwas kochen? Doch in seinem Kühlschrank herrscht nur gähnende Leere. Mit Wehmut denkt er an Marina, wie sie mit hochrotem Kopf und einem schelmischen Lächeln in ihrer Küche steht und ihm hinter den Dampfschwaden aus den Kochtöpfen hervor zuwinkt.

Weshalb schafft Marina es, in jeder noch so düsteren Lebenssituation nicht den Mut zu verlieren und sich niederdrücken zu lassen? Es gelingt ihr meist, Probleme zuerst einmal mit einer humorvollen Bemerkung dahin zu verweisen, wo sie sie in Ruhe und zu ihrer Zeit betrachten kann, um dann erst eine Entscheidung zu treffen.

Ist er so ein Miesepeter? Nimmt er das Leben zu schwer? Weshalb lässt er seine Fälle so nah an sich heran?

Der CD-Player hat längst die nächste Schleife begonnen, der Chor scheint schon heiser, so oft hat sich das Stück wiederholt, da reißt die Türklingel Alex aus dem Schlummer. Er steht ächzend auf, fährt sich verärgert brummelnd durch die wenigen Haare, geht zum Türöffner und spricht ins Mikrophon:

»Ja?«

»Ich bin's!« Er drückt den Türöffner und kurze Zeit später stürmt Tanja herein. In der Hand schwingt sie eine Papierrolle.

»Ich muss unbedingt mit dir reden, der Fluri muss jetzt im Fall von Dominik auch ein Verfahren eröffnen! Es gibt einen Zusammenhang mit der Leiche im Steinbruch. Das Chromatogramm hier ist der Beweis! Und, ich habe in der Hose von Dominik einen USB-Stick gefunden, auf dem nur die Fingerabdrücke dieser Luana Ghorbani sind.«

Sie läuft zur Couch, setzt sich auf den vorderen Rand und erzählt ihm in oft unzusammenhängenden Sätzen von den Unterlagen in der Kartonschachtel und wie sie den Computerstick entdeckt hat. Die Grafiken und der Stick sind wichtiger als das, was sie in der Gerichtschemie über das Blut der Toten vom Steinbruch erfahren hat. Sie ändert ihre Erzählung unversehens. Ihre Stimme wird lauter. »Und – ich weiß zwar noch nicht ganz genau, alle drei Chromatogramme scheinen übereinzustimmen!«

Alex hebt abwehrend die Hand, um Tanja zu bremsen.

»Tanja, ich verstehe nicht, was du mir da erzählst, bitte versuch es mal der Reihe nach. Ich glaube, das ist Zufall, und zudem hast du diese Chromatogramme noch gar nicht exakt verglichen. Das muss ein Profi machen!«

»Alex, du hast vergessen, ich bin ein Profi, bitte. Jetzt bin ich Polizistin und Chemikerin, ist das nichts?«, braust sie nun temperamentvoll auf.

»Du musst dringend unsere Morde«, er macht dabei mit den Fingern Luftanführungszeichen, »vom Fall Dominik und von unserer privaten Suche nach Renzo abtrennen. Das sind verschiedene Problemkreise. Zudem wissen wir nicht, wer diese Luana ist, wir wissen nicht, ob sie umgebracht worden ist und wenn ja, von wem.«

*

Zwei Signale auf Tanjas Bildschirm blinken am Morgen um die Wette.

»Gleich zwei E-Mails mit großen Anhängen«, seufzt sie, »Diese alte Kiste bringt mich zum Verzweifeln!« Sie lehnt sich genervt in ihren Bürostuhl und schnaubt. Noch eine Tasse Kaffee muss her, obwohl sie weiß, spätestens am Mittag wird sie es büßen müssen. Zu viel Koffein!

138

Als sie ins Büro zurückkommt, stellt sie fest, dass sich der Computer aufgehängt hat, nichts tut sich mehr.

»Marta, Hilfe!«, schreit sie aufgebracht durch den Raum. Marta lässt alles stehen und liegen und eilt zu ihrer Freundin. Sie drückt einige Tasten gleichzeitig.

»Starte in ein paar Minuten neu. Dann schickst du mir die zwei E-Mails, ohne sie zu öffnen, auf mein kluges Kistchen. Die großen Anhänge müllen dir den Speicher voll, dein PC ist zu alt.«

Die nächste Tasse Kaffee hat die erste schon abgelöst, als Tanja endlich die beiden Mails an Marta weiterleiten kann.

»Ich hab sie, eine Minute!«, tönt es fast sofort von Martas Seite: »Hier, schau!«

Marta dreht ihren Bildschirm zu Tanja. Deren Augen weiten sich. Römer hat ihr aus seinem Labor das Chromatogramm aus dem Chip geschickt. Clasen ist der Absender der anderen E-Mail mit dem Hinweis, dass auf Dropbox etwas abgelegt sei. Martas Finger rasen über die Tastatur. Zwei Chromatogramme schön übereinander arrangiert, springen den beiden Polizistinnen in die Augen. Tanja kennt das erste, die Substanz im Blut der Frau, dargestellt als Kurvenlinie und zeigt auf den Bildschirm. Sie legt die Stirn in Falten, greift Marta über die Schulter in die Tasten und klickt zum zweiten Bild und wieder zurück zum ersten.

»Wieso schickt der mir nochmals das gleiche Bild? Das ist doch ein Idiot!«, flucht sie halblaut vor sich hin.

Ihr Blick wandert über das Bild und dann über das nächste. Sie stutzt und entschuldigt sich im Verborgenen bei Clasen. Der Titel über dem zweiten Profil lautet »Opfer aus der Kiesgrube«.

»Ups! Der ist doch gescheiter, als ich dachte! Sorry – Wie heißt er doch gleich? – Marta! Schau dir das genau an und sage mir, ob du dasselbe siehst, wie ich. Mein Freund, der Gerichtschemiker in Basel, hat mir von der Kiesgrubenleiche auch ein Chromatogramm gesandt und mit dem aus der Steinbruchleiche verglichen. Dem ist es doch tatsächlich in den Sinn gekommen, er könnte auch vom Blut unseres zweiten Opfers ein Profil erstellen. Das Bürschchen ist schlauer, als ich gedacht habe. Ich glaube, sogar du, als nicht

139

Nicht-Fachfrau, kannst sehen, dass die beiden Kurven gleich aussehen.«

Marta verkneift zuerst den Mund. Also manchmal ist Tanja schon hochnäsig. Das muss ich ihr mal sagen, da macht sie sich keine Freunde. »Das sind zwei identische Bilder!«, stellt sie trocken fest.

»Das heißt doch, die Frau und der Mann wurden mit derselben Mischung vergiftet«, entgegnet Tanja.

»Das schon, aber ob die zwei auch daran gestorben sind, wissen wir nicht!«

»Nein, das nicht, aber jetzt schau dir nochmals das Chromatogramm an, das ihr gestern bei Duri im Labor auf dem Chip gestern gefunden habt.«

Jetzt weiten sich auch Martas Augen.

»Paul, komm und sieh selbst, ich rufe Alex!«

Aufgeregt rennt Tanja zum Büro ihres Chefs. Leer!

*

»Herr Staatsanwalt, weshalb weigern Sie sich, ein Verfahren zum Unfall von Dominik Gerber zu eröffnen? Wenn wir genauer hinsehen könnten, wäre es wahrscheinlich möglich, einen Täter ausfindig zu machen. Denn ich glaube nicht, dass Herr Gerber von sich aus in die Grube gestürzt ist, er wurde wohl gewaltsam hineingestoßen. Frau Beduzzi hat mir versichert, dass vor dem Abgrund genügend Platz ist, um sich sicher zu bewegen. Das Blut, gefunden auf der Höhlenplattform, wurde mit Haarproben von Herrn Gerber und mit der Blutprobe des Unbekannten im Spital in Olten, der aus der Höhle auf dem Born herausgeholt wurde, verglichen. Die DNA aller drei Proben ist identisch. Was mich auch sehr beunruhigt ist, dieses Sträußchen mit Ähren mit den Mutterkörnern im Spitalzimmer von Herrn Dominik Gerber. Frau Beduzzi, die Mutter von Tanja, hat mir berichtet, dass sich nachts jemand in das Zimmer einzuschleichen versuchte.«

Staatsanwalt Fluri explodiert. »Wer hat die Vergleiche veranlasst? Ohne meinen Befehl sind sie wertlos, wertlos, das wissen Sie genau!

140

Und wer hat die Verlegung dieser Patientin in das Zimmer des Unbekannten befohlen? Eine Überwachung muss durch die Polizei auf offiziellen Befehl angeordnet werden, das ist nicht Sache von Privatpersonen!« Er rast weiter: »Immer diese Alleingänge dieser Frau Beduzzi und Sie unterstützen sie noch. Das muss ein Ende haben und das wird auch für Sie Folgen haben!«

Er schweigt unvermittelt, versinkt in seinem gepolsterten, schwarzen Bürosessel und versucht, durch gespielte Lässigkeit seine Wut zu kontrollieren. Betont gelangweilt schaut er aus dem Fenster seines Büros über den Kopf von Alex hinweg in die Kastanienbäume, von denen vor dem Gebäude einzelne vergilbte Blätter traurig im leichten Wind pendeln.

Alex verstummt. Er sieht das leere Gesicht seines Gegenübers. Er selbst sitzt auf dem harten Besucherstuhl vor dem Fenster.

Dominik als eine übel zugerichtete Leiche oder eine tote schöne junge Frau würde den Sadisten sofort auf den Plan rufen, wir müssten Himmel und Hölle in Bewegung setzen, dass der Täter gefasst würde, aber so?, geht es ihm durch den Kopf.

Auf der Straße vor dem Fenster hört er ein Auto vorbeifahren, dann einen kleinen Hund bellen. Das Kläffen vermischt sich mit dem wütenden Gebell eines größeren Hundes, der offenbar genervt durch den Kleinen seinem Unmut Ausdruck gibt und an der Leine zerrt. Ein ungleiches Gespräch, aber immer noch besser als das zwischen ihm und dem Staatsanwalt.

Fluri schweigt beharrlich. Alex versucht einen neuen Anlauf. »Frau Beduzzi hat zusammen mit dem Gerichtschemiker in Basel herausgefunden, dass die beiden Leichen im Steinbruch und in der Kiesgrube den gleichen Stoff im Körper hatten. Wenn wir die Ermittlungen auf den Fall Gerber ausweiten dürften, wüssten wir mehr.«

Jetzt bewegt sich der Staatsanwalt in seinem Sessel, schaut sein Gegenüber jedoch nicht an.

»Ach, die junge Frau Beduzzi hat herausgefunden …, wie interessant. Und jetzt wollen Sie den Unfall Gerber dazu ziehen? Wo ist da der Zusammenhang?« Er grinst boshaft, dreht sich wieder zum Fenster hin und schweigt weiter.

141

Alex erhebt sich und geht wortlos aus dem Raum.

Er ist sich bewusst, hier würde er nichts erreichen. Er ist dem Staatsanwalt in der Vergangenheit zu oft in der Sonne gestanden, er kann kein Entgegenkommen erwarten.

*

Jetzt haben sie vier Kurvenprofile verschiedener Herkunft. Mindestens drei davon sind identisch. Das Chromatogramm aus der Dokumentenkiste ist damals unter etwas anderen Versuchsbedingungen zustande gekommen und zeigt deshalb nur bedingt, dass es sich um die gleiche Substanz handelt.

*

Tanja will dringend mit Alex sprechen. Sie wählt wiederholt seine Nummer. Der Anrufbeantworter bringt immer dieselbe nervtötende Meldung.

»Marta, wenn der Herr Alex geruht, nochmals im Büro aufzutauchen und nach mir fragt, sag ihm bitte, ich sei zu Hause am Arbeiten!«, ruft sie genervt ihrer Kollegin zu. Marta rollt nur die Augen und sieht ihr kopfschüttelnd nach.

Tanja wirft Tasche und Jacke achtlos auf die Ablage beim Eingang zu ihrer Wohnung und eilt in die Küche.

Ein jäher Schmerz durchzuckt die linke Hälfte ihres Kopfs. Gleichzeitig fühlt sie, wie ihr rechter Arm gefühllos wird. Sie sinkt auf einen Küchenstuhl und entschließt sich dann, die Dokumente, die noch immer Küchentisch und Küchenboden bedecken, unberührt zu lassen. Die Schachtel mit den restlichen, ungelesenen Unterlagen steht mitten in diesem Chaos.

Sie schleppt sich in ihr Schlafzimmer und legt sich voll bekleidet auf das Bett. Ihren Arm kann sie bewegen, aber gefühllos bleibt er trotzdem. Der übermäßige Kaffeegenuss, der Stress der vergangenen Tage, der ständige Wetterwechsel sind Grund genug, sich selbst die Diagnose zu stellen: Migräne. Und wann hat sie das letzte Mal etwas gegessen?

Mitten in der Nacht erwacht Tanja aus einem tiefen traumlosen Schlaf. Sie hat während Stunden geschlafen, fühlt sich aber dennoch nicht erholt. Immerhin haben das Pochen und Stechen in ihrem Kopf aufgehört. Sie schleppt sich ins Badezimmer und legt ihre Kleider unordentlich ab, stellt sich in die Dusche und lässt das warme Wasser über sich rieseln. Es ist wohltuend, denn nun ist sie sicher, dass Dominik sie anstelle des Wassers bald wieder streicheln wird.

Das Wasserreservoir der Stadt muss nahezu leer sein. Sie dreht den Warmwasserhahn zu und lässt eisig kaltes Wasser über Kopf und Nacken schießen.

Sie trocknet sich ab, eilt ins Schlafzimmer und hüllt sich in den Lounge-Dress, den Dominik so liebt. Wieder meint sie, seine Hände auf ihrem Körper zu spüren. War da nicht noch ein Duft seines Rasierwassers am Dress hängen geblieben?

Jetzt ist sie bereit zu neuen Taten. Vorsichtshalber gießt sie sich nur ein Glas Wasser ein, mümmelt an einem Kanten hartem Schwarzbrot, den sie noch zuhinterst in der Schublade gefunden hat, und macht sich an die Arbeit.

Blatt um Blatt nimmt sie aus der Schachtel. Von der nahen Stadtkirche schlägt es fünf Uhr, als sie am Boden der Schachtel die kleine Kartonschachtel entdeckt. Eingebettet in zerkrümelndem Schaumgummi liegt ein Fläschchen fest verschlossen. Sie zögert, tastet dann nach dem Gefäß und hält es gegen das aufkommende Tageslicht.

Ein weißes Pulver ist darin zu erkennen! Sie schüttelt es leicht. Das Pulver rieselt hin und her, so als wäre es erst vor Kurzem in das Fläschchen abgefüllt worden.

Eine beschriftete Etikette, die Tinte ist im Lauf der Jahre bräunlich verlaufen, klebt an den letzten Resten Leim. Sie versucht die verblasste Schrift zu entziffern.

Divinia, flüstert sie ehrfürchtig. Vorsichtig legt sie das Flakon wieder in die Schutzhülle. Aus einem Impuls heraus oder auch aus purer Gewohnheit eilt sie zum Spülbecken und wäscht sich sorgfältig die Hände.

Sie fühlt sich noch immer müde und möchte gerne noch eine Mütze Schlaf nehmen. Nachdenklich setzt sie sich erst einmal in ihr kleines Wohnzimmer und schaltet den Fernseher ein. Sie muss auf andere Gedanken kommen und den Kopf leeren, damit sie wieder weiterarbeiten kann. Sie starrt auf den Bildschirm. Der Kopf der Nachrichtensprecherin verzerrt sich plötzlich. Auch ihre Hände verformen sich, als wären sie aus farbigem Teig. Tanja reibt sich die Augen, »Was hab ich? Mir ist schwindlig.« Sie schüttelt heftig den Kopf, aber die verzerrten Bilder toben nur umso wilder. Ihr Herz klopft schnell. Sie atmet stoßweise, reibt sich erneut die Augen. Die skurrilen Bilder weichen nicht. Sie versucht verzweifelt, regelmäßig ein- und auszuatmen. Kommt die Migräne zurück? Ein seltsam fliegendes Gefühl umfängt sie plötzlich. Farbige Kreise schieben sich von überall her über sie. Kaskaden von Sternen in Blau, Grün, Rot und Gelb schießen aus allen Richtungen.

Dann Dunkelheit und Ruhe, ein fallendes Gefühl, nicht ungleich dem, wenn sie sich ins Wasser sinken lässt. Ist sie gestorben?

Das durchdringende Geräusch des Telefons weckt sie. »Tanja, wo bist du?« Undeutlich sagt sie: »Zu Hause!« Sie schaut um sich, alles wie sonst, weshalb hat sie auf dem Sofa geschlafen?

Die Türklingel geht. Ein Schlüssel schiebt sich ins Schloss. Sie hebt den Kopf und schaut auf die Gestalt, die auf sie zutritt!

»Tanja!« Ein leichter Klaps auf die Wange. »Tanja, ich bin's, Alex. Was hast du? Muss ich einen Arzt rufen?« Er schüttelt sie. Sie öffnet die Augen, lächelt verklärt und schließt die Lider wieder. Sie fühlt sich so leicht. Sie will nicht aufwachen.

Sie blinzelt, liegt im Bett. Sie ist ganz klar. Ihre Augen glänzen etwas seltsam.

»Marta, was machst du hier?«

»Hey, Tanja, du hast seit Stunden geschlafen. Wir haben Angst um dich gehabt.«

Jetzt tritt Alex ins Zimmer, sobald er die beiden Frauen miteinander reden hört. Tanja lächelt ihm zu.

Jetzt erinnert sie sich und sagt leise: »Ich habe das kleine Fläschchen im Karton gefunden, herausgenommen und es so, wie ich es herausgenommen habe, wieder hineingelegt. Dann sind da plötzlich Ringe und Farben, schöne Farben gewesen, alles ist verwischt und doch irgendwie klar gewesen. Auf dem Fläschchen steht – Divinia!«

»Divinia?«

Sie beugen sich gemeinsam über den Karton, in dem unschuldig das Fläschchen ruht.

»Ich erinnere mich, ich hab' nur das Schächtelchen herausgenommen, geöffnet und das darin liegende Fläschchen angesehen. Ich habe es nicht geöffnet. Dann habe ich mir die Hände gewaschen. Weshalb weiß ich nicht mehr.« Sie hält einen kurzen Moment inne.

»Wenn das der Stoff ist, den dieser Renzo entwickelt hat, dann muss außen an diesem Fläschchen nach all den Jahren noch ein winziger Rest, den ich an die Finger bekommen habe, geklebt haben. Der Stoff dringt wohl so schnell in die Haut ein, dass ich ihn mit Waschen nicht mehr weggekriegt habe. Eigentlich sollte ich mein Blut untersuchen lassen.« Alex und Marta stimmen ihr zu.

»Ich lass das lieber, das müsste die Gerichtschemie machen, und das würde unnötige Rückfragen geben.«

14

Langsam heben sich die Augenlider, sein Blick bleibt an dem an der Wand hängenden Bildschirm ohne Bild kleben. Der schwarze Fleck löst in ihm Angstgefühle aus, die er nicht einordnen kann, er zittert und schließt schnell seine Augen. Aus dem Lautsprecher schwebt leise sanfte Sphärenmusik durch den Raum. Weiß getünchte Wände blenden ihn und er weiß nicht, wo er sich befindet und was mit ihm geschehen ist.

Jedes Mal, wenn er die Augen öffnen wird, wird ihn das schwarze Loch an der Wand erneut erschauern, er will weg, zurücktreten, schwarze Löcher machen ihm Angst.

Er kann sich nicht bewegen, sieht nicht, was seine Arme und Beine festhält, auch sein Kopf ist wie in einem Schraubstock eingezwängt. Sein Puls steigt gefährlich an. Der Monitor macht hektischen Lärm.

Ein Schatten schiebt sich in Dominiks Gesichtsfeld, das schwarze Loch verschwindet. Eine Welle, warm und freundlich durchfließt seinen geschundenen Körper. Der Monitor tickt wieder normal, Pulsschlag reiht sich an Pulsschlag, wird beim Anblick des Schattens unversehens wieder schneller.

Die Lippen in diesem Gesicht bewegen sich zu einem zärtlichen Lächeln, die schwarzen Augen strahlen. Ein pechschwarzer Schock gekrauster Haare umrahmt das Gesicht: »Willkommen zurück, Domi!«

*

Tanja hat sich oft die Zeit gestohlen, um nach Dominik zu sehen. Er ist nach einer Woche wieder aus dem Koma aufgewacht.

Jedes Mal hat sie nach stundenlangem Warten am Krankenbett

147

beim Hinausgehen einen letzten, fragenden Blick auf den jungen Mann mit weißem Kopfverband geworfen. Wie zerschlagen ist sein Gesicht?

Marina hat darauf bestanden, im Spital zu bleiben und über Dominik zu wachen. Sie ist medizinisch als nicht mehr gefährdet erklärt worden.

Plötzlich übertönt die heisere Stimme Dominiks die leise Musik. »Wo bin ich, weshalb kann ich mich nicht bewegen?«, krächzt er drängend. Tanja stürzt sich zum Bett hin und hört ihn gerade noch flüstern: »Was ist mit mir?«

Strahlend und glücklich, ein Lebenszeichen zu erhalten, legt sie ihre warme Hand auf seine, an der ausnahmsweise keine Schläuche angebracht sind. In einem Arm steckt noch immer eine Kanüle, die mit einer Infusionsflasche an einem Galgen verbunden ist. Sie beugt sich über ihn. »Du hast Glück gehabt! Du wirst bald wieder aus einem Stück sein!«

Sofort ärgert sie sich über ihre banalen Worte. Sie kommt sich unehrlich vor, denn sie zweifelt im gleichen Moment, in dem sie diese Worte flüstert, dass dies wirklich bald der Fall sein wird. Es kann nur die Verzweiflung sein, die sie diese hoffnungsvollen Worte wispern lässt. Sie zögert:

»Domi, was wolltest du da oben in der Häxechuchi, mitten in der Nacht und das noch bei Sturm und Regen?«

»Häxechuchi? – Ich war in der Häxechuchi?«, fragt er mit etwas klarerer Stimme. »Wie kommst du darauf?«

Er schließt die Augen, er will nicht weitersprechen. Sein Gesicht verzieht sich unter dem Verband. Blitzartig sieht er den Mann wieder vor sich. Er verfolgt ihn, aber weshalb?

Er dämmert weg, zurück in einen wohltuenden Schlaf. Die nur noch leichte Dosis Narkosemittel verfehlt ihre Wirkung nicht.

*

»Komm schnell, Tanja! Das musst du sehen!«

Marta winkt aufgeregt hinter ihrem Bildschirm hervor, als Tanja, heute erstaunlich frisch, ins Büro kommt. Sie stellt sich hinter Marta, die stolz auf eine Webseite deutet, die ein weißes Haus auf einer weiten grünen Wiese zeigt, im Hintergrund einen sanften Waldrand. »Das analytische Institut im Grünen« steht in großen Lettern quer über dem Bildschirm. Tanja packt Marta hart an der Schulter. »Du bist ein Genie, Marta! Wie hast du das geschafft?«

»Oh, das Passwort zu dem Ordner war keine Hexerei: Divinia12«, sagt sie grinsend.

»Wo liegt dieses Haus? Derjenige, der das programmiert hat, hat leider nur diese Seite kopiert, die Kontaktfunktion kann man nicht öffnen. Wohl absichtlich nicht. Soll nur ein Hinweis sein.«

Tanja hört nicht, was Marta gesagt hat, ihr Blick ist starr und doch nicht fokussiert auf den Bildschirm gerichtet. Sie konzentriert sich und versucht verzweifelt, eine Erinnerung aus ihrem Gedächtnis abzurufen. Es gelingt ihr nicht.

Enttäuscht greift sie nach ihren Notizen. Sie sollte endlich Berichte von Bagatellfällen fertig schreiben. Ihr Blick gleitet zum Fenster des Büros. Heller Sonnenschein lockt sie nach draußen.

Marta studiert intensiv ihren Bildschirm. Paul hört man seine Frustration an. Er knurrt. Tanja vermutet, dass er noch immer vergeblich nach dem Besitzer des Autos sucht. Die Anfrage bei Europol ist noch immer ergebnislos und die KTA hat sich auch immer noch nicht gemeldet. Sie hatten ihm versprochen, die ausgefeilte Nummer würde sich garantiert lesen lassen.

»Tanja, hast du etwas von Duri oder sonst jemandem gehört? Es ist zum Davonlaufen!«

Sie überhört seine Frage und sagt stattdessen zu niemand Bestimmten:

»Ich gehe reiten, Diavolo hat in den letzten Tagen keine Bewegung gehabt.«

Beide Kollegen schauen neidisch von ihrer langweiligen Arbeit auf. Frau Leutnant kann sich das leisten. Tanja schnappt sich ihre Tasche. Sie ist heute in Zivil, bequeme Jeans, rotes T-Shirt und ihre unvermeidliche Lederjacke. Es ist ihr heute Morgen beim Aufstehen gar nicht in den Sinn gekommen, die Uniform anzuziehen.

Sie hört Diavolo freudig wiehern, als er seine Besitzerin erkennt, noch bevor sie um die Ecke zu seiner Box kommt. Wie macht das Tier das bloß?, fragt sie sich einmal mehr. Es muss um die Ecke sehen können oder einen siebten Sinn haben oder vielleicht Gedanken lesen können?

Sie streichelt den Hals des Hengsts, gibt ihm verstohlen einen Kuss, sattelt ihn und schon ist sie in Richtung Kiesgruben unterwegs. Sie will sich den Fundort der Kiesgrubenleiche nochmals ansehen. Weshalb nicht das Angenehme mit dem Nützlichen verbinden, nachdenken?

Dominiks Unfall lässt sie nicht los. Was verbindet ihn mit diesem Institut? Kennt er jemanden von dort? Diavolo fällt plötzlich in einen leichten Trab, so als will er sagen, komm jetzt, schneller, du findest die Lösung doch nicht.

Sie lässt dem Pferd seinen Willen, dabei führt der Weg durch die öffentlich zugängliche Partie der Grube. Sie lenkt das Tier an die Stelle, wo die Schaufel des Baggers knirschend vor Kurzem in den Kies eingefahren ist und dabei die Leiche freigelegt hat. Sie sieht von Weitem die noch immer flatternden Bänder der Fundstelle. Suchend dreht sie den Kopf und entdeckt die Schotterpiste hinauf zum Grubenrand. Sie steigt ab und schlendert langsam entlang der Rampe nach oben. Diavolo trottet geduldig am losen Zügel den unebenen Weg hinter ihr her hinauf. Baumwurzeln hängen frei über den Rand und erschweren den Zugang zum Wald. Ein Gewirr von losen Wurzeln, abgeschlagenen und abgebrochenen Ästen liegt herum.

Weiter hinten im Gebüsch entdeckten die Kollegen den versteckten Rover. Auch hier stören flatternde Bänder das friedliche Bild des Waldes.

Tanja legt den Kopf schief und betrachtet nachdenklich den Übergang des Waldrandes zum Rampenrand. Der Täter konnte wegen der Wurzeln und Baumstrünke nicht hinunterfahren. Er muss den Körper des entweder bewusstlosen oder toten Mannes hinuntergetragen haben. Zweifellos ein kräftiger Kerl. Keine Schleifspuren und an den aufragenden Wurzelteilen keine Kleiderreste.

Ist das überhaupt relevant? Dass der Täter wohl ein Muskelpaket ist, wird zur Identifikation beitragen. Dass keine Kleiderteile gefunden worden sind, deutet darauf hin, dass der Täter das Opfer ausgezogen, ja sogar, dass es schon nackt im Auto gelegen haben muss. – Eine Frau kommt als Täterin wohl eher nicht in Frage, es sei denn, sie wäre voll durchtrainiert, folgert sie aus den örtlichen Gegebenheiten.

Gräser wogen mit den Bändern im Wind um die Wette, denn eine starke Brise ist am Morgen aufgekommen und hat Sonnenschein gebracht. Herbstliche Lichtstrahlen lassen den aus dem Untergrund aufsteigenden Dampf glitzern. Ein stärkeres Aufblitzen zwischen den Bäumen erregt Tanjas Aufmerksamkeit. Recht weit entfernt blinkt es im Waldgras. Glas, Wassertropfen? Sie lässt die Zügel Diavolos zu Boden gleiten und bewegt sich vorsichtig in Richtung der Reflexe.

Die Scherben eines Handys liegen verstreut zwischen Jungwuchs und scharfkantigem Gras. Ein Fliegenpilzring legt sich schützend um die Trümmer des Smartphones. Die Eingeweide des kleinen Apparates scheinen noch intakt zu sein.

»Was macht ein kaputtes Handy so tief im Wald?«, wispert sie zu Diavolo, der ihr treu, den Kopf zum Boden gesenkt, in den Wald hinein gefolgt ist. Sie hat keine Latexhandschuhe dabei und schimpft über ihre Nachlässigkeit. Verärgert klaubt sie ein Papiertaschentuch aus ihrer Jeans und sammelt sorgfältig die Scherben und den Rest des Geräts auf, wickelt sie ein und steckt die eingepackten Trümmer tief in die Satteltasche. »Mal sehen, was die Spurensicherung findet.«

Das Pferd schnaubt zustimmend.

Mit ihrer Ruhe ist es vorbei. Unten auf dem Grubenboden angekommen, steigt sie auf und treibt Diavolo in den Galopp und taucht bald wieder in der Nähe des Reitstalls aus dem Wald.

Trotz Unruhe und Eile hält sie Diavolo zurück und genießt wie immer den Ausblick von dieser Stelle aus, hinauf zum bewaldeten Bornhügel mit seinen sich herbstlich verfärbenden Blättern. Ihr Blick gleitet über die Wiesen, die abgeernteten Felder, zu den letzten wenigen Häusern des Dorfes.

Ein weißer Farbfleck irritiert sie heute. Eine Hauswand leuchtet zwischen den Ästen einer mächtigen Eiche hervor. Das Haus liegt etwas abseits zu einem grauen, etwas heruntergekommenen Herrschaftsgebäude. Dazwischen duckt sich das grün-rot verfärbte Dach eines Bauernhofs. Die Mittagssonne scheint das Weiß verstärkt aufleuchten zu lassen.

Diavolo wirft in diesem Moment heftig den Kopf zurück und sie muss ihn streng in die Zügel nehmen. Er tänzelt auf den Hinterläufen unruhig um sich selbst. Endlich gelingt es ihr, das Pferd ruhigzustellen. Erst jetzt wird ihr bewusst, dass das Tier nur auf ihren unbeabsichtigten Schenkeldruck reagiert hat und deshalb beinahe losgeprescht ist.

Das weiße Haus!

»Es gleicht dem Haus auf dem Bild von Martas Computer. Soll ich in die Nähe reiten und es genauer ansehen?«, fragt sie den Hengst.

Das Smartphone jubelt in ihrer Tasche. Sie lässt es jubeln. Sie ist auf etwas gestoßen, das sie und ihre Kollegen brennend interessiert, da kann sie den Erfolg genießen und gleichzeitig das doch etwas störende schlechte Gewissen beruhigen. In ihren Augenwinkeln hat sie die neidischen Blicke Martas wohl bemerkt. Sie hat die Kollegen im dumpfen Büromief zurückgelassen und ist abgehauen.

Sie greift in die Zügel und lenkt Diavolo zum Reitstall. Ihre Gedanken kreisen und kreisen, noch immer sucht sie sich zu erinnern, doch sie kann den Gedanken nicht fassen. Was ist als Nächstes zu tun?

»Ich muss mit Alex sprechen!«, flüstert sie Diavolo zu. Das Tier spitzt die Ohren. »Wie hängt das alles zusammen, schöne Luana, wo gehörst du hin? Die verkohlte männliche Leiche, das zerborstene Handy, Dominiks Sturz, der Stick in seiner Jeanshose?«

Sie kramt die Handytrümmer aus der Satteltasche und steckt sie sorgfältig in die Tiefen ihrer Tasche. Sie wird die Teile den Spezialisten der KTA überlassen, vielleicht können sie etwas damit anfangen. Sie werden sich ärgern, es nicht selbst gefunden zu haben.

»Endlich bist du da, du könntest deine Reitstunden auch am Wochenende nehmen!«, tönt es leicht gehässig hinter Martas Bildschirm hervor, sobald Tanjas Gesicht im Türrahmen des Büros auftaucht.

»Niemand im Stall hat gewusst, wo du mit deinem Pferd hin bist. Alex hat nun schon das dritte Mal nach dir gefragt! Wow! Der hat so etwas von schlechte Laune! Nachdem du abgetaucht bist, brach hier die Hölle los! Der Fluri hat ins Telefon getobt, du solltest gefälligst sofort nach Solothurn in die Staatsanwaltschaft kommen. – Sprich aber zuerst noch mit Alex! – Und Marina hat aus dem Spital angerufen, Dominik sei jetzt gut ansprechbar und ausgewickelt. Es gehe ihm den Umständen entsprechend gut und er mache schon flotte Sprüche!«

Tanja jauchzt und nimmt keine Notiz von Martas schlechter Laune.

»Und dem Weber ist in den Sinn gekommen, dass an dem Tag, als Dominik verschwunden ist, zwei Männer einem jungen Mann, der in die Höhle gestürzt sein soll, nachgefragt haben. Sie wollten an dem Tag in die Häxechuchi einsteigen und sind auf einen Schwerverletzten gestoßen. Sie haben die REGA angefordert. Jetzt wollten sie noch den Vorfall melden und sich erkundigen, wie es dem Verwundeten geht. Werner hat eine Meldung gemacht.« Sie verdreht ihre Augen. »Die Meldung ist erst heute aus dem Papierkram wieder aufgetaucht«, rapportiert Marta weiter. Sie grinst jetzt wieder verwegen.

Tanja entschließt sich, zuerst mit Alex zu reden und erst dann nach Solothurn in die Höhle des Löwen zu fahren.

Hinter einem Stoß Papiere schaut das wütende Gesicht von Alex hervor. »Tanja, bitte schließ die Tür!«, schnappt er.

»Fluri hat meinen Antrag, den Unfall Dominiks untersuchen zu lassen, abgelehnt. – Ich sage das nur zu dir, Tanja, der Typ ist so was von penibel! Ich bin so froh, in ein paar Monaten aus dem Dienst auszuscheiden, dann werde ich nichts mehr mit ihm zu tun haben. Aber jetzt müssen wir immer noch nach der Pfeife des Herrn tanzen.«

Tanja schaut ihren Mentor verstört an. Was soll das alles bedeuten? Alex hat ja noch nicht einmal die neuesten Nachrichten gehört.

»Fluri hat mich nach Solothurn beordert, weißt du davon?«

»Ja«, sagt er kurz angebunden und zieht die Augenbrauen heftig zusammen.

15

Sie strafft die Schultern und steigt entschlossen die Treppe zum Büro von Staatsanwalt Fluri empor. Ihr Herz pocht, als sie an Fluris Büro klopft. Nichts geschieht, kein Herein ertönt, die dick gepolsterte Tür wird nicht von innen geöffnet, nichts.

Sie mahnt sich: »Ruhig, Tanja!« und zieht das U in die Länge. Sie traut ihrem überschäumenden Temperament nicht, fürchtet, sie wird Fluri ihre Wut in Form von unflätigen Worten ins Gesicht schleudern.

Als sich noch immer nichts tut, beginnt sie schon sich zu freuen, der Auseinandersetzung mit Fluri an diesem Tag entkommen zu sein. In diesem Moment fliegt die Tür auf und eine junge Gerichtsassistentin stürmt mit zerzausten Haaren heraus. Ihr Gesicht glüht. Tanja schaut der jungen Frau nach, wie sie den langen Flur entlangläuft.

Die sieht aber derangiert aus, denkt sie belustigt bei sich und blickt neugierig in Fluris Büro. Dieser ordnet einen Stapel Papiere, der eigentlich schon ganz ordentlich aussieht. Ein verträumtes Lächeln spiegelt sich auf seinem Gesicht. Er sieht auf und sein Blick verdüstert sich augenblicklich. »Leutnant Beduzzi! Endlich bewegen Sie Ihren Hintern!«, ruft er salopp. Er setzt sich, lädt Tanja jedoch nicht dazu ein, es ihm gleich zu tun. »Wie langsam glauben Sie, können Sie Befehle ausführen? Ich habe Sie um zwei Uhr her befohlen, jetzt ist es nach fünf Uhr. Sie sind so etwas von nachlässig, und Sie glauben sich nicht an Dienstvorschriften halten zu müssen. Nur weil Sie den Doktortitel in Botanik haben, meinen Sie, sich mir überlegen fühlen zu dürfen!«

Tanja staunt über sich selbst, sie hat sich voll im Griff. Sie ist an der Tür stehen geblieben und kommt nun vollends in den Raum, schließt langsam die Tür hinter sich und setzt sich ungefragt in den Stuhl gegenüber von Fluri.

»Herr Doktor Fluri, zuerst einmal ist es hier und jetzt ohne Belang, ob ich Doktor der Botanik oder sonst was bin. Übrigens, es ist ein Doktorat in Chemie!«

Fluri zuckt zusammen.

»Ich habe Sie darauf aufmerksam gemacht, dass der Sturz meines Freundes Dominik Gerber näher untersucht werden sollte, und Ihnen sogar ein paar Fakten genannt. Sie haben es vorgezogen, einfach nichts zu tun.«

Fluri schießt wütend aus seinem Sessel auf und stützt sich auf der Schreibtischplatte ab, während er drohend mit ausgestrecktem Zeigefinger auf Tanja weist. »Sie wagen es, mir zu sagen, was ich zu tun und zu lassen habe.? So eine Frechheit lasse ich mir von Ihnen nicht gefallen. Sie sind ab sofort suspendiert, raus hier!«

Sie erstarrt. Sie muss sich mit aller Kraft beherrschen. Im Raum herrscht Stille. Beide starren sich mit weit aufgerissenen Augen an. Tanja erhebt sich langsam und lässt den angehaltenen Atem ausströmen. Sie geht zur Tür und verlässt den Raum, nicht ohne einen verächtlichen Blick auf den Staatsanwalt zu werfen.

Sie geht schnell weg. Sie kocht innerlich, ist jedoch froh, dass sie sich vor Fluri nicht hat gehen gelassen.

Ein Besuch bei Arthur Brenneisen in der KTA liegt noch drin. Sie breitet die Trümmer des Handys aus der Kiesgrube auf seinem Schreibtisch aus.

»Duri, ich bin nicht nur wegen der Trümmerteile hier. Ich bin auch gekommen, mich zu verabschieden. Fluri hat mich rausgeschmissen. Weshalb und ob für dauernd, weiß ich nicht. Ich bin mir auch nicht sicher, ob er das überhaupt darf. Dienstausweis und Waffe hat er mir nicht abverlangt. Du wirst staunen, an und für sich ist es mir auch recht so. Was mich traurig macht, ist, unser Team im Stich lassen zu müssen, und dass ich nicht mithelfen kann, den Fall oder vielmehr die Fälle zu lösen. Komm mit, wir trinken ein Glas, du bist mein Gast.«

*

156

Bei ihrem Besuch im Spital staunt Tanja. Marina sitzt in einem bequemen Sessel neben Dominiks Bett und sie findet nicht mehr eine Mumie, sondern das müde lächelnde Gesicht ihres Freundes. Der Bart braucht dringend eine Rasur und auch ein Haarschnitt ist überfällig. Narbengewebe leuchtet an verschiedenen Stellen flammend rot, an anderen kleben noch Pflaster.

Tanja begrüßt ihre beiden liebsten Menschen noch etwas zaghaft, umarmt vorsichtig Marina und geht dann zum Bett, wo Dominik mit fester Stimme gebieterisch den lang vermissten Kuss verlangt.

Seine Augen lächeln, als er feierlich verspricht, nie wieder solche Alleingänge zu machen.

»In ein paar Wochen bin ich wieder bereit, Pferde zu stehlen.« Noch zittert seine Hand.

*

Ein blauer Himmel lockt sie nach draußen.

Sie setzt sich in die Sonne vor dem Café, als Alex um die Ecke biegt. Sie winkt ihm heftig und schreit laut: »Xhavid, einen Espresso für Alex und bring auch einen Laugengipfel!« Ihr ehemaliger Chef zögert und schaut sie ernst an, dann kommt er zu ihr an den Tisch und setzt sich.

»Wir kommen nicht vorwärts, du fehlst. Willst du dich nicht bei Fluri entschuldigen?« Die Reaktion ist vorhersehbar.

Sie blitzt ihn erzürnt an.

»Er soll sich bei mir entschuldigen, ich habe seine Arbeit gemacht und er hat mich rausgeschmissen. Ich werde kündigen! Ich habe keine Lust, über Luana und den verbrannten Unbekannten groß nachzudenken, ich bin schließlich draußen!«, fährt sie pikiert weiter. Tränen glitzern am unteren Rand ihrer Augen. Sie wischt kurz darüber.

»Ich werde mir eine Stelle in einem Labor suchen, denn ich will niemandem auf der Tasche liegen. Mama ist entlassen worden und schon wieder aktiv. Aber das weißt du ja selbst.«

157

Alex windet sich. Er ist nicht in der Stimmung, Marina zu besuchen.

Tanja schlürft an ihrem Espresso.

»Dominik geht es jeden Tag besser, sie haben ihn zur Rehabilitation geschickt. Ich muss herausfinden, woher er den Computerstick hat, den ich in seiner Jeans gefunden habe. Er erinnert sich einfach nicht, wie es zu dem Unfall gekommen ist. Ich versuche später noch einmal mit ihm zu sprechen.«

*

Eine lauschige Bank unter einer Trauerweide, von der man einen guten Blick auf den Ententeich hat, lädt Liebespaare zum Ausruhen ein.

»Magst du ein paar Schritte gehen?«

Dominik stemmt sich hoch, schwankt dabei kurz, geht dann aber doch mit etwas festeren Schritten weg von Tanja und schaut triumphierend zu ihr zurück. Sie folgt ihm etwas misstrauisch, ob er es auch schaffen wird, selbstständig weiterzugehen.

Sie geht neben ihm her, immer bereit, ihn aufzufangen. »Domi, kannst du dich wirklich nicht mehr erinnern?«

Er bleibt stehen. Sein Blick geht in die Ferne, dann beginnt er stockend zu reden. »Zwirbel, ich weiß, du möchtest wissen, was da bei der Häxechuchi passiert ist. Du wurdest meinetwegen rausgeschmissen.

Ich musste zuerst tief in mir graben, denn ich erinnere mich nur noch, dass ich einen harten Schlag an den Kopf bekommen habe und dann gestürzt bin. Dieses Fallen wollte nicht aufhören. Und dann weiß ich nichts mehr, bis ich wieder zu mir kam.«

»Aber weshalb bist du überhaupt da hinauf?«

Er geht einige zögerliche Schritte weiter, schaut mit gekrauster Stirne auf seine Füße. »Ich wurde verfolgt. Vage erinnere ich mich, ein Typ hat mich auf einem Parkplatz angeschrien und dann angegriffen. Er kam unbemerkt aus dem Dunkel auf mich zugeschossen. Zum Glück waren du und ich öfter auf dem Weg hinauf zum Born. Aber keine Ahnung, was der Kerl von mir wollte, ich kenne ihn nicht!«

»Welcher Parkplatz war das denn?«

Wieder bleibt er stehen, dann beginnt sein Gesicht zu leuchten: »Beim Stadion.«

»Was wolltest du denn beim Stadion?«

»Ich war auf dem Heimweg.«

Sie schaut ihn ratlos an. Er greift sich an den Kopf, streicht eine Haarsträhne zurück und schaut Tanja direkt in die Augen. »Ich war da mit Bekannten, du kennst sie nicht. Sie sind fremd in der Gegend und wollten einmal ein Eishockeyspiel sehen. Ich habe sie zufällig vor dem Stadion getroffen.«

Sie schaut ihn misstrauisch an. Sagt er die Wahrheit oder fantasiert er?

Er reibt sich die Stirne. »Die Frau, sie heißt Luana Ghorbani, arbeitet in einem Labor in Hochrütti und ich kenne sie von Fachgesprächen. Sie hat mir ihr Labor gezeigt.«

Dominik bemerkt nicht, wie Tanja nickt. Sie schweigt, obwohl sie darauf brennt, Dominik einzuweihen. Aber sie ist noch immer an das Amtsgeheimnis gebunden. Er redet jetzt lebhaft weiter, er hat Tanjas Zögern zum Glück nicht bemerkt.

»Sie analysiert da Proben von Trinkwasser, aber auch von Abwasser, von Nahrungsmitteln und noch vieles mehr. Sie arbeitet mit den neuesten Analysemethoden. Das hat mich interessiert und ich plante einen Artikel darüber zu schreiben. Ein solches Labor hat es noch nie in unserer Region gegeben.«

Tanja schaut kritisch. »Umweltproben? Luft, Wasser, Erde? Das machen doch die Kantonschemiker. Ich sehe da den Zusammenhang mit dem Eishockeymatch und der Schlägerei nicht.«

Tanja fällt ein, dass Marta auf dem Stick Daten gefunden hat, die sich um den Werdegang des Rauschmittels Divinia drehten.

»Zwirbel, du klingst irgendwie seltsam. Bist du eifersüchtig?«, reißt Dominik seine Freundin aus ihren Gedanken. Sie fühlt sich ertappt und errötet leicht. Doch er nimmt keine Notiz davon, grübelt weiter in seiner Erinnerung.

Er denkt an die Dunkelheit, die durch das Flutlicht im vorderen Teil des Parkplatzes noch verstärkt wurde. Er hatte die Nähe des Angreifers gefühlt, konnte sich aber nicht durchringen, sich umzudrehen.

Stück für Stück kommt die Erinnerung an die Oberfläche: »Ich hatte mein Auto im hinteren, etwas schlechter beleuchteten Bereich abgestellt. Genau da griff mich der Mann an. Er hat immer wieder geschrien: ‚Gib es mir!' Keine Ahnung, was er meinte. Ich habe versucht mich zu befreien. Das ging nicht, ohne ein paar Faustschläge einzustecken. Ich habe aber auch ausgeteilt. Dann bin ich losgerannt, dummerweise Richtung Wald. Er hat mich verfolgt. Nach einer Weile habe ich ihn nicht mehr gesehen und auch nicht mehr gehört. Es war an diesem Abend aber auch sehr stürmisch.«

Tanja hört schweigend zu.

»Ich bin panisch den Berg hinaufgelaufen, habe mich ein paar Mal verirrt. Da ist mir die Idee gekommen, ich könnte mich in der Häxechuchi verstecken, wenigstens so lange, bis der Sturm vorbei sein würde und der Typ hoffentlich aufgegeben hätte.«

Sie schaut ihn ratlos an. Ihre Gedanken springen wild durcheinander.

»Wie war denn das Match? Spannend? Gab es spezielle Torschüsse?«, wechselt sie die Gesprächsrichtung.

»Weshalb fragst du?«

Sie ist unentschlossen, ob sie ihm von dem unscheinbaren USB-Stick in seiner Hose erzählen soll.

»Wir haben in deiner Jeanshose, die du an dem Tag getragen hast, einen Computerstick gefunden. Wir wissen, dass er nicht dir gehört.«

Jetzt ist es an ihm, sich zu wundern: »Einen Stick? Und was ist da drauf? Ich weiß von keinem Stick.«

Sie kehren langsam unter den tiefhängenden Ästen entlang des Ententeichs zu der Bank zurück und setzen sich wieder. Dominik verzieht sein Gesicht. Er hat sich offenbar überschätzt.

»Da sind chemische Formeln drauf: Ergotamin und Lysergsäurediäthylamid, LSD, und andere Substanzen. Sagt dir das etwas?«

160

Er schüttelt den Kopf.

»Also, was sie chemisch bedeuten, weiß ich natürlich schon«, grinst er schief. »Aber weshalb die Formeln auf einem USB-Stick in meiner Jeanshose waren, das kann ich dir beim besten Willen nicht sagen. Und wie der Stick hineingekommen ist, ist mir ein Rätsel.«

*

Mit einem strahlenden Lächeln empfängt Marina ihren Freund. Sie trägt keine Halskrause mehr. Alex umarmt sie zaghaft und gibt ihr die obligatorischen Begrüßungsküsse.

»Eine Tasse Tee oder lieber ein Glas Wein?« Sie hebt die Kanne, er nickt zu ihrem Erstaunen und strahlt erleichtert.

»Schön, dich wieder in einem Stück zu sehen!«

Dann stockt das Gespräch. Überraschend fragt Marina nach einer Weile: »Alex, was ist da mit Tanjas Suspendierung? Sie hat mich gestern angerufen und mir davon erzählt. Sie will sich nun eine neue Stelle suchen. Sie sagte, sie will wieder ins Labor. Da sei alles viel geordneter als beim Staat. – Wenn du mich fragst, eine lächerliche Ausrede! Sie wurde doch suspendiert und nicht ge- kündigt, oder doch?«

»Es ist mein Fehler!«, gesteht Alex kleinmütig ein. »Fluri hat sie rausgeschmissen, weil sie wegen Dominiks Unfall eigene Wege ge- gangen ist und eigenmächtig Untersuchungen angeordnet hat. Ich habe versucht, mich für sie einzusetzen, aber Fluri und ich haben nicht die beste Vergangenheit. Ich bin ihm im Laufe der Zeit zu oft in die Quere gekommen. Jetzt rächt er sich an Tanja. Ja, ich weiß von ihrer Absicht, eine Laborstelle zu suchen.«

»Und weshalb sagt ihr mir das nicht?«

»Wir wollten dich nicht belasten«, entgegnet er verlegen und lenkt das Gespräch auf die Akten, die er von seinem ehemaligen Kollegen in Basel erhalten und studiert hat: »Ich habe die alten Unterlagen zum Fall Renzo Barbaro noch einmal studiert. Ich war damals ein Anfänger. Es war mein erster Fall und ich habe die wich- tigsten Fragen einfach nicht gestellt, bevor er abgehauen ist. Tanja

161

hat jetzt herausgefunden, dass er an einer neuen Substanz gegen Migräneattacken gearbeitet hat und mit Sandro in Streit geraten sein muss. Den wahren Grund kennen wir nicht.

Sandro hat ihn von einem Tag auf den anderen hinausgeworfen. Damit hat sich Renzo offenbar die Möglichkeit vermasselt, den Doktortitel zu erhalten. Der Streit muss sehr emotional abgelaufen sein. Die beiden sind vielleicht beim Räumen des Labors noch ein zweites Mal aneinandergeraten.«

Marina hebt die Hand:»Warte, Alex, ich erinnere mich. Am Tag vor Sandros Tod hat er sich über seinen Doktoranden beschwert. Aber warum, weiß ich nicht mehr. Es ist so lange her.«

»Wie sich der Vorfall genau abgespielt hat, konnte ich diesen Doktoranden nicht mehr fragen. Tanja hat schon recht, wenn sie sagt, der Unfall sei sehr mysteriös. Die große Frage ist: Weshalb hat es diesen jungen Mann bei der Explosion nicht auch erwischt? War es Zufall oder Absicht?«

*

Das Wochenende schleppt sich dahin. Sie wälzt sich im Bett, brüht sich in der Küche einen Tee auf, setzt sich ins Wohnzimmer, steht wieder auf und setzt sich an ihren kleinen Schreibtisch vor dem Fenster. Sie schaut hinaus. In einer Fensterecke sieht sie die sich verfärbenden Bäume auf dem Bornhügel.

»Ich werde nicht aufgeben! Dominiks Unfall und Luanas Tod müssen zusammenhängen, vielleicht gehört sogar der Tod dieses Unbekannten in der Kiesgrube dazu.«

Der Computerchip oder vielmehr die darauf gespeicherten Daten müssen die Verbindung, ja sogar das Motiv sein, ist sie überzeugt. Sie sucht nach weiteren Verbindungen. Wie ist der USB-Stick in Dominiks Hose gelangt?

Tanja seufzt tief, sie findet einfach keine schlüssigen Antworten auf diese Fragen. Sie braucht Beweise.

Wütend ballt sie die Faust. Wegen ihrer Suspendierung hat sie nur noch beschränkten Zugang zu Daten und Befunden. Und wenn sie bei ihren Freunden zu sehr bohrt, bringt sie diese in Schwierigkeiten.

Gibt es wirklich keine Alternativen? Sie ist enttäuscht und die Wut über Staatsanwalt Fluri steigt wieder in ihr auf. Sie streckt sich auf dem Bett aus und schließt die Augen. Plötzlich setzt sie sich auf und schlägt sich mit der flachen Hand an die Stirn. Wieso nicht Geldverdienen und ein bisschen Spionieren miteinander verbinden? Dieses Labor in Hochrütti und der USB-Stick in Dominiks Jeans hängen zusammen, wiederholt sie zum wiederholten Male. Wie der Stick in Dominiks Hose kam, ist jetzt nicht von Bedeutung. Ich erkundige mich morgen in Hochrütti nach der freien Stelle. Da war doch dieses Inserat im Journal für Klinische Chemie.»Ich muss ja schließlich Geld verdienen«, sagt sie laut.

»Aber darf ich das? Bin ich bei der Polizei jetzt raus oder nicht? Bis die wissen, was sie mit mir machen wollen, kann ich eine neue Stellung suchen, dort vielleicht ein paar Monate arbeiten und mich umsehen«, murmelt sie. Wieder kommen in ihr Zweifel auf. Sollte sie sich nicht doch bei Fluri entschuldigen und ihn bitten, die Suspension rückgängig zu machen?

Ihr Stolz meldet sich. Laut sagt sie:»Ich krieche nicht zu Kreuze!«

163

16

Am Montagmorgen greift sie entschlossen nach ihrem Smartphone. Nervös hämmert sie mit den Fingernägeln einen hektischen Takt auf ihrem Schreibtischchen. Ihr ist nicht wohl bei der Sache. Eine männliche Stimme meldet sich: »Medizinisch chemisches Labor«, der Name geht in einem Nebengeräusch unter. Sie versteht nur »Luzern und Giovanni Maltesi.«

»Doktor … Marianne … Moser, ich erkundige mich nach der ausgeschriebenen Stelle eines Chemikers bei Ihnen?« Sie erschrickt, ihr fallen schlagartig die Konsequenzen eines falschen Namens ein. Kann sie alle bei einem Stellenantritt notwendigen Ausweispapiere und Dokumentationen auf den neuen Namen ändern? Und das in kürzester Zeit? Kann sie ihren akademischen Lebenslauf auf den neuen Namen ändern? Und die Hauptfrage: Handelt es sich bei dieser Stelle überhaupt um dieses Labor in Hochrütti in der Nähe von Olten? Der Mann hat doch gesagt: Luzern. Weshalb Luzern?

»Da bin ich wohl falsch. Ich suche eine Stelle in Hochrütti, nicht in Luzern.« Ihr schlägt der Puls bis zum Hals. »Ist das nicht Ihr Inserat im Journal für Klinische Chemie?«

Giovanni Maltesi scheint ihre Nervosität nicht zu bemerken und sagt freundlich: »Doch, das ist richtig, in Hochrütti nahe Olten.«

Tanja hat vor Spannung den Atem angehalten. Sie liegt richtig.

»Ich kann gerne einen Gesprächstermin vereinbaren, wann passt es Ihnen?«

Sie ziert sich. »Heute ist Montag – am Freitag?« Das wird ihr genügend Zeit lassen, sich auf den Besuch vorzubereiten.

»Ausgezeichnet, Freitag um vierzehn Uhr in Hochrütti. Bitte senden Sie uns doch so schnell wie möglich noch ein Bewerbungsschreiben und Ihren Lebenslauf, alles andere können Sie mit dem

165

Verantwortlichen in Hochrütti besprechen. Danke und noch einen schönen Tag.«

Sie schaut freudig auf ihr Telefon und drückt die Tasten von Alex' Telefonnummer: »Alex, ich melde mich am Freitag beim Labor in Hochrütti für ein Gespräch, die haben eine Chemikerstelle. Noch etwas. Ich melde mich als Marianne Moser.«

Man kann den Protest von Alex Frind förmlich spüren: »Tanja, ist das vernünftig? Das kann gefährlich sein. Ich kann dich nicht abhalten, aber ich weiß nichts davon. Wenn wir da ermitteln müssen, kenne ich dich nicht. Ich werde dir nicht helfen können.«

Ihr Enthusiasmus fällt in sich zusammen wie ein Soufflé.

*

Tanja streckt den Kopf durch die Tür ihres alten Büros. Sie sieht ihren alten Schreibplatz mit dem dunklen Terminal und dem abgewetzten Bürostuhl davor. Leichte Wehmut kommt in ihr auf.

Marta sitzt wie gewohnt hinter dem Bildschirm und schaut ungläubig, als Tanja sie leise anspricht. Als wäre Tanja ein Geist, sieht sie auf ihre Besucherin: »Tanja, du hier, was bringt dich?«

»Marta, du musst mir helfen!« Tanja schaut verstohlen hinter sich, es soll sie niemand von der Belegschaft sehen. Sie schlüpft ganz in den Raum und schließt die Tür. »Ich vermute stark, das Labor, in dem ich mich vorstellen werde, ist das, in dem diese Luana gearbeitet hat.« Sie kichert jetzt verschwörerisch. Marta hat sofort verstanden, was Sache ist: »Tanja, das ist ja super!« Sie umarmt ihre Freundin.

Tanja fährt fort: »Falls ich richtig liege, kann ich ungestört meine Nachforschungen anstellen und werde mich als Marianne Moser ausgeben. Ich habe mich mit diesem Namen schon in der Zentrale in Luzern eingeführt.

Du musst mir dringend einen neuen Lebenslauf zusammenstellen! – Bitte aber erst nach deinem Dienstschluss, du kannst so etwas. Mach es nicht zu auffällig, eher bescheiden. Ich will keinen falschen Eindruck machen.«

166

Das Navigationssystem auf ihrem Smartphone führt sie in wenigen Minuten von Olten direkt nach Hochrütti. Sie hat mit Martas Hilfe ihre auf ihren neuen Namen raffiniert getürkten Berufsunterlagen zusammengestellt und zusammen mit einem Bewerbungsschreiben per Velokurier nach Hochrütti geschickt.

Zwischen den Bäumen blinkt eine weiße Hausfassade. Sie ist vom Algenbewuchs grünlich verfärbt und macht einen leicht heruntergekommenen Eindruck. Die Umgebung ist jedoch sauber gehalten. Der leicht angerostete Maschenzaun verstärkt den ersten Eindruck.

Es sieht so gar nicht nach einem Laborinstitut aus, es macht eher den Eindruck eines sehr großen Wohnhauses. Efeu rankt sich zu den Fenstern in den unteren Stockwerken und alles fügt sich in die Silhouette des Waldes und der Wiesen, als wollten die Besitzer das Haus eher verbergen, als eindrucksvoll zur Schau stellen.

Sie parkt ihren Cinque Cento und eilt die Treppe zur Eingangshalle hinauf. Die Empfangsdame begrüßt sie freundlich und stellt sich als Gabriele Zumtor vor. Tanja wird in ein Büro gebracht.

Ein schwarzhaariger Mann, der sich als Vicenzo D'Amato vorstellt, begrüßt sie mit Handschlag:

»Frau Doktor Moser, es freut mich, dass Sie den Weg zu uns gefunden haben. Unser Haus ist zwar etwas abseits gelegen, bietet jedoch den Vorteil, dass wir ruhig und ungestört arbeiten können.«

Weshalb ist es dem Mann so wichtig, dass er gleich eingangs, noch bevor sie sich richtig kennen, betont, man könne hier ruhig arbeiten? Hat er etwas zu verbergen? Ein abgelegenes Haus käme ihm gelegen.

Sie kraust ihre Stirn. Er reagiert nicht auf ihre fragende Mimik. Sie sieht sich mit geübtem Blick in dem Büro um, vor dessen Fenster sich an diesem sonnigen Tag das schweizerische Mittelland durchzogen von dunkelgrünen Hügelketten bis zu den Alpen ausbreitet. Der Föhn hat heute die Nebelschleier weggewischt, die die Alpen meistens verbergen. Eiger, Mönch und Jungfrau scheinen zum Greifen nahe.

»Wow, diese Aussicht ist überwältigend!«, entfährt es ihr unwillkürlich. Sie würde am liebsten spöttisch nachfragen, ob der Mann mit dieser Aussicht auch zum Arbeiten käme.

167

Er setzt sich in seinen dickgepolsterten Bürostuhl hinter einen riesigen Schreibtisch, der so ausgerichtet ist, dass man nur den Blick heben muss, um das Panorama zu genießen, das sich in der glänzend polierten Tischplatte reflektiert. Keinerlei Schriftstücke oder andere Gegenstände stören. Ein großer Bildschirm steht schräg auf einer Seite des riesigen Bürotischs. Die Tastatur liegt wohl in einer der Tischschubladen. Kein Geräusch von draußen ist zu vernehmen, als bestünde die Fensterfront aus schalldichtem Material.

»Bitte setzen Sie sich doch«, fordert er sie höflich auf und weist auf einen Stuhl gleich neben dem Schreibtisch.

In Reichweite steht ein Möbel, auf dem an einer gestylten Kaffeemaschine ein rotes Lämpchen Bereitschaft signalisiert. Ein paar Flaschen mit Hochprozentigem blinken ebenfalls in Griffnähe.

Ein Genießer oder ein Blender?, fährt es Tanja durch den Kopf. Trotzdem nicht unsympathisch. Hochgewachsen, mit einem durchtrainierten Körper, stellt sie mit einem anerkennenden Blick fest. Die leicht gewellten Haare sind modern frisiert. Eine Stirnlocke fällt in sein braungebranntes Gesicht, die er wiederkehrend mit einer eleganten Bewegung seiner kräftigen Hand zurückstreicht.

»Frau Moser, ich habe Ihren Lebenslauf gelesen und bin beeindruckt!«

»Etwas Ungewöhnliches drängt sich in diesem Zusammenhang auf«, sagt er, während er ihren Brief, zusammen mit ihrem Lebenslauf, aus seiner Jackentasche zieht. Tanja wundert sich über D'Amatos aufgesetzt legeres Verhalten und zuckt unmerklich zusammen. Erwischt?

»Wie kommen Sie mit diesem Leistungsausweis dazu, sich um diese, im Vergleich zur Position bei Ihrem letzten Arbeitgeber in Lausanne, doch recht bescheidene Stelle zu bewerben?«

Tanja spielt die Zurückhaltende: »Ich muss offen gestehen, ich musste mir eine Auszeit nehmen. Ich bin jeden Tag eine weite Strecke mit dem Zug gependelt, das heißt, ich musste früh raus und kam abends meist erst spät heim. Der Arbeitsdruck war enorm. Die Zeit im Zug nutzte ich auch voll aus mit Arbeit am Laptop und mit Telefonaten. Ich vernachlässigte meinen Freundeskreis und meine

Familie. Das Ganze überstieg langsam, aber stetig meine Kräfte.«
Sie schaut ihn direkt an und macht ein bedauerndes Gesicht. »Dann
kam der Zusammenbruch und ich musste eine Auszeit nehmen und
am Ende doch noch die Stelle aufkündigen. Ich habe Ihnen schon
geschildert, dass ich mit dieser von Ihnen angebotenen Stelle versuchen möchte, wieder ins Arbeitsleben einzusteigen, und bitte um
die Gelegenheit, mich vorerst für drei, vier Monate eingewöhnen
zu können, und dann allenfalls einen Dauervertrag abzuschließen.
Da kommt mir eine ruhige Arbeit mit viel Neuem sehr gelegen.«

Er nickt langsam, als würde er ihre Antwort nach dem Nutzen
für ihn prüfen. Sie sucht seinen Blick, um zu erfahren, ob er ihrer
Erzählung Glauben schenkt. Da ist keine Reaktion außer diesem
gemächlichen Nicken. Gleichzeitig kommt es ihr vor, als liege ein
Raubtier auf der Pirsch. Auch stört sie, dass er durch sie hindurch-
schaut, während er nickt, als sehe er den Gegenstand seiner Be-
gierde hinter ihr.

Bin ich jetzt die Beute oder bin ich die Waffe, um sie zu schlagen?,
zuckt es durch sie hindurch.

Das gefällt ihr nicht. Ist es ihr oder sein Misstrauen, das den
Raum plötzlich füllt? Wenn sie nur in seinen Kopf hineinsehen
könnte. Was will der Kerl von mir? Bekomme ich nun den Job oder
nicht?

Der Besitzer des Instituts holt sie aus ihren Gedanken zurück.
In den nächsten wenigen Minuten spricht er über die spannende
Arbeit, die in Hochrütti geleistet wird, und über die vielen Projekte,
die sie noch in Angriff nehmen wollen.

»Wir werden uns sicher einig werden und wir kommen dank
Ihnen aus einem Engpass heraus.«

Sie spielt mit und rückt auf ihrem Sitz vor: »Ich bekomme den
Job?«

Tanja muss sich beherrschen. Sie zeigt sich desinteressiert und
nimmt die Information äußerlich gelassen zur Kenntnis. »Ich hätte
da noch eine Frage zur offenen Stelle. Ich erlaube mir die ungebühr-
liche Frage zu stellen: Weshalb ist die Stelle denn offen?«

»Die Person, die die Stelle bis jetzt innehatte, hat uns ohne

169

Begründung verlassen und uns in eine dumme Situation gebracht. Sie, Frau Doktor Moser, schickt der Himmel! Wann könnten Sie denn anfangen?«, fragt er lauernd. Er hat sich in seinem dickgepolsterten Sessel vorgelehnt und wartet auf ihre Antwort.

»Heute ist Freitag. Montag früh?«, gibt sie lässig zur Antwort. »Wer kann mich einführen?«

Vicenzo D'Amato legt seine Stirn unter dem schwarzen Haarschopf in Falten und zeigt sich zugleich erstaunt und erfreut. Dabei zieht er ein Telefon aus der Tasche und wählt:»Guido, neben mir sitzt Frau Doktor Marianne Moser, eine Chemikerin, die interessiert ist. Hast du Zeit, sie am Montag in die Arbeit einzuführen? – Ach, du bist gar nicht im Hause. Wie schade! Bist du längere Zeit abwesend? Du hast bei der letzten Besprechung gar nichts gesagt!«, sagt er in bedauerndem Tonfall.

Tanja schaut ungläubig. Welches Schauspiel führt der Mann hier auf? Ihre Neugierde steigt. Wenn ich das dem Team erzähle, geht es ihr durch den Kopf.

D'Amato spielt gekonnt eine kleine Pause ein, er hört aufmerksam zu. Er nickt, macht die nötigen Abschlussbemerkungen und beendet das Gespräch, dann schiebt er das Gerät wieder in seine Tasche und sagt lächelnd:»Herr Doktor Guido Lombardi ist der technische und wissenschaftliche Kopf unseres Labors und besitzt die andere Hälfte des Labors. Ich rede ihm bei der Einführung von neuem Personal nicht gerne rein, das ist sein Reich.«

Tanja bemerkt einen leicht spöttischen Unterton.

»Ich kümmere mich um die kaufmännischen Belange und das Marketing. Ich habe Botanik studiert, übe den Beruf jedoch nur gelegentlich aus. Herr Doktor Lombardi ist leider landesabwesend, sonst würden wir jetzt zu ihm gehen, um Sie vorzustellen. Eine bedauerliche Informationspanne«, fügt er nach einem kurzen Zögern hinzu.

»Wenn Sie erlauben, werde ich Sie an seiner Stelle jetzt durch das Haus führen und im Labor vorstellen.«

Tanja wundert sich erneut, sagt aber nichts. In einer anderen Situation hätte sie ihren Gesprächspartner auf diese Ungereimtheit hingewiesen. Sie beißt sich jedoch auf die Lippen und schweigt. Wie kann ein Partner nicht wissen, dass sein Kollege nicht mal im Land ist?

Sie ist überzeugt, dass sie hier am richtigen Ort ist.

*

Die modernen Analysegeräte sind alle in Betrieb. Proben häufen sich und warten auf Bearbeitung. Niemand bemerkt den Eintritt D'Amatos und seines Gastes. Tanja wirft einen fachmännischen Blick auf die Apparate. Staunend sieht sie einen Apparat für klinisch-chemische Analysen der neusten Generation. Weiter entfernt in dem großen Raum stehen Chromatographen. Auf Tischen stehen Mikroskope, an denen mehrere Assistentinnen Objektträger hin und her schieben.

»Leider sind wir an diesem Posten der hämatologischen Untersuchungen noch auf Handarbeit angewiesen, aber noch rentiert es sich nicht, für die besonderen Fragestellungen einen speziellen Automaten anzuschaffen. Aber ich bin überzeugt, dass wir von der Zentrale bald die Zustimmung erhalten, einen solchen anzuschaffen«, hört Tanja plötzlich eine weibliche Stimme hinter ihrem Rücken. Sie dreht sich um und schaut in das Gesicht einer schlanken, blonden Frau, deren schwarz umrandete, graue Augen sie freundlich, aber prüfend anschauen.

»Ich bin Nadja Egger, ich bin die Cheflaborantin. Heute hat diese Funktion eine moderne Bezeichnung, die ich mir beim besten Willen nicht merken kann«, stellt sie sich lächelnd vor.

»Meine Damen«, ruft D'Amato mit seiner dröhnenden Stimme, die einen leicht italienischen Akzent hat, über das Summen der Maschinen hinweg.

»Ich bitte einen kurzen Moment um Ihre Aufmerksamkeit!« Die Mitarbeiterinnen drehen ihre Köpfe neugierig in seine Richtung. »Frau Doktor Marianne Moser«, seine Hand weist dabei mit Grandezza auf Tanja, »wird ab Montag anstelle von Frau Ghorbani bei uns arbeiten, und wir wünschen ihr guten Erfolg. Frau Egger, wären Sie so freundlich, Frau Moser ab Montag einzuführen?«

171

Tanja bemerkt bei diesen Worten ein verärgertes Aufblitzen in Nadja Eggers Augen. Was ist mit der Frau? Eben ist sie noch so freundlich und nahbar gewesen. Sieht sie mich als Konkurrenz? Konkurrenz in der Leitung des Labors oder vielleicht, Tanja macht sich eine mentale Notiz, bei den Männern?

Nadja Egger gibt ihr kurz ihre warmfeuchte Hand. Die Frau ist nervös, bemerkt Tanja. Eigentlich sollte ich ja nervös sein, ich begebe mich wohl hier in ein Minenfeld.

Dann wendet Nadja Egger ihr abrupt den Rücken und sich einer Maschine zu, die im gleichen Moment patenterweise schrill zu piepsen beginnt. Eine junge Frau mit tätowierten Armen schiebt laufend vorbereitetes Probenmaterial in den Automaten. Eine andere schaut konzentriert in das Okular eines Mikroskops und dreht immer wieder an den Schrauben des Probentisches, um bessere Sicht auf das Präparat zu erhalten. Im Raum herrscht ein ständiges Hin und Her. Auf den Tischen an den Apparaten leuchten und verlöschen Zahlen, wechseln hektisch auf zahlreichen Bildschirmen. Ein junger Mann mit einer Kiste voller Proben kommt hereingestürmt: »Auf der Autobahn hat's wieder einen Megastau. Freitagabend, deshalb bin ich so spät dran. Habt ihr noch Material zum Mitnehmen?« Niemand zeigt Interesse. »Nein? Dann bis Montag!«, sagt er und verlässt eilig das Labor. Durch den Spalt der sich schließenden Labortür hört Tanja seine Schuhe auf der Treppe nach unten klappern.

»Sie sehen, Frau Moser, bei uns herrscht Betrieb!«, sagt D'Amato stolz grinsend und führt sie hinaus in die Eingangshalle.

Tanja überfällt das Gefühl, dass in diesem Labor dicke Luft herrscht. Die aufgesetzte Fröhlichkeit der Cheflaborantin, der übergroße Eifer der Laborantinnen, das alles steht so im krassen Gegensatz zu anderen Laboratorien, die Tanja schon besucht oder in denen sie selbst früher gearbeitet hat. Da wurde hart und konzentriert gearbeitet und trotzdem flogen hin und wieder scherzhafte Bemerkungen über die Labortische hinweg.

Sie verabschiedet sich und beschließt kurzweg noch einen Abstecher auf der Dienststelle zu machen.

Sie trifft Marta nicht an ihrem Terminal beschäftigt, jedoch im

172

Ruheraum, wo sie mit flinken Fingern auf die Tastatur ihres privaten Laptops einhämmert.

Kaum sieht sie Tanja durch die Tür kommen, ruft sie übermütig: »Tanja, gut, dass du kommst. Das Facebookprofil für Marianne Moser steht. Ich habe von deinem Computer ein paar Ferienfotos geklaut. Außer dir ist niemand zu erkennen. Wo hast du den Bikini gekauft? Du siehst darin umwerfend aus. Man kann auch nicht ausmachen, wo die Aufnahmen entstanden sind. Das ist übrigens eine tolle Yacht, gehört sie Dominik?«, witzelt sie dabei augenzwinkernd. Sie springt auf und umarmt Tanja, nicht ohne ihr zwei Küsschen auf die Wange zu drücken.

Tanja setzt sich auf die Tischplatte neben Martas Laptop.

»Marta, du glaubst es nicht, das weiße Haus auf Dominiks Chip ist tatsächlich ein Privatlabor, und ich werde da ab Montag arbeiten!«, sagt sie aufgeregt. »Give me five!« Sie hebt die flache Hand und tippt sie triumphierend gegen Martas fünf Finger. »Sei ein Schatz und suche mir alles über zwei Typen heraus: Vicenzo D'Amato und Guido Lombardi. Ich habe diesen Vicenzo vorhin im Institut getroffen. Er ist einer der Besitzer des Labors. Der andere, Lombardi, ist Chemiker und leitet den Laborbetrieb, während dieser Vicenzo den kaufmännischen Leiter spielt. Eigentlich soll er Botaniker sein. Lombardi ist momentan für längere Zeit abwesend und D'Amato vertritt ihn.« Ihre Lippen kräuseln sich anerkennend. Dabei macht sie leichte Verrenkungen, wie eine Frau, die sich prüfend im Spiegel ansieht. »Er ist ein recht charmanter, selbstbewusster Typ. Er würde dir gefallen.« Ein schelmischer Blick begleitet diese Aussage. »Ein bisschen ein Glänzer, aber nicht unsympathisch! Aber etwas stimmt bei dem nicht, da schwelt etwas im Untergrund.«

Marta schaut sie schräg an.

Tanja macht es sich auf dem Tisch bequem und pickt eine Traubenbeere aus der Schale neben Tanja. »Sein Partner Guido Lombardi scheint momentan landesabwesend zu sein. Ich bin mir übrigens nicht sicher, ob er meine Story von der Marianne Moser glaubt. Er hat mich während des Gesprächs so seltsam angeguckt.« Sie hebt zweifelnd die Augenbrauen.

173

Marta tröstet sie sofort: »Die Facebook-Seite wird ihm helfen, deine Geschichte zu glauben. Ich habe dir einen neuen Lebenslauf konstruiert und die Publikationsliste dieser Marianne Moser neu zusammengestellt. Alles Artikel in Journals, die er nur für viel Geld in elektronischer Form ansehen könnte. Ich bin überzeugt, nach dem, wie du ihn einschätzt, ist er zu träge, die Publikationen alle einzusehen und dann auch noch zu lesen. Dein Doktordiplom habe ich auf deinen neuen Namen umgeschrieben – auf deinem Originaldokument. Alles kein Problem. Illegal, aber total spannend. Wir dürfen nur nicht vergessen, den Account wieder zu löschen, wenn wir erfolgreich sind. Und wir werden erfolgreich sein, Tanja!«, jauchzt sie.

»Ich bin so froh, dass ich auf deiner Seite bin, Marta. Dich möchte ich nicht als Gegnerin haben!«, entgegnet Tanja. Schmunzelnd hüpft sie vom Tisch. »Ich will noch zu Alex.« Sie ist schon weg, bevor ihr Marta nachrufen kann.

Tanja stürmt in Alex' Büro. Einmal mehr, leer.

*

Alex Frind sitzt im Wirtshaus Chübel am Stammtisch und starrt unverwandt auf die Tischplatte. Ein Glas Bier steht unberührt vor ihm. Der Schaum ist traurig in sich zusammengefallen. Er bemerkt nicht, wie jemand lärmend den Stuhl unter dem Tisch hervorzieht und sich neben ihn setzt.

»Grüß dich, Alex! Bist du am Trübsal blasen und ist dir eine Laus über die Leber gekrochen?«

Alex schaut auf, wer ihn da so rau angeht, und grinst erfreut, als er den Mann erkennt! »Der Abwasser-Ueli, Salut!«, sagt er mit heiserer Stimme und greift endlich nach seinem Glas. »Mann, du kommst gerade recht, mir Gesellschaft zu leisten. Du hast schon Feierabend, während ich als Kriminaler noch im Einsatz bin«, frotzelt er.

»Schöner Einsatz, am Stammtisch hocken und Bier trinken! So einen schönen Dienst möchte ich auch haben«, gibt Ulrich Iseli zurück. Dann fährt er sofort aufgeräumt weiter: »Heute habe ich etwas erfahren, das dich als Kriminaler interessieren könnte.« Er unterbricht sich. »Mir auch eine Stange!«, ruft er in Richtung Theke. Alex zeigt sich nicht groß interessiert, ihn plagen seine aktuellen Fälle.

Iseli ist jedoch in Fahrt und erzählt Alex, dass heute ein neues Forschungsprogramm zur Überprüfung des Abwassers auf Verunreinigungen angelaufen ist. »Die Fische im Prüfbecken haben sich in letzter Zeit so merkwürdig verhalten. Wir konnten das nicht durchgehen lassen. Das Forschungsprogramm der Universität Neuenburg kommt zur richtigen Zeit. Mann, das ist spannend. In der ganzen Region werden ab sofort Proben aus den lokalen Abwassereinspeisungen genommen und auf Giftstoffe untersucht. Hormone und Herzmedikamente sind als Verunreinigung schon länger bekannt. Aber mit großer Sicherheit sind in den letzten Jahren noch ganz andere Stoffe ins Abwasser gelangt. Du erinnerst dich sicher, die Zeitungen waren vor einiger Zeit voll mit Berichten zu Kokain im Abwasser der Hotels in St. Moritz, sogar im Fernsehen haben sie es gebracht.« Er nimmt einen Schluck seines Biers. »Die Forscher haben schon in allen Gemeinden von Olten bis Hägendorf Abwasserproben genommen und ins Labor des Kantonschemikers geschickt. Jetzt kommen die Dörfer südlich der Dünnern dran. Die Justiz wird da sicher einiges zu tun bekommen.«

Alex reagiert plötzlich wie elektrisiert. »Haben die Leute in Hochrütti auch Proben genommen?«, unterbricht er Iseli jetzt ungeduldig.

»Noch nicht, die kommen, wie gesagt, in den nächsten Tagen an die Reihe. Weshalb interessierst du dich ausgerechnet so sehr für Hochrütti?«

»Ach, nur so«, gibt Alex wegwerfend zurück. »Gibt es schon Resultate von den anderen Dörfern?«

»Nein, weißt du, die Analysen sind aufwendig, die dauern. Die Laborleute müssen zuerst die bekannten Stoffe finden und dann noch die unbekannten. Und die müssen identifiziert werden. Die

175

Leute arbeiten auf Hochtouren.« Ulrich lacht und Alex zeigt sich jetzt richtig neugierig. »Spannend, nicht?«, schiebt Iseli nach.

»Ja!«, gibt Alex jetzt zu und zieht das A dabei ungeduldig in die Länge. »Und in den Dörfern selbst, haben sie da bevorzugte Stellen für die Probennahme? Macht ihr die Probennahme auch in den Hauskanalisationen? Und wenn ich dir eine Substanz nenne, nach der ihr suchen solltet, kannst du das in das Programm einbeziehen?«

Laut meldet sich ein weiterer Stammtischgast, während er lärmend einen Stuhl hervorzieht und mit den Knöcheln auf den Tisch klopft. Das weitere Gespräch zwischen den beiden Freunden ist damit beendet.

17

»Frau Moser, hätten Sie einen Moment? Kommen Sie doch bitte in mein Büro.« Die sonore Stimme von Vicenzo D'Amato tönt höflich aus den kleinen Öffnungen an Tanjas Telefon.

Er bietet ihr wieder den Besucherstuhl vor dem großen Panoramafenster an, auf dem sie schon bei ihrem Antrittsgespräch gesessen hat. Sie schaut fasziniert auf die Hügelketten, die sich bis zum Horizont in verschiedenen dunklen Farbtönen reihen. Ein leichter Nebelschleier verdeckt heute die Übergänge.

»Sie müssen nicht auf den Weissenstein, um die Aussicht zu genießen.«

Vicenzo nickt. »Das genieße ich sehr.«

Freundlich interessiert fährt er weiter: »Und wie läuft es, haben Sie sich schon eingearbeitet?«

Eine rhetorische Frage. Er wartet ihre Antwort nicht ab und kommt sofort auf den Punkt: »Marianne, ich darf doch Marianne zu Ihnen sagen?« Er schaut sie prüfend an. »Ich bin übrigens Vicenzo!«

»Ja, bitte, Vicenzo, nennen Sie mich Marianne«, reagiert Tanja mit einem koketten Augenaufschlag, um seine Reaktion auf ihre etwas gar schnelle Antwort zu prüfen.

Er zeigt nur seine blendend weißen Zähne, um gleich fast schüchtern zu fragen: »Marianne, ich hätte da eine Sonderaufgabe, die nichts mit Ihrer täglichen Arbeit zu tun hat. Mein Partner Guido kümmert sich gewöhnlich darum.«

Er beobachtet sie lächelnd. Das Lächeln kommt aber nicht in seinen Augen an. Wieder unterschwellig dieser lauernde Blick, den sie in der kurzen Zeit nun schon mehrfach an ihm gesehen hat. Ist das jetzt echt gemeint oder will er mich prüfen?, schießt es ihr durch den Sinn.

»Herr D'Amato, äh, Vicenzo«, erwidert sie in einem leicht

177

leidenden Tonfall, »muss das sofort sein? Ich bin sehr gut ausgelastet mit Arbeit. Sie läuft mir noch nicht so gut von der Hand«, klagt sie, »aber in ein paar Tagen, werde ich sicher in der Lage sein, Ihr Anliegen in Angriff zu nehmen. Um was handelt es sich denn? Wenn Sie mir ein paar Unterlagen geben, könnte ich nach Feierabend schon mal reinsehen, um mich theoretisch vorzubereiten, denn ich nehme an, Sie geben mir die Arbeit sicher aufgrund meiner chemischen Ausbildung.« Sie lächelt charmant. Flirtet sie mit ihm?

Er bedankt sich kühl und erwidert offensichtlich enttäuscht über ihren mangelnden Enthusiasmus: »Ich melde mich in diesem Fall nochmals bei Ihnen.« Er stößt seinen Sessel zurück und begleitet sie zur Türe.

Von ihrem Bürofenster aus sieht sie ihn kurze Zeit später in seinem hochgezüchteten Audi Quattro davonfahren.

*

Was führt der Kerl im Schilde?, fragt sie sich und schickt Marta spontan eine SMS.

»Kannst du dem Telefon von Vicenzo D'Amato folgen? Seine Nummer hast du, oder?«

Noch während sie tippt, geht plötzlich das Licht aus, der Bildschirm an ihrem PC flackert und es wird dunkel. Hektisch springt sie auf und läuft ins Labor. Erleichtert stellt sie fest, dass die Maschinen nach einem extrem kurzen Unterbruch weiterlaufen, sie sind an der Notstromgruppe angeschlossen. Auch die Computerterminals funktionieren wieder. Nur das Licht bleibt weg.

Nadja Egger eilt sofort zu ihrem Arbeitspult, sucht nach einer Stablampe und reicht ihr eine weitere.

»Der Sicherungskasten ist im Keller, komm mit, dann siehst du, wo du suchen musst, falls du mal allein im Haus bist und der Strom ausfällt. Das kommt leider öfter vor. Es hängen wohl etwas zu viele Maschinen am Netz«, bemerkt sie leichthin. »Früher haben sich Luana oder Patrick immer darum gekümmert, jetzt muss ich es eben machen.«

Tanja wundert sich. Wer ist denn dieser Patrick und wo ist er? Sie schweigt. Es wird andere Gelegenheiten geben, um dieses Thema anzusprechen.

Während sie beide Absatz für Absatz tiefer in den Keller hinuntersteigen, fragt Tanja über den hohl klappernden Lärm ihrer Schuhe hinweg: »Wer sind diese Luana und dieser Patrick? Weshalb habe ich sie noch nicht getroffen?«

Nadja Egger bleibt stehen und dreht sich zu Tanja um: »Luana hat sich mit den Chefs verkracht und ist von einem Tag auf den anderen weggegangen. Wir haben nichts mehr von ihr gehört. Wir wissen auch nicht, wo Patrick Krämer ist. Er ist nach dem Tod seiner Frau abgetaucht. Er brauchte wohl Abstand, zu Hause ist er nicht und ist wohl auf Reise gegangen. Public Relations ist seine Hauptaufgabe, da muss er oft ins Ausland. Er ist auch Chemiker wie Guido Lombardi und Luana Ghorbani. Er ist auch sehr, sehr gut in technischen Belangen. Er kann einfach alles«, schwärmt sie.

Tanja denkt: Auweia, da ist jemand schwer verliebt oder will seine Leistungen hochjubeln! Seltsam, Vicenzo hat diesen Patrick Krämer bei unseren Gesprächen nie erwähnt.

»Vicenzo muss jetzt jeweils einspringen, wenn's wieder einmal harzt bei der IT. Verstehst du etwas von Gerätesteuerung und Netzwerkstörungen?«

Sie gehen immer weiter in die unterirdischen Katakomben, als Nadja unvermittelt auf Vicenzo D'Amato zu sprechen kommt. »Vicenzo hat übrigens ein Auge auf Luana geworfen und im Labor ständig mit ihr geflirtet«, betont Nadja etwas zu stark einen Treppenabsatz weiter unten.

Und eifersüchtig ist die Dame auch noch, findet Tanja. Wieder schweigt sie zum Thema, erwidert jedoch forsch: »Gerätestörungen kann ich recht gut beheben, mit Problemen im IT-Netz, da muss ich passen.«

Nadja läuft weiter, bleibt unvermittelt wieder stehen und dreht sich um: »Luana hat alle ihre Sachen dagelassen. Nur ihren Laptop hat sie mitgenommen. Seltsam, findest du nicht auch?«

Im Raum, in dem die Treppe endet, läuft Nadja zum

Sicherungskasten und öffnet ihn. Eine Maus macht sich aus dem Staub. Sie schreit kurz auf, legt schnell den Sicherungsschalter um und schließt hektisch die Kastentür. Tanja steht hinter ihr. Wie kommt eine Maus in diesen abgeschlossenen Raum? Neugierig schaut sie sich um. Zwei Türen führen heraus.

»Was ist dahinter?«, bricht ihre Neugierde durch.

»Gänge, denke ich. Wohin, weiß ich nicht«, beantwortet Nadja ihre Frage.

Tanja legt die Hand auf die Türklinke der einen Tür. Abgeschlossen.

»Gibt es einen Schlüssel?«

Nadja errötet. Sie zeigt auf einen Schrank, der scheinbar nutzlos an der Wand steht und greift dann dahinter. Sie klaubt ein Paar Schlüssel hervor und steckt einen davon ins Schloss der rechten Tür. Sie dreht sich in wohlgeölten Angeln. Hinter der Tür finden sie jedoch nur Dunkelheit und alte, rohe Betonwände, die Decke besteht aus demselben Material. Der Lichtstrahl ihrer Taschenlampe versinkt im Nichts. Kurz lässt Nadja den Strahl über die Wände gleiten, sie sehen feucht und bröckelig aus. Am Boden liegen abgebrochene Steinbröckchen. Sie schließt die Tür und dreht sich der anderen zu.

Nadja zeigt sich dabei plötzlich zögerlich. »Ich habe nur einmal kurz in diesen Gang reingeschaut, bin aber nie weiter gegangen«, gibt sie kleinlaut preis.

Tanja schaut sie fragend an und hebt erstaunt die Augenbrauen. Sie kann sich nicht vorstellen, weshalb Nadja gezögert hat, den Durchgang zu erkunden. Sie öffnet ungeduldig die Tür.

Beim Öffnen der Tür schaltet sich sofort die Deckenbeleuchtung ein. In diesem Teil sind die alten Betonwände weiß getüncht, der Boden ist glatt und sauber mit Kunststoff ausgekleidet. Sie schaut Nadja erstaunt an. »Du bist wirklich noch nie da durchgegangen? Es ist doch hell und wenig gruselig!« An Nadjas Hals kriecht eine verlegene Röte empor. »Doch, schon, aber nur bis zur Treppe, die nach oben führt. Weiter habe ich mich nicht getraut. Da ist eine weitere Tür. Ich bin etwas ängstlich, musst du wissen«, gesteht sie verlegen.

Sie brechen ihre Erkundung ab und steigen wieder nach oben an ihren Arbeitsplatz.

Tanja sitzt am Schreibtisch in ihrem Büro und lässt den Kugelschreiber über der Schreibfläche kreisen. Sie hat ein Stück Papier gefunden und sudelt hektisch Kreise und Striche. Das tut gut, sie ist genervt, kann aber nicht sagen weshalb.

Der Durchgang im Keller geht ihr nicht aus dem Kopf. Sie versucht sich zu orientieren: Als sie vorhin in den Keller gestiegen sind, mussten sie mehrere, sich in der Richtung drehende Treppenabsätze hinunterlaufen. Das war leicht verwirrend.

Sie ruft sich den möglichen Grundrissplan des Hauses ins Gedächtnis und schaut weiter in die Ferne: Die Tür und der dahinterliegende Flur richten sich mehr oder weniger genau zum Bauernhaus. Ist das ein unterirdischer Durchgang dorthin? Was hat es damit auf sich? Gehört das Bauernhaus etwa auch zum Institut? Tanjas Gesichtszüge spiegeln ein großes Fragezeichen.

Sie reibt sich die Stirn, dann den Nacken, sie steht auf und geht zum Fenster, dann zurück. Sie rückt abwesend neben der Kaffeemaschine einige Tassen zurecht, die von ihrer Vorgängerin wohl etwas unordentlich abgestellt worden sind.

Der Ausbau der beiden sich gegenüberliegenden Durchgänge ist unterschiedlich: Der mutmaßlich zum Bauernhaus führende Durchgang ist sauber und hell. Weshalb sind die Wände im zweiten Gang roher Beton? Algen haben sich an gewissen Stellen, wo der Verputz abbröckelt, festgesetzt. Als sie die Tür vorhin geöffnet hat, ist ihr ein modriger Geruch entgegengeschlagen. Da gibt es auch einen Luftzug. Weshalb sind auch hier die Türangeln so gut geölt? Offensichtlich wird dieser Teil nicht oder noch nicht benutzt.

Das Bauernhaus macht nach außen hin einen extrem ungepflegten Eindruck. Wenn sie jeweils nach der Arbeit daran vorbeifährt, sieht sie nur selten jemanden an der Arbeit. Wer sind diese meist jungen Leute, die Kisten stapeln? Sie hat diese Mitarbeiter nie im Laborgebäude gesehen. Keiner ist ihr bekannt vorgekommen und nun fällt ihr auf, sie hat keinen von ihnen mehrmals gesehen. Gelegenheitsarbeiter?

Das Scheunendach scheint neu eingedeckt. Beim sich anschließenden Wohntrakt sind manche Ziegel zerbrochen und halten den Regen nicht zurück. Moos hat sich ausgebreitet, scheint aber niemanden zu stören. Die Scheiben sind vom abgelagerten Schmutz verklebt. Tanja schaudert, wie sehen wohl die Innenräume aus? Lebt da jemand? Kaum, das wäre ja menschenunwürdig. Sie tritt erneut zum Fenster und schaut lange hinüber. Ihr Blick wandert zurück zum Scheunendach. Warum wurde es renoviert?

Die Villa. Auch hier ein Anblick der Trübsal: Das Dach aus Kupferblech ist grün verfärbt, unter den löchrigen Stellen in der Dachtraufe haben sich am Mauerwerk vitriolfarbene Farbstreifen gebildet. Aus den grauen Außenwänden haben sich große Stücke und Teile der ehemals kunstvollen Stuckatur auf den darunterliegenden Kiesweg verabschiedet. Backsteine schimmern rötlich aus den bloßen Stellen. Die graue Farbe auf dem Holz der Fensterläden ist rissig und schreit nach einer Auffrischung. Diese hängen leicht schief in den rostigen Angeln. Wohnt da wohl jemand? Dieser Jemand ist zu bedauern, wenn das Innenleben auch unter dem Alter ächzt.

Der umgebende Park steht voll mit verdorrtem Gras, das gelb verfärbt im Westwind wippt. Alte Gartenmöbel liegen vom Wind umgestürzt und verstreut unordentlich zwischen den Gartenwegen.

Marta meldet sich geheimnisvoll mit einer Kurznachricht: »Das Objekt bewegte sich Richtung Osten nach einem kurzen Aufenthalt in Aarburg in der Nähe des Campingplatzes und dann auf der Autobahn Richtung Zürich. In Lenzburg drehte es ab und hält jetzt seit Längerem in Aarau an einer Wohnstraße in einem Außenquartier. Ich checke die Adresse. Ciao!«

Die Sonne hat sich rechtzeitig zu Mittag zwischen den Wolken gezeigt und lädt zu einem kleinen Spaziergang ein. Sie tritt vom Fenster weg und zieht sich ihre Lederjacke über, wuschelt ihre Haare zurecht und tritt aus dem Büro. Mittagspause. Keiner mehr da. Die Automaten summen und ziehen Flüssigkeiten auf, die Bildschirme sind von Text und Zahlen übersät.

Nur am Tresen in der Eingangshalle sitzt am Empfang Gabriela Zumtor und beißt gerade herzhaft in ihr Vegi-Sandwich, während sie mit der linken Hand ihr Smartphone manipuliert. Eine Isolierflasche steht auf ihrem Pult. Tanja winkt ihr zu:»Gabi, ich gehe rasch ein bisschen spazieren.«

Sie läuft Richtung Villa. Gläserne Gewächshäuser mit gekalkten Scheiben stehen leer, zugig und zum Teil mit zerbrochenen Scheiben neben der Scheune.

Sie schlendert weiter und beobachtet mit geübtem Auge die Umgebung. Kein Mensch weit und breit. Nur in der Ferne sieht sie die Pferde des Mietstalls weiden und sehnt sich hinüberzuwandern, um Diavolo einen Besuch abzustatten.

Am Samstag!, tröstet sie sich, als zwei Krähen krächzend aus dem Gebüsch, das die Villa umgibt, herausflattern und davonfliegen. Im Unterholz pfeifen aufgeregt ein paar Singvögel. Die diebischen Krähen sind in ihr Revier eingedrungen.

Sie läuft auf dem Feldweg einem rostigen, an gewissen Stellen niedergerissenen Kettenzaun entlang, als sie plötzlich auf eine elegant angelegte Garageneinfahrt direkt unter der Villa trifft.

Die von außen eher hässlich anzusehende Villa und die neue Einfahrt passen nicht zusammen. Oben das neue Scheunendach und das verfallene Bauernhaus und hier die alte Villa und die neue Garageneinfahrt.

Tanja schießt ein Foto und sendet das Bild an Marta mit der Bitte um Abklärung. Wann wurde die Einfahrt gebaut? Mindestens zwei bis drei Fahrzeuge haben in der Garage Platz.

Zurück im Labor sieht sie die Laborantinnen und auch die Cheflaborantin an der Arbeit und entschließt sich spontan, heute früher von der Arbeit wegzufahren.

Ihr ist unwohl. Das Gesehene ist nicht angetan, eine gute Stimmung in ihr aufkommen zu lassen. Nadjas Verhalten und was sie über Luana und diesen Patrick erzählt hat, beunruhigt sie. Eine Gänsehaut kriecht entlang ihrer Wirbelsäule. Spontan lässt sie deshalb ihr Auto in Trimbach, dem Nachbarort von Olten stehen. Genügend weit entfernt von ihrem üblichen Standplatz Schützenmatte.

Sie schaut sich, während sie ihr Auto verschließt, unauffällig um, ob sie auch niemand beobachtet, und läuft zu Fuß auf Umwegen in die Stadt zurück.

*

Vicenzos Nerven sind angespannt. Er drückt auf der Autobahn das Gaspedal durch und rast mit röhrendem Motor über die linke Fahrspur. Dabei erntet er ein Lichthupengewitter. Es ist ihm egal. Er steht unter Druck. Auf der einen Seite drängt der Padrone nach mehr Einkommen aus dem Drogengeschäft und auf der anderen drohen die Abnehmer. Sie wollen mehr und schneller von diesem neuen Stoff.

Divinia hat sich zu einem richtigen Kassenschlager entwickelt, denn es wirkt tatsächlich in extrem geringer Dosis viel schneller und hat den Vorteil, anfänglich keine großen Nachwirkungen zu haben. So macht es die User noch abhängiger. Klar kann man viel mehr Profit herausholen, wenn man den Stoff streckt, aber dafür müsste überhaupt welcher da sein. Woher soll er mehr Stoff bekommen? Er selbst ist schuld, dass Guido noch immer abwesend und Luana auch nicht mehr da ist. Er flucht in sich hinein: Er hat einen krassen Fehler gemacht, als er Guido nach Italien beordert hat.

Und Luana, wieso musste diese blöde Kuh auch zu diesem Eishockeymatch, um sich mit diesem dämlichen Journalisten zu treffen?, flucht er in sich hinein und tritt erneut aufs Gas. Er hatte gehofft, genügend Stoff bereit zum Versand in Vorrat zu haben. Aber die Nachfrage ist in den letzten Wochen immer stärker gestiegen. Der Padrone zeigt sich immer ungeduldiger.

Er muss es versuchen, er muss sorgfältig vorgehen.

Diese Neue, die Moser, hat ihn, verdammt noch einmal, auflaufen lassen und einfach vertröstet. Wer ist sie überhaupt? Woher kommt sie? Stimmt das mit dem durchgemachten Burnout?

In seiner Wohnung setzt er sich nervös an den Computer und fährt ihn hoch.

Wie findet man jemanden in der Wissenschaftswelt? Da gibt es

184

doch diese Netzwerke, LinkedIn oder so. Kann er es wagen, sich einzuloggen?

Er hat doch auch versucht, mehr über diesen Dominik Gerber herauszufinden. Jetzt weiß er, dass dieser Gerber Journalist ist und Luana interviewt hat. Auch Patrick ist ihm kurz nach Luanas Tod prächtig in die Falle gelaufen. Aber es ging nicht anders. Die beiden waren eine Gefahr, sie mussten weg.

Wo hat Guido seinen Vorrat an Divinia versteckt?

Er zuckt zusammen, als der Bildschirm anspringt und das unrasierte Gesicht eines Kunden leicht verzogen erscheint. Die Stimme des Mannes klingt hart und wütend: »Du bist noch immer im Rückstand! Wenn du nur auf Vorkasse lieferst, dann will ich auch pünktliche Lieferungen. Mach deinem Chemieheini Beine, verdammt noch mal. Ich habe Kanone in Gang gesetzt, hörst du? Wenn der kommt, dann lieferst du, sonst bist du tot!« Der Bildschirm wird schwarz, um gleich wieder aufzuleuchten: Eine ruhige, scharfe Stimme, nur ein verpixeltes Bild, verlangt Lieferung.

Vicenzo zittert. Diese messerscharfe Stimme verspricht nichts Gutes. Er sieht sich schon an der tiefsten Stelle der Aare, die Füße in schwerem Zement eingemauert, sein Grab finden. Wieder wird der Bildschirm schwarz.

Wütend wischt Vicenzo alle Gegenstände vom Tisch.

*

»Ich dachte, du bist in Oensingen bei deinen Eltern, Domi.« Sie wirft ihren Schlüsselbund hinter ihrer Wohnungstür auf den kleinen Abstelltisch. Er sitzt etwas verspannt auf einem Küchenhocker und bearbeitet die Tastatur seines Laptops.

Tanja umarmt ihn von hinten. Er dreht sich aus ihrer Umarmung und umfängt sie. Sie versinken in einem nicht enden wollenden Kuss. Endlich gelingt ihr die Frage: »Wie lange hast du gebraucht, um von der Straße bis in die Wohnung zu kommen?«

»Fünf Minuten!«, flunkert er mit einem verschmitzten Lächeln.

185

Es hat ihn große Mühe gekostet, die Treppe zu steigen. Aber Tanja ist es wert. Er hat sich sehnlichst zu ihr gewünscht.

»Ich habe es in der Wohnung meiner Eltern nicht mehr ausgehalten. Auch wenn es für arme, lahme Männer, wie mich, einfacher wäre, mit dem Lift zu seiner Geliebten zu kommen, als diese knarrende, schmale Treppe hinaufzusteigen«, kommentiert er.

»Ich koche uns was. Was willst du?«, ruft sie und öffnet schwungvoll den Kühlschrank.

»Leer! Ich laufe schnell in den Coop«, ruft sie über die Schulter.

»Ich habe schon eingekauft«, bremst er sie. »Das heißt, meine Mutter hat eingekauft und lässt dich herzlich grüßen. Ich gebe zu, sie ist es, die es mit mir nicht mehr ausgehalten hat. Sie hat mich weggeschickt! Da habe ich mir ein Taxi geleistet und bin hierhergefahren. Der Fahrer hat mir die Taschen vor die Wohnungstür gebracht. Sie stehen in der Ecke, schau nach! Netter Kerl, ich war großzügig mit dem Trinkgeld.«

Sie schaut ihn vorwurfsvoll an. Nicht weil er ein nettes Trinkgeld gegeben hat, aber dass er sich die Treppe heraufgequält hat.

»Zur Feier des Tages habe ich Mama beauftragt, ein gutes Rindsfilet heimzubringen. Kräuterbutter ist noch im Tiefkühler! Dazu machen wir Pommes-Chips und Salat. Ich habe auch noch den passenden Wein und eine Flasche deines Lieblingsproseccos mitgebracht! Nicht sehr fantasievoll, aber den Umständen entsprechend«, sagt er und grinst lausbubenhaft.

Sie würde für dieses Grinsen sterben. Wie lange hat sie ihn vermissen müssen. Zuerst hat sie nicht gewusst, wo er war, dann die Angst, er würde nie wieder aufwachen.

Da sieht sie erst die Baguettes aus einer der vollen Taschen ragen, die neben dem Kühlschrank lehnen. Sie eilt aus der Küche, ihn zu umarmen. »Natürlich ist das super! Wie in alten Zeiten. Lass nie wieder böse Männer dich in dunkle Löcher stopfen!« Sie strahlt.

»Domi, Liebling, warst du brav und hast dir auch ein Handy mit eingelegter Prepaidkarte gekauft?«, fragt sie, als sie mit dem feinen Essen fertig sind. Sie haben es beide genossen, in ihrem kleinen Nest wieder gemeinsam ein Schlemmermahl einzunehmen. Sie haben

186

sich beim Kochen und später beim Essen über Gott und die Welt unterhalten, nur nicht über die Arbeit.

Die Straßenlampe vor dem Haus sendet ein fahles Licht zwischen den Vorhängen durch. Nach Wochen der Abstinenz liegen sie erschöpft nebeneinander in dem zerwühlten Bett. Tanja hat ihren Kopf auf seine Brust gelegt und streichelt seine Narben. In verschiedenen Stadien der Heilung und rot und blau verfärbt zeugen sie von dem fast tödlichen Sturz. Tanja zieht sich nach oben, beugt sich über Dominiks Gesicht und küsst ihn sanft.

Sollte sie es ihm sagen, ihn fragen, ob er je mit dieser Luana? Nein, sie kann nicht. Vielleicht wird er lügen, statt mir die Wahrheit zu sagen. Sie schaut ihm in seine braunblau gesprenkelten Augen und beginnt nun doch, langsam und leise zu sprechen. Sie muss es wissen.

»Dominik, diese Luana. Sie ist tot. Ich habe es einfach nicht übers Herz gebracht, ich wusste nicht, wie ich dir das sagen soll.«

Auf Dominiks Gesicht erscheint ein entsetzter Ausdruck. »Tot? Was ist geschehen?«

Tanja gibt ihm knapp Auskunft und sagt fast mehr, als sie sagen darf. »Man hat sie zerschmettert drüben im Steinbruch gefunden. Es hat in der Zeitung gestanden. Wir haben mittlerweile ihren ganzen Namen herausgefunden. Sie war eine *Sans-Papier* aus dem Iran. Sie kam als Studentin in die Schweiz. Dann muss die Aufenthaltserlaubnis abgelaufen sein und sie ist untergetaucht. Seit heute weiß ich sicher, dass sie in Verbindung mit diesem Labor in Hochrütti stand. Luana muss dort gearbeitet und irgendwo in der Gegend gewohnt haben.«

Dominik verarbeitet das mit verlorenem Blick.

»Und sie war verheiratet mit diesem Patrick Krämer? Die Ehe muss doch eingetragen sein. Habt ihr das schon geprüft?« Tanja nickt verständnisvoll und sieht Dominik dabei verträumt an.

»Ja, das könnte sein. Alex muss das prüfen. – Eine Frage ist deshalb immer noch offen: Weshalb starb sie? Ich werde morgen,« sie schaut auf die Uhr, »das heißt heute«, wieder tritt trotz des ernsten Themas das verträumte Lächeln in ihr Gesicht, »nochmals vorsichtig bei der Cheflaborantin nachbohren.«

187

»Tanja, bevor du angefangen hast, mir von Luana zu erzählen, hast du gezögert. Sag, du bist doch nicht etwa eifersüchtig gewesen?« Sie verzieht säuerlich ihr Gesicht und Dominik lächelt leicht spöttisch: »Hättest du wohl gerne, dass ich mich mit Luana vergnügt habe.« Dann wird er wieder ernst:

»Tanja, diese Luana war eine Interviewpartnerin. Sie war verheiratet. Sie war Chemikerin in diesem Institut, wo du jetzt arbeitest. Ich habe sie nach dem Interview und der Führung durch das Labor nur zufällig am Eishockey-Match vor dem Stadion getroffen, zusammen mit ihrem Mann. Das Interview habe ich ihr nach einem Aperitif anlässlich einer klinisch-chemischen Tagung im Juni abgetrotzt. Luana und Patrick haben damals das Treffen und auch ein Nachtessen auf dem Sälischlössli organisiert.

Du erinnerst dich doch sicher. Ich bin an dem Abend ziemlich blau nach Hause gekommen. Du hast mich damals gebeten, im Wohnzimmer zu übernachten.«

Tanja schmunzelt. Und wie sie sich an die Nacht erinnert, als sie vergeblich auf Dominik gewartet hat, und dass sie enttäuscht eingeschlafen ist. »Ja, jetzt, wo du es sagst, erinnere ich mich. Du warst zu nichts mehr zu gebrauchen.«

»Beim Eishockeyspiel«, lenkt nun Dominik von der peinlichen Erinnerung ab, »hat Luana zwischen Patrick und mir gesessen. Frag ihn doch selbst!«

Tanja schüttelt den Kopf. »Ich kann ihn nicht fragen, er ist abwesend. Er soll auf einer Geschäftsreise sein, sagte mir heute Nadja Egger im Labor. Zu Hause sei er jedenfalls auch nicht. Ich habe mich noch gewundert, wie genau Nadja Bescheid weiß. Ich vermute, sie hat ihn gestalkt. Wir müssen das prüfen.«

»Nicht du, Tanja, du bist nicht mehr bei der Polizei, das ist Sache von Alex!«

Sie übergeht seinen Einwand: »Ich würde begreifen, wenn er das Weite gesucht hat. Nach diesem schrecklichen Tod seiner Frau, konnte er nicht länger in dem Haus wohnen bleiben. Da Luana, als *Sans-Papier* für die Behörden eigentlich nicht existierte, glaubte er wohl, nicht einmal eine Vermisstenanzeige aufgeben zu können.

Eigentlich hätte er sich bei der Polizei melden müssen. Wir haben das doch so breit publik gemacht.«

Dominiks Körper verspannt sich plötzlich. Er schiebt Tanjas Kopf sanft weg und setzt sich auf. »Hast du vorhin nicht gesagt, dass auch dieser Guido Lombardi landesabwesend ist? Seltsam.« Tanja hat sich auch aufgesetzt und die Knie eng an ihren Körper gezogen und umschlingt sie mit ihren Armen.

Dominik legt die Hand leicht auf ihre schmale Schulter, redet aber schnell weiter: »Zwirbel, Luana saß, wie gesagt, zwischen uns. Bei einem schönen Treffer der Oltner Spieler sind wir alle aufgesprungen und haben wie wild geschrien und uns gegenseitig umarmt. Luana hat zuerst ihren Mann umarmt und dann mich. Jetzt erinnere ich mich wieder, sie hat die Hand zwischen uns geschoben, während sie mich umarmt hat. Ich war irgendwie verwirrt, wie sie an mir rumfummelte, aber dann habe ich mich wieder auf das Spiel konzentriert und nicht weiter darüber nachgedacht. Dabei wird sie mir den USB-Stick untergeschoben haben.«

Jetzt ist es an Tanja, das Gesagte zu verarbeiten. »Dann hat sie das alles arrangiert. Sie hat den Chip vorbereitet und eine gute Gelegenheit abgewartet, dir das Geheimnis des weißen Hauses zuzuschieben.

Sag, habt ihr drei euch an dem Abend tatsächlich zufällig getroffen oder habt ihr euch nicht doch verabredet?«

»Jetzt, wo du's sagst, Frau Nichtmehr-Polizistin, erinnere ich mich, dass wir uns nach dem Interview noch etwas privat unterhielten. Dabei habe ich davon gesprochen, dass ich Fan der Eishockey-Lokalmannschaft bin und regelmäßig die Spiele besuche. Das Match von Olten gegen Langenthal habe ich auch erwähnt. Aber fix haben wir nichts ausgemacht. Sie meinte, dass sie Patrick fragen würde, ob er auch Lust auf sowas hätte. Verbindlich war daran gar nichts! Wir haben uns dann zufällig vor der Kasse getroffen und so die Plätze nebeneinander erhalten, wie im Kino.«

Das Gespräch hat eine ernste Wende genommen. Dominik nimmt Tanja in die Arme, seine Hände gleiten ihr sanft über ihren

Rücken. Die Straßenlampe sendet weiterhin weiches, gelbliches Licht durch die Vorhänge. Zum Aufstehen ist es noch lang.

18

Tanja steigt schnell zu Xhavid ins Café hinunter und bittet ihn um zwei Croissants über die Theke. Dann eilt sie wieder nach oben, wo sie Dominik in eine Suchmaschine auf seinem Laptop vertieft findet. Sie schiebt eine Kaffeekapsel in die Maschine und drückt den Knopf. Ohne Espresso am Morgen kommen sie beide nicht in Schwung.

Sie stellt ihm sein Tässchen auf den Tisch und das leckere Backwerk daneben. Während er leicht abwesend das starke Getränk schlürft, schaut er gespannt auf den Bildschirm. Er verschluckt sich, hustet krampfhaft, lässt seinen Blick jedoch nicht vom Bild. Er nimmt einen erneuten Schluck und schüttelt ungläubig den Kopf.

»Tanja, beide, Luana und Patrick haben früher zusammen mit diesem Guido Lombardi in dem Großlabor in Luzern gearbeitet. Patrick ist Schweizer Staatsbürger, Lombardi ist Doppelbürger, Schweizer und Italiener. Luanas Nationalität ist in der Webpage des Labors nicht vermerkt.«

»Und was ist mit diesem Vicenzo D'Amato?«

Dominik schüttelt verneinend den Kopf. »Nichts! Wir müssen deshalb jetzt mit Alex und Marta reden.« Er schaut auf die Uhr. »Ruf aber zuerst im Labor an und melde dich krank. Migräne!«

Tanja reibt sich die Schläfen und seufzt: »Ich muss nicht einmal lügen, es ist etwas im Anflug. Ich hole mir im Bad eine der neuen Tabletten, die ich verschrieben bekommen habe.«

*

»Wir kommen zu dir, ich bringe Marta und Paul mit, in einer halben Stunde.«

»Alex, bevor ihr kommt, soll Marta doch bitte noch schnell beim

191

Standesamt nachfragen, mit wem Patrick verheiratet ist, und sie soll seine und Luanas Adresse überprüfen.«

*

Sie sitzen zu fünft im gemütlichen Wohnzimmer der Altstadtwohnung. Draußen vor dem Fenster wabert der berühmtberüchtigte Nebel des Mittellandes.

Marta, wie gewöhnlich mit dem aufgeklappten Laptop auf den Knien, wartet ungeduldig darauf, alles, was sie in letzter Zeit herausgefunden hat, zu rapportieren. Paul fläzt neben Alex im weichen Sofa, sein Smartphone in der Hand. Den beiden Gastgebern bleiben nur die harten Stühle aus der Küche. Tanja hat eine Mineralwasserflasche und fünf unterschiedliche Wassergläser auf das niedrige Tischchen gestellt.

Alex Frind warnt: »Tanja und Dominik, alles, was hier gesagt wird, ist tabu für die Öffentlichkeit. Alles, was ihr herausgefunden habt, ist ohne Beweiskraft vor Gericht, das weißt du, Tanja. Dominik, du bist als Zeuge geladen und wir werden von deiner Aussage noch ein Protokoll anfertigen. Aufgrund deiner Verletzungen vernehmen wir dich als Erstes hier ein und ich bitte dich, nachher zu unterschreiben. Das weitere Vorgehen bestimme ich. Ist das klar?« Während er das sagt, schaut er Tanja warnend an. Sie senkt den Blick, nickt aber zustimmend.

Alex ist sich sicher, dass sie mit hoher Wahrscheinlichkeit wieder ihre eigenen Wege gehen wird. Er zuckt innerlich mit den Schultern und fährt weiter: »Dominik, falls deine Aussage für den Fall von Bedeutung ist und ein offensichtlicher Zusammenhang zu deinem Sturz in die Höhle herausgearbeitet werden kann, werde ich noch einmal zu Staatsanwalt Fluri gehen müssen. Also bitte, berichte!«

Dominik wirft mit journalistischem Geschick alles über seine Begegnungen mit Luana Ghorbani, Patrick Krämer und dem unbekannten Angreifer, und was er schon Tanja erzählt hat, in die Runde. Er lässt nichts aus, betont die wichtigen Punkte, redet aber

192

nicht über Nebensächlichkeiten, wie über die Angst und die stürmische Nacht. Er malt kein Stimmungsbild.

Alex überlegt: So wie er berichtet, muss es wohl tatsächlich gewesen sein. Besonders diese Szene, als die Ghorbani ihn umarmt hat. Also ich hätte das nicht so als Nebensächlichkeit abgetan. Das ist eigentlich ein Schlüsselereignis und wir haben nichts zur Aufklärung unternommen. Sein schlechtes Gewissen meldet sich.

Marta hat sofort begonnen, mitzuschreiben. Tanja fügt noch an: »Es ist wahrscheinlich dieser Unbekannte gewesen, der die Mutterkornähre, aus welchem Grund auch immer, ins Zimmer gelegt hat, und es kann derselbe Mann gewesen sein, der von Mama in der Nacht aus dem Krankenzimmer im Spital vertrieben worden ist.«

»Was macht dich so sicher, dass es ein Mann war?«, wirft Paul ein.

»Es muss ein Mann sein, eine Frau hätte die Leiche des unbekannten Mannes nicht in die Grube hinuntertragen können, er wäre zu schwer gewesen. Die Kollegen von der KTA haben keine Schleifspuren oder hängengebliebene Kleiderfetzen gefunden«, begründet Tanja ihre Meinung.

»Ist der Tote in der Kiesgrube wirklich Patrick Krämer?«, wirft Paul heftig dazwischen.

»Das ist alles zu schwammig und kein Beweis für das Geschlecht des Täters! Und auch nicht dafür, dass der Überbringer des Ährensträußchens und der Täter in der Kiesgrube derselbe sein könnte. Es führt uns nicht zum Motiv. Wir wissen auch nicht, wo die beiden Opfer zu Tode gekommen sind«, entgegnet Alex. »Bei Luana Ghorbani kann das im Steinbruch geschehen sein, aber es ist nicht ausgeschlossen, dass sie anderswo vergiftet und dann im Steinbruch, zur Vertuschung, über den Felsen geworfen wurde. Beim Toten in der Grube tappen wir noch mehr im Dunkeln.« Er räuspert sich und nimmt einen Schluck Wasser. Dabei schaut er von einem zum andern und bleibt mit dem Blick an Dominik hängen.

»Der Stick in Dominiks Hose verbirgt wohl das Geheimnis. Die Spur zurück zu Luana ist nicht gesichert. Was ist in der Zeit zwischen der Erstellung des Sticks und der – nennen wir es Übergabe an Dominik – geschehen? Was ist der wichtige Anlass, dass

Luana Ghorbani sich verpflichtet fühlte, gewesen? Gehen wir einmal davon aus, sie sei Verfasserin des Inhalts und Spediteurin des Sticks. Was hat sie veranlasst, die Information weiterzugeben?«

Tanja schaut von einem zum andern und spricht dann aus, was alle denken: »Der Grund muss diese Droge Divinia sein. Sie sucht einen Weg, wie sie die Verbreitung der Droge, denn Divinia ist eine solche und als Medikament wohl kaum geeignet, verhindern kann. Es muss sich um sehr gefährliches Zeug handeln. Es wirkt in kleinster Dosis! Wisst ihr noch? Ihr habt mich ja damals total zugedröhnt hier auf dem Sofa gefunden. Und ich habe nur das Fläschchen angerührt und mir danach sofort die Hände gewaschen. Trotzdem hat das Gift gewirkt!«

»Wie passen die beiden, Vicenzo D'Amato und Guido Lombardi zu Luana? Oder anders gefragt: Welche persönlichen Beziehungen gab es zwischen den drei Personen? Waren oder sind sie sich wohlgesinnt und waren oder sind sie Konkurrenten? Gibt es eine Liebesbeziehung zwischen Luana und einem der beiden?«

Tanja beschreibt mit schnellen Worten, wie sie die Beziehungen zwischen den verschiedenen Personen einschätzt. Sie nimmt schnell einen Schluck Wasser, in ihrem Kopf beginnt es zu pochen, sie muss ihr Wissen loswerden. »Die Cheflaborantin Nadja Egger scheint ein großes Interesse sowohl an Patrick Krämer als auch an Vicenzo D'Amato zu haben. Ob das auf Gegenseitigkeit beruht, sei einmal dahingestellt, sollte aber nicht vergessen werden. Nadja ist sehr hübsch und weiß es, sie gibt sich jedoch als die Furchtsame. Sie ist zurückhaltend, redet jedoch, wenn ihr etwas in den falschen Hals geraten ist, mit den Mitarbeiterinnen zuweilen in harschem Ton. Davon abgesehen, dieser Vicenzo könnte ein Prachtexemplar von einem Lover abgeben. Und Luana war auch eine sehr schöne und sicher sehr begehrenswerte Frau«, kann sie sich mit einem Seitenblick auf Dominik nicht verkneifen zu sagen.

»Du meinst, die Egger ist vielleicht eifersüchtig auf Luana gewesen?«, meint Marta mit kritischem Blick. »Dann musst du aber aufpassen, wenn du durchs Labor gehst.«

Dominik wendet den Kopf zu Tanja. Ein Lächeln kräuselt seine

Lippen. Dann schüttelt er den Kopf. Tanja kann es einfach nicht lassen, ihn zu hänseln.

»Ich kann das bestätigen, Luana war sehr, sehr begehrenswert«, sagt Dominik. »Aber sie war ja bei diesem Patrick Krämer in festen Händen.«

»Und ist der Mann, ich meine diesen Patrick, ein Schönling? Gibt es Fotos von ihm?«, macht sich Marta erneut bemerkbar. Sie hat sich bis jetzt die Finger wund geschrieben und geschwiegen. Ihr Wasserglas steht noch unberührt auf dem Tisch.

»Vielleicht gibt es Fotos aus dem Stadion!«, ruft er plötzlich aufgeregt. »Ich werde mal den Sportfotografen anfragen. Ich kenne ihn.«

Paul ist bis dahin fast schweigend der Diskussion gefolgt und nimmt dann die Frage wieder auf: »Spielt Eifersucht wirklich eine Rolle?«

Alex steht von seinem Sofaplatz auf, begibt sich schweigend zum Fenster und öffnet es. »So, genug des Spekulierens? Wir sind hier nicht in der Redaktion einer Illustrierten.« Er schaut durch das geöffnete Fenster und atmet tief ein: »Für mich ist Divinia der Hauptgrund für das ganze Drama, dabei ist die Frage, wie ist der Stoff in die beiden Opfer gekommen, und wirkt die eingenommene Dosis oder ein zu vermutender Drogenrausch tödlich?«

Die eher aufgeräumte Stimmung im Raum ist verflogen. Alle wirken bedrückt. Sie haben viele Fakten gesammelt. Übermächtig ist das Gefühl, eigentlich doch nichts wirklich zu wissen.

Tanja ist sich sicher, das Geheimnis und seine Lösung liegen hinter der weißen Hauswand des Instituts verborgen. Sie ist die Einzige hier, die legal Zugang hat. Wonach aber soll sie suchen? Sie alle brauchen Beweise. Sie muss zurück in die Höhle des Löwen. Eine leise Angst vor einer vagen Gefahr in diesen Räumen oder in den umliegenden Gebäuden, dem Bauernhaus und der Villa, hat sie im Laufe des Gesprächs erfasst. Sie streckt sich, steht auf.

»Ich geh zur Arbeit, denkt euch aus, wie ihr einen legalen Grund zu einer Hausdurchsuchung finden könnt.«

Sie schlüpft in ihre Lederjacke. Ihre abgewetzte Jeans, zusammen mit dem lässigen verwaschenen Pullover, und ihre alten Turnschuhe passen zu ihren Absichten.

*

Nadja empfängt sie mit einem prüfenden Blick, der etwas abschätzig über Tanjas Aufmachung und über ihre ungezähmten Locken gleitet.

»Geht's wieder, hast du oft Migräne?«

»Ja, leider, seit meiner Schulzeit plagt sie mich. Ich werde sie sicher mein Leben lang nicht los!« Tanja reibt sich die Schläfen. »Ich habe vom Arzt vor Kurzem ein neues Medikament erhalten, das erst in der Erprobungsphase ist. Früher habe ich Cafergot, ein Ergotaminpräparat genommen! Aber das hat bei mir überhaupt nichts gebracht.« Sie schaut Nadja direkt an und glaubt ein leichtes Zucken in ihrem Gesicht zu entdecken. »Seit ein paar Wochen teste ich dieses neue Präparat aus und es scheint zu wirken. Die Anfälle kommen noch immer, aber sie sind weniger stark. Nur, wenn ich das Zeug nicht rechtzeitig nehme, haut's mich ins dunkle Zimmer.«

Nadja schaut sie jetzt mitfühlend an. Tanja beschleicht der Verdacht, das Mitgefühl ihrer Kollegin sei nur gespielt.

»Leidest du auch an Migräne?«

Nadja erscheint irgendwie weggetreten und schreckt bei der Frage auf. »Ich? Nein, ich nicht! Aber es muss schrecklich sein, immer wieder solche Anfälle zu haben.«

Tanja fragt sich, wohin Nadjas Gedanken vorhin wohl gewandert sind.

*

Auf Alex' Schreibtisch liegen die vergilbten Papiere über den Unfall von Professor Sandro Beduzzi. Er hätte sie schon längst wieder an seinen Kollegen bei der Basler Polizei zurückschicken müssen.

Er lehnt sich müde in seinem Bürostuhl zurück und verschränkt die Arme hinter dem Kopf. Die letzten Stunden seit dem Gespräch

196

in Tanjas Wohnung haben sich träge dahingezogen. Er hat Hunger und deshalb Mühe, sich auf den Inhalt der verstaubten Papiere zu konzentrieren. Seine Gedanken irren hin und her zwischen den damaligen Unterlassungen bei der Aufklärung der Unfallursache und den heutigen Fällen, in denen diese Droge erneut auftaucht. Leider ist diese neue Substanz noch nicht ins Drogenregister aufgenommen worden. Auf dieser Spur kann er also nicht offiziell weiterfahren.

Tanjas Einsatz in diesem Institut als mögliche Divinia-Quelle ist trotz der Gefährlichkeit unumgänglich.

Er spürt, dass seine Leute auf dem richtigen Weg sind. Auch wenn Tanja offiziell nicht mehr dazugehört. Und falls Fluri Wind von ihrem Einsatz bekommt, dann wird die Hölle losbrechen und ihre ganze Arbeit zunichte sein.

Was ihm aber nicht aus dem Kopf geht: Weshalb taucht diese Substanz heute, nach so langer Zeit, in der Gegend um Olten auf?

Das Telefon auf seinem Schreibtisch schrillt und schreckt ihn aus seinen Gedanken. Seufzend nimmt er den Hörer ab.

»Frind, Kantonspolizei in Olten!«

»Ulrich Iseli von der Abwasserreinigungsanlage! He, bist du es, Alex?«, tönt es aufgeräumt aus dem Hörer.

Alex räuspert sich. Endlich bringt er mit rauer Stimme hervor: »Ueli, was gibt's? Hast du Resultate?«

»Du hast mich doch neulich gefragt, ob wir auch Proben in Hochrütti genommen haben. Wir konnten gar nicht zu Ende sprechen, weil der Polteri an den Tisch kam und uns unterbrochen hat. Aber, ich habe am anderen Tag im Labor nachgefragt«, holt er weit aus, »und dabei herausgefunden, dass für einmal nichts Außergewöhnliches gefunden wurde, mit einer Ausnahme. Ausgerechnet bei Kappel am Einfluss zum Sammelkanal, wo auch das Abwasser von Hochrütti dabei ist, hat der Schnelltest auf Ergotamin stark angesprochen. Das Resultat ist nur qualitativ, über die Menge und die Variante des Ergotamins gibt der Test keine Auskunft. Unterhalb, Richtung Olten, haben wir nur noch Spuren festgestellt. Kannst du damit etwas anfangen?«

Alex sitzt jetzt wie auf Nadeln. Er drückt den Hörer an sein Ohr, um ja nichts zu verpassen. Ergotamin positiv, das ist der Durchbruch! Aufgeregt fasst er den Hörer fester. »Die Kontrolleure gehen in den nächsten Tagen ins Dorf hinein und suchen die Quelle«, schiebt Iseli noch nach.

»Fangt ganz oben an, am Ende von Hochrütti. Da gibt es ein Chemisches Institut. Wir wissen nicht genau, was die da arbeiten. Sucht in den verschiedenen Schächten rund um das Anwesen. Ich möchte deinen Leuten nicht dreinreden, aber es wäre uns sehr gedient, wenn sie dort so unauffällig wie möglich arbeiten würden«, drängt er.

»Sag mal, kann es sein, dass das mit einem deiner Fälle zusammenhängt?«, kommt es misstrauisch aus der Hörmuschel.

»Ich darf dazu aus erkenntnistechnischen Gründen, wie man immer so schön zu hören bekommt, leider nichts sagen. Aber bitte, lass mich wissen, wenn ihr etwas findet«, gibt Alex lachend zurück und legt auf.

Er ist sich sicher, ein positives Resultat auf Ergotamin im Abwasser wird ihn und sein Team voranbringen.

Der Gedanke, bei Staatsanwalt Fluri vortragen zu müssen, trübt seine aufgeräumte Stimmung etwas. Er formuliert trotzdem schnell den Antrag auf eine Hausdurchsuchung. Dann geht er hinüber zu Marta und Paul ins Büro und verkündet ihnen die frohe Botschaft.

»Marta, bitte sende diesen Text so schnell wie möglich an Fluri und bitte ihn höflich, das Gesuch zu unterstützen und zu bearbeiten, dass er unterschreibt. Danke!«

Er hofft, im Antrag überzeugend genug geschrieben zu haben, wie wichtig eine Hausdurchsuchung in diesem Moment ist. Er sendet ein Stoßgebet zum Himmel, dass er erhört werden wird.

Zurück im Büro klappt er die alten Protokolle zum Laborunfall zusammen und steckt sie in seine Schreibtischschublade. In Erwartung des kommenden Abends mit Marina schnappt er sich sein Smartphone vom Tisch und steckt es ein. Es ist auf stumm geschaltet, Alex achtet nicht darauf.

Marina hat ihm ein schönes, gemütliches Abendessen

versprochen, bei einer guten Flasche Wein, den er bitte mitbringen soll. Begeistert hat er am Nachmittag ihrer Einladung zugestimmt.

Nur Marina und er, träumt er, als er durch die abendlich leeren Gassen der Altstadt läuft.

19

Auf Tanjas Schreibtisch häuft sich die Arbeit. Ein Blatt Papier in der Hand schaut sie aus dem Bürofenster und verfolgt mit ihren Blicken sehnsüchtig, wie die Assistentinnen eine nach der anderen in ihre Autos steigen und abfahren. Als Letzte sieht sie Nadja mit ihrem neuen Renault aus dem Tor sausen. Wo sie wohl hinfährt? Sie greift zu ihrem Telefon.

»Marta, bist du noch im Büro? Wir können uns heute Abend nicht treffen, ich muss nachholen, was ich heute Morgen liegen gelassen habe. Kannst du das Telefon von Nadja orten, bitte? Sie ist so aufgepeppt schwungvoll abgerauscht.«

Marta seufzt: »Mach ich! Aber nur, weil du meine beste Freundin bist und ich auch will, dass wir diesen Fall endlich erfolgreich lösen.«

Tanja hört aus dem Hörer die Tastatur von Martas Laptop, dem klugen Kästchen, klappern. Während sie warten, ob der Computer fündig wird, erzählt Marta, Alex sei am Nachmittag in ihr Büro gestürmt und habe ihr und Paul verkündet, die Abwasserkontrollen in Kappel hätten positiv auf Ergotamin reagiert.

»Und noch etwas, was ich Alex noch gar nicht mitteilen konnte, er ist schon weg und hat wohl sein Smartphone stumm geschaltet.« Sie macht, wie so oft, eine kurze Kunstpause. »Das Standesamt hat sich eben gemeldet. Luana und Patrick sind nicht verheiratet!«

Tanja sitzt wie vom Donner gerührt, dann bricht es aus ihr heraus:

»Holy Shit, das ist jetzt eine Überraschung, ob das hier im Institut jemand weiß?«, schiebt sie zwischen Martas Sätze.

Marta muss während ihres Geplauders auf ihren Bildschirm geschaut haben. Sie teilt Tanja Erstaunliches mit: »Das Signal für Nadjas Telefon ist seit einer halben Stunde stationär. Vicenzo und

201

Nadja, da läuft was, wenn du mich fragst. Ich bleibe dran und melde es dir sofort, wenn sich das Signal bewegt.« Misstrauisch fügt sie an: »Weshalb interessiert dich das? Was hast du wieder Übles vor?« Sie imitiert die Stimme von Alex: »Tanja, keine Alleingänge!«

Tanja lacht und klickt sich weg.

Sie nimmt die Stablampe, die sie Nadja nicht zurückgegeben hat, als sie gestern das Kellergeschoss erkundeten, aus ihrer Schublade. Draußen ist es mittlerweile dunkel und ihr Handy meldet mit einem fluoreszierenden Lichtschein geheimnisvoll: »Objekt noch immer in Aarau stationär.«

Sie lehnt sich in ihrem Stuhl zurück und denkt kurz nach. Es gefällt ihr nicht, dass Nadja, die so offensichtlich für diesen Patrick geschwärmt hat, nun auch noch mit Vicenzo anbändelt. Welchen Zweck verfolgt Nadja?, geht es ihr durch den Kopf.

Sie bündelt entschlossen und geschickt ihre Locken mit einem Gummiband, stößt ihren Stuhl zurück und eilt im Licht der Stablampe nach unten in den Keller. Sie nimmt den hellerleuchteten Gang und geht bis zur Treppe, von der ihr Nadja berichtet hat. Sie trippelt leichtfüßig die wenigen Stufen hinauf und öffnet vorsichtig die Tür am oberen Ende. Durch den Türspalt flutet helles Tageslicht. Sie schließt kurz irritiert die Augen. Ein leises Kräuseln läuft entlang ihrer Wirbelsäule. Sie atmet tief ein, um ihre Nervosität in den Griff zu bekommen. Ein süßer Geruch steigt ihr in die Nase und erinnert sie an Honig.

Ihre Neugierde ist geweckt. Ihre Muskulatur ist angespannt. Sie nimmt noch einmal einen tiefen Atemzug und fühlt die beruhigende Wirkung. Ein leichter Schwindel erfasst sie. Sie schließt entschlossen die Tür hinter sich und tritt ganz in den Raum.

Dicht an dicht und doch gut zugänglich drängen sich hohe, mit grünen Pflanzen bedeckte Gestelle, die bis in die Dämmerung des Dachstuhls der Scheune reichen. Fahrbare Leitern stehen an der Seite.

Die Luft ist von Feuchtigkeit geschwängert. Stöße von Wassernebel fliehen aus den Düsen, die an einem Deckengestell befestigt sind, das sich über die ganze Fläche der großen Scheune erstreckt. Der süße Honiggeruch ist nun überwältigend. Sie sieht in der Höhe große Blüten, die sich dem Licht entgegenstrecken.

Sie schlendert leicht beschwingt entlang dieser Steilkulturen und streicht mit der Hand über die Pflanzenblätter. Das sind alles Arzneimittelpflanzen, wie in einem Klostergarten. Seltsam, denkt sie. »Lohnt sich dieser Aufwand?«, flüstert sie und schaut genauer. »Die Pflanzen sind giftig, ja, sogar sehr giftig.« Sie kann sich gerade noch zurückhalten, eine Blüte einer Engelstrompete heranzuziehen, um an ihr zu riechen. Sie schaut sich die übrigen Pflanzen an und stellt eine ganze Reihe weiterer Nachtschattengewächse fest. Wie vom Donner gerührt bleibt sie stehen und starrt auf die Blätter einer Pflanze, die sie an den Garten ihrer Mutter erinnert. Sie tritt näher und betrachtet fasziniert die blauen Blüten, die im Begriff sind, sich zu öffnen: »Aconitum, blauer Eisenhut!«, wispert sie.

Mit der Kamera ihres Handys schießt sie eine Reihe von Bildern und auch ein kleiner Film mit Gesamt- und Detailaufnahmen füllt den Speicher. Sie sendet Fotos und Film an Marta und löscht daraufhin alle Aufnahmen. Ein Knacken von oben lässt sie erschrocken herumfahren. Der Nebel aus der Decke ist verschwunden. Die Pumpe, deren Geräusch sie beim Eintritt in die Scheune gehört hat, ist abgestellt. Jetzt herrscht Stille. Die Anspannung in ihr steigert sich erneut. Sie macht einen Schritt vorwärts, um ihre Suche fortzusetzen und stolpert bei der Drehung über eine Kartonschachtel. Das kratzende Geräusch der verschobenen Schachtel lässt sie stillhalten. Sie horcht in den Raum und umrundet geschickt die am Boden stehende Versandkiste mit der Aufzeichnung TOMOFFOLO, die neben einem hohen Gestell bedeckt mit dem Nachtschattengewächs steht. Noch ist diese nur zum Teil gefüllt, aber jemand hat schon begonnen, eine Sendung vorzubereiten. Ein paar geerntete Tomoffelfrüchte bedecken den Boden der Kiste.

Das laute Pumpengeräusch setzt wieder ein und sie schaut sich vorsichtig um. Sie würde einen Verfolger nicht hören.

203

Verborgen hinter der Wand mit den Tomoffelpflanzen entdeckt sie eine weitere Türöffnung. Eine schwere Eisenkonstruktion versperrt den Durchgang. Wozu?

Zu ihrem Missfallen entdeckt sie das Eingabefeld eines elektronischen Türschlosses. Sie rüttelt vergeblich am Türhebel.

Ein Griff nach dem Smartphone. Wieder der vorsichtige Rundumblick. Wenn sie doch bloß ihre Pistole dabeihätte. Sie fühlt sich wie eine Zielscheibe und macht noch schnell ein Foto, das sie sofort an Marta auf den Weg bringt, und löscht es wieder. »So, das reicht erst einmal.«

Sie macht kehrt und schließt sorgfältig die Eingangstür zur Scheune, klappert die Eingangstreppe hinunter und eilt entlang des immer noch hellerleuchteten Durchgangs zurück zum Institut.

An der Türe atmet sie erleichtert auf, als sie diese noch immer unverschlossen findet. Sie wirft einen prüfenden Blick hinter sich, geht durch den Eingang und der Schlüssel dreht sich mit einem knarrenden Geräusch.

Keuchend vor Aufregung steigt sie hinauf in ihr Büro, schnappt sich ihre Tasche und ihren Laptop. Kein Laut, außer dem Summen der Instrumente im Labor unter ihr ist zu hören.

Nur wenige Minuten später sinkt sie immer noch atemlos in den Fahrersitz ihres Autos. Der Cinque Cento schaukelt gefährlich in den Kurven, während sie aus der Einfahrt Richtung Trimbach losfährt, vorbei an der Scheune des Bauernhauses, das im Dunkeln kaum zu erkennen ist. Kein Lichtstrahl dringt aus der Scheune nach draußen.

Sie ist froh, dass Marta ihr aus der Asservatenkammer zwei gefälschte Nummernschilder geholt hat, mit denen sie hoffentlich nicht in eine Verkehrskontrolle gerät.

*

Mit gespielt bösem Blick begrüßt sie Dominik an der Wohnungstür, nachdem sie ungeduldig geklingelt hat.

Er nimmt sie in den Arm und küsst ihr Haar. Sie windet sich aus seiner Umarmung und ruft erlöst: »Ich hab's, ich hab's! Wir sind auf dem richtigen Weg. Wir müssen die anderen sofort dazuholen.«

Sie erzählt sofort von der Senkrechtplantage in der Scheune. »Da ist ein Verbindungsgang zwischen dem Institut und dem Bauernhaus, ich glaube fest daran, da geht's noch weiter. Das schwere Eisentor in der Scheune und die Tür, die in den Berg hineinführt, bergen noch Geheimnisse! In den nächsten Tagen erkunde ich noch diesen ungefliesten Gang. Ich frage mich, was sich hinter der Eisentür befindet.« Dominik schaut sie verständnislos an. Er kann ihr nicht folgen, von welcher Eisentür und welchem Bauernhaus Tanja spricht.

Tanja sendet eine Nachricht an Alex.

Endlich gelingt es Dominik, seine Freundin zu beruhigen. Er packt sie bei den Schultern und dreht sie Richtung Küche, wo auf einem liebevoll gedeckten Tisch die halb abgebrannten Stummel zweier Kerzen ihr romantisches Licht verbreiten, und drückt sie in ihren Stuhl.

»Du bist spät! Ich habe etwas Leckeres gekocht und warmgestellt. Jetzt essen wir erst einmal. Ich bin am Verhungern.« Er schenkt ihre Gläser voll mit Rotwein und prostet ihr zu. Tanja hat sich wieder gefasst und schaut ihn mit glänzenden Augen an: Es passt alles zusammen! Ihr Fahndungsteilerfolg, die unentdeckte, nächtliche Flucht aus dem weißen Haus, die Wärme des Empfangs durch Dominik.

Er stellt schwungvoll die riesige feuerfeste Schale gefüllt mit einer köstlich riechenden, leicht angebrannten Lasagne auf den Tisch. Zwei Teller mit einem gemischten Salat runden den Geschmack der köstlichen Mahlzeit ab.

»Weshalb meldet sich Alex nicht?«, schreckt Tanja plötzlich auf. Sie ist wieder in ihrem aufgeregten Zustand zurück. Auch von Paul ist keine Nachricht gekommen. Einzig von Marta findet sie die Nachricht: »Objekt bewegt sich nicht!«

Dominik entwindet Tanja sanft das Handy, legt es auf den Tisch, nimmt sie in den Arm und drückt ihr einen Kuss auf die Lippen. Sie reagiert gierig auf die sanfte Berührung.

205

Zwischen den Vorhängen wechselt das gelbliche Licht der Straßenlampe zum graublauen Licht der Morgendämmerung.

*

Die Flipcharts mit dem Gekritzel, den verschlungenen Linien und markanten Pfeilen in verschiedenen Farben stehen neben den Aufnahmen von möglichen Tatorten und Einzelbildern der Leiche aus dem Steinbruch. Auch eine Großaufnahme der Steilwand des Steinbruchs prangt erdrückend an einer weißen Bürowand direkt vor Alex' Augen. Eine weitere großformatige Fotografie ist mangels freier Wandflächen an ein Fenster geklebt: Die charakteristische Silhouette eines gewaltigen Kieshaufens. Daneben winzig klein der Schaufelbagger mit seiner grausigen Fracht.

Alex hat nach dem friedlichen Abend mit Marina seit Wochen entspannt und beinahe fröhlich an diesem Morgen den Weg zu Fuß zu seinem Büro unternommen.

Im Faxgerät im Gemeinschaftsbüro liegen zwei Blätter, die er sofort aus dem Gerät reißt. Tatsächlich, der Staatsanwalt hat mitgemacht. Trotzdem macht sich Enttäuschung in ihm breit. Das könnte dauern.

Um halb acht meldet sich Marta fröhlich gestimmt zur Arbeit. Anstelle eines Grußes ruft sie: »Alex, hast du dein Handy wieder einmal auf stumm gestellt?« Er greift in seine Hosentasche und schaut auf das Display, das mit einer großen Zahl Mitteilungen aufwartet, und schiebt es unauffällig wieder in seine Tasche. Alex staunt, als Paul, der sonst so ernste Mann, in sein Büro kommt, eine volle Tasse in der Hand, und richtig aufgeräumt wirkt.

Marta stellt eine Tasse Kaffee neben Alex und bietet den beiden Männern eine offene Papiertüte mit frischgebackenen Croissants an. Schweigend kauend betrachten alle drei die Bilder mit den bis jetzt vorhandenen Informationen zu ihrer Untersuchung.

Marta kann nicht mehr an sich halten: »Tanja hat gestern Abend auf eigene Faust in der Scheune nachgesehen, was sich darin verbirgt. Als nachmittags der Strom ausgefallen ist, ist sie zusammen mit dieser Nadja in den Keller gestiegen und hat dabei zwei Türen entdeckt, für die die Cheflaborantin keine Erklärung bieten konnte.« Die beiden Männer schauen fragend. »Und neugierig, wie sie ist, musste Tanja nachsehen. Sie hat am Abend auf eigene Faust eine Untersuchung unternommen und mir Bilder von Pflanzanlagen in der Scheune gesendet.«

Alex brummt ungehalten. Blätterteigbrösel krümeln aus seiner geballten Hand.

Sie sprudelt weiter: »Und noch etwas vom Standesamt: Luana und dieser Patrick sind nicht verheiratet, wohnen jedoch als Paar in einem Haus im Villenviertel von Kappel in der Nähe von Hochrütti.« Die Nachricht kommt bei Alex nicht richtig an. Er möchte lieber mehr über Tanjas Bilder erfahren.

»Weshalb Bilder von Pflanzen? Zeig mir bitte die Bilder. Und, in einer Scheune, was muss ich mir darunter vorstellen?« Alex kraust fragend die Stirn.

Marta dreht den Bildschirm ihres Laptops in seine Richtung. Er studiert sorgfältig jede einzelne Aufnahme und schweigt. Ein Bild fasziniert ihn besonders. Seine Mitarbeiter warten gespannt auf seinen Kommentar.

»Das ist eine Giftpflanze.« Er weist mit dem Zeigefinger in Richtung Bildschirm. »Die Engelstrompete, sie ist hochgradig gefährlich. Was wollen die damit?«

Er dreht den Laptop wieder zu Marta zurück.

»Mir ist, als hätte ich kürzlich gelesen, dass die ganze Pflanze im Stängel, den Blättern, sogar in den Blüten Scopolamin in hohen Konzentrationen produziert. Scopolamin ist ein starkes Halluzinogen. In dem Zeitungsbericht ging es um eine amerikanische Studentin. Sie wurde nur vom Riechen an der Blüte high. Und Eisenhut ist doch auch hochgiftig. Weshalb pflanzt man so etwas in einem abgeschlossenen Raum? Überhaupt, weshalb der Anbau all dieser Pflanzen in einer Scheune? Hat Tanja auch von Roggen mit diesem Pilz, der Ergotamin enthält, berichtet?«

Marta schüttelt den Kopf.

Dann redet der sonst so schweigsame und beobachtende Paul

plötzlich los, um die Ratlosigkeit, die sich im Raum zu verbreiten droht, zu vertreiben. Er erwirkt das genaue Gegenteil: »Ich glaube jetzt zu wissen, wer dieser Tote in der Kiesgrube ist.«

Alex setzt sich zurecht, beugt sich in Richtung seines Mitarbeiters und sagt scharf: »Einmal mehr muss ich dir sagen, Paul, glauben genügt nicht. Hast du Beweise?« Er besänftigt sich jedoch sofort wieder und hört Kuchta aufmerksam zu.

»Die KTA hat Folgendes herausgefunden: Das zerbrochene Handy aus dem Wald bei der Kiesgrube, das Tanja noch vor ihrer Suspendierung mitgebracht hat, gehört einem Patrick Krämer. Das wird wohl unser Mann sein. Da der tote Mann in der Kiesgrube, ebenfalls wie Luana Ghorbani, sehr viel dieses Stoffs Divinia im Blut aufgewiesen hat, habe ich mir überlegt, wo sich der Mann im Zeitraum des Todessturzes von Luana aufgehalten haben könnte. Ich habe im Netz gestöbert. Jemand mit diesem Namen hat einen Flug nach den USA gebucht und die Reise angetreten. Ein Toter mit gleichem Namen in der Kiesgrube, das kann doch kein Zufall sein. Das muss heißen, der Mann ist für Luanas Tod nicht verantwortlich zu machen, er ist selbst Opfer.

Ich habe die KTA sofort gebeten, die DNA der Leiche mit eventuell auf der Hülle des Handys hinterlassenen Fingerabdrücken zu vergleichen. Treffer.«

»Sehr gut, Paul!«, ruft Alex und klatscht in die Hände. »Ich will deinen Erfolg nicht schmälern, aber bitte, sprich nicht von einem Todessturz im Fall Ghorbani. Wir wissen nicht, wo sie wirklich zu Tode gekommen ist. Aber nochmals, Paul, du hast gut kombiniert!«

Das Lob macht Paul etwas verlegen und er sagt vorsichtig: »Ich habe noch etwas: Die ausgefeilte Nummer auf der Karosserie des zurückgelassenen Geländefahrzeugs am Rand der Kiesgrube kann eindeutig der Adresse des Instituts zugeordnet werden.«

Alex' Augen glänzen jetzt vor Begeisterung: »Marta, Paul! Das sind sehr gute Nachrichten, das alles bringt uns einen großen Schritt weiter. Stellt euch vor, es geschehen noch Zeichen und Wunder, der Staatsanwalt hat meinen Antrag auf eine Hausdurchsuchung in diesem Labor in Hochrütti weitergeleitet. Offenbar hat der Befund, dass Ergotamin im Abwasser am Ausgang von Kappel gefunden wurde, den Ausschlag gegeben, da es sich bei Ergotamin um eine gefährliche Substanz handelt. Das bedeutet für ihn Publizität!«

Sein Gesicht verfinstert sich unvermittelt. Er lehnt sich nach hinten und greift sich den Hörer seines Festnetztelefons auf seinem Schreibtisch: »Tanja, wo bist du?«, ruft er ins Telefon.

»Bei der Arbeit im Institut. Nadja ist heute Morgen nicht aufgetaucht«, kommt es gelassen zurück. Alex richtet sich in seinem Stuhl auf. »Komm sofort zu mir ins Büro, das ist ein Befehl! Es ist zu gefährlich in diesem Labor, und ich will wissen, was es mit diesen Pflanzen in der Scheune auf sich hat. Du hast wohl keine Roggenpflanzen gefunden?«

Er erwartet den Protest von Tanja und hört der Stimme in seinem Hörer zu, dann wiederholt er eindringlich ja fast bittend: »Tanja, bitte komm her! Es wird in Hochrütti in kurzer Zeit eine Hausdurchsuchung stattfinden, da darfst du nicht auf dem Areal des Instituts sein!«

Er beendet den Anruf. Ihm ist daran gelegen, Tanja aus dem Gefahrenbereich herauszubekommen. Ein vages Gefühl, Entscheidendes werde sich in der nächsten Zeit ereignen, bereitet ihm Bauchschmerzen.

20

Kaum hat Tanja sich aus dem etwas einseitigen Gespräch mit Alex ausgeklinkt, blinkt das rote Lämpchen am Festnetztelefon auf ihrem Pult. Sie packt den Hörer und hört den angenehmen Bass von Vicenzo D'Amato: »Marianne, ich bitte Sie, kommen Sie kurz in mein Büro, ich möchte Ihnen meinen Partner Guido vorstellen. Er ist von seiner Reise zurück und möchte Sie kennenlernen.« Sie fragt sich, weshalb werde ich so förmlich zu einem Gespräch mit dem Chef eingeladen?

Sie setzt kurz eine Nachricht auf ihrem Prepaidhandy an Alex ab: »Treffe in ein paar Minuten Lombardi in Vicenzos Büro. Er soll von seiner Reise zurück sein. Kann schlecht weg.«

Tanja sieht vor ihrem geistigen Auge den ungehaltenen Augenaufschlag von Alex, wenn er diese Nachricht lesen wird. Ihre Hände sind feucht und sie mahnt sich zu mehr Gelassenheit. Einen Migräneanfall kann sie sich jetzt nicht leisten.

Vicenzo ist ins Haus gekommen, ohne sich bemerkbar zu machen. Wo ist Nadja? Auf ihrem privaten Telefonanschluss ist sie auch nicht zu erreichen.

Sie klopft höflich an den Türpfosten der leicht offenstehenden Türe zu Vicenzos Büro und tritt sofort ein. Auf dem ihr mittlerweile wohlbekannten Besucherstuhl sitzt ein kräftiger Mann mittleren Alters mit schwarzen, graumelierten Haaren. Sein Teint ist braungebrannt, als ob er von einer Seereise mit viel Sonnenbaden zurückgekehrt wäre. Er erhebt sich sofort höflich und lächelt sie an.

»Frau Moser, ich freue mich, Sie persönlich kennenzulernen. Vicenzo hat mich informiert, wo er Sie eingesetzt hat.«

Er streckt ihr eine warme, trockene Hand entgegen.

Tanja ist erleichtert. Guido Lombardi ist ihr nicht unsympathisch.

211

Er wirkt offen. Sie stellt einen seltsamen, ihr irgendwie vertraut vorkommenden Dialekt fest und wundert sich kurz.

»Ganz meinerseits, Herr Lombardi. Herr D'Amato, … Vicenzo, Nadja ist heute nicht zur Arbeit gekommen, ich arbeite deshalb heute in der Routine mit«, sagt sie, um den ihr etwas peinlichen Moment zu überspielen und gleichzeitig D'Amatos Reaktion zu prüfen.

Vicenzo kneift in diesem Moment seine Lippen zusammen, entspannt sich jedoch sofort wieder. Lombardi schaut Vicenzo fragend an, sagt aber nichts. D'Amato reagiert nicht.

Es knistert zwischen den beiden Männern, bemerkt Tanja. Sie richtet jetzt ihren Blick auf Guido und versucht die Spannung zu entladen. »Es macht Spaß, wieder einmal selbst Hand anzulegen und Proben zu bearbeiten.«

Guido zeigt sich erstaunt. »Eine Allrounderin!«, sagt er mit freudigem Unterton an Vicenzo gewandt. »Sie haben keine Apparatescheu? Wissen Sie auch noch, wie man eine Synthese durchführt?« Lombardi setzt einen flüchtigen Seitenblick auf D'Amato. »Frau Moser, das ist sicher schon lange her, seit Sie am Labortisch standen und Versuche selbst durchgeführt haben?«

»Sie haben recht, Herr Lombardi, aber, wenn sich die Gelegenheit bietet, mache ich das noch immer mit Freude. Ich sehe gerne, wenn ich selbst Zeugin bin, ob ein Versuch gelingt oder halt eben misslingt. Wenn's gut geht, ist das ein erhebendes Gefühl!«, sagt sie mit etwas übertriebener Begeisterung, und mit einem Lächeln fügt sie noch an: »Die Arbeit im Labor und viel Bewegung an der frischen Luft sehe ich als Ausgleich, weshalb ich das Lauftraining, Spezialität Berglauf, aufgenommen habe. Auch habe ich mir vor längerer Zeit den Luxus zu reiten erlaubt und ein Pferd angeschafft, das zufällig in der Nähe zum Laborgebäude eingestellt ist. Es ist fast zu viel des Glücks, dass Arbeit und Vergnügen in dieser Region so nah zusammenliegen!«

Jetzt ist es an Vicenzo, erstaunt die Brauen anzuheben: »Sie reiten? Wo reiten Sie denn am liebsten? In der Gegend gibt es doch nicht so viele Möglichkeiten.«

»Oh doch, der Born bietet sich an, und ich reite sehr gerne in

212

der Gegend von Fulenbach, die aufgefüllten Kiesgruben auf dem Weg dahin eignen sich bestens für einen Ausritt.« Sie bemerkt ein kurzes Aufflackern in D'Amatos Blick und sieht unvermittelt auf die Uhr an ihrem Handgelenk, um sich zu verabschieden, aber vor allen Dingen, um nicht mehr in die dunklen Augen von Guido sehen zu müssen, der sie wohlwollend beobachtet.

»Sie entschuldigen, ich habe einen Arzttermin, den ich unbedingt einhalten muss.«

»Sie sind aber nicht krank?«, fragt Guido teilnahmsvoll. Er scheint von der Auszeit Mariannes von Vicenzo gehört zu haben.

»Nein, im Gegenteil, ich bin in Behandlung bei einem Neurologen wegen meiner wiederkehrenden Migräneattacken. Eine Routinekontrolle steht an, denn das Medikament gegen Migräne ist noch in Erprobung und ich habe mich als Testperson zur Verfügung gestellt. Bitte entschuldigen Sie mich, ich muss!«

Sie dreht sich abrupt um und eilt aus dem Raum. Ihr Auto parkt hinter dem Institut, wo man ihr Kommen und Gehen nicht beobachten kann. Sie steigt ein und fährt bei ihrer rasanten Ausfahrt beinahe einen älteren Mann, der seinen Hund spazieren führt, über den Haufen. Sie stoppt scharf und lächelt den Mann schuldbewusst durch die Windschutzscheibe an und winkt. Der Mann schüttelt verständnislos den Kopf über ihre ruppige Fahrweise und folgt dem Hund.

Aus dem Augenwinkel sieht sie im Vorbeifahren, wie ein Kanalarbeiter mit gelber Sicherheitsweste bei einem der Schächte in der Straße vor der Villa mit einer Harke den Schachtdeckel anhebt.

*

Tanja stürmt in ihre Wohnung. Alex, Marta und Paul warten dort schon und sitzen zusammen mit Dominik. »Hey, ist das euer neues Hauptquartier?«, ruft Tanja erstaunt. Auf dem Tischchen liegen offene Schachteln mit Pizza und halbvolle Wasserflaschen stehen daneben. Sie schnappt sich ein Stück Pizza und beginnt sofort zu reden.

213

Sie berichtet von der Rückkehr Guido Lombardis und von ihrem Rundgang durch den Keller und die Scheune.

»Da finden sich alle die Pflanzen, die Hildegard von Bingen im 12. Jahrhundert in ihrem Klostergarten gezogen hat, und andere mehr. Da war wohl das Bilsenkraut eines der stärksten Gifte. Hier gibt es noch viel stärkere und schneller wirkende.«

Sie berichtet auch von dem gesicherten Portal hinter den Tomoffelpflanzen und dem Gang, der im Keller des Instituts in einen dunklen Tunnel führt, wobei für das Team neu ist, dass Vicenzo offensichtlich für den Institutsbetrieb, dazu gehört wohl auch die Scheune, verantwortlich ist.

»Welche Rolle Guido Lombardi spielt, ist mir noch nicht klar«, wirft Marta ein.

»Lombardi ist ausgebildeter und promovierter Chemiker, während Vicenzo D'Amato ausgebildeter Botaniker ist und zudem die kaufmännische Leitung des Labors innehat.« Tanja nimmt sich noch ein Stück Pizza aus der Schachtel. »Es ist wohl so, dass D'Amato als Botaniker etwas mit diesen Arzneimittelpflanzen im Sinn hat. Es ist nur merkwürdig, es sind fast ausschließlich sehr giftige Arten, die da wachsen. Dass er auch eine kaufmännische Ausbildung hat und etwas von Analyseapparaten versteht, machte mich stutzig.«

Ungebremst redet sie weiter, während das Staunen der anderen immer größer wird.

»Marta, ich würde die Ausbildungen der beiden Herren ein weiteres Mal genauer unter die Lupe nehmen. Vielleicht ist unser Herr Botaniker ein ausgebildeter Gärtner, kein Akademiker.«

Marta unkt: »Der Mörder ist immer der Gärtner, um mit Reinhard Mey zu sprechen«, duckt sich aber unter dem strafenden Blick des Chefs weg.

Tanja geht noch mit wenigen Worten darauf ein, wie viel Personal im Institut angestellt ist, und dass die Cheflaborantin Nadja Egger heute nicht zur Arbeit erschienen ist. Sie fügt an: »Marta hat eruiert, dass das Handy von dieser Nadja am Wohnort von D'Amato stationär geblieben ist, sich aber mitten in der Nacht nach Olten-Südwest wieder in Bewegung gesetzt hat und im Quartier Olten Südwest angehalten hat.«

»Seltsam, haben die beiden, Nadja und Vicenzo, ein Verhältnis? Sie wohnt eigentlich hier in der Gegend, in Boningen. Leider kann ich das nicht genauer orten. Und wie kommt das Auto der Frau nach Olten-Südwest? Die Kollegen in Aarau haben bei ihrer Streife durch das Quartier den Wagen korrekt parkiert festgestellt.«

Marta schaut vom Bildschirm ihres Laptops auf, wobei sie mit vollem Mund spricht. »Nadja Eggers Handy ist tatsächlich noch immer stationär in Aarau. Aber es ist ja Wochenende und sie nimmt ein spontanes Aus. Sie haben wohl das Auto von Vicenzo genommen und sind in ein Liebesnest gefahren. Dabei hat sie ihr Handy nicht mitgenommen. Ungestörte Liebelei!«, grinst sie mit schelmischem Blick in die Runde.

»Ist das Labor am Wochenende in Betrieb?«, unterbricht sie Alex.

Tanja schüttelt verneinend den Kopf. »Aber ich habe, weil Nadja nicht zur Arbeit kam, den Assistentinnen angeboten, die Resultate am Samstag zu sichten und an die Auftraggeber zu versenden, geht alles elektronisch.« Dominik schaut enttäuscht auf seine Freundin. Er kennt sie. Sie wird wohl ewig wieder nicht heimkommen.

In diesem Moment steigen die ersten Töne von Vivaldis *Vier Jahreszeiten* aus Alex' Tasche und brechen abrupt ab, als er das Gespräch nach einem schnellen Blick auf das Display entgegennimmt: »Ueli!« Alex richtet sich, als er die Stimme des ARA-Leiters hört, sofort erwartungsvoll auf und hört zu. Dann ein freundliches »Danke, so liegen wir also richtig.« Und schon klickt er weg. Er hat die volle Aufmerksamkeit des Teams.

»Uelis Kontrollteam hat im Schacht nahe der Villa eine Mischung von Substanzen gefunden, die grundsätzlich nicht ins Abwasser gehören. Darunter mit Sicherheit auch Ergotamin. So ergab der Schnelltest. Die genaue Identifikation der einzelnen Substanzen wird leider noch länger dauern.«

Trotzdem kommt Bewegung in die kleine Wohnung und jeder greift nach einem Stück Pizza.

215

»Ulrich Iseli hat mir versprochen, die Probe gemeinsam mit dem Team der KTA so schnell wie möglich zu untersuchen. Vielleicht haben wir ja bald die Resultate. Das gäbe uns einen zusätzlichen Grund für einen Besuch in dem Haus.

Ich werde am Montag den Herren Lombardi und D'Amato einen freundlichen Besuch abstatten. Marta, du und Paul kommt mit. Tanja geht ganz normal zur Arbeit im Labor. So leid es mir tut, sie kann jetzt nicht einfach wegbleiben. Wir müssen Beweise finden, weshalb Luana und ihr Partner Patrick sterben mussten. Die Tatorte sind zu bestimmen. Das Motiv kennen wir auch noch nicht.«

Tanja, hat die Augen geschlossen und ihr Gesicht macht einen nachdenklichen Eindruck.

»Wir müssen eine Arbeitshypothese aufstellen, damit wir keine Fehler machen. Was mir aufgefallen ist: Keine der dort führenden Personen hat Familie, so viel hat Marta herausgefunden. Steht das Institut als Familienersatz und schwelt da ein Brand? Marta, komm, berichte, was du bei deiner Recherche herausgefunden hast.«

»Vicenzo D'Amato ist italienisch-schweizerischer Doppelbürger, wohnhaft in Aarau, dort ist er mit der Beschäftigungsbezeichnung Geschäftsführer gemeldet. Seine Ausbildung hat er in der Schweiz und an verschiedenen italienischen Universitäten, unter anderem in Bologna, absolviert. Familie hat er nicht. Mehr habe ich auf die Schnelle nicht gefunden. Sein Partner Guido Lombardi ist eingetragen als Besitzer des Instituts in Hochrütti bei Kappel. Er ist unverheiratet und als schweizerisch-italienischer Doppelbürger eingetragen. Das erklärt auch, wie er das Institut aus dem Besitz des Dorfs Kappel auslösen konnte. Den genauen Kaufpreis muss ich noch überprüfen, der scheint mir seltsam tief. Woher er das Geld hatte, ist mir ebenfalls schleierhaft, nachdem er jahrelang als Wandervogel von Universität zu Universität gereist sein soll.

Seine chemische Ausbildung und auch seinen Doktor hat er an der Universität in Bologna gemacht. Dabei ist seltsam, wie schnell er den Doktortitel erhalten hat, er brauchte nicht einmal ein Jahr! Wie lange hast du gebraucht, Tanja?«

»Ich? – Drei Jahre!«

»Die Weiterausbildung bekam er, wie gesagt, in den USA und in Deutschland. Er lebte darauf in Bologna. Dann kam er in die Schweiz, nach Luzern, wo er in einem analytischen Labor gearbeitet hat. Offenbar war das seine erste feste Stelle und die hat er bald wegen des Kaufs in Hochrütti aufgegeben.«

»Wem gehört das Labor in Luzern?« Alex bekommt ein Schulterzucken von Marta. »Okay, genug.« Sie müssen die Flut von Informationen und deren Bedeutung im vorliegenden Fall zuerst einmal einordnen.

»Marta, das sind alles sehr brauchbare Informationen, danke, wir kommen darauf zurück! Wir werden sie im Büro nochmals genau analysieren, okay? Auch hast du vor kurzer Zeit einmal erwähnt, unser Opfer Luana und ihr Bekannter Patrick seien nicht verheiratet. Ist das richtig?« Marta nickt eifrig.

Dominik schaut reihum und fragt: »Wie geht das alles zusammen?« Der Journalist in ihm freut sich, die Situation ist ganz nach seinem Geschmack. Das könnte eine tolle Story werden.

»Das werden wir noch herausfinden. Ich für meine Seite habe erst mal genug Stoff, um nachzudenken. Ich plane einen Überraschungsbesuch in Hochrütti. Da werden wir den beiden, D'Amato und Lombardi, auf den Zahn fühlen und dann sehen wir weiter. Marta und Paul, ihr kommt mit mir! Und du, Tanja, gehst wie besprochen im Labor arbeiten. Aber halt dein Telefon bereit. Schaffst du das?«

»Sicher, ich weiß ja, wo ihr seid und wie ich euch erreichen kann. Ich verlasse mich auf euch!«

Alex klopft abschließend auf seine Knie und erhebt sich, drückt sein Kreuz durch, macht ein paar ungelenke Schritte um den Tisch in der Mitte und stapft mit einem saloppen Winken mit der Hand aus dem Zimmer.

Ein Abendessen mit Marina wartet auf ihn. Er freut sich riesig darauf und er muss noch schnell zu Hause eine Flasche italienischen Rotwein der besten Sorte aus seinem Keller holen.

21

Da Nadja nicht zur Arbeit erschienen ist und es so aussieht, als würde sie auch nicht den Wochenenddienst übernehmen, hat sich Tanja spontan als Ersatz gemeldet. Sie würde die Überzeit später in Freizeit umwandeln und mit Diavolo in die Wälder ziehen.

Dominik hat bei dem Gedanken, das Wochenende allein in der Wohnung zu verbringen, geschmollt, und verärgert erklärt, er werde die nächsten Tage zu seinen Eltern fahren.

Tanja war überrascht. Immerhin hat er sie früher auch tagelang, ja manchmal wochenlang allein gelassen: »Mach doch, was du willst! Ich jedenfalls muss arbeiten. Es fällt sonst auf, wenn ich ständig fernbleibe.« Außerdem ist am Wochenende niemand auf dem Areal, sodass sie ungestört ihre Erkundungen weiterführen kann, denkt sie, sagt es aber nicht laut.

Jetzt sitzt sie allein in dem menschenleeren Labortrakt. Sie hört das Summen der Ventilation in der Decke über ihr und der Analysegeräte. Sie schließt ihren Laptop an den Laborcomputer an und hofft, im Gedächtnis des Laborcomputers nach für ihren Fall relevanten Daten zu suchen.

Sie hört nicht, wie jemand hinter sie tritt und sie von hinten anspricht:

»Sie machen tatsächlich Laborarbeit? Ist Ihnen das nicht auf Dauer langweilig?«

Sie schreit kurz auf und klappt, während sie sich umdreht, hektisch den Laptop zu.

»Herr Lombardi, Sie haben mich erschreckt!«, sagt sie wütend und klammert sich an ihren Laptop, um ihn notfalls als Waffe zu benutzen.

»Oh, ich wollte Sie nicht erschrecken, Marianne!«

Nun ist es an ihr, verwirrt dreinzuschauen. – Marianne? Gut, dass er mich an den Namen erinnert hat, zuckt es durch ihr Hirn.

»Ich suche ein paar Daten. Während meiner Abwesenheit hat man für mich einige Substanzen, die ich selbst hergestellt habe, im Massspec-Apparat analysiert«, besänftigt er sie. »Die Datenblätter und Reste der Proben müssen hier irgendwo herumliegen, die Resultate der Analysen wurden nicht auf meinen Computer hochgeladen. Es ist doch schon einige Zeit her, seit ich die Proben zur Analyse gebracht habe.«

Tanja ist hellhörig geworden und schaut sich um. »Hier habe ich keine Proben und keine Papiere gesehen, die für Sie bestimmt sind. Die Proben werden aber sicher im Kühler stehen«, sagt sie langsam und schaut sich demonstrativ weiter um. »Um welche Proben geht es denn?«, fragt sie in leichtem Ton.

Sie kann sich lebhaft vorstellen, dass es sich um irgendein giftiges Zeug handelt. Es wäre zu schön, wenn es Probenresultate für die Analyse von Divinia wären oder Substanzen, die aus anderen Giftpflanzen extrahiert wurden, zum Beispiel Aconitum. Sie wirft ihm einen verstohlenen Blick zu, kann jedoch bei ihm keine Reaktion ausmachen.

Zu ihrem Erstaunen winkt er ab und bedankt sich bei ihr. »Ich frage am Montag Frau Egger nach den Resultaten.«

Am Laboreingang macht er Halt, die Labortür noch in der Hand sagt er freundlich: »Oh, Marianne, wollen Sie mein privates Labor einmal ansehen? Es befindet sich in der Villa.«

Tanja zuckt zusammen, beherrscht sich aber im letzten Moment. Noch ein Labor? Weshalb in der Villa und nicht hier im Institut?

»In dem heruntergekommenen Haus?«, fragt sie direkt und schlägt sich dann sofort die Hand vor den Mund. »Entschuldigen Sie, Herr Lombardi, ich wollte Sie nicht beleidigen.«

Guido Lombardi lacht herzlich und laut. »Ja, es macht einen schäbigen Eindruck, aber nur von außen. Ich habe mich zuerst um das Innere des Hauses gekümmert, dabei die alte Küche im Keller entdeckt und darin mein eigenes Labor eingerichtet, um mir einen Traum zu erfüllen, den ich schon lange mit mir herumtrage.

Außerdem musste ich bei meiner Ankunft irgendwo wohnen. Die Fassade und den Garten werde ich als Nächstes in Angriff nehmen. Kommen Sie doch mit mir, dann können Sie es mit eigenen Augen sehen!«

Tanja winkt ab. »Gerne ein anderes Mal. Ich habe hier noch viel zu tun und jemand muss die Proben entgegennehmen, die heute noch kommen.«

Lombardi wirkt enttäuscht, akzeptiert ihren Entscheid jedoch.

»Gut, es wird sich sicher bald eine andere Gelegenheit ergeben.« Er winkt mit der Hand und verschwindet durch die noch immer offenstehende Tür.

Den Plan, sich am Ende des Arbeitstags genauer umzusehen, verwirft Tanja vorerst. Stattdessen verlässt sie Punkt sechzehn Uhr das Haus und freut sich dabei auf einen kleinen abendlichen Ausritt mit Diavolo.

*

Die Dämmerung ist in die Nacht übergangen. Tanja ist weiter als vorgesehen geritten. Die Abendstimmung ist großartig, aber sie achtet kaum darauf, wie die Gipfel der Berner Alpen im abendlichen Rot aufleuchten. Jede Fotografie dieses Panoramas würde kitschig wirken, in natura ist es ein wahres Schauspiel.

Diavolo trottet vor sich hin und bringt seine Reiterin von selbst zum Stall zurück. Sie schaukelt auf dem Rücken des Pferdes den Weg entlang. Ab und zu ein Schnauben und das Klackern der Hufe unterbrechen die Stille um sie.

Es lässt sie nicht los. Welches Geheimnis verbirgt sich hinter der Stahltür in der Scheune? Was muss gesichert mit einem Zahlencode vor fremden Blicken verborgen werden? Und die zweite Kellertür am Fuß der Treppe. Wo führt der Gang im Berg hin?

In Gedanken im Kellergeschoss des Instituts sattelt sie Diavolo ab, gibt ihm Heu und Streu und prüft mechanisch den Wasserspender in seiner Box. Sie bleibt neben dem Pferd stehen und drückt seinen Kopf an sich. Er reibt ihn langsam und genüsslich an ihrem

Körper, als spüre er, welche Gedanken durch seine Besitzerin pulsieren.

Sie richtet sich auf und streicht dem Tier zum Abschied noch einmal sanft über den kräftigen, von seidenweichem Haar bedeckten Hals.

Berni, der Stallbesitzer, einen Reisbesen in der Hand, tritt aus der Box eines anderen Pferdes und grinst sie breit und aufgeräumt an: »Noch so spät dran, Tanja? Hast heute Abend nichts Besseres vor?«

»Das ist das Beste, was ich tun kann, mit Diavolo ausreiten. Und ich muss noch einmal zur Arbeit.«

Sie rümpft die Nase und winkt ihm zu. Berni schaut ihr kopfschüttelnd nach und wundert sich, dass die junge Frau heute überhaupt nicht so gesprächig ist wie sonst.

Tanja lässt ihr Auto stehen. Ein leichter Fußmarsch vom Stall zum Labor wird ihr guttun und sie wird beim Gehen ihre Absichten für den Abend nochmals überdenken.

Keine halbe Stunde später zieht sie den Schlüssel zum Labor aus der Tasche und steigt die Treppe zu ihrem Büro hoch. Im selben Moment verlöscht das Rosalicht über den Alpen, die sich vor ihrem Bürofenster ausbreiten. Doch sie hat gerade kein Auge dafür und kramt in der Schublade ihres Tischs nach der Stablampe. Es ist gespenstisch still im Haus bis auf das leise Rauschen der Ventilation und das leichte Summen der Analysegeräte. Weder in der Villa noch im Bauernhaus brennt ein Licht.

Vorsichtig steigt sie im Dunkeln in den Keller.

Sie lässt den Strahl der Stablampe durch den Raum vor den Türen gleiten und erstarrt augenblicklich. Der Schrank, hinter dem die Türschlüssel aufgehängt sind, steht jetzt vor der Tür, die in den Berg hineinführt. Am Boden sieht sie frische Kratzspuren.

Da war jemand hier und hat den Schrank vor die Tür geschoben. Warum?

Sie spricht sich leise Mut zu: »Tanja, du bist hier, um ein Rätsel zu lösen. Du hast gelernt, wie man mit so einer Situation umgeht!«

Eigentlich sollte ich abhauen, die Treppe hochlaufen, mich ins

222

Auto setzen und wegfahren. Tanja, du musst einen klaren Kopf bewahren, du musst herausfinden, wer den Kasten verschoben hat. Ist die Tür abgeschlossen?

Mit zitternden Händen schiebt sie den Kasten von der Tür weg und greift an die Rückwand: Die Schlüssel sind weg. Angst durchzuckt sie. Wieder rast der Gedanke zur Flucht durch sie.

War da jemand vor ihr im Gang?

Sie schimpft, um ihren Schrecken zu verdecken, nimmt ihren Mut zusammen und geht zur Tür. Sie drückt vergeblich auf den Türgriff, braucht ein Stemmeisen oder etwas Ähnliches.

In der Probenannahme beim Eingangsbereich findet sie genau das Richtige und eilt hastig zurück in den Keller.

Das Türschloss widersteht dem Kraftakt nicht lange. Ein Knacken und die Tür springt lautlos auf. Mit ihrer Lampe leuchtet sie den Gang aus. Sie bewegt sich vorsichtig, das Stemmeisen als Waffe in der Hand, sieht sie sich erneut um und horcht. Kein Laut! Sie zieht die beschädigte Tür notdürftig hinter sich zu.

Kaltnasse Wände säumen einen rauen Fußboden. Spuren sind keine zu sehen. Die Gangdecke entlang zieht sich ein einzelnes, dickes korrodiertes Kabelrohr und verschwindet im Dunkeln. Sie schleicht weiter.

Leere Felsnischen tauchen in Abständen auf. Sie fragt sich, wie weit dieser Tunnel wohl in den Berg hineinführt. War in dieser Gegend nicht früher ein Waffenplatz mit Bunkern und Geschützstellungen? Der Gang scheint schon lange zu bestehen. Sie geht zögerlich weiter. Plötzlich hebt sich das Deckengewölbe. Eine weitere Tür, fest und solide, versperrt ihr unvermittelt den Weg. Die Feuchtigkeit dringt durch ihre Kleidung. Ihr ist kalt. Ihr Schuhwerk ist nicht geeignet für den groben, von herabgefallenen Steinbrocken unebenen Untergrund.

Sie dreht am einzigen Hebel an der Tür vor ihr und zieht daran. Die schwere Tür öffnet sich schmatzend. Sie steigt durch den Torbogen, um im Inneren weiter nach einem Lichtschalter zu suchen. In diesem Moment zieht sich die schwere Tür zurück ins Schloss. Sie hat den mechanischen Türschließer in der Dunkelheit nicht

223

bemerkt. Verdammt! Hektisch dreht sie sich um und tastet nach einer Türklinke. Die Wand fühlt sich glatt und fugenlos an.

Alles in der Ausbildung zur Polizistin Gelernte schützt sie nicht vor der aufkommenden Panik. Sie wirft das jetzt nutzlose Stemmeisen wütend zu Boden, auch die Stablampe fällt ihr aus der Hand, verlöscht und rollt weg ins Dunkel. Stille. Ein gedämpftes Surren dringt in ihr Bewusstsein. Sie entdeckt den kleinen roten Punkt einer Kontrolllampe über einem schwach beleuchteten Tastenpanel und bewegt sich mit vorgestreckten Händen vorwärts.

Weshalb hatte sie dieses kleine Licht vorhin nicht gesehen? Das Surren! Es muss aus einem Teil des Raums kommen, den sie von der Tür aus nicht hatte einsehen können.

Erneut wendet sie sich um und tastet sich wieder in Richtung Tür, glaubt sie wenigstens.

Sie lässt die Arme kraftlos sinken, als sie hinter sich eine schwache, krächzende Stimme aus der Schwärze des Raums hört: »Du kommst da nicht raus!«

Tanja dreht sich im Kreis. Sie leuchtet mit dem Licht ihres Handys in die Richtung, aus der die Stimme kommt. Ein bleiches Gesicht schaut sie traurig und verängstigt an. Der Körper der Frau lehnt schlaff an der großen Tür eines Tiefkühlers.

»Nadja, du? Was machst du hier drin?«, fragt sie atemlos.

»Genau wie du bin ich ein Opfer meiner Neugier. Ich weiß nicht, wie lange ich hier schon eingeschlossen bin, ich habe jedes Zeitgefühl verloren. Du bist wahrscheinlich gar nicht echt. Ich habe aufgegeben«, flüstert sie.

Tanja greift nach ihrem Smartphone und drückt hastig auf der Tastatur. Das Signal ist zu schwach.

»Hast du etwas zu trinken?«, fragt Nadja müde.

»Nein!«, gibt sie heftig zurück.

Wie ist Nadja in dieses Loch geraten? Ihr Auto steht doch in Aarau. Tanjas Herz beginnt heftig zu klopfen. Vorsichtig greift sie in ihre Hosentasche und drückt die Notfalltaste an ihrem Handy, das ihr Marta vor Tagen heimlich zugesteckt hat. Sie hat allerdings wenig Hoffnung, dass das Signal des Geräts genügend stark ist, die dicken Wände zu durchdringen.

Das Summen der Kühlgeräte schwillt an und ab.

Sie warten.

Nadja scheint mittlerweile eingeschlafen zu sein. Oder ist sie ohnmächtig? Sie liegt mit schlaffen Gliedern auf dem nackten, feuchten Fußboden. Erleichtert bemerkt Tanja, dass Nadja im Schlaf einen Fuß an sich zieht.

Tanja friert und steht auf, um im Raum herumzugehen und sich warm zu halten. Sie lässt einmal mehr das Licht des Smartphones im Raum umherschweifen. Nichts außer zwei mächtigen Tiefkühlschränken, deren Türen mit elektronischen Schlössern gesichert sind. Sie rüttelt erfolglos am Griff eines Schranks.

Sie ist hierhergekommen, um herauszufinden, was sich hinter dem Gang in den Berg hinein verbirgt. Es tut ihr gut, sich abzulenken, so sinnlos wie dieses Rütteln an den verschlossenen Schränken auch ist. Die Zeit schleicht schleimig dahin. Wiederholt schaut sie auf das Display ihres Handys, nur um die Sinnlosigkeit ihres Tuns zu konstatieren, und sie verbraucht Strom, den sie vielleicht später dringend brauchen wird.

Tanja versucht ihre Angst, die sie nun doch zu erfassen droht, unter Kontrolle zu bekommen. Rhythmisch atmet sie tief ein und aus und bewegt sich langsam im Raum. Eine tiefe Ruhe erfasst sie nach kurzer Zeit. Sie geht im Kreis und setzt sich dann wieder tief atmend neben die immer noch im Tiefschlaf verharrende Nadja.

Sie konzentriert sich und versucht, sich vorzustellen, was in der Außenwelt in diesem Moment abläuft. Welche Pläne hatten ihre Lieben und ihre Kollegen?

Dominik ist zu seinen Eltern gefahren. War er ihr noch immer böse? Sie denkt an den Streit. Erst jetzt wird ihr bewusst, welche Kleinigkeit ihren Zwist hervorgerufen hat. Sie bereut, vorgegeben zu haben, zur Arbeit zu fahren. Sie wollte einmal mehr nur ihren Kopf durchsetzen! Das war der eigentliche Grund.

Dominik würde sich erst wieder in Olten einfinden, wenn Tanja in die Wohnung zurückgekehrt wäre. Diese Erkenntnis trifft sie wie ein Schlag in die Magengrube.

Ihre Kollegen planen erst am Montag hierher zu kommen. Ihre Stimmung hebt sich in der Hoffnung auf baldige Rettung und sinkt dann gleich wieder ins Minus: Heute ist Samstag.

Wie lange kann man ohne Essen und Trinken ausharren? Wann verdurstet man? Sie weiß es, will aber nicht daran denken, welch grausiges Ende ihr und Nadja beschert sein wird.

Ihr Gedankenkarussell dreht sich weiter: Vielleicht vermisst mich Mama am Sonntag, wenn ich nicht zum gewohnten Sonntagsbrunch komme, dann wird sie Alarm schlagen.

Ein Blick auf den Screen des Handys. Am Sonntag kommt niemand ins Haus, außer Boten, die ein Paket mit Probenmaterial abzuliefern haben. Denen würde es nicht auffallen, dass niemand auf ihr Klingeln an der Pforte reagiert.

Tiefe Hoffnungslosigkeit beginnt, sie zu überfluten. Durst quält sie. Sie hat seit dem Morgen nichts getrunken und ein kleines Sandwich war ihr Mittagessen. Sie findet in ihrer Hosentasche ein verklebtes Hustenbonbon, das sie sich in den Mund steckt. Der Speichel schießt in ihren Mund. Sie steckt das Bonbon wieder zurück in die Hosentasche. Sie wird wohl später noch einmal froh darüber sein.

Jetzt fingert sie trotz besseren Wissens an ihrem Telefon. Kein Empfang. Im Licht des Displays schaut sie nach Nadja. Diese liegt da und atmet schwach. Tanja redet sanft auf sie ein: »Ich habe dein Auto nicht hinter dem Institut gesehen. Wie bist du nur hergekommen?«

Sie erwartet keine Antwort, aber ihre Worte scheinen die Zeit zu vertreiben, das Warten zu verkürzen und die Hoffnung nicht sterben zu lassen. Wieder beginnt sie ihre Atemübungen. Dabei bemerkt sie, wie Nadja sich mühsam aufrichtet, aber kraftlos wieder zurückfällt. Leise und stockend beginnt sie mit krächzender Stimme zu sprechen.

»Vicenzo, der Mistkerl, hat mich hier eingesperrt!«, stammelt sie.

»Er hat mich bei sich zu Hause nach einem Streit verprügelt und in den Gang gesperrt, gefesselt und geknebelt. Er war so gnädig mir die Fessel und Knebel abzunehmen. Hier hört mich ohnehin niemand. Ich habe mich durch den dunklen Gang getastet und habe dabei den Hebel mit der Tür gefunden. Ich habe sie geöffnet, weil ich gehofft habe, dass hinter der Tür ein Ausgang ist. Doch dann ist sie zugeschnappt.«

»Weshalb hast du mich nicht gewarnt, dass die Türe automatisch zugeht?«, stellt Tanja erstaunt und leicht erzürnt fest.

Traurig kommt die Stimme Nadjas aus dem Dunkel: »Ich erkannte dich nicht.« Sie schluchzt: »Ich habe Angst gehabt, Vicenzo komme zurück.« Erneutes Aufschluchzen. »Es hat doch alles keinen Sinn!«

»Was hat keinen Sinn?«

»Ich habe dich angelogen. Ich weiß schon seit längerer Zeit, dass Vicenzo, seit er hier nach Hochrütti gekommen ist, sein eigenes Süppchen kocht und dass er in der Scheune illegal giftige Drogenpflanzen kultiviert. Er zwingt Guido, sie aufzuarbeiten, und verkauft dann das Gift über seine Kanäle. Ich habe ihm vertraut, ja, er hat mir geholfen, über meine Enttäuschung, Patrick an Luana verloren zu haben, hinwegzukommen. Ich war in Patrick verknallt. So ein toller Mann! Auch Vicenzo ist ein echtes Mannsbild, aber voller Bosheit.«

»Und jetzt gilt das alles nicht mehr?«, flüstert Tanja.

Verzweifelt drückt sie erneut die Notfalltaste an ihrem Handy.

»Für den Notfall!«, hatte Marta ihr zugeflüstert. Hoffentlich hört sie jemand.

227

22

Der gemeinsame Kaffeeklatsch am Montagmorgen fällt aus. Alex hat eine schlechte Nacht hinter sich. Sie schlucken alle kurz einen Espresso im Stehen und fahren dann sofort los. Paul lenkt gekonnt das zivile Einsatzfahrzeug aus der Stadt hinaus.

»Wie willst du vorgehen, Alex? Nehmen wir uns die beiden Herren gemeinsam vor, sodass wir ihre Reaktionen gegeneinander abgleichen können?« Marta sitzt gespannt auf dem Rücksitz und hat sich zwischen die Vordersitze geklemmt, damit sie die Antworten auf ihre drängenden Fragen besser verstehen kann. Bevor Alex antwortet, hält Paul vor dem Eingangsportal des Instituts.

»Das ist also dieses ominöse Laborinstitut?«, meldet sich Marta von hinten. Auch auf der Rückseite des Hauses scheint einiges los zu sein, denn laufend fahren Kurierfahrzeuge zur Hinterseite und andere wieder weg.

Ihr Fahrzeug steht etwas quer in der Landschaft. Die gläserne Eingangstür fliegt auf und eine Dame in grauem Kostüm und blonder Kurzhaarfrisur eilt empört die Eingangstreppe hinunter und auf das Auto der drei Polizisten zu: »Sie können hier nicht stehen, fahren Sie weiter, aber sofort, sehen Sie nicht, was hier los ist? Sie stehen im Weg!«, sprudelt es keifend aus ihrem rotgeschminkten Mund. Paul steigt aus und stellt sich vor sie. Seine Uniform macht Eindruck. Freundlich zeigt er der Dame seinen Dienstausweis.

»Entschuldigen Sie!«, stottert sie verblüfft. Sie weist auf den Eingang und eilt zurück, wo sie sich hinter ihrem Schreibtisch verbarrikadiert.

»Wir möchten mit Herrn Lombardi oder mit Herrn D'Amato sprechen, bitte!«, verlangt Alex mit strengem Blick und amüsiert sich dabei köstlich über das untertänige Verhalten der Frau, zeigt es aber nicht.

Sie wirkt fahrig und aufgeregt, greift schusselig nach dem Telefonhörer und vertippt sich mehrmals. Endlich, ein kurzes Gespräch, dann kommt sie hinter ihrem Pult hervor und begleitet sie in den oberen Stock des Hauses. Sie öffnet eine Tür und kündigt den Besuch an, dann zieht sie sich sofort verschüchtert wieder zurück und führt die Tür hinter den Gästen wieder leise ins Schloss.

Alex erfasst mit einem erfahrenen Blick den Mann, den Raum und die Einrichtung. Guido Lombardi empfängt sie freundlich und streckt freundlich die Hand aus. Er weist auf Vicenzo: »Herr Vicenzo D'Amato, mein Compagnon.«

Guido und Alex setzen sich zu Vicenzo in die Sitzgruppe. Marta und Paul bleiben im Hintergrund bei der Türe stehen. Sie beobachten aufmerksam das Geschehen.

»Wir sind gerade bei der Wochenbesprechung. Wir haben sehr viel zu tun!«, beginnt Guido etwas überstürzt. Vicenzo schaut ihn mit gefalteter Stirn an.

»Herr Lombardi, wir sind nicht hier wegen Ihrer Geschäftsführung. Es ist uns bekannt, dass Sie im Fremdauftrag verschiedene chemische Analysen ausführen.«

Lombardi nickt. D'Amato scheint auf der Hut. Er hat sich, während Alex spricht, auf den vorderen Rand des Sitzpolsters vorgeschoben. Marta und Paul werfen sich kritische Blicke zu.

Auch D'Amato führt mit Guido eine wortlose Konversation. Seine Augen sind nur schmale Schlitze.

Alex sieht von einem zum anderen und notiert dabei den wachsamen Ausdruck D'Amatos und fragt sich: Hat dieser D'Amato eine andere Meinung oder fürchtet er, sein Compagnon würde etwas sagen, was Beamtenohren nicht hören sollen?

»Arbeitet eine Frau Luana Ghorbani bei Ihnen?«

Alex Frinds Frage scheint in beiden Männern einen Schreckmoment auszulösen. Immer noch wandern seine Augen wachsam hin und wieder zurück, dann prüft er, wie seine Mitarbeiter reagieren.

»Sie hat bei uns als leitende Chemikerin gearbeitet«, gibt D'Amato zur Antwort. Guido macht ein Pokergesicht, nickt jedoch bestätigend. D'Amato fährt fort: »Aber weshalb ein Großaufgebot der Polizei in unserm Haus? In welcher Angelegenheit?«, fragt er in überheblichem Ton.

»Sie arbeitet oder sie hat hier gearbeitet? Können wir sie sprechen?«, übergeht Paul von der Tür aus die Fragen nach dem Polizeieinsatz.

»Sie hat gekündigt und von einem Tag auf den anderen das Haus verlassen. Aber was interessiert das die Polizei?«, wiederholt D'Amato noch einmal hartnäckig seine Frage.

»Und der Grund ihres Ausscheidens?«, hakt nun Alex Frind sofort nach.

»Es hat unüberbrückbare Meinungsverschiedenheiten gegeben.«

»Einfach so?«, merkt Marta, die neben der Tür steht, an. Während sie spricht, greift sie zur Türklinke. Ihr Handy in ihrer Hosentasche vibriert.

Sie verlässt den Raum.

Alex und Paul schauen in Erwartung einer Antwort auf Martas Frage auf die beiden Herren.

D'Amato gibt nonchalant zur Antwort: »Ach, Fachfragen, die Sie nicht interessieren dürften.«

Marta kommt zurück: »Alex, kommst du bitte mal vor die Tür?«

*

Beide Frauen lehnen erschöpft und erschlafft nebeneinander an den Tiefkühlschränken. Der Durst ist unerträglich. Wenn nicht bald Hilfe kommt, sind sie am Ende. Tanja scheint noch etwas besser dran als Nadja, die doch schon länger in dem Kellerloch vegetiert. Der bohrende Hunger, der Durst, die Kälte, das Liegen auf dem feuchten Boden, die Angst vor dem Ende haben sogar die Verzweiflung überwunden. Ein leichter Luftzug kühlt ihre fiebrigen Gesichter und trocknet den Schweiß. Tanja wundert sich. Woher kommt plötzlich die frische Luft? Sie sucht im Dunkel erfolglos nach dem Ursprung.

Die Frauen bewegen sich kaum. Der Strom der kühlen Luft ist

wieder verebbt und es ist stickig. Die klammen Kleider kleben an ihren Körpern und halten sie nicht warm. Und immer noch trocknet dieser unerträgliche Durst ihre Kehlen! Der Hunger hat ihnen zuerst Bauchgrimmen verursacht, jetzt nicht mehr. Vor ihren Augen stehen Berge von Wasserflaschen, die immer kleiner werden und im Nichts verschwinden.

Nur das Zahlenfeld der Schlösser an den Tiefkühlern leuchtet schwach in der Dunkelheit und das leise Surren der Kühleinheiten ist zu hören.

Tanja hält gequält ihr Handy und stellt fest, dass die Zeit wieder eine Struktur hat. Montagmorgen.

Wie oft hat Tanja nun versucht, ihr Notsignal an Marta abzusetzen? Sie fürchtet, der Akku in ihrem Nottelefon wird bald zur Neige zu gehen.

Leise und mit rauer Stimme beginnt Nadja zu sprechen:

»Ich habe Patrick, Luanas Partner, geliebt und ich liebe ihn eigentlich noch immer. Lange bevor Luana ins Labor in Luzern eintrat. Es hat damals nicht lange gedauert, da haben Patrick und Guido ein Auge auf Luana geworfen. Patrick wollte plötzlich nichts mehr von mir wissen. Patrick und ich haben immerhin zwei Jahre zusammengewohnt«, sagt sie bedrückt. »Luana hat ihm den Kopf verdreht!«, ruft sie trotz ihrer Schwäche unvermittelt heftig. »Wie ich Luana gehasst habe! Die Frau hat getan, als würde sie nicht merken, wie Guido und Patrick auf sie abfahren. Beide sind hinter ihr her gehechelt wie geile Hunde.«

Hasste?, fragt sich Tanja. Weiß Nadja, dass Luana tot ist? Sie fragt jedoch nicht nach. Sie will den Redefluss nicht unterbrechen.

»Ich stand neben mir, als Guido zusammen mit Luana und Patrick ohne mich das Labor hier in Hochrütti aufbauen wollte. In Luzern waren Guido, Patrick und ich ein Team. Wir gingen durch dick und dünn. Wir haben früher auch Gebirgstouren gemacht und sind zusammen in die Skiferien gefahren. Es war einfach toll! Und dann sind sie weggegangen und haben mich sitzen lassen. Nicht einmal gefragt haben sie mich.«

Tanja spürt die Wut, die noch immer in Nadja brodelt.

232

»Ich hasste Luana, sie war ein richtiger Spaltpilz«, wiederholt Nadja.

Die Erzählung von Nadja besorgt Tanja. Das klingt so, als würde sie gleich ein Geständnis hören. Ein Geständnis, weil Nadja am Ende ihrer Kräfte ist. Tanja setzt im Dunkeln erneut ein Notsignal ab. Ihre Leidensgefährtin bemerkt es nicht. Sie hängt ihren Erinnerungen nach.

»Als ich es endlich geschafft hatte, die Stelle der Cheflaborantin hier in Hochrütti zu erhalten, habe ich gemerkt, dass das ein Fehler war. Ich hätte nicht wieder zu den dreien stoßen sollen. Sie waren noch viel enger zusammengerückt, sie waren wie Pech und Schwefel, unzertrennlich. Sie ließen es mich richtig spüren, dass sie gar nicht begeistert waren, mich wieder um sich zu haben.

Luana und Patrick hatten gleich bei ihrer Ankunft ein schönes Haus gemietet. Ein Haus mit einem riesigen Garten und einem Swimmingpool. Sie feierten Partys bis in die frühen Morgenstunden. Ich durfte nie dabei sein. Guido hatte sich seine Wohnung in der heruntergekommenen Villa eingerichtet. Recht gemütlich. Und Luana durfte ihm helfen. Mich hat er nicht einmal gefragt.« Sie stockt kurz. »Nein, ein einziges Mal hat er mich zu einem Glas Wein in die Villa eingeladen, als die anderen auf Ferienreise waren. Aber mehr war da nicht. Sie haben ihr eigenes Leben gelebt und ich blieb außen vor!«, wiederholt sie bitter, ja beleidigt.

»Dann ist unversehens Vicenzo D'Amato aufgetaucht und hat die Geschäftsleitung übernommen. Ich weiß nicht, woher er gekommen ist und wer ihn eingestellt hat. Ich habe bald bemerkt, so richtig gut können es die beiden aber nicht miteinander. Sie stritten sich oft. Vicenzo kommandiert Guido herum und auch Luana und Patrick bekamen und bekommen ihr Fett weg. Alle mussten nach Vicenzos Pfeife tanzen. Das hat mir gefallen, recht geschieht ihnen!«

Der Hass in Nadja muss übermäßig sein, dass sie in dieser Situation noch Gift und Galle spuckt, denkt sich Tanja. Und zudem, sie bezieht Luana immer noch ein, wenn sie von Patrick spricht, so, als wäre Luana noch im Betrieb tätig.

»Im Labor haben sich Luana und Patrick immer mehr

zurückgezogen. Es ist offensichtlich gewesen, Vicenzo weiß etwas über Guido, das nicht öffentlich werden soll. Er setzt ihn unter Druck. Und Guido fügt sich. Vicenzo hat die Scheune ausgebaut und diese Experimente mit den Senkrechtkulturen begonnen. Dabei habe ich ihm geholfen.« Sie spricht von den Kulturen, als ob Tanja selbstverständlich davon wüsste.

»Dann hast du mir letzthin also nicht die Wahrheit gesagt, als ich dich gefragt habe, wo der hellerleuchtete Gang hinter der einen Tür hinführt.« Nadja schweigt in der Dunkelheit. Stockend und immer leiser fährt sie mit ihrer Erzählung fort. Es kommt Tanja vor, als ob Nadja schon im Delirium wäre.

»Vicenzo und ich sind ein Paar geworden. Etwas war seltsam: Einmal, als wir in Italien am Strand in der Sonne lagen, kamen Freunde von Vicenzo vorbei und drängten ihn, mit ihnen an die Bar im Strandcafé zu kommen. Sie sprachen in einem italienischen Dialekt, den ich nicht verstand, und warfen mir misstrauische Blicke zu. Vicenzo blieb jeweils lange weg.« Sie stockt erneut, so als käme ihr erst jetzt der Gedanke:

»Er hat Luana und Patrick beobachtet, wie sie mit einem Journalisten Kontakt aufgenommen haben. Das hat ihn wütend gemacht.«

»Warum?«, unterbricht Tanja jetzt doch den schleppenden Bericht Nadjas. Sie hätte gerne nach dem Namen des Journalisten gefragt.

»Ich fragte ihn das auch. Aber er war an diesem Abend so wütend und er hat herumgetobt. Dann ist er in eine Art Starre verfallen und hat vor sich hin gemault.«

Es tut sich nichts, kein Signal von außen. Tanja ist zu entkräftet, als dass sie hätte aufstehen können, deshalb tastet sie sich dem Boden entlang in die vermutete Richtung der Tür. Angekommen, legt sie ein Ohr an die flache Oberfläche und horcht angestrengt. Enttäuscht zieht sie sich wieder neben Nadja zurück, die ohnmächtig zu sein scheint. Tanja wird nervös und tippt verzweifelt auf die Tastatur: »Marta, bitte melde dich!«, flüstert sie fast unhörbar.

*

»Tanjas Notfallgerät hat sich gemeldet!«, sagt Marta atemlos, sobald Alex mit Marta vor die Tür zu Guidos Büro getreten ist. »Kannst du es lokalisieren?« Marta schüttelt den Kopf. »Das Signal ist schwach. Ich nehme an, es ist hier im Haus. Ich sehe mal im Keller nach. Das Signal wird durch den Beton abgeschwächt.« Alex nickt. »Nimm Paul mit!«

Er selbst geht wieder zurück in das Büro, weist Paul mit einem bedeutungsvollen Blick nach draußen, und setzt dann gespielt unaufgeregt das Gespräch mit den beiden Herren fort.

*

Zusammen eilen die beiden Beamten an der erstaunten Empfangsdame vorbei. »Wo geht's zu den Kellerräumen?«, ruft Marta laut und dringend. Die Frau weist auf eine Tür am Ende der Lobby.

Sie drücken die Tür zum Kellergeschoss auf und rattern die Treppe hinunter. Das Notsignal meldet sich erneut, diesmal etwas stärker. Suchend schauen sie sich im Kellerraum am unteren Ende der Treppe um. Geradeaus ist ein Sicherungskasten zu sehen, eine Tür an der einen Seite des Raums steht leicht offen. Paul späht in den dunklen Gang. Kaum bewegt er sich, blendet ihn gleißendes Licht.

»Schau mal hier, da steht ein Schrank schräg vor einer Tür!«, ruft Marta von der anderen Seite. »Komm und hilf mir!«

Sie versuchen, den Schrank zur Seite zu schieben. Knirschend rutscht das alte Möbel zur Seite.

»Vorsicht! Die Tür ist kaputt!« Beide legen ihre Rechte auf ihre Waffen, während Marta vorsichtig an der Tür zieht. Das Schloss hängt schief im zersplitterten Holz und leistet keinen Widerstand.

*

Nadjas Atem kommt jetzt stoßweise, ein leichtes Stöhnen steigt von der Frau auf.

Gegen Tanjas Willen kommt in ihr selbst wieder Panik auf. Wie kann ich ihr helfen?, fragt sie sich. Sie fühlt sich hilflos.

235

Sie bietet all ihre mentale Kraft auf, um nur ja stark zu bleiben. »Nur nicht aufgeben, Nadja, alles wird gut!«, flüstert sie, auch um sich selbst zu beruhigen.

Ein klackerndes Geräusch, als ob ein Verschluss geöffnet wird, dann ein wischendes Geräusch. Nadja rührt sich nicht. Tanja rappelt sich auf und drückt sich schutzsuchend im Strahl einer starken Lampe mit dem Rücken an die Tür des Tiefkühlers. Ihre Hand krampft sich um das Stemmeisen. Sie wird nicht aufgeben und sich verteidigen. Ein heftiger Schmerz an der Hand. Am Griff steht eine scharfe Kerbe ab. Das Eisen dringt in ihre Hand und sie spürt, wie das Blut zu fließen beginnt.

»Vicenzo?«, hört Tanja ihre Schicksalsgefährtin verschreckt flüstern, dann Totenstille.

Der Lichtstrahl blendet sie. Tanja kann nicht erkennen, wer die Lampe hält. Ihr Herz pocht. Der Strahl einer zweiten Lampe fällt auf sie.

Sie hört die Stimme einer Frau: »Tanja, Gott sei Dank!«

Marta sichert ihre Pistole, nachdem sie den ganzen Raum mit dem Lichtstrahl ihrer Lampe abgesucht hat, und steckt die Waffe zurück. Die beiden Frauen umarmen sich kurz und wenden sich dann Nadja zu.

Ein Blick auf die ohnmächtige Frau genügt und Marta eilt aus dem Raum, um Verstärkung und die Ambulanz anzufordern. Währenddessen bemühen sich Paul und Tanja um Nadja. Dann werden sie sanft von der Notärztin zur Seite geschoben. »Ich übernehme!«

23

Das Smartphone in Alex Frinds Hosentasche vibriert. Die Stille steht dicht im Büro, kein Laut von außen ist zu hören. Der Raum scheint schalldichte Wände zu haben.

Frind zieht das Gerät heraus, hält es an sein Ohr, während er die beiden Gesprächspartner im Auge behält. Plötzlich springt er aus seinem Sitz und fordert die beiden Männer beim Hinauseilen auf, im Büro zu bleiben und auf ihn zu warten.

Guido bleibt ruhig sitzen, während D'Amato nervös nach der sich schließenden Tür späht.

*

Alex Frind kommt gerade rechtzeitig, das Heck der beiden Sanitätsfahrzeuge am Ende der Straße zu sehen. Verärgert wirft er die Arme hoch, unterdrückt ein wütendes Wort, dreht sich auf dem Absatz um und eilt zurück, die Treppe hinauf in Lombardis Büro.

Dieser sitzt ruhig am selben Ort, wo Alex ihn verlassen hat. »Wo ist Herr D'Amato?«, bellt er Guido an, erhält aber keine Antwort. Erst jetzt bemerkt er Guidos verklärten Gesichtsausdruck.

Als er sich neben ihn stellt, kippt dieser zur Seite und fällt in die Sofakissen. Nur Minuten, die sich in seiner Vorstellung zu Stunden dehnen, verstreichen, bis medizinische Hilfe eintrifft.

Guido Lombardi atmet flach, noch immer kräuselt ein verklärtes Lächeln seine Lippen.

Endlich kann sich Alex auf die Suche nach D'Amato machen. Er kramt nach seinem Telefon, während er die Tür zu einem Labor öffnet, in dem viel Betrieb herrscht. D'Amato scheint seine Aufgabe als Chef ernst zu nehmen.

Als dieser Alex im Eingang zum Labor erblickt, unterbricht er sein Gespräch mit einer seiner Mitarbeiterinnen und kommt lächelnd auf Frind zu: »Herr Inspektor, entschuldigen Sie, genau in dem Moment, als Sie aus der Tür gegangen sind, ist ein Hilferuf aus dem Labor eingetroffen. Unsere Frau Moser, die die Stelle von Frau Ghorbani nun einnimmt, ist auch nicht zur Arbeit erschienen. Ich musste nach dem Rechten sehen.«

Spielt der Kerl mir etwas vor und weiß er tatsächlich nicht, was mit Tanja passiert ist?, geht es ihm durch den Kopf. Ein ungutes Gefühl kriecht in ihm hoch. Was steckt hinter diesem Vorfall? War da Absicht im Spiel oder war es schlicht und einfach Tanjas schlechtes Timing?

Er beschließt, Vicenzo D'Amato und Guido Lombardi offiziell in die Dienststelle einzubestellen und ihnen auf den Zahn zu fühlen.

»Herr Lombardi musste ins Spital eingeliefert werden. Er hatte einen Schwächeanfall. Er wird sich sicher schnell wieder erholen«, informiert er D'Amato.

Der Mann ist eiskalt. Er macht ein verdutztes Gesicht: »Oh nein, auch das noch!« Wieder dieses aufgesetzte Verhalten D'Amatos.

Alex ist mehr als misstrauisch. Er steigt die Treppe hinauf zurück in das nun leere Büro Lombardis und schaut sich etwas genauer um. Nichts Auffälliges zu sehen. Er nutzt deshalb die Gelegenheit, einen Abstecher in die anderen Räumlichkeiten zu machen.

In einem der Schreibtische im Büro findet er ein Mobiltelefon und alarmiert Marta, die innerhalb weniger Minuten bei ihm ist.

»Wir dürfen das zwar nicht, aber kannst du den Speicher dieses Geräts kopieren und Fingerabdrücke feststellen? Das ist D'Amatos Büro. Wenn es sein Gerät ist, sollten seine Fingerabdrücke drauf sein. Ich werde ihn ablenken. Wie lange brauchst du?«

Marta schmunzelt: »Mein Chef auf Abwegen! Fünf Minuten.«

Alex presst die Lippen aufeinander.

Marta zieht sich Latexhandschuhe über und betrachtet das Gerät genauer. »Was …« Sie stößt unwillkürlich einen leisen Schrei aus.

»Das ist Dominiks Handy! Da, schau, auf der Rückseite ist eine Markierung.«

238

»Kopier den Speicher und such nach Fingerabdrücken. Dann legst du das Gerät wieder zurück. Ich rufe D'Amato ins Büro.«

D'Amato stürzt herein und beginnt sofort zu zetern:

»Was haben Sie in meinem Büro zu suchen? Ich werde Beschwerde einreichen!«

Alex stoppt ihn und befiehlt ihm kurz angebunden, die Schubladen seines Schreibtischs zu öffnen.

»Was soll das?«, versucht D'Amato es noch mal.

»Haben Sie etwas zu verbergen?«

D'Amato schnaubt und zieht alle Schubladen auf, außer einer.

»Und diese?« Marta zeigt wie eine strenge Lehrerin auf die von Vicenzo unbeachtete Schublade.

D'Amato zögert kurz, folgt dann aber dem Befehl.

Zwischen einigen Akten versteckt, lugt ein Smartphone hervor.

»Ist das Ihr eigenes Telefon? Brauchen Sie es nicht?«

D'Amato mimt den Unschuldigen. »Nein, das muss jemand zwischen die Akten gesteckt haben. Ich arbeite kaum in diesem Raum und bewahre nur wenige, eher unwichtige Papiere hier auf.«

»Wer hat Zugang zu Ihrem Büro?«

»Oh, es steht immer offen, da kann jeder, der will, hereinkommen. Wie gesagt, ich benutze das Office nur selten.«

Die hochpreisige Kaffeemaschine und die Batterie an Spirituosen sowie die Zigarrenschachtel, deren Etikett eine teure Marke anzeigt, sprechen eine andere Sprache.

»Wir nehmen das Gerät mit. Wir geben Ihnen eine Quittung dafür.

Außerdem erwarte ich Sie im Laufe des Tages in unserer Dienststelle in Olten.«

D'Amato zittert vor Wut am ganzen Leib und seine Augen quellen aus den Höhlen, er kann sich jedoch beherrschen und schweigt.

*

Mitarbeiter der KTA, eingehüllt in Schutzanzüge, suchen akribisch jeden Zentimeter des Durchgangs zu dem Gefängnis im Berg nach Spuren und Hinweisen ab.

»Nichts, wenigstens nichts Auffälliges im ganzen Haus!«, sagt Arthur Römer, Chef der KTA-Gruppe. Frind zieht enttäuscht ein schiefes Gesicht.

»Alex, glaub mir, wir haben die Routinelabore, auch die Kühlräume und die Materiallager abgesucht. Nichts, was nicht in einem solchen Labor zu finden sein kann! Wir können nicht alle Reagenzienregale prüfen und auf Divinia durchsuchen.« Er macht eine befehlende Handbewegung und sagt:

»Wenn wir etwas Verdächtiges finden wollen, müssen wir genauer hinsehen. Verlang von der Laborleitung Bestandslisten der eingekauften Reagenzien und wir von der KTA gleichen diese dann mit den vorhandenen ab. Alles, was nicht den eingereichten Listen entspricht, müssen wir in Beschlag nehmen. Sollte es viele Unstimmigkeiten geben und finden wir zum Beispiel abgelaufene Reagenzien, muss die Zulassung des Labors vor einer Weiterführung überprüft werden. Vielleicht entdecken wir doch noch Divinia oder verwandte Substanzen.«

Alex schüttelt resigniert den Kopf. So würden sie nicht schnell weiterkommen. Er muss Tanja um Hilfe bitten, sobald sie wieder fit ist. Sie weiß die richtigen Fragen zu stellen.

Und er braucht dringend Beweise für die aktive Rolle eines oder beider Herren zur Tötung von Luana Ghorbani und Patrick Krämer. Was Dominik mit all dem zu tun hat, ist ihm auch noch nicht in Gänze klar. Aber bis Tanja wieder auf dem Damm ist, können Tage, ja Wochen ins Land gehen. Und auch die bewusstlose Cheflaborantin fällt als schnelle Informationsquelle vorläufig weg.

Frind dreht sich wortlos um. Römer sieht ihm nach. Er kocht, heute ist sein Freund Alex unausstehlich. Er ruft ihm nach: »Die beiden Tiefkühler in dem Raum, wo die beiden Frauen gefangen waren, konnten wir noch nicht öffnen. Sie sind elektronisch verschlossen. Seltsam ist, dass alle anderen Kühler und Schränke im Haus nur mit gewöhnlichen Schlüsseln verschlossen sind, zum Teil stecken die sogar. Wegen der beiden Schränke musst du dich leider gedulden.«

Alex hört ihn nicht mehr. Ein KTA-Beamter spricht Römer an.
»Können wir die Kästen nicht aufbrechen?«

»Nein, wer weiß, was darin gelagert wird. Ich will kein unnötiges Risiko eingehen.«

24

Grübelnd sitzt Frind an seinem Schreibtisch und schaut auf die schicksalhafte Felswand. Das Gefühl der Resignation, das ihn in Hochrütti während des Gesprächs mit seinem Freund Duri erfasst hat, will nicht weichen. Er fährt sich verloren über das unrasierte Kinn.

Als er sich am Morgen angezogen hat, musste er sich übermäßig konzentrieren, die Socken nicht verkehrt an seine Füße zu ziehen. Ein T-Shirt, bei dessen Anblick ihn Marta strafend angesehen hat, musste es heute tun. Seine einzige Krawatte hat er schon lange in die Untiefen des Schranks verbannt. Ein abgetragener Anzugkittel tat sein Übriges.

Nachdem sie am Morgen den Kaffee geschlürft hatten und nachher Richtung Hochrütti aufgebrochen waren, runzelte Marta beim Anblick ihres Chefs die Stirn. Was ist mit Alex los?, fragte sie sich. Wie kann der Mann in diesem seltsamen Aufzug mit den Hauptverdächtigen reden?

»Wo ist Tanja? Sie hat sich über das Wochenende nicht gemeldet und ihr Telefon nimmt sie auch nicht ab«, tönt es schrill aus dem Hörer in Alex' Büro.

»Sie ist zur Beobachtung im Spital!«, gibt er vorsichtig preis und fährt sich zum zigsten Mal über das stopplige Kinn. Schweigen auf der anderen Seite. Er hat Tanjas Mutter noch nie so sprachlos erlebt.

»Sie ist nicht verletzt, sie hat sich über das Wochenende im Keller des Instituts eingeschlossen. Ihre vorwitzige Neugier hat ihr wohl einen Streich gespielt. Das sollte einer ausgebildeten Polizistin eigentlich nicht passieren. Aber sie ist heil, sie muss nur wieder zu Kräften kommen und sich ausruhen«, versucht er Marina zu beschwichtigen.

Er schämt sich abgrundtief, aber er bringt es nicht über das Herz, Marina die Wahrheit zu sagen. Er selbst befürchtet, Tanja könnte einen bleibenden Schaden davontragen. Drei Tage ohne Flüssigkeit und Nahrung, sind nicht zu vernachlässigen.

Marina bricht in Tränen aus und schimpft auf Alex. »Du hast sie da hineingetrieben! Alex, wo ist Tanja, ich will sie sehen!«

»Sie ist im Spital, Herrgott! Sie haben sie untersucht und jetzt schläft sie, hat man mir gesagt. Marina, du kennst sie, sie lässt sich nicht so schnell unterkriegen.«

Erstaunt schaut er auf sein Telefon. Marina hat einfach aufgelegt. Der Schock und die Wut waren übermächtig. Tanja ist ihr Ein und Alles. Da kann er nicht mithalten.

Er lehnt sich in seinem Sessel zurück und sieht weiter verloren durch das Fenster zum Steinbruch hinüber. Insgeheim macht er sich Vorwürfe, Tanja nicht davon abgehalten zu haben, die Arbeit in diesem Labor anzutreten. Und das alles nur, weil er nicht gewusst hat, wie es mit dem Fall Luana Ghorbani weitergehen soll.

Er versucht sich abzulenken und richtet seine Gedanken wieder den anstehenden Problemen zu. Ihr Verschwinden bereitet dem Ermittler Kopfzerbrechen. Stimmt die Aussage der beiden Laborbesitzer, Luana sei nach Zerwürfnissen mit ihnen einfach nicht mehr aufgetaucht? Oder hatte es nicht vielmehr einen Streit gegeben, der ungut für die Frau ausging?

Alex starrt weiterhin hinüber zur Steilwand und kratzt sich geistesabwesend am Nacken. Er lässt seinen Blick auf dem Horizont mit dem bewaldeten Grubenrand liegen.

Er steht noch einmal oben und schaut in die Tiefe. Ein Schauder geht durch ihn. Er denkt, welch schauerlicher Tod hat diese Frau gefunden. Zum wiederholten Male fragt er sich: Warum musste sie sterben? Besteht ein Zusammenhang zwischen dem Medikament Divinia und ihrem Tod?

Das Portrait eines bärtigen Mannes mit einer dunklen Hornbrille taucht wieder und wieder vor seinem geistigen Auge auf. Wo hat er das Gesicht schon mal gesehen? Die Form der Stirn und wie die dunklen Haare sie umrahmten, erinnert ihn an jemanden, den er vor langer Zeit getroffen hat.

Das Bild zerbirst mit dem heftigen Öffnen der Bürotür.

»Chef, weißt du etwas von Tanja? Wie geht es ihr?«, fragt Marta ungeduldig.

In diesem Moment fliegt die Tür erneut auf und eine etwas bleiche Tanja stürmt herein, gleichzeitig schrillt das Telefon auf Alex' Tisch. »Frau Beduzzi, hat sich selbst entlassen«, schimpft ein Arzt am anderen Ende der Leitung. »Sie muss sich Ruhe gönnen und viel trinken.«

»Tanja, bist du verrückt, die Ärzte haben dir Bettruhe verordnet und du rennst hier rum! Deine Mutter vergeht vor Sorgen, weil du dich noch nicht bei ihr gemeldet hast!«, ergreift Alex das Wort.

»Ich werde nicht im Bett liegen bleiben und zusehen, wie ihr drei den Fall löst! Ich habe euch viel zu erzählen«, gibt Tanja atemlos vom Treppensteigen und vor Aufregung zurück.

»Ich lege mich sofort wieder ins Bett, aber erst, wenn ich euch erzählt habe, was ich von Nadja erfahren habe«, verspricht sie.

Obwohl alle im Raum nicht an dieses Versprechen glauben, lassen sie sie gewähren. Tanja setzt sich Alex gegenüber an den Schreibtisch.

Sie redet schnell und eindringlich.

»Tanja, du liegst also richtig«, Alex räuspert sich. »In Hochrütti ist eine Art Familienfehde in Gang. Aber so ganz kann ich nicht glauben, dass das allein der Grund für den Tod von Luana Ghorbani sein soll. Wir müssen auch nach dem Motiv der Tötung ihres Freundes Patrick Krämer fragen. Dass sich Vicenzo D'Amato in Italien mit zwielichtigen Typen getroffen hat, lässt vermuten, dass da irgendwelche krummen Sachen laufen. Ob die bis in die Schweiz reichen, müssten wir erst prüfen. Und wenn dem so wäre, müssten wir die italienischen Kollegen informieren, vielleicht sogar ihre Hilfe anfordern.«

Alex hält sich bewusst mit seiner Interpretation des Verhaltens von Vicenzo D'Amato zurück.

»Es klingt etwas klischeehaft, aber für mich riecht das alles nach

Drogenhandel und Geldwäsche. Und vergesst nicht diesen Stoff Divinia«, platzt nun Paul in die Runde. Tanjas Bericht hat den sonst so behäbigen Mann aus seiner Ruhe gerissen.

»Wer spielt da in Hochrütti wen aus?«, fragt Marta.

»Weshalb meinst du?«, entgegnet Tanja, die vor Erschöpfung nur mit Mühe dem Gespräch folgen kann. Die Wirkung des Adrenalins lässt langsam nach. Ihre Augen fallen ihr manchmal zu. Sie reißt sie kurz danach erschrocken wieder auf. Körper und Geist verlangen ihren Tribut. Ihr ganzer Körper signalisiert: Migräne und Erschöpfung!

»Nadja war doch wütend auf Luana. Hat sie sich hinreißen lassen, ihrer Konkurrentin etwas anzutun? Eigentlich hätte sie ihre Wut doch an Patrick Krämer auslassen sollen. Der hat sie ja in ihren Augen schmählich verlassen«, gibt Marta zu bedenken.

Alex Frind sitzt währenddessen zurückgelehnt in seinem bequemen Bürostuhl und reibt sich das raue Kinn. Sein Blick ist einmal mehr starr auf die Felswand des Steinbruchs vor dem Fenster gerichtet. Nur vage dringen die Stimmen seiner Kollegen in sein Bewusstsein.

Unvermittelt klopft er auf die Stuhllehne und verkündet laut: »Marta, bitte versuche noch mehr Hintergrundinformationen zu den beiden Laborleitern zu bekommen. Schau in die Vergangenheit der beiden Herren. Sind ihre Identitäten echt? Geburtsurkunden, Wohnortmeldungen in Italien und anderswo. Was verbindet die Männer, sind sie nur Geschäftspartner, wenn ja, auf welcher Basis, haben sie gemeinsame Interessen, sind sie verwandt? Und ganz wichtig – sind sie in irgendeiner Weise aktenkundig geworden?«

Martas Augen leuchten auf. Das ist ein Auftrag nach ihrem Gusto. »Ich werde mich gerne weiter eingraben. Auch bei dieser Nadja Egger. Hast du sonst noch Wünsche, großer Manitou?«, fügt sie spöttisch an.

Alex rollt die Augen und sieht zu Tanja: »Jetzt rufst du bitte sofort deine Mutter an, nachher fahre ich dich wieder zurück ins Spital. Dort legst du dich brav ins Bett und schläfst dich aus und lässt dich wieder aufpäppeln.« Er sieht seine Ziehtochter voll Sorge an. »Du hast in letzter Zeit viel durchgemacht. Sieh zu, dass du mitbekommst, wenn Frau Egger wieder zu sich kommt, und prüfe, ob sie, wenn sie sich wieder frei fühlt, immer noch die gleiche Geschichte erzählt. Vielleicht kommt da auch noch mehr.« Dieses Kommando würde Tanja hoffentlich in Spitalpflege halten und sie vor weiteren Alleingängen abbringen.

Nach einer kleinen Denkpause beschließt er: »Paul, wir beide fahren später nochmals nach Hochrütti. Vorher hören wir uns im Dorf und der Gemeindeverwaltung um. Vielleicht erfahren wir mehr darüber, wie die Liegenschaft in die Hände von Lombardi gekommen ist und ob auch D'Amato beteiligt ist. Und Marta? Bitte besorg uns noch beim Grundbuchamt die Namen der Besitzer der Liegenschaften in Hochrütti und die Grundrisspläne des Laboratoriums und, wenn du gerade dabei bist, auch die der umliegenden Grundstücke und den darauf stehenden Bauten. Lombardi wird wohl auch wieder auf dem Damm sein, der hat sicher nur eine Dosis von irgendetwas abbekommen, vielleicht Divinia, oder vielleicht hat er die Engel trompeten hören. D'Amato ist noch immer im Labor. Von ihm verlangen wir eine Liste aller eingekauften und gelagerten Reagenzien. Er muss heute noch hier antanzen.«

Tanja schreckt aus ihrer mittlerweile überstarken Lethargie auf, als sie die Worte ihres ehemaligen Chefs und Ziehvaters hört. Trotz ihres schlechten Zustands ist sie jetzt schnell von Begriff. »Die müssen die Liste immer à jour halten, das verlangen die Behörden. Die solltet ihr mit einem Fingerschnippen erhalten.«

»Ah ja, vorher trete ich Herrn Staatsanwalt Fluri noch etwas auf die Füße. Er soll den Durchsuchungsbefehl für die Häuser in Hochrütti beschaffen und gleich noch einen für das Haus von Luana und Patrick.«

247

25

Sie fahren auf einer kleinen, menschenleeren Quartierstraße zu dem großen Haus von Luana und Patrick. Noch sind der Waldrand und einzelne Häuser in den herbstlichen Nebel getaucht. Das Elfuhrgeläut ruft die Bauern vom Feld. Die Sonne dringt jetzt gegen Mittag durch das Grau, die Strahlen streuen sich.

Die Straße ist schmal und sie stellen ihr Auto in einen kleinen Steinbruch. Sträucher verbergen die freie Sicht. Dann treten sie an die Haustür und klingeln. Nach wiederholten Versuchen lassen sie es gut sein. Paul zieht mit schuldbewusstem Gesicht einen Dietrich aus der Tasche: »Soll ich?«

In diesem Augenblick stört sie eine laute Männerstimme hinter ihnen. Sie drehen sich um. Ein älterer Mann bricht mit einer kleinen Leiter in der Hand durch das Gebüsch aus Hartriegel und anderen Heckenpflanzen, eine Gartenschere streckt ihren Kopf aus seiner Hosentasche. Er drückt seine Bockleiter durch die Strauchhecke auf die beiden Männer zu. Vergilbte Blätter taumeln zu Boden und zeigen das Ende des Sommers an.

»Da ist niemand zu Hause«, ruft er mit heiserer, rauchiger Stimme. »Da könnt ihr lange warten!«

Alex antwortet: »Wir wollen zu Herrn Krämer und Frau Ghorbani. Wir sind von der Polizei.« Er weist sich nicht aus. »Sind Sie der Nachbar? Sie sind doch der Nachbar, oder? Vielleicht haben Sie einen Schlüssel zu diesem Haus? Und weshalb können wir lange warten? Sind Frau Ghorbani und Herr Krämer verreist?«

Der Nachbar lehnt die Leiter gegen den Busch und kommt näher, eine Hand in der Hosentasche:

„Eine Menge Fragen, die ihr da stellt!"

„Wir haben eine Vermisstenanzeige erhalten", flunkert Paul.

„Wer ist wir?", kommt die Antwort etwas zu schnell.

„Haben Sie sich gemeldet?", fragt Paul, ohne auf die Frage des Mannes einzugehen.

„Nein, weshalb sollte ich? Die beiden sind oft verreist." Nach einer kurzen Pause murmelt er nur schwer verständlich: „Und eigentlich bin ich froh. Die Partys, die die beiden immer schmeißen, sind immer sehr laut. Aber warten Sie, da war doch letzthin dieser Mann, der wollte auch zu denen."

„Welcher Mann und wann kam der?"

„Oh, so ein großer, dunkelhaariger. Er kam mit einem roten Flitzer. Vor ein paar Tagen war das."

„Welche Marke, konnten Sie die Nummer lesen?"

„Nein, der ist gekommen, hat an der Haustür geklingelt und ist dann wieder gegangen. Ich habe nicht mit ihm gesprochen."

Wäre für uns hilfreich gewesen, dachten beide Beamten.

„Haben Sie vielleicht einen Schlüssel zu dem Haus?", und zeigt ihm nun doch seinen Ausweis.

Der Nachbar nickt: „Ich hole ihn, ich glaube, er hängt am Schlüsselbrett bei uns in der Küche."

Er zwängt sich zurück durch die Hecke und steht wenige Augenblicke später wieder vor den beiden Polizisten. „Das ging aber schnell!", meint Paul und denkt sich seine Sache und fragt freundlich.

„Hat Ihre Frau allenfalls kürzlich die Blumen gegossen?"

„Ich weiß es nicht genau. Wissen Sie, ich bin nicht so oft zu Hause, ich denke schon! Sie nimmt manchmal auch die Post herein."

Paul steckt den Schlüssel ins Schloss und tritt zur Seite, um Alex den Vortritt zu lassen, als sich der Nachbar dazwischen drängt. Paul schiebt ihn sanft weg.

„Bitte bleiben Sie bitte zurück!"

Der Mann dreht sich verärgert um, schnappt sich seine Leiter und drängt sich wieder durch das Buschwerk. Nicht ohne wütende Blicke zurückzuwerfen.

„Vielleicht kann Marta nach seiner Beschreibung ein Phantombild von dem Besucher anfertigen", schlägt Paul vor. Alex nickt

250

zustimmend, sein Blick gleitet schon suchend durch den geschmackvoll eingerichteten Wohnraum und erfasst jedes Detail. Er schaut nach oben auf eine ausladende Galerie, von der verschiedene Zimmertüren abgehen:

„Paul, du schaust dir das obere Stockwerk an, ich steige in den Keller und sehe mich da um."

Paul ist schon die Rundtreppe nach oben geeilt. Alex orientiert sich noch einmal kurz und steigt dann die spiralförmige Kellertreppe hinunter.

Noch auf dem Weg nach unten hört er Paul laut von oben rufen: »Ich rufe Römer an, sein Know-how und das seiner Truppe sind gefragt.«

Alex wäre gerne sofort nach oben geeilt, geht aber gewissenhaft seinem Anliegen nach.

Nachdem er unten im Keller einen leergeräumten Tresor und im Kellerschlafzimmer, wohl von Luanas Partner, einen leergefegten Schreibtisch, die wenigen Papiere verstreut am Boden, gefunden hat, schaut er sich weiter um. Einen Computer oder einen Laptop findet er nicht. Ein Handy? Fehlt.

Die Matratze auf dem Doppelbett in dem geräumigen Zimmer ist verschoben. Eine Ecke davon schaut schlaff über das Bettgestell, so, als hätte jemand etwas darunter gesucht. Der Kleiderschrank ist vollgepackt mit Anzügen und Freizeitkleidern. Im hinteren Kellerraum finden sich leere Koffer und Reisetaschen, die alle den Adressanhänger von Patrick Krämer tragen.

Der Ermittler steigt langsam sorgfältig suchend ins obere Stockwerk, um sich einen weiteren Eindruck zu verschaffen. Er steckt seinen Kopf kurz ins Badezimmer: Ein leichtes, angenehmes Parfum liegt noch in der Luft. Benutzte Handtücher hängen schlaff neben dem Waschbecken. Der Medizinschrank steht offen. Verbandszeug liegt verstreut am Boden. Keine Kosmetikartikel, keine Zahnbürste. Der Badezimmerspiegel über dem Waschbecken nimmt eine ganze Seite ein und vergrößert optisch den sonst leeren Raum. Der Eindruck, die Bewohnerin habe überstürzt gepackt und sei verreist, ist übermächtig. Alles, was eine Frau, die etwas auf sich hält, bei einer Abreise mitnehmen würde, fehlt. Er schnuppert nochmals in den Raum: L'Eau d'Issey! Er lächelt versonnen. Marina verwendet das gleiche Parfum.

Alex geht weiter zum danebenliegenden Schlafzimmer. Hier ist der Schrank leergeräumt. Die Schmuckschatulle gähnt leer. Nur ein Armreif liegt achtlos auf dem Nachttisch neben dem Bett. Auch hier bestätigt sich der Eindruck: überstürzte Abreise!

Im Büro, das offensichtlich von Luana benutzt worden sein muss, fehlt ebenfalls der Laptop. Wie im Schlaf- so auch im Arbeitszimmer schaut ein lächelnder, älterer Mann aus einer Schwarz-Weiß-Fotografie auf den Betrachter. Er macht einen kränklichen Eindruck, scheint abgemagert.

»Kommen die KTA-Leute?«, fragt Alex Paul, der vergebens nach irgendwelchen Dokumenten sucht. Außer einigen wertlosen Prospekten findet sich nichts, was einen sinnvollen Hinweis auf Luana geben konnte.

»Sind schon auf dem Weg! Die werden hier ordentlich zu tun haben, ich meine mit Fingerabdrücken. Und zudem, scheint mir, werden sie im Badezimmer Blutspuren finden, die jemand versucht hat, wegzuwischen. Wir brauchen keinen Durchsuchungsbeschluss.«

»Wir schauen uns noch in der Küche und sehen uns dann im Garten um.«

Der Kühlschrank ist bis auf wenige vergammelte Speisen leer.

»Die Eier- und Käsebrötchen haben schon ordentlich Schimmel angesetzt.«

Unter dem Spültisch warten einige leere Flaschen von teuren französischen Weinen auf den Abtransport.

»Es ist kein Wein, den man im großen Kreis trinkt, eher bei einem Treffen vor dem Kamin. Keine Weingläser. Die sind wohl abgewaschen worden. Da war jemand vorsichtig. Und schau mal, da stehen zwei Wassergläser in der Spüle.«

In Alex formt sich eine Vorstellung.

Das Bild von dem Treffen zweier Menschen, mit Wein, Canapés und Kaminfeuer, das er damals, bei der ersten Bestandsaufnahme mit seinen Mitarbeitern zu Luanas Leichenfund, gezeichnet hatte, schien sich der Realität anzunähern. Nun findet er den damaligen Gedankengang nicht mehr so abwegig.

»Da liegt noch viel Asche drin«, bemerkt Paul, der sofort zum Kamin getreten ist, um ihn nach auffälligen Beweisstücken zu untersuchen. »Es hat kein Brennholz im Korb neben dem Kamin, was bedeutet das?«, meint er und macht sich eine Notiz in seinem kleinen Taschenbuch. »Ist das Holzasche im Kamin? Die Spurensicherung muss sich das genauer ansehen.«

Alex nickt zustimmend, ist aber in Gedanken schon weiter.

Durch die Terrassentür treten sie in den Garten. Ein Pool nimmt einen Großteil der Rasenfläche ein, ist aber schon für den Winter abgedeckt. Das kühle Herbstwetter lädt wirklich nicht zum Baden ein.

Sie lösen gemeinsam die Abdeckung und schlagen sie zurück. Algen trüben das Wasser. Sie atmen erleichtert aus: keine weitere Leiche, die kopfüber im trüben Wasser schwimmt, einzig unten am Boden sehen sie den Körper einer ertrunkenen Ratte.

Frind schaut in die leicht verfärbten Bäume im Garten und sinnt nach. Sie gehen langsam zum Haus zurück und bleiben an der Terrassentür nachdenklich stehen. Nach einer Weile fragt Paul: »Was denkst du, Alex?«

»Im Keller ist der Kleiderschrank voll mit Klamotten eines Mannes, wohl die von Patrick Krämer. Der Laptop fehlt, wo ist das Handy? Oben im Haus fehlt ebenfalls der Computer, der Kleiderschrank der Frau ist leer, die Schmuckschatulle auch.

In der Küche gibt es nur noch ein, zwei vergammelte belegte Brötchen und zwei Flaschen schweren französischen Wein. Im Kamin liegt noch Asche …«

Alex' Worte verstummen. Paul führt den Faden weiter:

»Der Täter oder die Täterin kommt ins Haus zurück, nachdem er oder sie die Leiche oder die Leichen weggeschafft hat und beginnt, nach etwas zu suchen. Als Nächstes bringt er oder sie Unordnung in die Wohnung, damit es nach einem Einbruchdiebstahl aussieht.«

Alex lässt weiter seinen Blick trübsinnig um sich schweifen. Er sieht noch immer nicht klar. Ihm fehlt etwas, nur was?

Er nimmt einen Schritt zum Sideboard, das gut mit Spirituosenflaschen bestückt ist, sehr eindrücklich wirkt und Wohlstand signalisiert. Uralter schottischer Whisky lädt goldgelb zum Genuss ein. Cognac und Calvados vom Feinsten sind auch nicht zu verschmähen. Eine Flasche, die sich irgendwie ungewöhnlich in diese Sammlung von teuren Spirituosen einreiht, steht harmlos da und schreit ihre Andersartigkeit in den Raum. Was ist so ungewöhnlich an ihr? Alex zieht ein Paar Latexhandschuhe aus seiner Tasche. Sie leisten Widerstand und kommen mit einem hässlich klatschenden Geräusch frei. Er streift sie nicht über, sondern legt einen Handschuh um den Hals der Flasche und studiert sie nachdenklich. Seltsam, diese Flasche ist kleiner und schlanker als die anderen und nicht mit einer kommerziellen Etikette beklebt. Krakelig sind zwei Großbuchstaben aufgemalt: AD.

»Sieh mal, Paul, die Flasche passt nicht hierher. Pack sie ein und gib sie den Schneemännern!« Paul schaut Alex erstaunt an. Diese etwas despektierliche Bezeichnung der Spurensicherungsleute hat er aus dem Mund von Alex noch nie gehört.

»Was ist mit dem Mann mit dem roten Flitzer, von dem der Nachbar gesprochen hat? Wann ist der gekommen? Hat er das Haus verwüstet?«, fragt Alex.

In diesem Augenblick öffnet Guido Lombardi die Haustür. Das anfängliche, erstaunte Starren in seinem Gesicht wechselt zu wütendem Rot. Er nähert sich energisch den beiden Männern: »Was haben Sie hier zu suchen?«, schreit er außer sich.

»Dasselbe kann ich Sie fragen, Herr Lombardi«, trifft ihn die trockene Antwort. Alex winkt einem Polizisten. »Bringen Sie diesen Herrn zum Polizeiposten zur Befragung. Lassen Sie ihn nicht aus den Augen! Sie, Herr Lombardi, sind widerrechtlich hier, das ist Hausfriedensbruch!«

*

Nun sitzt Guido Lombardi verloren auf einem Stuhl im Büro von Alex und versichert dem Ermittlerteam: »Ich bin es gewohnt, im

Haus meiner Freunde ein und auszugehen, ich habe sogar einen Schlüssel.« Er schweigt kurz und überlegt:»Ich bin noch nie in Ohnmacht gefallen. Das finde ich seltsam. Als ich im Spital erwachte, ist mir siedend heiß in den Sinn gekommen, dass sich Luana noch immer nicht bei mir gemeldet hat. Auch dass Patrick auf seiner Auslandsreise nicht ans Telefon geht, fand ich sehr ungewöhnlich. Im Zusammenhang mit meiner Ohnmacht war ich total verunsichert. Da kann etwas einfach nicht stimmen. Ich wollte nach den beiden sehen. Ich entließ mich selbst aus dem Spital und versprach dem behandelnden Arzt, ich würde mich bei meinem Hausarzt melden.«

Alex Frind lässt Lombardi reden und bedeutet seinen beiden Kollegen, den Mann ja nicht zu unterbrechen. Die Quelle sprudelt, da wird sicher noch etwas Interessantes dabei sein.

»Ich habe ihnen damals das Haus zur Verfügung gestellt, es gehört mir.«

Eine schnelle Abfrage Martas auf ihrem kleinen Laptop beim Grundbuchamt bestätigt das. Er gesteht, dass er das Haus auf Rechnung des Instituts gekauft hat, sich aber als Besitzer eintragen ließ.

Alex betrachtet Lombardi mit zusammengekniffenen Augen. Irgendwie traut er ihm nicht. Er ist ein guter Erzähler und seine Geschichte macht durchaus Sinn, und doch ..., da ist etwas faul.

Er muss mehr aus dem Mann herausholen, sein Gesicht..., wo hat er das Gesicht schon gesehen?

»Mir scheint, Sie könnten einen Kaffee gebrauchen«, sagt Alex freundlich und bittet Marta für Herrn Lombardi einen doppelten Espresso zu bringen.»Einen, den sogar einen Italiener aus den Socken sprengt!«, fügt er lachend bei, um die Stimmung aufzulockern.

»Herr Lombardi, kennen wir uns von irgendwoher?«

Guido schaut erstaunt auf, nachdem er nachdenklich seine Knie inspiziert hat.

»Nein, ich glaube nicht. Ich habe noch nie mit der Polizei zu tun gehabt. Ich bin Wissenschaftler und meist im Labor zugange. Wissen Sie, ich muss gestehen, ich bin eher ein Einzelgänger. Luana und Patrick sind meine Freunde, die mich mit der Welt verbinden. Deshalb vermisse ich sie, wenn ich sie eine Weile nicht sehe.«

255

»Haben Sie eine Ahnung, wo die beiden sich aufhalten könnten?«, fragt Marta noch an der Tür, als sie den Kaffee hereinbringt. Sie stellt als gute Gastgeberin auch gleich ein paar kleine Süßigkeiten daneben und lächelt Guido kokett an. Ein attraktiver Mann, etwa gleich alt wie der Chef, aber irgendwie ein klein wenig sportlicher, geht es ihr durch den Kopf.

Lombardi bedankt sich höflich und langt gierig nach einem Plätzchen.

»Aus der letzten Bäckerei im Gäu. Kennen Sie die?«, fragt Marta lächelnd.

»Oh und wie, ich kaufe da mein Brot und mehr als nötig auch die feine Patisserie«, erwidert er begeistert. »Wenn ich am Sonntag in die Teufelsschlucht wandern gehe, kaufe ich auf dem Rückweg gerne dort ein, vor allem wenn meine Freunde und ich zusammensitzen.« Seine Augen leuchten zu der jungen Frau hin. Alex räuspert sich und wiederholt seine Frage nach dem Verbleib von Luana und Patrick. Lombardi schüttelt traurig seinen Kopf.

Alex und Paul sind skeptisch. Weiß der Mann wirklich nichts?

»Und Sie, wo sind Sie gewesen? Sie waren doch auch abwesend vom Labor. Das deckt sich nicht gerade mit Ihrer Aussage, Sie seien eine graue Labormaus«, wirft nun Paul ein. Guidos Gesicht wirkt jeher verärgert als traurig.

»Sie verstehen mich falsch, ich bin nicht Tag und Nacht im Labor, ein Wissenschaftler muss auch reisen. Es gilt, Neuigkeiten zu erfahren, und die bekommt man zeitnah nur bei persönlichen Gesprächen mit Wissenschaftlern in anderen Laboratorien zu hören.«

»Also wo haben Sie Station gemacht und zugehört?«, fragt Alex mit leicht spöttischem Unterton.

»Ich bin Ihnen keine Rechenschaft schuldig! Oder verhören Sie mich aus einem bestimmten Grund?«

»Das ist kein Verhör, das ist eine Befragung und wenn Sie nichts zu verbergen haben, dann wird sie auch als solche enden.« Jetzt tönt er selbst wie der Inspektor im Dienstagskrimi.

»Ich werde jetzt zurück ins Labor gehen, jemand muss schließlich nach dem Rechten sehen. Meine beiden Mitarbeiterinnen sollen ja auch im Spital sein. Was ist denn passiert?«

Marta, die eben wieder hereingekommen ist und frischen Kaffee bringt, schüttelt erstaunt den Kopf. »Sie wissen das nicht?«, platzt sie heraus, verstummt jedoch auf den warnenden Blick von Alex hin.

»Herr Lombardi, Sie können gehen. Danke, dass Sie sich unseren Fragen gestellt haben. Aber vorher verraten Sie uns noch, wo und mit wem Sie das Wochenende verbracht haben.« Guidos Halsschlagader schwillt schon wieder gefährlich an. Alex Frind fährt, ohne Guidos Zorn Beachtung zu schenken, ruhig weiter: »Ich möchte Sie noch bitten, für uns Ihre Reise- und Kontaktdaten mit Datum und Uhrzeit zu versehen, aufzulisten und bis morgen zuzustellen. Und bitte beantworten Sie auch schriftlich meine Frage das vergangene Wochenende betreffend.«

Alex streckt Lombardi zum Abschied die Hand entgegen. Mit wem hat dieser Mann Ähnlichkeit? Ach, vielleicht verwechselt er ihn auch.

*

»Wir wissen noch immer nicht, ob Lombardi zum Todeszeitpunkt von Luana Ghorbani und Patrick Krämer im Lande gewesen ist! Wann ist er abgereist, wann ist er zurückgekommen und ist er ununterbrochen weggewesen?«

»Vielleicht gibt uns die Liste Auskunft, wenn er sie nicht manipuliert«, gibt Marta zu bedenken und sieht verstohlen auf ihren Laptop. Sie könnte in den Tiefen des Internets graben. Wissend schweift ihr Blick zu den beiden Männern, die still vor ihr sitzen und in Gedanken an dem Knochen nagen.

Alex spürt die Bewegung der Hand, mit der Marta den Laptop öffnet und schüttelt den Kopf. Mit einer ungeduldigen Geste bedeutet er ihr: »Mach's nicht!«

»Gehen wir heim!«, schlägt Paul vor. Er will nur noch heim zu seiner Familie. Der kleine Peter hat eine Grippe und seine Mutter macht ihm kalte Umschläge.

Was wollen er und seine Kollegen eigentlich beweisen?

*

Alex Frind bleibt an seinem Schreibtisch sitzen. Er ist allein, Marta und Paul haben sich in den Feierabend verabschiedet. Paul ist heim zu seiner Familie und Marta will Tanja besuchen und dann noch einen draufhauen im Kreise ihrer Discofreunde.

Alex hat Hunger, er lässt seine Hand nach etwas Essbarem suchend in die oberste Schublade gleiten. Vergeblich. Er geht auf einen Raubzug ins Büro seiner Mitarbeiter, auch hier gähnende Leere. Zerknirscht kehrt er in sein Büro zurück. Er kann den Anruf nicht mehr hinausschieben. Er muss dem Staatsanwalt von den Vorfällen und Befragungen am heutigen Tag berichten, ob er will oder nicht. Mit einem unguten Gefühl greift er nach dem Hörer seines Festnetztelefons, als es im selben Moment zu schrillen beginnt.

»Weshalb erfahre ich über die KTA davon, dass Tanja Beduzzi und eine Frau Egger aus einem Kellerloch befreit werden mussten, und das an einem Ort, von dem ich noch nie gehört habe? Und was hat diese Person Beduzzi da zu suchen? Sie darf da nicht sein!«, ereifert sich Staatsanwalt Fluri sofort.

»Guten Abend, Herr Staatsanwalt! Zu Ihrer letzten Frage, die Frau Beduzzi betreffend«, unterbricht Alex Frind die Tirade des Staatsanwalts. »Sie erinnern sich, dass Sie Frau Beduzzi selbst vor einiger Zeit freigestellt haben. Es ist reiner Zufall, aber jetzt arbeitet sie in Hochrütti als Chemikerin in leitender Position. Sie hat der guten Ordnung halber bei der Polizei gekündigt. Ist Ihnen das von der Personalabteilung nicht gemeldet worden? Nein? Das tut mir leid. Übrigens, falls Sie es nicht wissen, Frau Beduzzi und ich stehen über ihre Mutter in persönlicher Beziehung.« Alex sieht den Staatsanwalt durch das Telefon förmlich seinen Mund hilflos öffnen und schließen, denn am anderen Ende der Leitung herrscht Schweigen.

Alex hört, wie der Staatsanwalt leer schluckt und Luft holt. Boshaft träufelt er weiter Salzwasser in die offene Wunde: »Frau Beduzzi hat uns beiläufig einige wichtige Informationen aus dem Labor in Hochrütti geliefert.«

Wieder dieses Luftholen am anderen Ende.

258

»Sie hinterhältiger Kerl, Sie haben sie da eingeschleust! Wer hat Ihnen dabei geholfen? So geht das nicht. Ich werde die Dame wegen Hausfriedensbruchs einklagen!«

»Das können Sie nicht. Sie arbeitet nicht mehr bei der Polizei und sie hat einen legitimen, temporären Arbeitsvertrag bei dem Institut«, erwidert Alex gelassen und er fährt fort, da Fluri nichts mehr sagt: »Genau im Moment, da Sie angerufen haben, wollte ich zum Hörer greifen, um Ihnen von unseren Befunden zu berichten. In den Räumen dieses Instituts und den umliegenden Liegenschaften sollten wir genauer hinschauen. Wir konnten uns nur einen kursorischen Überblick verschaffen, als wir von Frau Beduzzi zu Hilfe gerufen wurden. Wir haben uns notfallmäßig Zutritt verschafft.« Er lässt aus, dass sie im Gespräch mit Lombardi und D'Amato gesessen haben, als am Morgen der Alarm an Martas Handy losgegangen ist.

»Da die beiden Labormittarbeiterinnen eingeschlossen waren, ist ein Vergehen nicht auszuschließen, weshalb die KTA aufgeboten wurde und wir das anwesende Personal befragt haben.«

Er räuspert sich.

»Wenn Sie uns freundlicherweise endlich die beantragten Durchsuchungsbeschlüsse beschaffen würden, könnten wir eine komplette Hausdurchsuchung inklusive der benachbarten Liegenschaften durchführen.«

Alex erhöht den Druck. »Es sind Sie, Herr Staatsanwalt Fluri, der verhindert, dass wir die Fälle Ghorbani und Krämer nicht längst abschließen können! Ganz zu schweigen vom seltsamen Sturz von Herrn Gerber in die Höhle oben auf dem Born.«

Die letzten Worte des Ermittlers kommen schärfer und der Anruf endet in einer erstaunlichen Aussage des Staatsanwalts. Grob und laut sagt er:

»Schicken Sie mir, verdammt noch mal, heute noch, die vorläufigen Befunde. Weshalb sind die noch nicht bei mir?«

Alex grinst. »Die Anträge auf Hausdurchsuchung liegen wohl noch in Ihrem Fax«, bemerkt er in leicht sarkastischem Ton.

Der Ermittler verabschiedet sich höflich und sagt: »Danke, Herr

Staatsanwalt, und noch einen schönen Abend!«, und ist zufrieden mit sich.

26

Bei Marina ist Feuer im Dach. Er wagt es heute nicht, zu ihr zu gehen. Feigling!, ohrfeigt er sich.

Er wird besser einen Besuch bei Tanja im Spital wagen, sich dann in seine Wohnung zurückziehen und eine Flasche köpfen. Er muss allein sein, nachdenken. Wird das nicht eher ein Wundenlecken sein? Es kann doch nicht sein, dass er schon wieder nicht seinen Mann gestanden hat. Er ist einfach zu weich, schilt er sich. Er packt sein Handy in die Seitentasche seines Sakkos und streift den Regenmantel über.

Im hellen Licht der Lampen über dem Parkplatz reflektieren sich dicke Regentropfen. Sein Mantel glänzt in kürzester Zeit nass. Von seiner Hutkrempe trieft der Regen. Es kümmert ihn nicht, er läuft hinunter zur Aare und entlang dem dunklen Fluss Richtung Spital.

Zaghaft klopft er an Tanjas Zimmertür. Dunkel. Ein leises Schnarchen tönt ihm entgegen. Er atmet erleichtert auf und schließt die Tür leise wieder. Dann sucht er das Stationsbüro. Die diensthabende Pflegerin bestätigt ihm zu seiner Beruhigung, dass Tanja noch in diesem Zimmer und nicht wieder, wie am Morgen, ausgebüxt sei. Erleichtert antwortet er:

»Wenigstens einmal ist sie vernünftig.« Die Pflegerin schaut ihn verständnislos an. Er sagt linkisch: »Bitte sagen Sie Frau Beduzzi, wenn sie erwacht, dass ich sie besucht habe. Sie habe tief geschlafen und ich wollte sie nicht wecken. Ich wünsche ihr gute Besserung!«

Alex verabschiedet sich und schon schmatzen seine durchnässten Schuhe auf dem Gang entlang zum Lift. Kaum steht er vor dem Portal, ist er klitschnass. Auch wenn es im Krankenhaus heute nicht mehr nach Lysol oder anderen Desinfektionsmitteln riecht, ist er erleichtert, der düsteren Atmosphäre zu entkommen.

*

261

Es ist still in seiner Wohnung. Die Regentropfen hämmern gegen die Fensterscheibe. Westwindwetter. Er geht zu seiner Stereoanlage und sucht nach Musik, die seinen Gedanken eine Welle gibt, auf der sie reiten können. Er stellt seine Gefühle hintenan. Sein Kopf entleert sich bei den ersten Tönen. Nun kann er seiner Fantasie freien Lauf lassen.

Er setzt sich an seinen Schreibtisch, schiebt eine Kerze vor sich und entzündet sie. Dann zieht er sein Tagebuch zu sich heran, lehnt sich in seinem bequemen Stuhl zurück und schaut gebannt auf die flackernde Kerze. Wo soll er beginnen? Seine Gedanken beginnen zu fließen.

Noch einmal stellt er sich die Institutsmitarbeiter vor und geht sie der Reihe nach durch. Was ihm aufgefallen ist: Keine der anwesenden Damen hat einen besonderen Eindruck auf ihn gemacht. Auf keine der von Marta gestellten Fragen mussten Antworten nachgefragt werden. Ihm, der bei der Befragung im Hintergrund gestanden hat, um genauer beobachten zu können, ist nichts im Gedächtnis haften geblieben, was einen negativen Nachgeschmack hatte. Wenn er die Antworten nochmals hören wollte, Paul hatte alle Interviews in seinem I-Phone gespeichert.

Eine Falte im Sessel stört ihn in seiner Entspannung. Welchen Eindruck haben eigentlich die beiden Besitzer auf mich gemacht?

Bei Guido muss er vorsichtig sein, dass er nicht voreingenommen ist.

Aber dieser Vicenzo D'Amato entgleitet ihm jedes Mal wie ein nasser Fisch. Einmal ist er der souveräne Chef, dann entzieht er sich wieder mit heftigen Reaktionen, ja, er wird fast ausfallend.

Die Szene vom Morgen in Lombardis Büro war eindeutig: Die beiden Männer hatten einander in Kampfstellung gegenübergesessen. Sie verhielten sich wie zwei Hunde, die sich eben noch wütend angebellt und mit den Zähnen gefletscht haben, und nun so taten, als könnten sie kein Wässerchen trüben.

Alex hatte den Eindruck, das Öffnen der Tür wirkte auf die beiden wie eine höhere Macht, die einen bevorstehenden Kampf verhindert.

Dieser Vicenzo D'Amato hat mir in dem Moment, als wir ins Büro gekommen sind, einen gekünstelten, übertrieben freundlichen Eindruck gemacht, so wie jemand, der eine Auseinandersetzung gewonnen hat. Und übrigens, D'Amato hat heute gekniffen, er ist nicht in der Dienststelle aufgetaucht. War wirklich zu viel Arbeit im Labor der Grund seines Nichterscheinens? Was wollte er ihn eigentlich fragen? Das Mobiltelefon von Dominik in der Schublade hat nicht genügt, um D'Amato festzusetzen. Das Teil gehört ihm nicht, das ist an sich merkwürdig. Aber was sagt das aus? Auch der Aufbewahrungsort ist verdächtig, lässt Fragen offen.

Halblaut sagt er zu sich: »Ich warte noch den Bericht der Spurensicherung ab. Der Mann läuft nicht weg, das wäre zu auffällig.« Seine Gedanken kehren zum Besuch des Instituts am Morgen zurück: Lombardi dagegen erschien sichtlich erleichtert durch unser Eintreten.

Diese Körperhaltung! Erschöpft, niedergeschlagen, ein gefangenes Tier, das nicht flüchten kann. Und diese Augen. Alex' Aufmerksamkeit wandert höher. Das Bild vor seinen Augen wechselt und er sieht … Sein Puls beschleunigt sich. Er nimmt einen großen Schluck Wein. Er sieht … Renzo Barbaro in jungen Jahren!

Ist dieser Guido da in Hochrütti nicht Guido Lombardi?

Die Frage hängt noch, als der Signalton seines Handys ihn in die Realität zurückholt.

»In Hochrütti brennt's! Bist du zu Hause? Ich hol dich ab«, hört er Pauls gestresste Stimme aus dem Hörer.

Blaue Lichtflecke beleuchten rotierend den Straßenrand, als sie aus der Stadt Richtung Westen fahren. Der Feuerschein ist bereits von Weitem zu sehen. Der Abhang des Borns droht dunkel im wechselnden Licht des Feuers und verschmilzt dann wieder mit der Nacht.

»Gibt es Verletzte, Tote?«

Der Regen peitscht gegen die Windschutzscheibe des Dienstfahrzeugs und schluckt die Antwort Pauls. Sein Achselzucken, das Alex im Widerschein der Armaturenbeleuchtung nur erahnen kann, genügt. Das Fahrzeug jagt rauschend auf dem nassen Asphalt aus dem Dorf hinauf auf die Anhöhe, dreht dann scharf nach links.

Über dem Areal des Instituts ist der Feuerschein jetzt aufgelöst in hell lodernde, orangerote Flammen und eine schwarze Rauchwolke, die sich unter den Regenwolken ballt. Einzelne verbrannte Mauerteile ragen hilflos in das Flammenmeer. Wasserfontänen schießen in das Inferno.

Die regionale Feuerwehr ist schnell und effizient. Alle Achtung, denkt Alex. Aus sämtlichen Richtungen kommen Löschfahrzeuge aus anderen Dörfern angefahren und beginnen sofort, ihre Schläuche auszurollen.

Paul parkt das Dienstfahrzeug in einiger Entfernung und sie laufen im Eilschritt zum Brandplatz, wo sie auf Lombardi und D'Amato treffen. Die beiden Männer stehen nebeneinander und ziehen ihre Köpfe in die Kragen ihrer Jacken. Alex bemerkt, dass sie nicht eng nebeneinanderstehen, wie man das von miteinander vertrauten Menschen erwarten sollte. Jeder steht für sich.

Über ihnen ragt eine ausgezogene Feuerleiter, die leuchtenden Farben der Schutzkleidung des Feuerwehrmanns, der hoch oben eine Wasserfontäne ins Feuer schießen lässt, werden im Licht der Scheinwerfer noch eindrücklicher und mahnender.

Guido wirkt fahrig, starrt aber trotzdem in die Flammen, während Vicenzo auf seinen Partner, nicht auf das Feuer, schaut.

D'Amato macht dabei den Eindruck, als ob der Brand der Scheune ihn eher befriedigt als traurig stimmt, findet Alex.

»Trifft Sie dieses Feuer? Wem gehört diese Scheune? Sie hat mir bei meinem letzten Besuch von außen einen verlotterten Eindruck gemacht, und zudem steht sie gefährlich nah an Ihrem Laborgebäude. Umso merkwürdiger ist es, dass ein Brand ausgebrochen ist. Ich hätte eher vermutet, das Laborgebäude brenne. Auch das Gebäude da drüben scheint in Gefahr.«

»Alle drei Gebäude gehören uns,« schreit Vicenzo D'Amato über den Lärm der Flammen hinweg. Lombardi wirft ihm einen erstaunten Blick zu und widmet dann wieder seine volle Aufmerksamkeit den Flammen und der Arbeit der Feuerwehrleute.

Alex spricht Lombardi an: »Wer hat den Brand gemeldet?«

»Berni, der Pferdestallbesitzer.« Er weist mit der Hand auf einen Mann.

»Er steht da drüben.«

»Der Pferdestall ist doch recht weit entfernt«, entgegnet Alex und nähert sich Berni, der gebannt in die Flammen sieht. Endlich bemerkt er, dass ihn Alex auffordernd ansieht.

»Ich bin Berni, einfach Berni. Ich habe meine Runde durch die Stallungen gemacht und zufällig hinüber zum Institut gesehen und da waren die Flammen. Ich habe immer Angst, dass auch bei uns einmal ein Feuer ausbricht. Die Pferdeboxen stehen immer offen. Da könnte ja einmal einer bei all dem Heu und dem Stroh auf dumme Ideen kommen.« Alex geht darauf nicht ein und schaut ihn prüfend an: »Wir kennen uns!«

»Ja stimmt!«, brüllt Berni über den Lärm des Brandes hinweg. »Wegen dem Fall mit der Pferdevergiftung und Tanja Beduzzi! Tanja arbeitet ja neuerdings da drüben, seit sie nicht mehr bei der Polizei ist.« Er weist auf das Laborgebäude. »Sie hat es mir erzählt. Sie hat übrigens ihr Auto noch bei uns stehen, Diavolo wartet auch sehnsüchtig auf sie, er ist nämlich wieder topfit und wünscht, bewegt zu werden. Ihr geht es doch hoffentlich gut?«

Alex horcht auf, sagt aber nichts. Dieser Berni redet ihm im Moment ein bisschen zu viel. Das mit dem Auto ist aber interessant.

»Sie wird es sicher in den nächsten Tagen holen. Ich werde Sie frühestens morgen noch mal sprechen müssen.«

»Meine Handynummer ist dort drüben an der Wand des Pferdestalls nicht zu übersehen«, antwortet Berni stolz.

*

Abgekämpft, aber freundschaftlich boxt Arthur Römer Alex in die Rippen. »Ich werde bald unten im Gasthof Zimmer für mich und meine Leute reservieren, wenn das hier so weitergeht! Im Ernst, muss das sein? Zuerst keine Aufträge und dann Schlag auf Schlag. Wir müssen auch mal schlafen und nach unseren Familien sehen.«

265

»Besonders du, du eingefleischter Junggeselle! Duri, im Vertrauen, ich glaube endlich Licht am Ende des Tunnels zu sehen, dank eurer Hilfe. Dieser Guido Lombardi da drüben, erinnert mich an jemanden aus meiner beruflichen Vergangenheit in Basel. Ich muss es nur beweisen.«

»Ah, das ist dieser Lombardi, Tanja hat ihn einmal erwähnt. Das ist ein Kinderspiel. Bring mir eines seiner schwarzen Haare, es kann auch ein graues sein.«

Alex nickt. Und stutzt dann. »Wie komme ich an seine Haare? Und woher nehme ich die Gegenprobe? Der Fall liegt mehr als zwanzig Jahre zurück.«

27

Eine aufgeräumte, schwarzhaarige Frau läuft in Begleitung einer strahlenden, eleganten Dame aus dem riesigen Spitalportal auf einen abgekämpften Alex zu. Sie streckt ihm die Arme entgegen und umarmt ihn:

»Alex, ich bin wieder auf dem Damm, lass uns Pferde stehlen!«

Alex drückt sie erleichtert. »Pferde stehlen, das geht nicht, das ist verboten, das weißt du. Aber dein Auto bei Berni abholen solltest du!«, sagt er, lacht und wendet sich dann etwas verschämt zu Marina, die noch einen Schritt weitergeht, als ihre Tochter. Sie küsst ihn auf den Mund.

»Alles vergeben, bis zum nächsten Mal!« Sie schaut ihn schelmisch an. »Du kommst gerade rechtzeitig, wir wollen zum Frühstück.«

»Und wir wollen einen genauen Bericht über deine Untaten«, wirft Tanja fröhlich ein.

Eine Stunde später sitzt ein frisch rasierter, mit noch nassen, gewaschenen Haaren, in ein frisches Hemd gekleideter Ermittler am Tisch und lässt es sich bei einem reichhaltigen Brunch in Marinas Haus wohl sein.

Tanja und Marina haben staunend zugehört und zeitweise das Essen vergessen, so spannend war, was er zu erzählen hatte.

»Es hat in der Scheune gebrannt?«, ungläubig schüttelt Tanja den Kopf.

»Die Spurensicherung ist noch an der Arbeit. Duri hat sich über die viele Arbeit beklagt und verlangt im Gegenzug gutes Essen.« Alex wechselt einen liebevoll bittenden Blick mit Marina. »Hilfst du mir, Marina? Und Tanja, du könntest dich auch nützlich machen.« Er zwinkert ihr zu und Marina lächelt verstohlen.

267

Erneut legen sie ihre bestrichenen Brötchen auf den Teller zurück, als er einen Schluck Kaffee nimmt und beide Frauen bedeutungsvoll ansieht:

»Ich glaube jetzt zu wissen, wer dieser Guido in Wirklichkeit ist.« Er macht eine kurze Pause. Tanja rutscht aufgeregt auf ihrem Stuhl hin und her, Marina sieht ihn gebannt an.

»Ich hatte Gelegenheit, Lombardi bei unserem Gespräch in meinem Büro von vor ein paar Tagen zu beobachten. Plötzlich sah ich nicht den Chef des Labors in Hochrütti vor mir, sondern das jämmerliche Würmchen voller Schuldgefühle auf dem Stuhl vor dem zerstörten Labor von damals in Chemischen Institut der Universität in Basel. Die Körperhaltung von Guido Lombardi und der Gesichtsausdruck waren dieselben wie die von Renzo Barbaro. Tanja, jetzt müssen wir beweisen, dass ich richtig liege.«

Diese Information fährt ihr in die Glieder. Sie springt auf: »Nichts einfacher als das, er hat mich eingeladen sein privates Labor in der Villa zu besuchen. Ich habe ihn vertröstet, dass wir das später nachholen könnten. Ich fahre morgen wieder zur Arbeit, ich bin ja jetzt wieder fit und lade mich bei ihm für einen Rundgang ein. Da finde ich sicher etwas, das wir eindeutig Lombardi zuordnen können.«

28

Mit einem eleganten Modetäschchen bewaffnet steigt Tanja zu ihrer Wohnung hinauf, öffnet die Tür. Eigenartig, sie ist nicht abgeschlossen. Vorsichtig schiebt sie sie auf und greift instinktiv nach ihrer Pistole, sie greift ins Leere. Ein bekannter Geruch umschmeichelt ihre Nase und löst verlangende Gefühle in ihr aus.

Dominik umfängt sie und lässt sie nicht mehr los, bis sie lachend auf der vertrauten Couch landen. Der Herbsttag hat sich in Nacht verwandelt. Unten auf der Gasse ist kein Laut zu hören. Zwei Kerzen flackern auf dem Tisch und verbreiten ihr warmes Licht.

*

Tanja fährt verschlafen mit ihrem alten Fiat durch das regenverhangene Gäu. Die Wolken hängen an diesem Morgen tief über dem Jura. Nach den gestrigen Aufhellungen hat das Wetter wieder eingetrübt.

Schleudernd kommt ihr auf ihrer Fahrbahn ein dunkler Audi Quattro in der Kurve vor der Rickenbacher Mühle entgegen, hupt wie wild und schießt zwischen den Häusern durch Richtung Olten. Tanja weicht ihm in letzter Sekunde nach rechts aus und touchiert dabei beinahe eine Straßenmarkierung. Sie ist froh, hat sie solch brenzlige Situationen in der Polizeischule zu meistern gelernt. Trotzdem zittert sie am ganzen Leib. Langsamer als vorher fährt sie weiter und kommt mit etlicher Verspätung in Hochrütti an, wo sie erstaunt die rauchende Ruine des Bauernhauses vorfindet. Sie klettert ungelenk aus dem kleinen Auto.

In ihren weißen Labormänteln bilden die Damen des Instituts und Lombardi, ungewohnt, ebenfalls in einem weißen Labormantel, einen starken Kontrast zu den schwarz verbrannten Überresten der Scheune.

Als Lombardi Tanja sieht, leuchtet sein Gesicht auf. »Frau Moser, wir sind so froh, dass sie wieder auf den Beinen sind. Frau Egger hat sich leider noch nicht wieder erholt.« Er schüttelt den Kopf. »Ich verstehe immer noch nicht ganz, weshalb Sie sich beide in diesem Kellerloch eingeschlossen haben.« Tanja kraust ihre Stirn. Weiß der Mann nicht, dass nicht wir uns selbst eingeschlossen haben?

Lombardi bemerkt ihr Unverständnis nicht. Er muss sich rechtzeitig an die frierenden Damen, die um ihn herumstehen, erinnert haben. »Bitte, meine Damen, gehen Sie zurück in die Wärme und an ihre Arbeit. Ich bin gleich bei Ihnen.«

Dann blickt er wieder auf die Brandruine. »Wie Sie sehen, Frau Moser, ist die Abklärung der Brandursache in vollem Gang.« Er weist auf die Beamten der KTA.

»Bleibt das Labor geschlossen?«, fragt sie.

»Nein, wir können so lange weiterarbeiten, bis die Spurensicherung es uns untersagt. Sie suchen offenbar nach etwas. Aber das hindert uns aktuell nicht.

Herr Frind, der Chefermittler, Sie haben ihn noch nicht kennengelernt, glaube ich, hat uns neben der Suche nach der Brandursache im Bauernhaus auch im Laborgebäude eine Hausdurchsuchung beschert Außerdem möchte er auch die Villa unter die Lupe nehmen.«

Tanja ist leicht verärgert, hätte sie doch gerne als Erste einen Blick in das alte Landhaus geworfen. Auch wäre es die Gelegenheit gewesen, Lombardi auf den Zahn zu fühlen und eine DNA-Probe von ihm zu ergattern. Sei's drum.

»Die Scheune, oder wenigstens das, was noch übrig ist, darf man betreten?«, fragt sie mit einem unschuldigen Augenaufschlag.

»Sie können sich gerne umschauen, wenn es die Techniker zulassen und Sie sich einen Schutzhelm verschaffen.«

Wie fürsorglich, denkt sie sich und schlendert zu einem der KTA-Mitarbeiter. »Bruno«, sagt sie leise von hinten, »du kennst mich offiziell nicht, ich heiße hier Marianne Moser. Kann ich rein?« Der Mann grinst und sagt laut: »Sicher, Frau Moser, Sie werden aber nicht mehr viel sehen. Hier, nehmen Sie diesen Schutzhelm.«

Sie setzt sich den Helm auf und zwinkert Bruno zu, dann stakst sie über einige schwarzverkohlte Balken Richtung Eisentür, die hinter einem Pflanzgestell, aus dem ein paar jämmerliche, halbverbrannte Blätter hängen, verborgen ist.

Der Türgriff fühlt sich noch warm an und sie zieht erschrocken ihre Hand zurück. Zu ihrem Erstaunen lässt sich das schwere Stück Eisen ohne Anstrengung öffnen. Sie blickt mit kritischem Blick auf die Gestelle mit braun getrockneten Getreideähren, die ihr den ungehinderten Zugang erschweren. Das alte Bauernhaus ist durch die Feuerwehr vor dem Feuer gerettet worden. Die Eisentür führt in das Erdgeschoss. Der Raum mit den Pflanzgestellen mit den Getreideähren scheint noch einigermaßen heil geblieben zu sein. Von der Decke hängen Lampen, deren Leuchtkörper in der Hitze aus der Scheune geborsten sind. Es hätte wohl nicht viel gefehlt, dass auch dieser Raum, ein Opfer der Flammen geworden wäre.

Durch die offene Eisentür fällt das Licht der Scheinwerfer, die die KTA-Mitarbeiter in den Ruinen der Scheune aufgestellt haben, und spenden auch in diesem Nebenraum genügend Licht für Tanja, sich einen Weg zu suchen.

In der hinteren linken Ecke steht ein ähnlicher Tiefkühler wie der, an den Nadja Egger und sie selbst sich im Kellerloch gelehnt hatten. Er scheint einigermaßen intakt, hat aber einiges von der Hitze abbekommen. Schmelzwasser ergießt sich aus der Tür, als sie den Kasten öffnet. Ein Kurzschluss muss die Stromversorgung lahmgelegt haben. Sie kann trotz des elektronischen Schließmechanismus die Schranktür öffnen. Sie staunt. Noch teilweise eisüberkrustete Schachteln stapeln sich darin. Das wenige, noch verbliebene Eis rutscht entlang den Wänden zu Boden und fällt aus dem Kasten, direkt vor ihre Füße.

Sie zieht eine der Schachteln aus dem Eismantel und öffnet sie gespannt. Schwarze Körner füllen sie bis zum Rand. Die Wissenschaftlerin oder ist es die Polizistin in Tanja, runzelt die Stirn.

»Mutterkorn, leider jetzt unbrauchbar«, kommt Guido Lombardis Stimme über ihre Schulter. Der Mann hat die unangenehme Eigenschaft, sich von hinten anzuschleichen und anzusprechen, bemerkt sie und dreht sich verschreckt um. Sie fühlt sich ertappt.

271

»Herr Lombardi, ich habe Sie gar nicht kommen hören. Mutterkorn?«, spielt sie erstaunt mit.

Seine sonore und doch weiche Stimme ist jetzt ganz nah neben ihrem Ohr. Er beachtet nicht Tanja, sondern schaut beinahe wehmütig auf die offene Schachtel in ihrer Hand. »Herr D'Amato hat neben der Führung des Labors eine kleine botanische Forschungsstation aufgebaut. Er interessiert sich für die Züchtung von Giftpflanzen. Er bat mich, aus denen mit Heilwirkung chemische Stoffe zu extrahieren und damit zu experimentieren.« Er geht einen Schritt zurück und redet weiter. Während Tanja ihm gespannt zuhört, klammert sich ihre Hand noch immer um die offene Schachtel mit den Mutterkörnern.

Vor dem Verlassen des Raums, sie hat genug gesehen, steckt sie verstohlen einige Körner in ihre Tasche und legt die Schachtel wieder zurück in den Schrank. Die Spurensicherung wird sich um alles Weitere kümmern. Ihre Gedanken wandern weit weg zu dem Fläschchen in der Schachtel in ihrer Wohnung.

»Als er hierher ins Labor kam, sah er die zerfallenen Gewächshäuser und stellte die Bedingung, in der Freizeit seine botanische Forschung nicht dort, aber in der Scheune fortsetzen zu können«, hört sie Lombardi sagen.

Tanja will ihn mit Fragen löchern und atmet ein, um zu sprechen, als er, ohne sie zu beachten, seinen Blick auf einen fernen Punkt gerichtet, weitererzählt: »Wir kamen überein, dass er seine Giftpflanzen in den Gewächshäusern studieren kann und er für mich im Gegenzug Mutterkorn für meine chemische Forschung produziert. Er sah bald ein, dass solche Pflanzungen einen höheren Sicherheitsstandard benötigen, und baute die Scheune aus. Deshalb überall die elektronischen Schlösser.«

Lombardi seufzt: »Nun ist das leider alles hier verloren und wir müssen wieder von vorne beginnen.«

Tanja bemerkt, wie ein leicht boshaftes Lächeln über Guido Lombardis Gesicht huscht. Sie fragt sich, ob es ihm vielleicht sogar recht ist, dass D'Amato dieses Projekt misslungen ist. Offenbar hatten die beiden Herren ein Problem miteinander.

»Und wie stellt sich Herr D'Amato zu dieser Katastrophe? Woher nehmen Sie beide das Geld, um weiterzumachen?«

Lombardi zuckt mit den Schultern. »Weiter Routineanalysen verkaufen und in nächster Zeit etwas sparen.«

Wieder huscht dieses seltsame Lächeln über sein Gesicht.

Tanja versucht sich in D'Amato hineinzuversetzen. Wie wäre das, wenn ich mein Hobby nicht mehr ausüben könnte? In ihrem Hinterkopf pocht die Erinnerung an das boshafte Zucken im Gesicht Lombardis von vorhin. Ein ungutes Gefühl nagt in ihr. Verspürt Lombardi Schadenfreude über die zerstörte Giftpflanzenplantage?

Lombardi hat den Raum schon verlassen, während sie sich noch etwas im Raum umsieht. Der Brandgeruch ist übermächtig und erschwert ihr das Atmen. Sie wendet sich zur Eisentür, will an die frische Luft, sie muss auch den Ruß von ihren Schuhen und Kleidern wischen.

Bruno streckt in diesem Moment den Kopf durch die Tür. »Bruno«, raunt sie ihm zu, »in dem Tiefkühler dahinten ist Mutterkorn und in dem Raum sind die Überreste von Senkrechtkulturen von Roggen, auf dem der Pilz gewachsen ist.« Sie weist auf die Gestelle und den Tiefkühler, der nun offensteht und aus dem das Wasser tropft.

Er nickt, er hat verstanden. Sie übergibt ihm die wenigen Körner aus ihrer Tasche: »Mutterkorn, pass auf, Händewaschen, da ist noch einiges mehr im Tiefkühler!«

In ihr brennt die Frage, mit welchem Ziel Lombardi Mutterkorn züchtet. Sie glaubt, die Antwort zu kennen, will aber die Aufklärung lieber Alex Frind überlassen.

*

Im Hauptgebäude, speziell im Analysenlabor, ist Hektik spürbar. Die Laborantinnen scheinen sich nicht ganz sicher, ob sie die Geräte mit Proben füttern sollen oder ob sie sich zu den einzelnen Diskussionsgrüppchen gesellen wollen, um auch ihre Meinung kundzutun. Tanja sucht noch den Ärmel ihres Laborkittels, als sie eilig ins Labor tritt. »Wo ist Herr D'Amato?«, fragt sie in den Raum hinein. Plötzlich hört man nur noch die Geräte an der Arbeit. Alle schauen sich gegenseitig an und zucken die Schultern.

Ein Telefon klingelt auf einem der Tische und Tanja greift geistesabwesend nach dem Hörer. Gaby, die Empfangsdame, hat ein Gespräch für D'Amato in der Leitung.

»Stell mir den Anruf durch, bitte!« Ein kurzes Klicken und eine raue, laute Stimme lässt sofort ein wütendes Gebell los: »Wo ist der Stoff? Du hättest gestern liefern sollen! Glaub ja nicht, du könntest kneifen. Wir kriegen dich dran!« Der Anrufer unterbricht die Verbindung, ohne eine Antwort abzuwarten. Tanja legt den Hörer auf den Apparat zurück und eilt nach unten. »Gaby, kannst du die Nummer des Anrufs von vorhin aus dem Speicher holen?«

»Heute ist der Teufel los, es kommen haufenweise Anrufe für Vicenzo. Und da kommen schon die nächsten. ... Wo ist er? Steht er noch draußen beim Feuer?«, fragt sie verärgert. Tanja reibt sich den Nacken.

»Ich schau mal nach!« Sie geht schnell vor das Haus und zückt ihr Smartphone. »Marta, kannst du die Telefonliste im Labor in Hochrütti abgreifen?«

»Nicht ohne Durchsuchungsbeschluss, das weißt du doch?«, kommt prompt die Antwort.

»Gibt es den Durchsuchungsbeschluss immer noch nicht? Dieser Jammerlappen Fluri soll mal Druck machen. Wo ist Alex?«

Es dauert keine Minute, da trällert Marta schon ins Telefon: »Schau in deinem Speicher in unserem Handy nach. Ciao!«

Tanja wühlt in der Innentasche ihrer abgegriffenen Lederjacke. Sie hat sie nicht abgelegt, sondern einfach den Laborkittel darüber gezogen.

Sie zieht das Handy hervor und grinst. Marta ist wieder einmal mit ihrem privaten Böxchen zur Hochform aufgelaufen: Die komplette Telefonliste seit dem frühen Morgen füllt den kleinen Screen. Die Nummer des wütenden Anrufers blinkt ihr entgegen. Eine Nummer aus Deutschland. Sie scrollt die Liste rückwärts

274

durch, da sind noch mehr Anrufe aus Deutschland und anderen europäischen Ländern. Keine aus der Schweiz. Kein Wunder ist die hiesige Polizei noch nicht misstrauisch geworden.

Die Tomoffelkisten in der Scheune fallen ihr ein. In der Schweiz isst niemand die Früchte dieser Pflanze, aber in Deutschland werden sie Gourmetrestaurants serviert, erinnert sich Tanja. Sie hat früher öfter auf ihren Reisen zu wissenschaftlichen Kongressen mit Geschäftspartnern in diesen noblen Restaurants gegessen und sich über das Angebot von Tomoffelgemüse amüsiert, weil es nach nichts schmecken soll und doch schweineteuer ist. Sind die Tomoffellieferungen eine Möglichkeit illegal Drogen zu transportieren? Ein Nebengeschäft?

Sie läuft weiter zur abgebrannten Scheune. Sie schlüpft zwischen den heruntergestürzten, schwarzen Balken und den Skeletten der zerstörten Pflanzgestelle durch. Noch liegt die halbgefüllte Kiste mit Tomoffeln im Löschwasser und löst sich dabei langsam in ihre Bestandteile auf. Sie sammelt zwei der leicht angekohlten Tomoffeln heraus und steckt sie in die Taschen ihres ohnehin nicht mehr blütenweißen Laborkittels.

»Was grübeln Sie da in Schutt und Asche?«, hört sie die Stimme von Alex. Er schwenkt einen zusammengefalteten Bogen Papier und schaut sie streng an. Neben ihm steht Guido Lombardi. Auch er richtet argwöhnische Blicke auf Tanja.

»Ich hole mir nur mein Nachtessen, man kann doch so köstliches Gemüse nicht einfach vergammeln lassen«, gibt sie mit ernster Miene zurück.

Lombardi lenkt ab: »Marianne, ich wollte Ihnen doch mein privates Labor in der Villa zeigen. Jetzt ist die Gelegenheit, das nachzuholen. Das ist Herr Alex Frind von der Oltner Polizei, wir haben vorhin über ihn gesprochen, er möchte die Villa untersuchen. Ich weiß zwar nicht, was er sucht, aber ich kann mich nicht widersetzen.«

Sie macht ein todernstes Gesicht und streckt Alex die Hand entgegen: »Freut mich, Herr Frind! Oh, entschuldigen Sie, meine Hand ist voller Ruß und Dreck!«

275

Alex zuckt amüsiert mit den Mundwinkeln.

Guido Lombardi neigt sich zum Ermittler. »Sie sind doch einverstanden, Herr Frind? Frau Moser ist Biochemikerin und Sie können Ihre Fachfragen gerne an sie richten.«

»Ja, sicher, da Frau Moser ja vom Fach ist, kann das uns nur nützlich sein.«

Lombardi dreht sich um und geht Richtung Villa. Alex zwinkert ihr zu, lässt sich aber sonst nichts anmerken und folgt ihm, Tanja im Schlepptau.

Guido Lombardi führt sie wie ein Makler zur Villa und zeigt ihnen das Erdgeschoss und den ersten Stock. Beide, Alex und Tanja, sind erstaunt, wie geschmackvoll das alte Haus innen renoviert und eingerichtet ist. Elegant und nicht überladen, so lautet Tanjas erster Eindruck. Die bodenlangen Fenster kommen zu ihrem Erstaunen nicht zum Einsatz. Die schief in den Angeln hängenden Fensterläden schließen das Tageslicht und den Fernblick aus. Die alten Fenster sind zwar innen neu gestrichen, außen jedoch blättert die alte Farbe ab. Das alles sieht ihr nach einem Bühnenbild aus, das Wohlstand vorgaukeln soll. Zu welchem Zweck?

»Ich bin Frau Ghorbani sehr dankbar, sie hat mich bis vor Kurzem stilistisch beraten und, wie Sie sehen, hat sie einen sehr guten Geschmack«, merkt Lombardi etwas verlegen an. »Es wäre, wie Sie sehen, noch viel zu tun, aber nun, da Frau Ghorbani weg ist, wird sich die Renovation verzögern.« Dann wendet er sich an Alex: »Herr Frind, Sie haben ja die Einrichtung im Haus von Frau Ghorbani und von Herrn Krämer in Kappel gesehen. Ich hatte sie gebeten, mir bei der Einrichtung dieser alten Villa behilflich zu sein, nachdem ich das geschmackvolle Ambiente in ihrem Haus gesehen habe. Ich muss Frau Ghorbani unbedingt finden. Sie hat so viele Talente. Ich brauche sie im Betrieb und sie ist eine ausgesprochen einfallsreiche Gesprächspartnerin. Sie bringt neue Ideen und überaus großes Methodenwissen. Und ich kann nur wiederholen, sie ist ein sehr liebenswerter Mensch.«

Lombardi realisiert, dass er sich damit sehr unhöflich gegenüber Tanja verhält, und fügt um Verzeihung bittend an: »Aber nun sind

Sie, Frau Moser, ja da, und haben sich wunderbar und schnell eingearbeitet.«

Bei diesen Worten voller Lob, schaut Tanja Alex mit angehobenen Augenbrauen an. Alex schweigt und sieht sich weiter im Wohnraum um.

In diesem Moment öffnet sich die Haustür. Paul eilt herein, hinter ihm Marta. Sie halten erstaunt inne, als sie Alex zusammen mit Tanja bei Lombardi stehen sehen. Paul schließt seinen geöffneten Mund. Die Stille hält an und alle schauen auf Alex. Er kann förmlich die Frage seiner Kollegen hören. Was geht hier vor?

Tanja lenkt ab: »Guido, Sie haben mir von Ihrem Labor erzählt. Dürfen wir das sehen? Es interessiert mich brennend.« Sie löst damit bei Guido sofort eifrige Bewegungen aus. Er führt die Gruppe zur Kellertreppe, die von der modernen Küche im Parterre direkt hinunterführt.

Sie betreten den von kaltem Neonlicht erhellten Raum. Eine eisige, unpersönliche Atmosphäre schlägt ihnen entgegen: Wände und Boden blitzen klinisch sauber. Man würde hier nur ungern die Nacht verbringen. Auf den Tischen stehen nur die notwendigsten Geräte, kein Glasbecher, kein angebrochenes Reagenzfläschchen, keine dieser modernen Pipetten, mit denen man die kleinsten Flüssigkeitsproben verteilen kann, einfach gähnende Leere. Tanjas Hoffnung, an einem Laborgegenstand eine DNA-Probe von Guido zu ergattern, hat sich zerschlagen.

»Bedingt durch meinen längeren Auslandaufenthalt macht der Raum leider einen sehr aufgeräumten Eindruck. Er sieht jedoch nicht immer so aus, besonders, wenn ich arbeite. Das verstehen Sie doch, Frau Moser.« Tanja nickt voller Verständnis: »Kann ich mir lebhaft vorstellen.« Sie grinst dabei verschwörerisch.

Alex schweigt noch immer und lässt seinen Blick um sich schweifen und äußert endlich die Frage: »Wo führt diese Tür da im Hintergrund hin?« Er weist mit der Hand auf eine im Weiß der Wände gehaltene Tür, die nur durch die Spalten in der Wand und einen einsamen Türgriff als solche erkennbar ist.

Guido lächelt verlegen. »Die führt ins Reich von Herrn D'Amato.«

Tanja streckt sich und malt sich den Grundriss des Hauses und die mögliche Ausrichtung des hinter der Tür liegenden Raumes im Gelände aus. »Und das ist auch der Notausgang, der in jedem Labor behördlich vorgeschrieben ist«, schiebt Lombardi nach.

Paul ist schon an der Tür und öffnet sie. Ein dunkler Gang erstreckt sich dahinter. Das Licht flammt auf, als er sich einen Schritt vorwärts wagt. Nach wenigen Schritten findet er sich in einem Raum, an dessen Wänden verschiedene Maschinen aufgereiht stehen. Die beiden Frauen sind neugierig hinter ihm hergelaufen und staunen: Auch hier peinliche Ordnung und Sauberkeit.

»Maschinen zum Zerhacken von Pflanzen und Pressen. Und Rührmaschinen, wie in einer Konditorei?«, fragt Marta.

Sie schauen sich um und Guido zuckt die Schultern: »Wie gesagt, das ist das Reich von Vicenzo. Er bereitet die Pflanzenbreie vor und gibt sie mir zur Extraktion. Es sind Pflanzen, aus denen Arzneimittel extrahiert werden. Ich habe ihm mein Labor als Partner zur Verfügung gestellt. Wir wollen unsere wissenschaftlichen Arbeiten nicht mit den Arbeiten im Routinelabor drüben im Institut vermischen.«

Da flunkerst du aber, mein Bester. Warst du am Samstag, als ich Dienst hatte, nicht bei mir und hast nach irgendwelchen Resultaten gefragt, die deine Arbeit hier betreffen?, geht es Tanja durch den Kopf.

»Was Herr D'Amato mit den so gewonnenen Materialien macht, will ich nicht wissen. Er experimentiert selbst oder verkauft die Substanzen. Ich mache nur die Extraktion für ihn oder modifiziere hin und wieder einen Wirkstoff. Ich muss gestehen, einzelne Substanzen sind sehr giftig für Mensch und Tier und es müssen bei der Arbeit höchste Vorsichtsmaßnahmen getroffen werden.«

Alex schaut Guido Lombardi ungläubig an: »Wie Sie das alles sagen, sind Sie mit der Tätigkeit von Herrn D'Amato nicht einverstanden, stellen ihm aber trotzdem Ihre Laboreinrichtung und Ihr Wissen zur Verfügung? Wie geht das zusammen? Machten Frau Ghorbani und Herr Krämer mit?« Guido schaut verlegen zu Boden und scharrt mit einem Fuß hin und her, so, als wolle er unsichtbare Steine aus dem Weg räumen, sagt aber nichts mehr.

»Während Sie im Ausland waren, wurde Ihr Labor nicht benutzt?«, fragt Marta aus dem Hintergrund. Sie ist den von Alex verlangten Reisekalender, den ihr Lombardi per elektronische Post zugesandt hat, im Kopf durchgegangen.

»Nein«, ist die kurze Antwort.

»Warum nicht? Weil er das chemische Know-how nicht hat? Frau Ghorbani hätte ihm die Arbeit sicher abnehmen können.«

Lombardi schweigt verstockt.

»Können wir uns im Wohnraum kurz zusammensetzen?«, bricht Alex das Gespräch ab. Brandgeruch schwappt in das Kellerlabor, als Paul die weiße Tür hinter ihnen schließt.

Sie lassen sich auf der Sitzgruppe im großzügigen, aber abgedunkelten Wohnraum nieder. Wieder schweigen alle. Guido scheint nicht beunruhigt zu sein. Alex schaut ihm in die Augen.

»Herr Lombardi«, beginnt er, »ich sehe den Zeitpunkt als gegeben, Ihnen etwas mitzuteilen.« Er lässt diese langsamen und nicht zu laut ausgesprochenen Worte einsinken. »Herr Lombardi, Ihre Freunde Frau Luana Ghorbani und Herr Patrick Krämer sind beide tot!«

Guido springt entsetzt von seinem Sitz hoch und schlägt sich die Hände vor das Gesicht. Er lässt die Hände sinken und Tränen rinnen aus seinen Augen.

»Ich habe es geahnt! Die ganze Zeit, seit ich zurück bin, habe ich mich gefragt, wo Luana und Patrick geblieben sind. Als Vicenzo mich bei meiner Rückkehr informierte, Luana habe Knall auf Fall gekündigt und Herr Krämer sei auf Reisen in den Staaten, hatte ich zwar ein ungutes Gefühl, aber da ja Frau Moser bei uns angefangen hat und offensichtlich schon viel, wenn nicht alles, im Griff hatte, unterließ ich meine Fragerei.«

»Haben Sie wirklich nichts gewusst und nichts unternommen?«

»Was hätte ich denn tun sollen? Herr D'Amato ließ mich nicht zweifeln, dass alles seine Ordnung habe. Da Luana das Heu schon lange nicht mehr auf der gleichen Bühne mit ihm hatte, hat sie ihn gemieden und alle Kontakte auf Laborfragen beschränkt. Luana führte das Labor selbstständig und brauchte deshalb den Kontakt mit ihm nicht. Und als Lebenspartner von Luana hat auch Patrick den Kontakt mit Herrn D'Amato auf ein Minimum beschränkt und seine Geschäfte selbstständig verrichtet, auch seine Reisen hat er, mit meinem Einverständnis, selbst organisiert. Er brauchte Vicenzo nicht. So hat Patrick offensichtlich die Gelegenheit genutzt, dass auch ich weg war, und ist auf Reisen gegangen, um Distanz zu gewinnen.« Wieder herrscht betretenes Schweigen.

»Wissen Sie, wie die beiden zu Tode kamen?«, fragt Guido und wieder fließen Tränen über seine Wangen.

Tanja will ihn die tragischen Umstände auch aus ermittlungstaktischen Gründen nicht wissen lassen und lenkt mit ihrer Gegenfrage ab: »Wie hat sich denn Frau Egger geäußert, als Luana gekündigt hat? Frau Ghorbani hat ja offensichtlich ihre persönlichen Sachen weitgehend hier im Institut gelassen, wie mir Nadja bei meinem Arbeitsantritt erklärt hat.«

Tanja merkt erschrocken, es war nicht an ihr, diese Auskünfte zu geben und diese Fragen zu stellen. Sie ist einmal mehr in ihre Rolle der Polizistin zurückgefallen. Guido kümmert das nicht. Er ist in echter Trauer gefangen.

»Ich konnte bis jetzt mit Frau Egger kein Gespräch in dieser Richtung führen. Ich war ja nicht da«, gibt er leise zur Antwort.

Alex steht in diesem Moment auf, um die Führung zu übernehmen.

»Herr Lombardi, unser herzliches Beileid zum Tod Ihrer Freunde, die offensichtlich mehr als gute Arbeitskollegen und Freunde waren.« Er wird wieder sachlich. »Ich danke Ihnen, Herr Lombardi, dass Sie uns Ihr Haus gezeigt haben.«

29

Mit geschlossenen Augen, leichenblass und verloren liegt die Frau im Bett. Ein Monitor blinkt im Rhythmus des Herzschlags. Grüne Wellen laufen unablässig über den schwarzen Bildschirm, hin und wieder stört ein Stolpern der Herzfrequenz den Verlauf. Die Arme ruhen schlaff auf der Bettdecke und sind durchzogen von blauen Adern. Die Wangenknochen schauen spitz aus dem Gesicht, als wäre alles vorbei.

Behutsam nähern sich die drei Ermittler. Vor den Fenstern des klinisch weißen Zimmers verstärkt der graue Himmel den Eindruck von Krankheit und Schwäche. Aus tiefhängenden Wolken perlen dicke Regentropfen über die großen Fensterscheiben und malen ein wildes Durcheinander von Punkten, Kreisen und Strichen, die die dahinterliegenden Dinge verzerrt daherkommen lassen. Die mittlerweile gelben und braunen Herbstfarben unten im Hof geben den Wassertropfen am Fenster eine bewegte Buntheit, die sich niemals wiederholt.

»Frau Egger, wie geht es Ihnen? Ich bin Alex Frind von der Kantonspolizei in Olten. Das sind meine Kollegen Marta Kissling und Paul Kuchta. Dürfen wir Ihnen ein paar Fragen stellen?«

Weder sein Name noch der seiner Mitarbeiter oder seine Frage nach ihrem Befinden lösen eine eindeutige Reaktion aus. Nur schwaches Zucken der Augenlider kann als solche gedeutet werden.

Sie warten. Keine Chance. Sie müssen später nochmals vorbeikommen.

Während der Chef versucht, von Nadja Egger eine Auskunft zu erhalten, schaut sich Paul etwas ratlos im Zimmer um und erstarrt: Da steht unschuldig ein kleiner Strauß mit Ähren und weißen Rosen auf dem Tisch an der Wand vor einem Lehnsessel. Er stößt mit dem Ellbogen Marta an und weist mit dem Kopf auf den Strauß.

Die Ähren haben kleine, schwarze Ausstülpungen. »Der gleiche Blumenspender wie bei Dominik!«, flüstert Marta erregt. »Vicenzo D'Amato. Er ist hier gewesen! Verdammt wir sind zu spät!«

Das Geflüster der beiden Mitarbeiter macht nun auch Alex aufmerksam, nachdem er vergeblich versucht hat, eine Regung von Nadja Egger festzustellen. Er stellt trocken fest: »Er hat ihr nichts angetan, er ist sich sicher, sie wird nichts aussagen! Die Frage ist nur, wann war er hier?«

Sie verlassen eilig das Zimmer:

»Er wird ihr nichts tun. Er muss zu einem Zeitpunkt hier gewesen sein, als es schlimmer um sie gestanden ist. Er hat wahrscheinlich angenommen, dass die Natur das Ihrige tun werde und sie seine Geheimnisse ins Grab nehmen würde. Wir müssen sie in ein anderes Zimmer verlegen lassen. Ich werde umgehend den Chefarzt kontaktieren.« Er läuft zum Stationsbüro. »Wo kann ich den Chefarzt sprechen?«

»Es ist nicht Lombardi, sondern D'Amato. Aber wir können ihm nicht einmal nachweisen, dass er Frau Egger verprügelt, geknebelt und in dieses Loch geworfen hat, wo sie elendiglich sterben sollte. Aber er scheint raffiniert genug zu sein, ihr nicht selbst den Todesstoß zu geben«, murmelt Paul.

»Aber Paul! Beide können Sträußchen binden, beide kennen Nadja«, entgegnet ihm Marta.

»Wann soll Lombardi dagewesen sein? Wir haben ihn mindestens seit heute Morgen unter Beobachtung.«

Paul steht mit Marta vor Nadjas Zimmer und kratzt sich unschlüssig am Kinn. Ihm ist unwohl in dieser Umgebung. Er brummt: »Nur Vicenzo D'Amato kann um diese Jahreszeit Roggenähren beschaffen, er ist an der Quelle. Die halten nach dem Pflücken lange, er ist mit Frau Egger zusammen. Hör mal, die waren ein Paar.« Entschlossen reißt er einen Plastiksack aus der Tasche, geht ins Zimmer zurück, packt das Sträußchen ein: »Dir ist schon bewusst, dass uns das Sträußchen nicht als Beweismittel dienen kann!«, schimpft Marta.

282

»Aber wir können damit prüfen, ob die Ähren von den gleichen Pflanzen, wie die in der Scheune stammen! Das gibt uns mehr Sicherheit! Und zudem, es herrscht eine Notlage!«, sagt er verlegen und grinst.

30

Die Nacht ist rabenschwarz und nicht nur die Nacht, auch Alex Frinds Stimmung ist dunkel. Er wartet auf Lichtblicke, die einfach nicht kommen wollen. Immerhin hat er die Verlegung Nadja Eggers beim Chefarzt erreicht. Ein kleiner Erfolg.

Irgendwann, hoffentlich bald, würden sie mit ihr reden können. Mit offenem Hemd sitzt er an seinem Küchentisch. Er ist zu müde, einen Entschluss zu fassen. Er hat vorhin in den Kühlschrank geschaut: noch immer blitzten ihn leere Regale an.

Das Telefon spielt leise Töne von Vivaldis Vier Jahreszeiten und er meldet sich mit müder Stimme.

Marta meldet aufgeregt:

»Vicenzo D'Amato ist abgetaucht!«

»Danke, Marta, für die Nachricht! Der wird schon wieder auftauchen. Gute Nacht!«, ist das Einzige, was er darauf antwortet, und legt auf.

Wie ihm das alles langsam zum Hals heraushängt.

Er schlurft in sein Schlafzimmer und reißt sich die Kleider vom Leib. Sie bilden einen ungeordneten Haufen. Er wirft sich erschöpft auf das nicht aufgeschlagene Bett.

Als er erwacht, gilt sein erster Gedanke den Unternehmungen des neuen Tages. Eine seltsame Euphorie hat ihn gepackt. Der tiefe, traumlose Schlaf hat ihm gutgetan.

Er steigt achtlos über den Kleiderhaufen und nimmt frische Kleidung aus dem Schrank. Der Knall einer ins Schloss fallenden Wohnungstür hallt durch das Treppenhaus.

»Heute ausnahmsweise zwei Laugengipfel und einen Cappuccino!«, ruft er dem Kellner aufgeräumt zu, als er sich im Café Ring auf seinen gewohnten Stuhl an der Theke schiebt.

285

Der Cappuccino steht keine zwei Minuten später vor Alex und drei Laugengipfel schauen verführerisch unter einer Serviette versteckt aus einem geflochtenen Körbchen.

»Alex, was hast du heute vor, du wirkst so unglaublich aufgekratzt.«

»Ach, nichts Besonderes, es regnet heute nicht mehr!«

Alex zuckt die Schultern, dabei macht er ein zufriedenes Gesicht, schlürft genießerisch seinen Cappuccino und kaut am ersten Laugengipfel.

Es ist ruhig an diesem Morgen, nur einzelne Fahrzeuge zuckeln müde vorbei. Kunststück, da vorne ist die Straße ja wegen Bauarbeiten gesperrt. So kann man auch Verkehrsberuhigung erreichen, grinst er in sich hinein.

»Paul und Marta, ich fahre heute zu Lombardi. Ich bin gegen Mittag zurück. Ich muss diesem Mann noch einmal auf den Zahn fühlen, der sagt uns nicht alles.«

Die beiden schauen missmutig hinter ihren Bildschirmen hervor. Sie wären allzu gerne mitgefahren.

»Willst du nicht wissen, wo D'Amato steckt?«

»Wisst ihr es?«

Sie schütteln beide verneinend den Kopf.

Marta sagt: »Wir haben nichts gegen ihn in der Hand, wir können ihn nicht zur Fahndung ausschreiben.«

»Aber Marta, du bist doch so geschickt im Umgang mit dem neuen Computer. Du findest heraus, wo er steckt. Und du Paul, hast sicher auch ein paar Ideen«, muntert er sie beide auf. Er schwingt seine Jacke über die Schulter und geht, einen Schlager falsch summend, aus ihrem Büro.

Die Empfangsdame im Institut schaut ungeduldig auf, als Alex durch die große Eingangstür kommt und nach Guido Lombardi fragt. Das Telefon klingelt aufdringlich. Alex winkt ab. »Ich finde selbst hinauf.«

Er nimmt die teppichbelegte Treppe in den dritten Stock mit zwei

Schritten auf einmal. Unten summen Apparate, über ihm bläst die Ventilation kühle Luft in seinen Nacken.

Lombardi öffnet auf Alex' Klopfen die Tür und bittet ihn, einzutreten. Er wirkt antriebslos, weist den Ermittler jedoch höflich an, in der Sitzgruppe Platz zu nehmen und setzt sich ihm gegenüber. Er schaut ihn abwartend an.

»Herr Lombardi«, Alex wählt eine härtere Tonart, als er eigentlich beabsichtigt. »Sie verschweigen uns etwas! Wir suchen nach dem Mörder oder der Mörderin von Frau Ghorbani und Herrn Krämer. Was wissen Sie?«

»Verdächtigen Sie mich?«, reagiert Lombardi erschrocken. »Ich versichere Ihnen, ich kann keiner Fliege etwas zuleide tun! Luana und Patrick waren meine liebsten Freunde, fast wie meine Familie.« Mit weit aufgerissenen Augen sitzt Lombardi vor Alex. Seine Hände zittern und er faltet und öffnet sie im Sekundentakt.

Alex schaut sein Gegenüber schweigend an. Er erhebt sich und geht zum Fenster, schaut hinaus und sieht gleichzeitig, wie sich das Zimmer hinter ihm spiegelt. Er vergisst die Landschaft vor ihm und beobachtet Lombardi, wie er gebeugt im Sofa sitzt.

Das nervöse Falten und Öffnen der Hände gehen weiter.

Die Minuten verstreichen. Kein Wort fällt. Dann: »Ich fühle mich schuldig am Tod meiner Freunde, aber ich habe sie nicht umgebracht!«, findet Lombardi leise seine Stimme wieder.

»Wer könnte es denn sonst gewesen sein?«

»Herr Frind, ich war im Ausland, in Italien, glauben Sie mir, bei meinen Verwandten und ich fuhr von Bologna aus, wo ich an der Universität Freunde besucht hatte, an die Küste. Und auf der Yacht eines Freundes habe ich mit ihm eine Kreuzfahrt bis nach Spanien unternommen. Ich hatte keine Ahnung, was hier in Hochrütti Schreckliches geschehen ist. Ich genoss einfach, einmal freie Zeit für mich zu haben, auf die Wellen zu schauen und nachzudenken. Es war einfach unglaublich entspannend. Mein italienischer Freund hat einen kleinen Chemiebetrieb von seinem Vater übernommen und wir haben Pläne geschmiedet, wie wir zusammen Medikamente entwickeln und vermarkten könnten. Alles auf freundschaftlicher

Basis bei einem Glas Prosecco auf den Wellen. Von der Kreuzfahrt bin ich zurück nach Bologna zu meinen Verwandten, von wo ich über den Brenner nach München zu Freunden am Chemischen Institut gereist bin. Wir haben da Resultate von neuen und alten Studien zum Thema Derivate von Ergotamin und Migräne ausgetauscht. Das war übrigens auch eines der Gesprächsthemen auf den Wellen des Mittelmeers.

Wir glauben, auch wenn es mittlerweile andere Medikamente gibt, die die Auswirkungen von Migräneanfällen vermindern, dass unser Weg ebenfalls zum Ziel führen kann. Wir arbeiten schließlich seit mittlerweile bald dreißig Jahren daran.«

Alex dreht sich vom Fenster weg. Lombardi hat sich gefangen, seit er von seinem Forschungsgebiet sprechen kann, scheint er Halt und mehr Sicherheit bekommen zu haben. Er unterbricht den mittlerweile schnelleren Redestrom seines Gegenübers nicht.

»Auch die Gespräche in München waren sehr aufschlussreich und sie haben in mir viele Ideen geweckt.«

Von einem Moment auf den anderen wird er lauter: »Sie müssen mir glauben, Herr Frind, die letzten vier Monate war ich nicht hier in Hochrütti!

Da wir in Herrn D'Amato, Frau Ghorbani, aber auch in Herrn Krämer ein ausgezeichnetes Führungsteam haben … hatten«, korrigiert er sich, fährt aber sofort weiter, »konnte ich mir eine dermaßen lange Auszeit erlauben. Ich habe mir den Luxus gegönnt, das Telefon nur für Notfälle zu benutzen. Ich hatte keinerlei Kontakt mit den anderen.«

Alex schaut ihn an. Er glaubt ihm nicht.

»Wie erklären Sie sich, dass Herr D'Amato Ihnen einreden konnte, Frau Ghorbani habe gekündigt? Wollte er ihren Tod vor Ihnen verschweigen? Hat er sich wirklich nicht bei Ihnen gemeldet? Als Partner wäre das doch nur normal, mindestens eine SMS an Sie zu schicken.«

Lombardi geht nicht darauf ein.

»Herr D'Amato hat ausgenutzt, dass Luana, Patrick und ich sehr, sehr eng befreundet waren und ich ihnen blind vertraue, …

288

vertraute. Er wusste, dass wir schon in Luzern, in unserem Stammhaus, nicht nur bei der Arbeit, sondern auch in der Freizeit ein Trio waren. Wir drei haben Bergtouren unternommen, haben gemeinsam einen Segelkurs auf dem Vierwaldstättersee gemacht und sogar einmal einen Segeltörn im Mittelmeer unternommen. Patrick war in jüngeren Jahren ein etwas wilder Partygänger, aber als er Luana kennenlernte, ist er ruhiger und sesshafter geworden.«

»Waren Herr Krämer und Frau Ghorbani verheiratet?«

Lombardi stockt: »Jetzt kann ich es ja sagen. Frau Ghorbani konnte nicht heiraten. Sie kam zwar legal, zusammen mit ihrem alten Vater aus dem Iran in die Schweiz, aber ihr Visum war verfallen. Ihr Vater war todkrank. Wenn Patrick und Luana offiziell hätten heiraten wollen, hätte sie sich ausweisen müssen. Sie hatte keinen Führerschein und natürlich auch keinen gültigen Pass. Nicht einmal eine Identitätskarte.«

»Und Herr D'Amato wusste das?«

»Ja«, antwortet Lombardi kleinlaut.

»Hat er Frau Ghorbani mit diesem Wissen erpresst?«

»Bis zu einem gewissen Grad schon. Sie musste manchmal für ihn gefährliche Arbeiten ausführen. Sie musste die Pflanzen, die er in der Scheune kultivierte, extrahieren und die Wirkstoffe konzentrieren, mit denen er experimentieren wollte.«

»Und Sie haben sowohl die erpresserische Art und Weise, wie Herr D'Amato Frau Ghorbani behandelt und ausgenutzt hat, zugelassen als auch, dass er sie gefährdet hat«, sagt Alex vorwurfsvoll.

In diesem Augenblick unterbricht ein heftiges Klopfen das Gespräch, das eher den Charakter eines Verhörs angenommen hat. Im Türspalt erscheint Tanjas schwarzer Wuschelkopf. »Guido, wir brauchen unten im Labor dringend Ihre Hilfe, die Daten der Apparate werden nicht mehr in den Laborcomputer übertragen, bitte kommen Sie, ich schaffe das nicht.« Während sie spricht, bemerkt sie Alex am Fenster und ist trotz der Aufregung Schauspielerin genug, entschuldigend in seine Richtung zu nicken.

Lombardi springt auf und geht schnell, sehr zum Ärger von Alex, mit einem kurzen »Entschuldigung, Herr Frind« hinter Tanja aus der Tür. Auch Tanja bekommt einen bösen Blick. Es kümmert sie nicht, der Supergau scheint eingetreten.

Alex kann nicht anders, er eilt hinter den beiden Laborleuten her. Was kann so dringend sein?

Der Apparateraum gleicht der Szene aus Madame Tussauds Wachsfigurenkabinett. Das Personal steht wie festgemauert, mit dem Rücken zur Tür. Alle scheinen in ihren Bewegungen und Handlungen eingefroren. Sie schauen gebannt auf einen Mann in bunter Radlerkleidung, der vor der offenstehenden Notfalltür hinter seinem Rücken Aufstellung genommen hat.

Als er durch die Labortür eintreten will, hält Lombardi plötzlich versteinert ein. Tanja, die hinter Lombardi ins Labor treten will, wirft einen kurzen Blick auf die Szene. Auch das noch! Sie hält sich weiter im Hintergrund. Sie hat in einem Augenblick genug gesehen. Sie analysiert in Sekundenbruchteilen die Situation und beschließt zu handeln.

Spontan dreht sie sich um und bedeutet Alex, der beinahe in Tanja hineingelaufen wäre, stehen zu bleiben und formt mit dem Mund die Worte »D'Amato, Waffe«. Sie läuft zur Treppe. Alex erkennt sofort, was sie vorhat, und ist unschlüssig, ob er sie aufhalten oder gewähren lassen soll.

Sie läuft aus dem Haus, umrundet das Gebäude und steigt vorsichtig Tritt für Tritt die Feuertreppe nach oben. Die Eisentreppe vibriert unter ihren modischen Turnschuhen und sie ist in steter Furcht, D'Amato könnte sie hören.

Alex, wie immer unbewaffnet, kann nichts anderes tun, als in Hör-, aber außer Sichtweite zu warten. Er greift zu seinem Handy und aktiviert den Noteinsatz. Marta spricht am anderen Ende der Leitung in ruhigem Ton: »Alex, du brauchst Hilfe. Hochrütti? Okay – Wir sind unterwegs!«

Im Labor beginnt an einem Apparat der Alarm zu schrillen. Das Gerät schreit nach frischem Lösungsmittel. Der Ton ist in der verängstigten Stille unerträglich laut.

»Ah, der Herr Lombardi bemüht sich auch zur Arbeit!«, höhnt

D'Amato, der breitbeinig und mit hasserfülltem Gesicht im Raum steht.

»Gib die Schlüssel heraus, sonst muss die Kleine hier dranglauben.« Er richtet seine Pistole auf eine Assistentin in seiner Nähe, wechselt sie dann ruckartig in Lombardis Richtung. Unversehens packt er die Haare der in seiner nächsten Nähe stehenden Laborantin. Sie schreit kurz auf. Er zieht sie grob an ihren blonden Haaren zu sich heran, umfasst ihren Hals, hält nun die Pistole an ihre Schläfe und schleift sie Richtung Notausgang. Tränen laufen aus den schreckhaft geweiteten Augen der Frau. Sie schweigt oder sie kann vor Schreck nicht schreien.

Das Bild der Küche im Haus des Padrone in Bologna schießt Lombardi im Bruchteil einer Sekunde durch den Kopf: Die Drohung, wenn er nicht spuren würde, würde sein Cousin nachhelfen, ruft in ihm wilde Bilder von Blut, Verzweiflung und Tod hervor.

Sein weit entfernter Verwandter steht hier und macht die Drohung wahr, so wahr, dass einer von ihnen in den nächsten Sekunden tot sein wird.

D'Amato atmet hart. Die Assistentin in seinem Arm ist nahe einer Ohnmacht. Ihr Körper hängt schlaff unter seinem Griff, einer Stoffpuppe ähnlich, deren Füllung aus dem Puppenkörper gerieselt ist.

Keiner sagt ein Wort. Nur das Summen der Ventilation und das verzweifelte Klingeln weiterer Apparate, die einen Systemfehler melden, zerreißen die Stille im Raum.

Tanja nutzt den lauten Lärm des Alarms, um ungehört die nächsten Stufen zu erklimmen. Dann hält sie wieder an. Die Frau in der Gewalt von Vicenzo rührt sich nicht und droht jetzt dem Griff des Erpressers zu entgleiten.

Lombardi macht einen Schritt vorwärts auf Vicenzo zu und sagt mit fester, erstaunlich ruhiger Stimme: »Vicenzo, lass Frau Müller gehen und nimm mich als Geisel.«

In diesem Moment kommt Alex aus der Deckung und ruft: »Herr D'Amato, lassen Sie die Frau frei und die Waffe fallen!« Seine eigene Pistole liegt gut geölt in seinem Schreibtisch.

D'Amato, überrascht vom Auftreten von Alex, stößt die Frau

heftig von sich. Ihr Körper gleitet zu Boden. D'Amato dreht sich um und gibt einen Schuss ab. Die Kugel durchdringt die Außenhülle eines Laborautomaten und schlägt ein großes Loch in einen Fließmitteltank. Der Inhalt tropft durch das Gerät auf einen elektrischen Kontakt und löst einen Kurzschluss im ganzen Haus aus. Das Licht geht aus, die Apparate stehen stöhnend still.

D'Amato nutzt die Gelegenheit, schießt noch einmal wahllos in den Raum und verletzt eine Mitarbeiterin am Arm. Er springt durch die Tür auf die Notfalltreppe und drückt Tanja, die sich hinter der Tür verborgen hat, brutal zur Seite. Sie taumelt. D'Amato bekommt blitzschnell ihren Arm zu fassen und reißt sie mit sich. Er nimmt sie in den Würgegriff zu fassen und schleppt sie die Notfalltreppe nach unten. Ihre Füße schlagen dabei schmerzhaft auf den eisernen Stufen auf.

Unten angekommen stößt er sie zur Seite, richtet die Pistole auf sie und rennt. Im Rennen drückt er noch einmal ab und verfehlt Tanjas Kopf nur um Haaresbreite.

Er schnappt sich das Mountainbike, mit dem er gekommen sein muss. Aus der Ferne ist das gefährliche Jammern der Polizeisirenen zu hören. Er schwingt sich auf den Sattel und jagt, ohne sich noch einmal umzusehen, die hinter dem Institut liegende Bornstraße hinauf. Er muss dabei einem entgegenkommenden Auto ausweichen. Der Fahrer bremst scharf und hupt wütend. Das Hinterrad des Bikes rutscht. Er fängt sich und tritt in die Pedale.

Tanja hat sich in Deckung geworfen, kann aber gerade noch sehen, welche Richtung D'Amato eingeschlagen hat. Ein flammend rotes Damenfahrrad lehnt ungesichert am Zaun des Instituts. Sie schwingt sich, ohne zu zögern, in den Sattel. Der Laborkittel behindert sie etwas, doch sie hat keine Zeit, die weiße Schürze abzuwerfen.

Sie jagt hinter Vicenzo die Straße Richtung Wald. Immer wieder rutscht die altertümliche Gangübersetzung am Hinterrad des alten Teils. Sie kommt nur mühsam vorwärts und sieht D'Amato hinter den Büschen des Waldrands verschwinden. Sie flucht, um ihrem Frust Luft zu geben, wie ein Bürstenbinder.

292

Das Vibrieren ihres Smartphones in ihrer Tasche lässt sie ihre Fahrt verlangsamen, der Abstand vergrößert sich. Sie reißt das Telefon aus ihrer Hosentasche und keucht hinein: »Er fährt die Bornstraße hoch, will wohl hinüber in den Aargau oder über den Berg nach Olten. Ich fahre ihm nach.«

»Tanja, bleib wo du bist, du darfst nicht hinter ihm her! Verdammt, du bist nicht mehr bei der Polizei!« Die wütende Stimme von Alex verhallt ungehört im Fahrtwind. Nein, sie ist nicht mehr bei der Polizei, deshalb muss sie nicht auf Alex' Befehl hören.

Spaziergänger, die ihre Hunde auf der Bornwiese spazieren führen, sehen erstaunt eine farbenfrohe Gestalt den steilen Weg heraufkeuchen. Mehr als hundert Meter hinter der Farbkugel flattert ein weißer Laborkittel von einem roten Drahtesel.

Der Abstand vergrößert sich weiter. Ein Zipfel des Labormantels verheddert sich im Hinterrad. Es blockiert und Tanja stürzt kopfüber über den Lenker, rappelt sich wieder hoch. Der Ton von zerreißendem Stoff macht ein ratschendes Geräusch. Das Hinterrad ist wieder frei. Sie steigt wieder auf und hetzt weiter den Berg hoch. Die Fahrradkette rutscht erneut bei dem heftigen Tritt Tanjas in die Pedale. Sie fällt einmal mehr vornüber über den Lenker und senkt dadurch unwillkürlich den Kopf.

Sie hört das leichte *Blopp*. Die Pistolenkugel hat sie verfehlt.

Etwas verspätet wirft sie sich, aber in Erwartung eines weiteren Schusses, mitsamt dem Fahrrad zur Seite, steigt jedoch sofort wieder auf und jagt weiter.

Alex, der Staatsanwalt, alle können sie mal. Sie muss den Kerl kriegen. Sie sieht den bunten Farbfleck erneut hinter den Büschen verschwinden und wieder aufleuchten. Er holpert und rutscht über kleine Wildwechsel und Trampelpfade, die Bornwanderer ausgetreten haben, den Berg hinauf. Er dreht sich um und zieht erneut die Pistole aus seinem Hosenbund, zielt, ein leeres Klicken. Erstaunt schaut er auf die unnütze Waffe und schleudert sie wütend in den Straßengraben.

Ihm bleibt keine Zeit, sie weit ins Gebüsch zu werfen.

Im Abstand von wenigen Sekunden flitzen die beiden Räder am Markierungsstein »Häxechuchi« vorbei.

Aus Tanjas offenem Telefonanschluss hört sie das Krächzen des Polizeifunks und wahllos rapportiert sie ihren Standort in kurzen Zeitabständen.

D'Amato hat jetzt einen größeren Abstand gewonnen. Tanja ruft deshalb laut und eindringlich, ja fast verzweifelt: »Er fährt Richtung Känzeli, ich kann die Fahne schon sehen.«

Ein Helikopter schwebt ratternd über dem Aarburger Schloss gegenüber der Wand. Das Flattern der Rotorflügel kommt bedrohlich näher.

Sie konzentriert sich auf Vicenzos Bewegungen, ihr Vorderrad rutscht, sie wird dadurch einmal mehr abgelenkt.

Vicenzo schwenkt auf einen weiteren von Wurzeln durchzogenen Pfad hoch über der Steilwand ein, die zur Aare tief unter ihnen abfällt. Er schwankt und rutscht, so auch Tanja. Die Fahrt wird immer waghalsiger. Tanja ist mit ihrer Kraft am Ende. Das Kellerabenteuer hat sie mehr mitgenommen, als sie zugeben will.

Plötzlich hört sie aus ihrem Smartphone die Stimme des Piloten aus dem Helikopter: »Wir haben ihn im Blickfeld, bleiben Sie zurück!« Vor Überraschung rutscht sie. Der Abgrund kommt gefährlich näher, sie schlittert mit dem alten Fahrrad, lässt den Lenker fahren und greift, während sie in den freien Fall übergeht, mit einer Hand nach einer losen Wurzel. Sie schreit verzweifelt und greift mit der zweiten Hand nach oben, kriegt die lose Wurzel zu fassen und baumelt jetzt hilflos über dem Abgrund.

Ihr Knie blutet heftig. Warm läuft es ihr Bein entlang und färbt Haut und Hose.

Sie pendelt hin und her, hält sich krampfhaft fest und zieht sich langsam wieder nach oben. Sie schwingt ein Bein nach oben und es gelingt ihr, mit einem Fuß Tritt zu fassen und sich auf sicheres Gelände zurückzuziehen.

Erschöpft schnaufend liegt sie auf dem schlickigen Boden. Ihr Gesicht ist nass von Schweiß und Tränen. Ihr Puls rast. Endlich schafft sie es, sich aufzurichten.

Die Wunde an ihrem linken Knie pulsiert. Sie schaut an sich hinunter. Die Hose ist zerrissen, Blut rinnt in ihre Schuhe.

Ihr Blick gleitet über den Rand hinunter, ihr graust: Ein buntfarbiger Fleck hängt in einem Baum. Ein Bike hat sich in einem Ast unter der reglosen Gestalt verfangen. Am Fuß des Abhangs drehen sich noch immer die Räder des roten Velos.

Der Wind bläst jetzt kräftig durch die schon recht kahlen Äste. Sie zittert vor Kälte und Aufregung. Sie atmet tief ein und aus, ihre bewährte Methode, um sich in den Griff zu kriegen. Vom gegenüberliegenden Ufer der Aare winkt die Schlosskirche von Aarburg. Autos fahren achtlos durch das Städtchen.

*

Sie humpelt den schmalen, unebenen Pfad zurück zur Waldstraße und setzt sich auf einen am Rand liegenden Baumstamm. Der Wald schweigt. Das Knattern der Helikopterblätter entfernt sich. Ein Bussard kreist gemächlich über ihr und stößt zeitweise schrille Schreie aus, was ihr eine Gänsehaut verursacht. Sie denkt an den schlaffen Körper in den Ästen der hohen Buche.

Der stärker werdende Wind reißt vermehrt Herbstblätter von den Bäumen, die immer kahler und bedrohlicher zu wirken scheinen.

Sie ist aufgewühlt: Hat sie D'Amato mit ihrer Verfolgungsjagd ins Verderben gestürzt? Hat sie damit eine Straftat begangen? Oder hat sie sich nur gewehrt? Er hat sie schließlich gewürgt, sie als Geisel genommen und auf sie geschossen. Ist es da nichts als natürlich, dass sie ihn verfolgt hat?

»Du bist als Zivilperson hinter ihm hergefahren, du bist keine Polizistin mehr. Was hast du dir dabei gedacht?«

»Nichts. Ich war einfach wütend. Immer redet man von Zivilcourage. Ich tat nur meine Bürgerpflicht.«

Tief in ihr drin wühlen die Scham und Schuldgefühle, und auch Angst davor, was aus ihrem Handeln werden wird.

Sie erhebt sich und beginnt, den Weg zurück nach Hochrütti

entlang zu humpeln. Ungewöhnlich für Tanja, läuft sie mit hängendem Kopf durch den Wald. Am steilen Bord des Weges hinter einem kleinen Busch sieht sie eine Pistole liegen.

Das Empfangspult im Institut ist verwaist. Aus dem oberen Stockwerk hört sie die Stimme von Alex im Befehlston:

»Meine Damen, bitte beenden Sie Ihre Tätigkeit für die nächsten Tage und stellen Sie auf Notbetrieb um. Das Labor ist polizeilich geschlossen! Herr Lombardi, halten Sie sich zu unserer Verfügung, verlassen Sie das Haus nicht!«

»Und die Resultate?«, hört er aus dem Hintergrund eine Mitarbeiterin zaghaft fragen. Alex kann sie kaum verstehen, die defekten Apparate bimmeln und jammern. Auf dem Boden breitet sich eine Lache des Inhalts aus dem zerschossenen Lösungsmitteltank immer weiter aus und macht den Boden immer glitschiger.

Alex reagiert ungewöhnlich harsch und knurrt die verschüchterte Assistentin grimmig an: »Heute müssen Ihre Kunden auf ihre Resultate verzichten, leiten Sie die eintreffenden Proben weiter an das Hauptlabor oder zu einem Partnerlabor. Sie werden wohl genügend zu tun haben, dieses Chaos hier aufzuräumen.«

Alex sieht die Empfangsdame, die verstört an den Türpfosten lehnt. Sie braucht etwas zu tun, um sich von ihrem Schock zu erholen. Er beauftragt sie, obwohl dies nicht seine Angelegenheit ist: »Und Sie, Frau Zumtor, kontaktieren Sie Ihre Zentrale in Luzern. Bitten Sie darum, dass die nötigen Schritte auf Anordnung der Oltner Polizei von der Leitung in Luzern veranlasst werden. Und bitte beantworten Sie keine Fragen gegenüber niemandem, auch nicht gegenüber der Laborzentrale! Weisen Sie die Gesprächspartner an, mit der Zentrale der Kantonspolizei Kontakt aufzunehmen.«

Das fehlte mir noch, dass die ihre Schäfchen ins Trockene bringen, die hängen da garantiert mit drin, geht es ihm durch den Sinn. Aber damit soll sich die Staatsanwaltschaft befassen.

Tanja steht unversehens verschmutzt und blutend, mit einer in Blätter eingehüllten Pistole in der Hand im Türrahmen und blickt schweigend auf das Durcheinander. Die Frauen stoßen einander an und nicken schweigend mit dem Kopf zur Tür.

Als Alex sie bemerkt, nimmt sein Gesicht kurz einen wütenden Ausdruck an, so, als wollte er rufen: Schon wieder hast du eigenmächtig gehandelt.

Sein Gesicht wird weicher, als er ihren schuldbewussten Blick und ihre geschundene Kleidung wahrnimmt. Am liebsten würde er sie tröstend in die Arme nehmen, lässt es aber bleiben.

Die polizeiliche Einsatztruppe hat sich aus dem Haus zurückgezogen. Sie ist anderen Aufgaben in der Gegend zugeteilt worden.

Lombardi ist von Marta und Paul in die Mitte genommen und zurück in sein Büro geführt worden, wo sie ihn schweigend bewachen. Er sitzt mit gesenktem Kopf im Sofa.

Marta beobachtet die Bewegungen Lombardis aus den Augenwinkeln. Sein Körper hat alle Spannung verloren. Kein Wunder, er hat sich seinem Gegner ohne Schutz und ohne die Möglichkeit zur Gegenwehr entgegengestellt. Jetzt ist er ausgelaugt. Wir werden ihn knacken, triumphiert sie innerlich.

Sie sieht sich genauer in dem Raum um, in dem sie beim ersten Besuch keine Gelegenheit hatte, einen Eindruck zu erhalten. Sie entdeckt an der Wand die glänzend blinkende Kaffeemaschine und die Batterie der Spirituosenflaschen. Symbole der Macht. Eine unbezahlbare Kaffeemaschine, einen Bürostuhl, der den kleinsten Zwerg zum Riesen machen soll. Marta schüttelt den Kopf, merkt sich aber all die kleinen Details.

»Herr Lombardi, darf ich Ihnen einen Kaffee bringen? Sie können sicher einen brauchen.« Er nickt und sieht sie mit dankbarem Blick an.

»Bitte, gerne, und bedienen Sie sich und Ihre Kollegen doch auch.« Dann sinkt er wieder in sich zusammen. Der Mann ist am Ende.

*

Zu viert setzen sie sich in Vicenzo D'Amatos Büro. Die Aussicht ist durch tiefhängende Regenwolken getrübt und nicht dazu angetan, freudige Stimmung aufkommen zu lassen.

Die Aufregung vom Morgen lastet auf allen und blockiert klare Gedanken. Alex' Stimmung ist einmal mehr im Keller. Tanja sieht genau, er will sich nicht anmerken lassen, wie ihm der Fall langsam, aber sicher über den Kopf zu wachsen droht.

Das Bild eines tobenden Staatsanwalts sitzt in jedem Kopf der Anwesenden. Alex hat sich demonstrativ in den voluminösen Chefsessel fallenlassen und spielt mit der Rücklehne. Vorwärts, rückwärts. Die Bewegung scheint ihm zu helfen, sich zu beruhigen und einen Entschluss zu fassen:

»Tanja, geh hinüber ins Büro Lombardis und übernimm die Überwachung von Lombardi, solange ich mich mit Marta und Paul bespreche. Der Mann ist fix und fertig, er läuft uns nicht davon.«

Tanja protestiert: »Ich muss zu den Mitarbeiterinnen, die brauchen moralische Unterstützung!« Alex überhört den Protest und fährt unbeirrt weiter: »Hör zu, es ist ausdrücklich nur eine Überwachung, keine Bewachung, auch wenn es auf dasselbe hinausläuft. Aber wir können ihm noch nichts Konkretes vorwerfen. Es muss ihm bewusst gewesen sein, dass D'Amato Luana wegen ihres Aufenthaltsstatus unter Druck gesetzt hat. Weshalb hat er nichts unternommen?«

Er ist froh, dass er Tanja mit einer zivilen Aufgabe beschäftigen kann.

»Setz dich zu ihm, und plaudere mit ihm, du bist geübt, auch kleine Details zu werten. Du darfst für kurze Zeit beratend, ich betone beratend, die Seiten wechseln. Du darfst uns Polizisten mit deinem naturwissenschaftlichen Wissen und Denken unterstützen.«

Tanja schmollt: »Jetzt bin ich gut genug, das Kindermädchen zu spielen.« Sie steht auf, heftig über den Rauswurf schimpfend, und humpelt aus dem Zimmer.

Sie hört noch durch die sich schließende Tür:

»Und bitte, geh zu einem Arzt, dein Humpeln gefällt mir nicht.« Ärger nistet sich in ihrem Magen ein. »Wie kann ich zum Arzt gehen und gleichzeitig dem Lombardi die Aufwartung machen?« Sie rafft sich zusammen.

298

»Durch diese Tür bin ich schon einmal gegangen, wie lange ist das her?« Sie nimmt den Taschenspiegel aus ihrer Tasche und schaut sich kritisch an. »Weshalb habe ich einen Taschenspiegel in meiner vergammelten Lederjacke?« Sie verzieht unwillig ihr Gesicht und wundert sich über sich selbst. Eine Antwort findet sie nicht.

*

»Wir sind uns doch einig, dass die beiden Laborchefs und die Cheflaborantin diejenigen Personen sind, die jeder ein Motiv hatten, Luana Ghorbani und Patrick Krämer zu töten«, eröffnet Alex die Denkrunde. »Was ist die Gemeinsamkeit? Wo liegen die Unterschiede zwischen den beiden Männern?«

»Zur Verteidigung von Lombardi kann ich nur sagen, er war nachweislich abwesend, als die beiden einem Verbrechen zum Opfer fielen«, kann sich Marta nicht zurückhalten, zu sagen.

»D'Amato hat ihm bei seiner Rückkehr natürlich nicht auf die Nase gebunden, dass Luana im Steinbruch und Patrick in der Kiesgrube ermordet wurden«, meint Paul trocken. »Er hat ihm die Mär von der unerklärlichen, plötzlichen Kündigung Luanas und der Geschäftsreise Krämers erzählt.

Warum hat Lombardi nicht reagiert und sich sofort nach dem Aufenthaltsort Luanas erkundigt? Und warum hat er nicht versucht, Patrick anzurufen? Er hat es einfach hingenommen.« Marta überlegt schnell: »D'Amato muss etwas gegen Lombardi in der Hand haben, womit er ihn erpresst. Und wir dürfen die Cheflaborantin nicht vergessen. Die spielt meiner Ansicht nach eine größere Rolle, als ihre Stellung im Labor zulässt.

Tanja hat mir erzählt, Nadja Egger sei nur dem Schein nach eine hilflose Frau, sie könne sehr hart mit ihresgleichen umgehen, sie zeige wenig Verständnis für die Schwächen anderer Menschen. Und sie habe manchmal einen herrschsüchtigen Ton an sich. Ihre Augen würden dabei teuflisch sprühen. Auch hätte sie gekonnt hinter einer Maske von Ängstlichkeit verborgen, dass sie Zugang zu dieser Scheune hat und da wahrscheinlich ein und aus gegangen ist.

Als Tanja mir das erzählt hat, habe ich sogar manchmal gedacht, diese Nadja habe einen Weg gesucht, Luana und sogar Patrick umzubringen. Aber, dann habe ich mir überlegt, dass sie zu schwach wäre, diesen Patrick in die Kiesgrube zu schleppen und erst noch anzuzünden, geschweige denn, ihm ins Gesicht zu schießen. Auch Luana in den Steinbruch zu schaffen, traute ich ihr nicht zu. In beiden Fällen kommt nur ein kräftiger Mann in Frage.

Deshalb wage ich eine kühne Theorie: Vicenzo D'Amato ist ihr Helfer und sie hat ihn angestiftet. Wahrscheinlich hat sie ein Druckmittel gegen ihn. Sie muss ein raffiniertes Stück sein«, bricht es jetzt ungestüm aus Marta heraus.

In Alex' Kitteltasche vibriert das Telefon. Er schaut auf das Display und macht ein angewidertes Gesicht. Bevor er abnimmt, formt er mit den Lippen das Wort »Fluri« und rollt die Augen.

»Herr Staatsanwalt?«

31

Lombardi ist tief in Gedanken versunken. Sein Blick richtet sich einmal mehr aus dem Fenster seines Büros. In der Ferne kann er den Mietstall sehen, dessen Besitzer den Brand in der Scheune gemeldet hat. Seine Augen wandern zur Brandruine, wo aus einigen verkohlten Balken noch kleine Dampffahnen aufsteigen. In diesem Moment sieht er einen Beamten in weißem Overall etwas Schweres in die Luft schwenken und heftig gestikulieren.

Er wendet sich nicht um, als Tanja nach einem kurzen Klopfen ins Zimmer tritt. Sie bleibt an der Tür stehen und starrt auf seinen Rücken. Er beobachtet unentwegt weiter.

Sie spürt, die Stimmung ist vor und hinter dem Fenster grau und drückend. Sie hört einen tiefen Seufzer.

»Ich muss hier auf dem Sofa sitzen, ich habe versagt. Ich kann nicht mehr in meinem protzigen Sessel dort hinter dem Tisch sitzen. Ich fühle mich wie ein Hochstapler.«

Wieder dieses Seufzen aus seiner Richtung.

»Wie soll es weitergehen? Sie werden das Labor schließen. Der Skandal wird die Runde machen. Ich sehe schon die Schlagzeilen in der Klatschpresse: Schießerei im Labor im Grünen. Wer wird da noch Vertrauen haben? Das Personal wird sich neue Arbeit suchen müssen. Und interessante Stellen an einem so ruhigen Ort finden sich nur wenige. Ein Trost, beim heutigen Fachkräftemangel werden sie leicht Anstellungen in anderen Laboratorien finden. Und das Bauernhaus?« Er schüttelt den Kopf. »Ich wollte es dazu verwenden, für Tiere, die niemand mehr wollte, eine Bleibe aufzubauen. Vicenzo ist mir zuvorgekommen.«

Tanja kann das jetzt nicht einordnen. Hat sie eine gewisse Verbitterung gespürt? Sie ringt mit sich. Sie kann den Mann, der in ein paar Sekunden seine Selbstachtung verloren hat, doch nicht einfach so dasitzen lassen. Oder hat er sie schon lange verloren und die Tatsache mühsam zu überspielen versucht?

Sie muss mit ihm reden. Reden hilft oft in verzweifelten Situationen, wenn es auch nicht die inneren Wunden zu heilen vermag.

»Guido, Sie sind, mild gesagt, arg enttäuscht worden, wollen Sie darüber reden?«

Schweigen.

In Tanja steigen eigene Erinnerungen auf. Sie zwingt sich zurück ins Hier und Jetzt und schaut erwartungsvoll auf Guido Lombardi. Wenigstens schaut Guido sie nun an. Er sitzt auf der Vorderkante des Sofas, die Hände immer noch gefaltet. Es ist Bewegung in diese starre Haltung gekommen, einzelne Finger wechseln oft ihre Position.

Es setzt ihr zu, zu sehen, wie er in sich hineinhorcht und keine Antworten zu finden scheint.

»Vicenzo ist eines Tages hier aufgetaucht,« beginnt Guido zu erzählen, »und hat ungebeten die Führung übernommen. Ich war machtlos, ich wusste, er hatte Rückhalt.«

Er klagt Vicenzo nicht direkt an, obwohl dieser sich selbst durch die Geiselnahme vom Morgen ungebeten schuldig gemacht hat.

Wieder fällt Guido in sein Schweigen zurück.

Tanjas Gedanken beginnen zu wandern, sie fragt sich:

Welche Rolle spielt Nadja Egger dabei? Ist sie der Schlüssel, den Vicenzo bei der Geiselnahme gefordert hat? Wenig wahrscheinlich. Er muss von ihr gewusst haben, dass Guido etwas verbirgt, das er, Vicenzo, dringend wollte. Vielleicht nutzte Vicenzo die Tatsache, dass er Nadja unschädlich gemacht hatte, als Gelegenheit, an etwas Wertvolles im Besitz von Guido Lombardi heranzukommen. Nadja selbst kann nicht der Schlüssel sein.

Die Minuten ziehen sich in die Länge. Ihr Knie pocht, die Wirkung des Schmerzmittels lässt nach.

»Guido weiß nicht, was mit Vicenzo geschehen ist, er weiß nur, dass ich zerschunden vom Berg zurückgekommen bin, mehr nicht«, denkt sie.

Sie stützt sich an verschiedenen Möbeln ab und humpelt zum chromblitzenden Kaffeeautomaten.

Das laute Geräusch der Maschine lässt Lombardi aus seiner erneuten Erstarrung erwachen. Dankbar schaut er Tanja an, als wäre sie das erste menschliche Wesen, das ihm freundlicherweise einen Kaffee serviert. Wortlos reißt er einen Zuckerbeutel an und lässt den Zucker in die schwarze Flüssigkeit rieseln. Tanja merkt, wie er wieder in Gedanken verfällt und dabei anhaltend mit dem kleinen Löffel im Kaffee rührt. Er legt den Löffel neben das Tässchen, lässt den Kaffee jedoch unberührt stehen.

Tanja füllt auf dem Sideboard zwei Gläser großzügig mit altem Cognac, der ölig in den Tumblern schwankt und an der Glaswand dicke Schlieren zieht. Sie stellt sie mit einem Räuspern neben die Kaffeetassen auf den niedrigen Tisch zwischen ihnen und setzt sich Guido gegenüber.

Sie greift nach ihrem Glas, nimmt einen tiefen Schluck und wartet auf die Wirkung des Alkohols. Wann würde Lombardi sich endlich überwinden zu reden?

Er hebt den Kopf: »Es ist Divinia. Dafür mussten meine Freunde sterben!«

Tanja zuckt zusammen. Seine Stimme klingt hohl. Ihre Hand zittert unversehens. Klirrend stellt sie das Cognacglas auf das Tischchen zurück.

»Divinia?«, fragt sie, jetzt ist es an ihr, zu starren. »Divinia?«, wiederholt sie mit Nachdruck. Die Gedanken überstürzen sich in ihr. Sie sieht vor ihrem geistigen Auge das harmlos aussehende Fläschchen in der Kartonschachtel in ihrem Appartement. Sie glaubt, den Schwindel von damals zu fühlen. Wieder tanzen farbige Figuren, die sich in skurrile Gebilde umformen. Sie schaudert.

»Ich habe Divinia vor etwa zwanzig Jahren das erste Mal synthetisiert. Ich habe damals die Anweisungen meines Professors nicht befolgt und bin eigene Wege gegangen. Ich dachte in meinem jugendlichen Enthusiasmus, besser zu wissen, wie wir schnell zum Ziel kommen könnten. Später habe ich nicht mehr an der Substanz gearbeitet.« Er stockt. »Es passierte damals ein Unfall. Ich floh nach Italien zu meinen Verwandten, ich ließ meine Eltern im Stich. Die Angst vernebelte meinen Verstand. Ich hätte nicht beweisen können, dass ich nicht absichtlich die Ätherflasche unter den Wasserhahn gestellt habe.«

Tanja beugt sich vor und nimmt jedes Wort von Guido gierig auf. Sie versteht im ersten Moment nicht, was die Ätherflasche unter dem Wasserhahn mit dem Unfall zu tun hat.

»Darin war noch ein beträchtlicher Rest unverbrauchtes Natrium. Es gab eine gewaltige Explosion, bei dem jemand durch herumfliegende Trümmer getroffen wurde. Ich blieb verschont!«

Tanja schaut ihn entsetzt an.

Guido missversteht ihr Entsetzen und erklärt: »Früher hat man Lösungsmittel mit Natrium wasserfrei gehalten. Das wissen Sie, als Chemikerin.« Sie nickt, muss aber an sich halten. Sie kennt die Wirkung, wenn Natrium und Wasser zusammenkommen. Es gibt eine heftige Knallgasexplosion.

Sie muss ihn weiterreden lassen. Sie darf ihn nicht unterbrechen, denn sie ist vielleicht ganz nah daran, die Wahrheit, für die sie den Beruf gewechselt, ihr Leben geändert hat, zu erfahren. Luanas Tod verblasst im Hintergrund.

Lombardi wechselt das Thema. Er erzählt leise weiter. Tanja muss sich anstrengen, ihn zu verstehen. Sie nimmt ihr Cognacglas wieder in die Hand, trinkt aber nicht. Sie will unbedingt den Gang der weiteren Erzählung verstehen und erst dann die entscheidenden Fragen stellen.

»Mein Onkel, Zio Antonio, in Italien hat mir eine neue Identität verschafft und neue Papiere, ich wurde schweizerisch-italienischer Doppelbürger unter neuem Namen. Ich habe unter dem neuen Namen meinen Doktortitel regulär, wenn auch etwas schneller als üblich, an der Universität Bologna erhalten. Für all das würde ich später bezahlen müssen.

Ich flog in die USA und habe an renommierten Universitäten geforscht. Ich kam nach Europa zurück, vermied es, in die Schweiz zu reisen. Ich kam auch nicht zurück, als meine Eltern starben. Jetzt bin ich hier. Allein.« Er schlägt die Hände vor das Gesicht.

Tanja kann nicht anders, sie muss weiter fragen. »Zu welchem Thema haben Sie geforscht?«, bringt sie mühsam hervor.

»Ergotamin, seine Derivate und Migränebehandlung!«

Wieder schluckt sie leer. Sie wäre am liebsten aufgesprungen. Ruhig, Tanja, beherrsche dich, du bist ganz nah dran, ruhig!, redet sie in sich hinein, während sie Guido gespannt weiter zuhört.

»Ich machte einen gigantischen Fehler. Ich nahm von meinem Onkel sehr viel Geld für Forschung und Lebensunterhalt. Ich wollte mich mit meinen neuen Papieren nirgends strafbar machen. Verstehen Sie?«, bittet er sie um Verständnis. Sie hört seinen letzten Satz nicht.

»Eines Tages bestellte mich Zio Antonio zu sich und erklärte mir: Guido, ich brauche in Luzern einen Chemiker, der in meinem Labor arbeitet. Es ist ein großes Labor, die haben immer zu wenig gute Chemiker … Ich versuchte mich zu widersetzen. Ich sagte zu Zio Antonio: Ich bin synthetisch tätiger Chemiker und ich verstehe nichts von der Analytik, geschweige denn von der klinischchemischen Analytik. Der Synthetiker setzt chemische Substanzen in immer wieder neuer Form zusammen, der Analytiker nimmt chemische Substanzen auseinander. Das sind sehr unterschiedliche Denkweisen, Zio Antonio, das musst du mir glauben.«

Lombardi unterbricht sich und nimmt endlich einen Schluck von seinem Cognac. Der Espresso ist mittlerweile in seinem Tässchen kalt geworden. Den Blick richtet er durch das Fenster in die Ferne, so als wolle er über die Alpen hinweg in die Bologneser Wohnung sehen:

»Zio ließ sich nicht erweichen. Er drohte mir: Du fährst nach Luzern und lernst es, du hast mich in den letzten Jahren zu viel Geld gekostet, jetzt will ich es zurück. Einem Zio Antonio widerspricht man nicht, müssen Sie wissen.

So kam ich nach Luzern. Den Behördenweg räumte mein Zio frei. Das ging einige Jahre so. Ich arbeitete wie ein Sklave. Der Chef des Luzerner Labors, ein gläubiger Diener meines Onkels, stellte in der Zwischenzeit Luana ein. Er hatte schnell herausgefunden, dass Luana in einer prekären Lage war. Patrick kam dazu und wir verstanden uns vom ersten Tag an.

Er war ein Tausendsassa, wusste viel von IT und war auch super in chemischer Analytik. Dabei hat er das Luzerner Partyleben voll ausgekostet und hat mir in einem schwachen Moment einmal gestanden, dass er auch einen kleinen Drogenhandel führte, harmloses Zeug, aber er hatte einen Kundenkreis. Vicenzo kam hier in Hochrütti bald dahinter und erpresste ihn. Er wollte Patricks Kundenkreis. Vicenzo bedrängte ihn.

Luana und Patrick brachten mir so viele Dinge im Labor bei. Ich konnte von ihnen nur profitieren. Sie halfen mir, wenn ich nicht weiterwusste. Es war auch immer sehr unterhaltsam mit ihnen. Wir verstanden uns einfach glänzend. Sie wurden mir zum Familienersatz. Ich wusste von Luanas Vater und wie sie ohne gültige Aufenthaltsbewilligung leben mussten. Vicenzo hatte sie damit im Griff. Natürlich wusste auch Zio Antonio davon.

Nadja Egger stieß etwas später auch zu unserem Trio und machte vieles mit. Sie schien ebenfalls einsam zu sein, wie wir drei. Jeder von uns hatte seine Gründe.«

Lombardi hievt sich aus den Tiefen des Sofas und beginnt eine Wanderung durch sein Büro. Er redet nun lauter, aber stetig.

Tanja steht ebenfalls auf. Ihr Knie mahnt sie daran, es zu bewegen. Sie setzt sich, das Smartphone in der Hand, auf Lombardis Bürostuhl und schaut auf den Bildschirm, während sie ängstlich den Batteriestand prüft. Sie blickt Guido auf seiner Wanderung durch das Zimmer nach und dreht ihr Smartphone kontinuierlich und prüft dabei das Signal auf dem Bildschirm.

»Die ganze Zeit saß mir Zio Antonio mit wöchentlichen Telefonaten im Nacken. Er wollte noch ein größeres Stück vom Kuchen der klinisch-chemischen Analytik in der Schweiz. Er drängte, ich sollte eine Liegenschaft für ein Labor finden. Durch Zufall fand ich das Institut hier in Hochrütti. Im Dorf waren die Leute froh, dass sie die Liegenschaft loswerden konnten. Der damalige Gemeindepräsident machte dabei das beste Geschäft. Er fädelte den Verkauf des Instituts ein, und obendrein verkaufte er aus seinem Familienbesitz das Bauernhaus und gleich auch noch die alte Villa drüben für gutes Geld.

Die früheren Besitzer müssen Knall auf Fall aus der Villa

306

ausgezogen sein. Sie haben das Haus verlassen, als sei es verseucht gewesen. Auf Umwegen muss es wieder in den Besitz des Gemeindepräsidenten gelangt sein. Der wusste nichts damit anzufangen.

Er hat für die Gemeinde mit mir einen Deal über die Liegenschaften abgeschlossen, alles wurde später korrekt im Grundbuch eingetragen, aber ich scheine nicht der Einzige gewesen zu sein, der Verhandlungen geführt hat. Der Steuersatz konnte aus unerklärlichen Gründen für einige Jahre gesenkt werden.«

Er schaut Tanja bedeutungsschwer an. Nach diesem kleinen Ausflug in die Vergangenheit der Villa in Hochrütti gesteht Guido weiter: »Mein Onkel hat mich dann erneut nach Bologna zitiert. Er schickte mich zurück mit dem Auftrag, das Grundstück zu kaufen. Und dann ließ er die Bombe platzen. Ich sollte in dem Labor da mitten in der Schweiz Divinia produzieren und eine Verteilorganisation aufziehen. Ich konnte mich nicht weigern, denn sein Tonfall machte mir klar: Er hätte keinen Moment gezögert, mich in die Wüste zu verbannen, oder noch schlimmer, mir jemanden von der groben Sorte auf den Hals zu schicken.«

»Divinia als Droge?«, unterbricht ihn Tanja.

»Ja, leider hat das von mir damals neu synthetisierte Präparat auch die Eigenschaften eines starken Halluzinogens und wirkt in extrem geringer Dosis. Ideal für den Drogenmarkt. Kaum oder nicht zu gebrauchen zur Migränebehandlung. Deshalb hat mein damaliger Chef an der Universität auch gar nicht erst versucht ein Patent auf Divinia anzumelden. Ich habe damals vor vielen Jahren, als ich bei Zio Antonio Unterschlupf suchte, naiv, wie ich war, mit Divinia und ihrer Wirkung geprahlt, um ihn zu beeindrucken.«

Bekümmert sieht er Tanja an und bewegt, während er stehen bleibt, nervös die Hände in heftiger Waschbewegung, so als möchte er sagen, ich kann nichts dafür.

»Zio erhöhte den Druck stetig. Er verlangte, dass ich Divinia in genügender Menge selbst, und natürlich geheim, produziere. Ich saß am kürzeren Hebel. Ich spielte mit, denn ich wünschte mir nichts so sehr wie ein eigenes Labor. Ich drängte alles, was mir nicht genehm war, in den Hintergrund.

307

Zio Antonio ist ein gewiefter Kerl. Man kann ihm offiziell nichts nachweisen. So sind die Betriebe hier völlig legal, sie sind aber nur dazu da, um illegale Geschäfte, die nicht in den Büchern erscheinen, zu tätigen. Ich zapple noch immer an seinen Fäden und strample vergebens dagegen an. Als wir das Labor für die regulären Kunden geöffnet hatten, zögerte und zögerte ich, Divinia zu produzieren. Ich schob vor, es sei schwierig, Ausgangsmaterial zu finden, und noch schwieriger, Kunden für den Stoff zu rekrutieren. Ich gab vor, neue analytische Methoden im Routinelabor müssten für das legale Geschäft eingeführt werden, das benötige viel Zeit. Es bleibe zu wenig Zeit für Divinia.

Schlau, wie er ist, kennt er diese Spielchen und hat mir gedroht, mir meinen weitentfernten Cousin Vicenzo D'Amato als Aufpasser auf den Hals zu hetzen, damit ich auch wirklich mitmache. Vicenzo kam dann tatsächlich.«

Lombardi verstummt. Tanja tritt hinüber zu den Spirituosenflaschen und füllt zwei neue Gläser, dieses Mal mit einem alten Whisky.

Lombardi bedankt sich und greift gedankenverloren nach dem kalten Kaffee.

Tanja versucht die Erzählung erneut in Gang zu bringen und fragt:»Und dann, als Vicenzo hierherkam, welche Aufgaben hat er übernommen?«

»Er ist wirklich sehr versiert. Er ist tatsächlich promovierter Botaniker und versteht auch etwas von Buchhaltung. Zio Antonio bewies mit ihm ein glückliches Händchen. Ich verfluche beide, Onkel und Vicenzo. Vicenzo hat das Finanzielle hier geregelt. Anfangs war ich froh, dass jemand sich den kaufmännischen Belangen widmete, aber er hat uns drei, Luana, Patrick und mich, finanziell immer mehr gedrückt. Patrick vor allem hatte oft Streit mit ihm und auch mit Luana hat er sich oft gezankt und ihr gedroht, er lasse sie auffliegen.«

»Und Sie, hat er Sie auch erpresst?«

Lombardi zögert, dann nickt er.»Ja, hat er. Ich musste, als er mein Labor im Keller der Villa entdeckte, immer öfter Divinia herstellen.

Luana und ich mussten auch die Gifte aus seinen Pflanzen, die er bald nach seiner Ankunft in der Scheune gezüchtet hat, extrahieren. Da man sehr schwer an genügend Grundsubstanzen für Divinia auf dem freien Markt herankommt, wurde auch Roggen mit extrem kurzem Stiel in den Senkrechtkulturen gezüchtet und mit dem Ergotaminpilz geimpft.

Sie haben ja in den Trümmern des Tiefkühlers die Schachteln mit den Resten der Ergotaminpilze gesehen. Zwei Tiefkühler im Keller am Ende des Gangs in den Berg sind voll damit. Dazu eigneten sich die Indoor-Kulturen bestens, um auch Versuche mit der Züchtung von anderen Arzneimittelpflanzen durchzuführen. Aus ihnen wurden dann immer stärkere Gifte extrahiert. Vicenzo hat auch, ohne mein Wissen, geplant, im hinteren Teil des Kellergangs Kulturen von verschiedenen Pilzen aufzubauen. Psilocybin, eine illegale Droge, genau wie LSD, aber wem sage ich das? Er wollte unter dem Schutz der Tätigkeit des Instituts ein neues Standbein aufbauen. Vicenzo benutzte den Kurierdienst des Instituts, um Giftstoffe aus den Pflanzen in den Senkrechtplantagen in der Scheune und Divinia über unseren Kurierdienst in seine Verteilorganisation einzuschleusen. Die Kuriere wussten natürlich nichts davon. Sie lieferten die Pakete ahnungslos an Adressen ab, von denen andere Kuriere, die Vicenzo organisiert hat, die Gifte abholten.«

Guido schüttelt den Kopf, als könnte er es immer noch nicht glauben:

»Er hat mich natürlich über die Organisation, nicht aber über die Details aufgeklärt.« Tanja denkt an die Tomoffelkisten in der Scheune.

»Er sagte immer wieder, um mich daran zu erinnern, dass ich nach seiner Pfeife tanzen musste: Mitgegangen, mitgehangen, Sie verstehen.«

»Nein, ich verstehe nicht, Guido, weshalb erzählen Sie mir das alles so freimütig? Ich bin Ihre Mitarbeiterin, oder ich habe wenigstens gehofft, eine zu werden. Wollen Sie mich auch zur Mitwisserin machen? Welches Druckmittel wollen Sie auf mich ansetzen? Sie haben nichts gegen mich in der Hand!« Sie muss sich zurücknehmen, die Polizistin ist allzu gut spürbar. »Sie müssen das alles Herrn Frind nochmals erzählen und er wird von Ihnen verlangen, dass Sie ein Protokoll unterschreiben.« Lombardi schaut sie erstaunt an. »Marianne, ich bin Opfer, nicht Täter. Verstehen Sie? Um mich zu schützen, habe ich sicher weitere Fehler begangen und werde dafür geradestehen müssen.«

Er schweigt kurz:

»Ich musste einfach endlich meine Geschichte jemandem erzählen. Ich werde sonst noch wahnsinnig!« Er hat seine Stimme erhoben und atmet schwer: »Marianne, ich habe Angst! Vicenzo wird zurückkommen und sich holen, was er glaubt, stehe ihm zu. Er wird alles Geld in seine Kanäle leiten und wird Zio Antonio glauben machen, ich sei der wahre Schuldige dafür, dass kein Geld nach Bologna fließt! Er wird mir die Pistole auf die Brust setzen und mir immer wieder sagen, er wisse, weshalb Zio Antonio mir eine neue Identität verschafft hat.

Dieser Unfall mit der Ätherflasche hat mein Leben aus der Bahn geworfen und meine Zukunft zerstört.«

Er senkt verzweifelt den Kopf.

Sie nimmt endlich einen Schluck Whisky und sendet Marta eine Nachricht: »Wo bleibt ihr so lange? Mein Knie schmerzt wie die Hölle. Und ich habe Neuigkeiten«, fügt sie in einer zweiten Nachricht an.

*

»Herr D'Amato hat sich das Genick gebrochen. Er ist tot! Eben habe ich die Meldung erhalten«, berichtet Alex und steckt sein Handy wieder in die Tasche seines Sakkos.

»Tanja, du als Zeugin musst heute nochmals mit der Spurensicherung zur Absturzstelle auf den Berg. Kannst du das?«

Sie stöhnt auf, gibt dann jedoch mit schmerzverzogenem Gesicht nach:

»Ich weiß, das muss sein!«

Alex greift sich an die Stirne und macht mit Daumen und

310

Zeigefinger massierende Bewegungen. »D'Amato muss der Mörder von beiden, Luana und Patrick sein. Wir kennen aber noch immer nicht sein Motiv. Ist er auch verantwortlich für Dominiks Sturz?«

»Bevor ich auf den Berg fahre, muss ich euch noch sagen, was Lombardi mir erzählt hat. Ich bin mir sicher, da finden wir auch das Motiv von D'Amato. Ich darf mir jetzt auch erlauben, meine Meinung zu Lombardi zu äußern: Der Mann hat direkt nichts mit dem Tod von Luana und Patrick zu tun. Er ist auch nicht verantwortlich für Dominiks Sturz in die Höhle.

Ich behaupte, Divinia spielt eine Schlüsselrolle. Ich habe das ganze Gespräch aufgezeichnet. Ich schick euch allen die Sprachaufzeichnung auf eure Handys.« Sie streckt ihr Smartphone in die Höhe und wackelt damit. Auf ihrem Gesicht zeigt sich ein triumphierendes Lächeln.

»Er sitzt geknickt drüben in seinem Büro. Ihr müsst ihn seine Saga nochmals erzählen lassen, aber hört euch die Aufzeichnung vorher an, dann könnt ihr abgleichen. In jedem Fall ist es sehr aufschlussreich.«

Sie schnappt ihre Lederjacke vom Sofa und verlässt ächzend den Raum.

*

Ohne große Probleme fährt das starke Polizeifahrzeug dieselbe Straße vom Parkplatz in den Wald, auf der Tanja erst vorhin mit dem alten Fahrrad hinaufgeholpert ist. Bei dem bei den Waldarbeitern so beliebten Kehrplatz ist die Fahrt zu Ende und geht in einen mit kleinen Büschen überwachsenen Spazierweg über. Tanja weist den Fahrer an, anzuhalten und auszusteigen. »Von da aus geht's zu Fuß weiter.« Sie erntet lauten Protest. Sperrige Instrumentenkisten machen den Leuten der Spurensicherung das Leben schwer. Tanja grinst verstohlen, denn sie weiß, in welchen Morast der Regen die Pfade verwandelt hat.

Tanja hat aus den unergründlichen Pfründen eines Polizeifahrzeugs Krücken bekommen. Sie erschrickt, wie sie sich im Schlick

311

des Pfads immer wieder eingraben oder ausgleiten. Sie wäre liebend gerne umgekehrt, zudem beginnt sie jämmerlich zu frieren.

Ihre geliebte Lederjacke ist nur ein ungenügender Schutz. Sie humpelt mehr, als dass sie zielstrebig geht, langsam hinter den schwerbeladenen Beamten her. Diese sind trotz ihrer Fracht schneller als sie unterwegs. Immer wieder verliert sie die Männer und Frauen der Spurensicherung aus den Augen. Von Weitem ruft sie deshalb: »Jetzt langsam! Da vorne, knapp bei der Kante ist die Absturzstelle. Zuerst seht ihr die Spuren meines Velos und erst weiter vorne diejenigen D'Amatos. Ihr findet in den Büschen nahe meinem Ausrutscher wohl noch Blutspuren von mir.«

Sie keucht. »Wo ist meine Kondition?«

Ein Baumstumpf ist ihre Rettung. Erleichtert setzt sie sich. Sie hat vorhin aus der Fahrzeugapotheke nochmals eine Schmerztablette gefischt und ohne Wasser hinuntergeschluckt. Endlich spürt sie eine Wirkung, gleichzeitig kommt Müdigkeit in ihr auf. Der Alkohol und die Schmerztablette sind wohl nicht die beste Kombination.

Ein Nachzügler schleppt eine besonders schwere Kiste an ihr vorbei und hänselt sie: »In nächster Zeit nichts mehr mit Joggen, Tanja!«

»Täusch dich nicht, ich bin hart im Nehmen! Auf jeden Fall weiß ich jetzt mit Sicherheit, dass die verrückten Typen, die mit ihren Mountainbikes über diese schmalen Pfade fahren, verrückt sein müssen. Nichts für mich!«, setzt sie dagegen.

Er grinst schief. Er scheint ein solch verrückter Typ zu sein.

*

Sie sitzt noch immer auf ihrem Baumstumpf und hat Zeit, um nachzudenken. Warum hat D'Amato diesen halsbrecherischen Weg gewählt? Hoch über der Aare schlängelt sich der Pfad, schmal, nur ein paar Fuß breit, Wurzeln spannen ihr Netzwerk quer über den Weg. Bäume halten sich direkt am Abgrund und lassen ihre Äste weit in den freien Raum hängen. Ein Fehltritt und der ungeübte Wanderer stürzt in die Tiefe.

Bruno, der Mann der Spurensicherung, der Tanja in der abgebrannten Scheune den Schutzhelm gegeben hat, kommt auf dem matschigen Untergrund rutschend und gleitend den Pfad entlang zurück. »Ich brauche die Bergsteigerausrüstung!«, beklagt er sich. »Tanja, hast du den Kerl hier herauf gejagt?«, schimpft er schief grinsend. »Der muss voll durch den Wind gewesen sein, zu Fuß ist der Weg schon eine Herausforderung, aber mit dem Bike, ich weiß nicht und bei dieser Nässe. Von unten sind wir nicht hingekommen, wir mussten den Mann sogar mit dem Hubschrauber bergen.«

»Ich verstehe auch nicht, weshalb er hier über den Born flüchtete«, meint Tanja.

Sie denkt an den Audi Quattro, der ihr bei der S-Kurve in Rickenbach schleudernd entgegenkam und sie um ein Haar über den Rand hinausgedrängt hatte. Konnte das sein? War das D'Amato? Sie konnte ihn hinter der getönten Scheibe seines Wagens nur schemenhaft erkennen.

Sie erinnert sich eigentlich nur an den schwarzen Schatten, der ihr den Weg abgeschnitten und sie in Wut und Verzweiflung gestürzt hatte. Er war doch Richtung Olten Südwest, dem unförmigen Block im ehemaligen Areal des Zementwerks unterwegs. Die Überbauung mit ihren anonymen Wohnungen wäre doch ideal, um sich zu verstecken.

Sie zuckt zusammen: »Hat nicht Nadja eine Wohnung in Olten Südwest gesucht? Paul hat vielleicht doch recht, Steinbruch, Kiesgruben, verlassene Zementwerke, das könnte doch etwas mit der Baulobby zu tun haben. Fehlt nur noch die Huppergrube mit seinem Teich, ein idealer Ort für ein Verbrechen«, überlegt sie.

»Die Belegschaft in Hochrütti hat doch Vicenzo noch vor den rauchenden Trümmern der Scheune gesehen,« murmelt sie, den Blick zu Boden gerichtet. Ein schwarzer Käfer krabbelt vor ihren Füßen. Sie schaut ihm zu, wie er den Weg zu einem kleinen Häufchen Tierkot sucht und dann unter den Blättern verschwindet.

Bei Tageslicht wurde D'Amato wohl das ganze Ausmaß der Katastrophe des Brandes bewusst. Er stellte fest, dass die Spurensicherung alles und jedes umdrehen und sicher auf etwas stoßen wird, das ihm schaden kann. Er musste schnell handeln. Bei der Geiselnahme verlangte D'Amato den Schlüssel von Lombardi. Der Schlüssel! Das kann auch ein Zahlencode sein. Einzig die beiden Tiefkühler, bei denen wir, Nadja und ich, eingeschlossen waren, sind noch intakt. Ob Nadja noch im Tiefschlaf von den Tiefkühlern träumte? Es muss einen tieferen Grund haben, weshalb sie zu diesen Tiefkühlern wollte.

Was ist darin eingeschlossen? Hatte nicht Lombardi bei der Erzählung über sich selbst und wie er nach Hochrütti gekommen war, eine Bemerkung gemacht, Divinia wäre in den Tiefkühlern? Welchen Keller meinte er? Gibt es unter der Scheune auch einen Keller oder meinte er die Tiefkühler im Kellerloch?

Sie zieht ihr Smartphone aus der Tasche und wählt die Nummer von Alex.»Ist Lombardi in deiner Nähe? Wenn ja, verlange von ihm den Schlüsselcode für die beiden Tiefkühler im Kellerloch.«

»Ich kann Lombardi nicht danach fragen, er ist auf dem Weg in die U-Haft nach Solothurn. Fluri, hat sie angeordnet. Er ist wie ein Geier vor einer Stunde hier angerauscht gekommen und hat getobt und gezetert. Er hat Mordio über dich geschimpft. Er will Guido Lombardi persönlich befragen.«

»Dieser Mann treibt mich zur Weißglut, da helfe ich freiwillig, ein Verbrechen aufzuklären, und der Kerl beklagt sich.« Tanja schäumt vor Wut, sogar der Schmerz in ihrem Knie wird davon zurückgedrängt.

»Genau das ist es ja, er meint, vom Bürosessel aus könne man Verbrechen aufklären, und da kommst du daher und mischst dich ein und scheinst auch noch Erfolg zu haben«, stimmt Alex ihr zu und versucht dadurch, sie zu besänftigen.»Aber Tanja, bitte lass es jetzt gut sein, deine Alleingänge, hart an der Illegalität, stören unsere Arbeit. Das schreibst du dir bitte endlich hinter die Ohren. Wie oft habe ich dir gesagt, du bist keine Polizistin mehr?« Sie drückt auf die Off-Taste und wählt Martas Nummer:

»Marta, hörst du mich?« Ein Knirschen in der Leitung.»Der Empfang ist schlecht von hier oben. Hör zu, kannst du auf deinem klugen Kistchen den Schließ-Code für die Tiefkühler im Kellerloch besorgen? Und sag mal, was hör ich da, der Fluri hat sich eingemischt? Der Kerl setzt sich aber mächtig in Szene. Er riecht, dass ihm Ruhm und Ehre zur Lösung dieses Falls entgehen könnten. Er hielt bis jetzt doch offensichtlich wenig von einer Suche nach Divinia.«

»Meine liebe Tanja«, säuselt Marta durch die rauschende Verbindung, stößt aber ins selbe Horn wie Alex. »Er ist wütend, weil du ihm die Show stiehlst, du, von außerhalb des Polizeikorps. Weshalb drängst du eigentlich so, die Codes zu erhalten?«

»D'Amato hat doch heute im Institutslabor von Lombardi einen Schlüssel verlangt. Ich bin felsenfest überzeugt, die zwei Tiefkühler sind unter Kontrolle Lombardis und D'Amato wollte sich den Inhalt sichern. Es muss etwas sein, das er leicht hätte transportieren können. Er ist ja mit dem Bike gekommen. Wem gehört übrigens dieses Bike? Ist es von Nadja? Das könnte bedeuten, dass sie mit D'Amato unter einer Decke steckt.«

»Tanja, Tanja, deine Fantasie geht wieder einmal mit dir durch. Wo steckst du eigentlich?«

»Ich hole mir gleich eine Lungenentzündung hier oben auf dem Born. Ich muss dringend zurück ins Labor. Ich werde meinen Vertrag auflösen. Und vergiss nicht die Codes, wenn du sie hast, schick sie an die KTA!«

315

32

»Ich werde nach Nadja sehen. Gleich, wenn ich hier fertig bin.« Sie lächelt dem behandelnden Pfleger zu. Die Haut am rechten Knie ist aufgeschürft. Erde vom Waldboden hat sich darin angesammelt und ist von ihm sorgfältig weggespült worden. Auf eine weitere Tetanusspritze kann verzichtet werden. Tanja profitiert noch von ihrer Polizeikarriere.

Alex, der sie ins Spital begleitet hat, wird beim Anblick der Wunde übel. Tanjas Knie sieht überhaupt nicht appetitlich aus. Aber ein Röntgenbild hat keine innere Verletzung gezeigt.

Alex sieht, wie die Spritze mit dem Schmerzmittel in Tanjas Haut eindringt. Dadurch zieht sich sein ganzer Körper zusammen, als würde er in eine Zitrone beißen. Er ärgert sich, wie leicht er seit einiger Zeit aus der Fassung zu bringen ist. Er überspielt das innere Grauen und befiehlt scharf: »Tanja, du wirst gar nichts.«

Tanja schenkt dem Pfleger ein weiteres Lächeln, zieht die Augenbrauen hoch, schüttelt leicht den Kopf und blickt dann hinüber zu ihrem fürsorglichen Ziehvater. Das Lächeln für den Pfleger bekommt einen leicht spöttischen Zug. Sie wird nicht gehorchen.

Alex bemerkt es nicht und fährt in befehlsmäßigem Ton weiter: »Du wirst ein Taxi nehmen und schön brav nach Hause in die Altstadt fahren. Du legst dich ins Bett oder meinetwegen aufs Sofa und bewegst dich bis morgen keinen Zentimeter mehr, verstanden?«

Ein charmantes Verschwörerlächeln umspielt ihren Mund.

Alex seufzt. Er überlässt Tanja den sanften Händen des Pflegers. »Ich brauche einen Kaffee.«

Auf dem Weg in die Cafeteria sieht er aus dem Augenwinkel, wie aus der Vitrine bei der Kaffeetheke ein vereinsamtes Tortenstück mit einer leuchtend roten Rötelikirsche den Himmel im Gaumen verspricht, daneben macht eine Crèmeschnitte dick bepackt mit

317

Vermicelles und Rahm die Entscheidung schwer. Er kann nicht widerstehen. Die Kaffeepause ist erholsam und er widmet seine ganze Aufmerksamkeit der leckeren Patisserie und dem Kaffeeduft. Kein Gedanke an den Fall kann sich durchringen.

Endlich bringt ihn der Lift ins Stockwerk zu Nadja Eggers Zimmer. Er öffnet die Tür und bleibt wie angewurzelt stehen. Am Fußende steht Tanja mit dick verbundenem Knie im freundlichen, allerdings etwas einseitigen Gespräch mit Nadja. Ungeduldig nähert er sich dem Bett und unterbricht das Gespräch unhöflich, mit einem gehässigen Seitenblick auf Tanja.

»Ach, Frau Egger, ich freue mich, dass Sie erwacht sind, und anscheinend geht es Ihnen wieder besser. Dürfen Sie das Bett schon verlassen?« Er redet mit eisiger, nahezu spöttischer Stimme. Die Frau reagiert kaum. Ein nichtssagendes Lächeln huscht über ihr Gesicht und verschwindet ebenso schnell, wie es gekommen ist, in einer starren Maske.

»Oh, entschuldigen Sie, ich habe mich noch nicht ausgewiesen. Mein Name ist Alex Frind, von der Oltner Polizei, das heißt von der Kantonspolizei in Olten. Ich ermittle im Fall Luana Ghorbani.« Er zückt seinen Ausweis und hält ihn Nadja vor das Gesicht. Keine Regung. Ihr Blick ist starr geradeaus auf Tanja am Bettende gerichtet.

Er kommt sich idiotisch vor. Nichts von Souveränität.

»Frau Egger kann sich an nichts mehr erinnern. Sie weiß nicht mehr, dass sie in diesem Kellerloch eingesperrt war, und auch nicht, wie sie hineingekommen ist. Sie weiß auch nicht, dass ich während Tagen mit ihr da drin war«, erklärt Tanja anstelle von Nadja Egger etwas verärgert. Sie ist enttäuscht, dass ihre Neugierde von Nadja nicht besser gestillt wurde. Sie lässt den Blick nicht von Nadja, die durch sie hindurch etwas zu sehen scheint.

Alex schaut Tanja ungläubig an, so als wollte er sagen: Einmal mehr eine Verdächtige, die sich an nichts erinnern kann.

»Sie hat mir erzählt, dass sie sich daran erinnert, mit Vicenzo D'Amato gestritten zu haben. Über was, kann sie sich aber nicht mehr erinnern.«

Alex bedeutet Tanja, ihm vor die Tür zu folgen.

318

Eindringlich und bedrohlich leise zischt er, sobald die Tür sich hinter ihnen wieder zugezogen hat: »Tanja, jetzt gehst du eindeutig zu weit. Du befragst eine Tatverdächtige.«

Tanja will aufbegehren, aber Alex schneidet ihr das Wort ab und weist sie scharf wie ein Schulmädchen zurecht.

»Einverstanden, ohne deine Hilfe und Unterstützung wären wir noch nicht annähernd so weit, wie wir heute sind. Bitte mache nicht kaputt, was wir aufgebaut haben. Bitte geh und leg dich hin! Dominik wartet sicher auf dich!« Erneut will Tanja aufbegehren, Tränen der Wut und der Enttäuschung steigen in ihren Augen auf.

Alex lässt sie stehen und geht wieder zurück ins Krankenzimmer.

Nadja hält die Augen geschlossen und liegt regungslos.

Vor der Tür kocht Tanja innerlich und ballt die Fäuste. Endlich setzt sie sich wieder in Bewegung und entfernt sich durch den Flur.

*

Mit halbgeschlossenen Augen sieht Nadja auf den Rücken des Inspektors. Er hat in der letzten Viertelstunde einen Versuch nach dem anderen gestartet, um sie zum Reden zu bringen. Ohne Ergebnis. Nadja hat sich nicht geregt. In die Betttücher gewickelt hat sie weiterhin einfach dagelegen. Alex legt seine Visitenkarte auf das Nachttischchen und verlässt das Zimmer.

Ein erlöstes Lächeln stiehlt sich auf Nadjas Lippen. Sie stellt sich weiterhin schlafend, bis eine Krankenpflegerin ins Zimmer tritt und ihren Puls und Blutdruck misst, kurz an der Bettdecke zupft und dann wieder hinauseilt. Erneut wartet sie, horcht in den Flur hinaus, kriecht dann aus dem Bett zur Tür, öffnet sie einen Spalt weit und wartet auf ein Geräusch. Mittag.

Sie huscht zum Schrank und streift sich ihre Kleider über, die sie bei der Befreiung aus ihrem temporären Gefängnis getragen hat. Sie riecht daran und rümpft angeekelt die Nase. Wut springt in ihr auf. Sie wird sich an Vicenzo rächen.

Durch die leicht geöffnete Zimmertür prüft sie den Verkehr auf

319

dem Flur. Noch immer tut sich nichts. Sie schlüpft hinaus und eilt über die Nottreppe aus der Abteilung.

Niemand scheint sie zu beachten, als sie geschäftig durch das Hauptportal geht. Draußen atmet sie befreit die frische, feuchte Luft und überlegt: Dort, wo der Verkehr rollt, wird sie keine Bekannten auf der Straße sehen. Die Oltner Bewohner bevorzugen den ruhigeren Gang entlang der Aare. Sie spaziert auf der geschäftigen Baslerstraße in die Stadt hinein, durch die Hammerallee zum Bahnhof Hammer. Während sie geht, schaut sie sich zuweilen diskret um, ob ihr auch niemand folgt. Ihr ist kalt, die Kleider, die sie im Spind gefunden hat, sind wenig geeignet, sie gegen den leichten Nieselregen, der eingesetzt hat, zu schützen. Niemand scheint sich an ihrem Aufzug zu stören.

Sie hatte sich für den Abend mit Vicenzo feingemacht und hoffte, von ihm in Aarau zu einem Essen in einem angesagten thailändischen Restaurant eingeladen zu werden. Sie hatte sich getäuscht.

Vicenzo saß mit wütendem Gesicht vor dem Computer, als sie hereinkam, und brüllte sein Gegenüber auf dem Bildschirm an. »Ich kann nicht liefern, meine Quelle ist versiegt!« Die andere Person hatte gelassen bedrohlich gewirkt: »Dann wirst du büßen, ich schick dir Knife. Der gibt dir noch eine Chance: Du lieferst. Aber wenn nicht ...« Der Bildschirm wurde kurzzeitig schwarz, bevor das nächste Bild Drohungen ausspuckte. Es würde bald eine ganze Armee von Dealern vor seiner Haustür stehen.

Vicenzo warf die Computermaus in den Bildschirm, sprang dann auf, kam auf sie zu und schrie sie an, sie solle endlich den Stoff herausgeben. Er packte sie an den Haaren, zerstörte ihre kunstvolle Frisur, dann schlug er ihr ins Gesicht. Er packte grob ihre Arme, nahm eine Packschnur, die zufällig auf dem Tisch lag und band ihre Hände. Ihr Kopf wackelte noch, als er sie um den Leib fasste und in die Besenkammer, einen fensterlosen Raum in seiner Wohnung, steckte. Von da an wusste sie nur noch phasenweise, was weiter geschehen war.

Sie beeilt sich und eilt in dem stärker werdenden Regen über die Brücke zu ihrem großen Wohnblock in Olten Südwest. Plötzlich durchzuckt sie der Gedanke: »Wo ist wohl Vicenzo? Wartet er auf mich in der Wohnung? Nein, der meint sicher, ich wäre noch im Kellerloch.« Ein triumphierendes Grinsen erscheint auf ihrem Gesicht.

Sie klingelt vorsichtshalber beim Schild »Egger«. Dann greift sie in ihre Tasche und erschrickt. »Wo ist mein Wohnungsschlüssel?« Na, was soll's. Sie seufzt erleichtert. Sie hat gleich beim Einzug in ihre neue Wohnung im Briefkasten einen Wohnungsschlüssel deponiert. Wie oft hatte sie in der Vergangenheit die Wohnungstür ins Schloss fallen lassen und den Schlüssel auf der Konsole im Eingang der Wohnung liegen gelassen.

Mit ihrer schlanken Hand greift sie durch den Briefschlitz und tastet nach dem Schlüssel. Reklamen und einige wenige Briefumschläge erschweren den Zugriff.

Als die Eingangstür aufgeht und eine Frau einen Kinderwagen hereinschiebt, schreckt sie auf und zieht hastig ihre Hand aus dem Kasten. Die Frau schiebt den Wagen grußlos, mit dem schreienden Kind beschäftigt, an ihr vorbei und wartet auf den Lift. Die Aufzugtür schließt sich hinter ihr und Nadja ist wieder allein mit dem Briefkasten. Wütend haut sie dagegen. Wie durch ein Wunder springt er auf. Bunte Reklamen rutschen sturzflutartig heraus. Zuhinterst in der Ecke klebt der Schlüssel. Erleichtert reißt sie ihn ab, schmettert den Kasten wieder zu und lässt das Papier in einem unordentlichen Haufen vor dem Kasten liegen.

Der Fahrstuhl bringt sie in den obersten Stock, wo sie sich in der trostlosen Wohnanlage eine Attika-Wohnung leistet.

Vicenzo hatte, als sie ihm die Wohnungsmiete nannte, gegrinst und spöttisch gesagt: »Nobile deve perire il mondo!« Nobel muss die Welt zugrunde gehen! »Kannst du dir die Wohnung überhaupt leisten? Ich werde dir mehr Lohn geben müssen.« Damals, als mit Vicenzo alles noch gut lief, hatte sie ihn geküsst und geflüstert: »Wenn du das für deine Colomba tun könntest, wäre das natürlich lieb.«

»Ich gebe dir einen Zuschuss für die Wohnung, wenn ich sie auch hin und wieder benutzen darf.« Er hatte sie geküsst und ihre Blusenknöpfe abgerissen. Sein Gesicht war zwischen ihren Brüsten verschwunden, dabei seufzte sie wohlig.

Jetzt steht sie heftig atmend vor ihrer Wohnung, steckt leise den Schlüssel ins Schloss und schiebt die Tür auf. Alles ruhig. Sie schlüpft aus ihren Schuhen, geht auf Zehenspitzen von Raum zu Raum schaut in alle Räume und erschrickt.

In der Wohnlandschaft sitzt Tanja regungslos mit dick eingebundenem Knie, ein Glas Wasser in der Hand. Nadja will kehrtmachen …

»Warte, Nadja, lauf nicht weg. Du musst noch zu Ende erzählen. Willst du auch ein Wasser?«

Kraftlos lässt sie sich auf einen Stuhl an der Wand sinken. »Marianne, wie hast du herausgefunden, wo ich wohne?«

»Oh, Nadja, das war ganz einfach. Du hast dich in Boningen ab- und hier angemeldet. Ganz legal und unauffällig.«

»Aber weshalb …?«

Tanja lässt sie nicht ausreden. »Schöne Wohnung. Kannst du dir die leisten? Wohnst du allein hier?« Sie zwinkert. »Oder hilft dir Vicenzo? Aber jetzt wirst du wohl wieder ausziehen müssen, nachdem du dich mit ihm verkracht hast.« Nadja lässt den Kopf sinken. »Woher weißt du?«

»Oh, ich habe dir gesagt, wir zwei Schönen waren drei Tage lang zusammen in diesem Kellerloch im Institut eingesperrt. Du warst noch einige Zeit länger da drin.«

Nadja verzieht ihr Gesicht: »Ich kann mich wirklich nicht erinnern.«

»Wir hatten genug Zeit zu reden, das heißt, hauptsächlich du hast geredet.

Und irgendwann, als du glaubtest, am Ende zu sein, und du sterben müsstest, verdurstet und verhungert, hast du endlich gestanden, dass du nicht freiwillig in dieses Kellerloch kamst.« Tanja sagt etwas unvorsichtig: »Ich habe dir das sowieso nicht abgenommen, denn du konntest dich frei im Kellerloch bewegen. Du hast mir erzählt, du seist von Vicenzo, diesem Scheusal, geschlagen, geknebelt, in den Keller geschleppt und alleingelassen worden. Das passt alles nicht zusammen.«

In Nadjas Augen blitzt es. Wie von der Tarantel gestochen steht sie vom Stuhl auf. »Ich werde Vicenzo finden und zu Tode quälen, wie er mich gequält hat.«

Tanja kann sich Nadja gerade noch in den Weg stellen, als es an der Wohnungstür klopft. Beide Frauen erstarren. Es klopft erneut, etwas heftiger. »Frau Egger, öffnen Sie die Tür! Hier ist die Polizei, sonst brechen wir sie auf.« Tanja geht behutsam mit dem Rücken vorwärts zur Tür und beobachtet dabei Nadja, die noch immer erstarrt mitten im Raum steht und gebannt auf die Tür starrt.

Tanja greift hinter sich und sucht den Türknopf. Jetzt dreht sie sich zur Tür und zieht sie auf. In diesem Moment stürzt sich hinter ihr Nadja Richtung Fenster. Die Tür fliegt auf, Tanja springt zur Seite. Paul, der die Situation sofort erfasst hat, rennt an Tanja vorbei zur Fensterfront. Nadja ist noch zu schwach. Es gelingt ihr kaum, das riesige Fenster aufzuschieben, als Paul sie am Arm packt: »Frau Nadja Egger, ich nehme Sie vorsorglich in Gewahrsam.« Er klärt sie über ihre Rechte auf. Sie will sich erneut losreißen und heult vor Wut. Sie tobt wie eine Furie. Sie windet sich heftig und schlägt mit der freien Hand um sich, kriegt Pauls Arm zu fassen und versucht, ihm in die Hand zu beißen.

Bei dieser Gegenwehr hat er Mühe, die Handschellen um ihre schmalen Arme zu schließen.

*

Alex tigert vor Tanja, Marta und Paul hin und her. Sie können sich nicht erinnern, ihren Chef je so außer sich gesehen zu haben. »Das ist eine absolute Katastrophe! Wie könnt ihr Frau Egger verhaften, auf welcher Basis, mit welchem Verdacht? Und vor allem, wie erkläre ich es dem Staatsanwalt?« Seine Sprache wird richtiggehend vulgär: »Er reißt mir den Arsch auf und ihr fliegt hochkant raus,

323

ja, wir bekommen wohl noch ein Verfahren an den Hals, wegen unbefugten Handelns. Verdammt noch mal!«

Die drei grinsen ihn dreist an, was ihn nur noch wütender macht. Tanja lehnt sich dabei zufrieden zurück. Sie ist fein raus, sie gehört nicht mehr zur Polizei, sie hat nur die Tür geöffnet.

Alex, der selbst auch den Verdacht hat, dass Nadja Dreck am Stecken hat, hätte eine Verhaftung jedoch streng nach dem Buchstaben des Gesetzes vorgezogen. Er glaubt auch nicht, dass die Frau so geschwächt war, dass sie sich an nichts mehr erinnern kann. Er vermutet, dass sie das nur vortäuscht und wohl einiges auf dem Kerbholz hat.

Tanjas selbstzufriedenes Gesicht bekommt plötzlich Risse. Sie weiß, sie ist einmal mehr zu weit gegangen.

»Alex, bitte beruhige dich!«, tönt es hinter seinem Rücken, Tanja legt den Arm beruhigend um seine Schultern: »Ich entschuldige mich, bitte verzeih mir. Du weißt, wenn ich Witterung aufgenommen habe, dann bin ich nicht zu bremsen, dann bin ich außer Kontrolle.«

Alex atmet tief ein und windet sich schweigend aus ihrer Umarmung, kann der jungen Frau einfach nicht böse sein und setzt sich hinter seinen Schreibtisch. Er muss zu seinen Untergebenen, dazu gehört in diesem Fall unglücklicherweise auch Tanja, Distanz bewahren.

Ihm ist eingefallen, dass er es selbst war, der Tanja angestoßen hat, Nadja zu überwachen, wohl ahnend, dass sein Mädchen wieder über die Stränge hauen würde. Er mahnt sich, endlich die Zügel wieder in die Hand zu nehmen. Gleichzeitig ist er froh, dass Tanja Initiative gezeigt hat.

Hinter seinem Schreibtisch sitzend schweigt er. Manchmal kommt man auf krummen Wegen effizienter zum Ziel. So krumm ist Tanjas Vorgehen ja nicht. Er tröstet sich, sie hat sich nicht angemaßt, als Polizistin aufzutreten. Sie hat sich Nadja als Arbeitskollegin und Schicksalsgefährtin angenähert. Das hat dazu geführt, dass sie von Nadja wesentlich leichter Informationen bekommen konnte. Nun gut, es wäre auch ohne Eindringen in Nadjas Wohnung gegangen.

Tanja macht ihm und ihren Kollegen klar. »Ich wollte zuerst aus purer Neugier wissen, wie Nadja, die ja deutlich schlimmer dran war als ich, auf das Kellerabenteuer reagieren würde. Wie stark würde sie erst auf die Nachricht von Vicenzos Tod reagieren? Nur, mir war bewusst, ich habe keine Befugnis, Nadja über den Tod Vicenzo D'Amatos aufzuklären. Und ich habe mich darangehalten!«, erklärt sie mit vor Stolz, oder vielleicht war es Selbstmitleid, wässrigen Augen.

Alex reibt sich mit der Hand über das Kinn. Es raschelt und die Haut fühlt sich rau an. Er schweigt weiterhin und schaut in die Ferne. »Wusste Nadja von Luanas und Patricks Tod? Du hast berichtet, im Kellerverlies habe Nadja einmal kurz die Vergangenheitsform verwendet, so, als ob sie über das tragische Schicksal der beiden Bescheid wüsste.«

Tanja gibt zu bedenken: »Ich vermute, Nadjas vernarrte und enttäuschte Liebe zu Patrick und der abgrundtiefe Hass auf Luana sind ursächlich für den Tod der beiden. Ich hätte sie zu gerne gefragt«, sie wirft hilflos die Hände in die Luft, »aber dazu durfte ich als Privatperson meine Kollegin nicht befragen.«

Zum hundertsten Mal fragt er sich: Wie sind die beiden ums Leben gekommen, wer ist der Täter, oder ist Nadja die Täterin? Und wo findet er Hinweise und Beweise? Er schaut auf Marta und Paul und fragt: »Wie habt ihr beiden erfahren, wo Nadja wohnt und weshalb sie nicht mehr in Boningen lebt? Und wie habt ihr gewusst, dass sich Nadja im Spital ausgeklinkt hat und nach Hause gegangen ist?«

Marta findet ihre Sprache wieder. »Ganz einfach, wir wollten ein paar persönliche Dinge, wie Zahnbürste und Kosmetika für Nadja holen. Die Polizei, dein Freund und Helfer. Durch unsere Recherchen wussten wir ja, wo Nadja wohnt, oder wenigstens haben wir geglaubt, es zu wissen. Als wir da vor ihrem Haus standen, hat uns der Hausmeister gesagt, Frau Egger sei schon längst ausgezogen. Ein paar Klicks auf dem Handy und das Internet spuckte den neuen Wohnort in Olten Süd-West aus. Den Schlüssel zur Wohnung haben wir aus Nadjas Tasche. Der Täter hat es offenbar nicht für nötig

325

gefunden, sie zu filzen, bevor er sie in den Keller gesperrt hat. Wir haben uns bei der Gelegenheit umgesehen, nichts berührt und nichts weiter genommen als die Zahnbürste und ein paar Salben, die wir im Spital sicher noch vorfinden. Es war nicht zu übersehen, dass sich da noch ein Mann in der Wohnung hin und wieder frisch machte. Wir haben eins und eins zusammengezählt und sind auf Vicenzo als Liebhaber gekommen, der seine Spuren in der Wohnung hinterlassen hatte.« Ein Glitzern tritt in ihre Augen, als sie zur Seite zu Paul und Tanja schaut. Ein verschwörerisches Lächeln umspielt ihre Lippen.

»Unter dem großen Doppelbett fanden wir noch ein gebrauchtes Kondom. Das wird die Spurensicherung mit großer Wahrscheinlichkeit und Interesse noch vorfinden. Übrigens, wir haben alles Mitgenommene von der Stationsschwester quittieren lassen und auch im Protokoll findest du unsere Aktivitäten verzeichnet.«

Tanja springt ihr bei und berichtet, wie sie Nadja heimlich verfolgt hat. Weibliche Intuition! »Mein Bauchgefühl sagte mir: Nadja spielt mit uns, sie hat etwas zu verbergen. Ich habe sie beobachtet, wenn ich mit ihr gesprochen habe, wie sie auf gewisse Punkte im Gespräch reagierte. Das bestätigte mein Gefühl, und ich beschloss, auf sie am Spitaleingang zu warten. Ich hatte nichts Besseres zu tun, du, Alex, hast mir ja verboten, mit ihr zu reden, und ins Institutslabor brauche ich auch nicht zurückzugehen«, sagt sie an Alex gerichtet. »Ich finde übrigens, wir müssen dem Personal mitteilen, dass das Labor wahrscheinlich für immer schließen wird. Lombardi ist in Untersuchungshaft und D'Amato ist tot.

Ich habe als technische Leiterin ad interim keine Kompetenz irgendeinen Entscheid zu treffen, auch nur die Zentrale in Luzern zu informieren, das ist Sache der Polizei«, sagt sie bedeutungsvoll.

»Übrigens, die Abteilung Geldwäsche sollte den Laden mal auseinandernehmen. Da scheinen Gelder zu fließen, die nicht ganz koscher sind.«

Alex setzt sich gerade hin. »Geldwäsche?«

Tanja nickt. »Schau mal, was eine solche Laborausrüstung, wie sie da in Hochrütti und den beiden Laboren im Keller eingesetzt wird, kostet. Woher haben die beiden Besitzer so viel Geld? Das braucht einen Investor, der muss sehr, sehr spendabel sein. Die Analysen bringen wohl viel ein, aber nicht genug. Verbrauchsmaterial, Zinsen, Löhne, Sozialbeiträge für das Personal, Versicherungen sind zu bezahlen. Das kostet, da müssen andere Einkünfte her.« Tanja wechselt abrupt das Thema: »Aber zurück zu meiner Aktion: Nachdem du im Spital wieder in Nadjas Zimmer zurückgegangen bist, habe ich im Eingangsbereich gewartet. Da sind so scheußliche Palmen, die heute ganz nützlich waren und hinter denen ich mich versteckt habe.« Alex' verzweifelter Gesichtsausdruck spricht Bände. Das Mädchen treibt mich zur Verzweiflung!, scheint er zu sagen.

»Wie ich vermutet habe, hat Nadja bald darauf das Spital durch das Hauptportal verlassen. Ein bisschen gewagt, aber sie hat sich wohl gesagt, dass sie als normale Besucherin durchgehen würde. Sie ist auch klugerweise auf der Hauptstraße und nicht den Weg entlang der Aare gelaufen. Ich habe mir ein Taxi geschnappt, das gerade jemanden abgesetzt hat, und gepokert, dass Nadja zu sich in die Wohnung laufen würde, vielleicht um ein paar Sachen und Geld zu holen. Ihr eigenes Auto steht ja noch immer in einer Quartierstraße, weit weg vom Haus, wo Vicenzo D'Amato in Aarau wohnt, wie Marta von den Aargauer Kollegen erfahren hat. Ich informierte Marta und Paul, ich würde mit dem Schlüssel, den wir uns ausgeliehen hatten, die Wohnungstür öffnen und auf Nadja warten. Ich habe überlegt, ich müsste unbedingt mit ihr reden, habe sie aber nur über Dinge befragt, die uns beide und den Urlaub im Keller angingen. Als Nadja dann in ihre Wohnung geschlichen ist, habe ich mir meinen Teil gedacht und Marta und Paul alarmiert. Und sie sind Gott sei Dank schnell gekommen.«

»Wollte sich Frau Egger wirklich von der Terrasse stürzen?« Alex schaut fragend zu Paul hinüber, der seine langen Beine nur mühsam im engen Büro bequem falten und entfalten kann.

»Du hast gemeldet, dass du sie am Aufschieben des Schiebefensters hindern konntest. War wirklich Gefahr im Verzug? Dass du sie gleichzeitig auch verhaftet hast, ist unschön und wird dir einen Eintrag in deiner Akte einbringen. Aber nun sei's drum. Wir können sie nur als Zeugin befragen und werden sie wohl bald wieder laufen lassen müssen.«

»Ich musste ihr Handschellen anlegen, sie hat getobt, wie eine Teufelin.« Paul hebt seine dick einbandagierte Hand. »Sie hätte sich garantiert vom Balkon gestürzt, denn da ist kein anderer Ausweg.«

Tanja lenkt ab und bringt sich mit einer Überlegung zum Tod von Patrick ein. Sie resümiert aus dem Stegreif: »Wir haben das Auto des Instituts gut versteckt im Wald gefunden, die Fahrzeugnummer war ausgeschliffen. Teile des Rücklichts lagen im Steinbruch, auch stimmt die abgeschürfte schwarze Farbe an der Felswand mit der Farbe des Autos überein. Wie kann man nur so blöd sein, das Auto zweimal hintereinander für ein Verbrechen zu benutzen? Es ist möglich, dass wenn wir Vicenzo als Täter annehmen, er an beiden Tötungsdelikten beteiligt war, denn nur er hatte Zugang zum Autoschlüssel. Lombardi war zu dieser Zeit in Italien. Das haben Zeugen bestätigt. Ich darf spekulieren: Vicenzo hat Luana in den Steinbruch gefahren und dabei das Auto beschädigt. Er hat denselben Wagen verwendet, um Patrick in die Kiesgrube zu bringen, um ihn dort zu erschießen und zu verbrennen. Falls Patrick schon tot war, als Vicenzo ihn transportiert hat, hat er ihm ins Gesicht geschossen, um ihn unkenntlich zu machen und uns auf eine falsche Spur zu führen.«

Tanja schweigt und lehnt sich wieder in ihrem Stuhl zurück, nimmt sich ein Stück Schokolade vom Tisch. Unvermittelt greift sie nach einem weiteren Stück der Süßigkeit. Hinter ihrer Stirn beginnt sich ein Sturm zusammenzudrängen. Sie kann nicht an sich halten, sie muss noch eines nehmen, der Migräneanfall würde sie nicht verschonen.

»Wo finden wir Beweise für deine These, Tanja?«, lässt sich Paul wieder einmal hören.

Sie reagiert heftig und laut: »Wir haben die Fingerabdrücke, wir haben das Divinia im Blut von Patrick, wir haben, und das habe ich noch nicht gesagt, einen zweiten Peak im Chromatogramm seines Blutes gefunden. Das Gift des Eisenhuts Aconitum. Nur D'Amato kann jetzt im Herbst Zugang zu erheblichen Mengen des

Pflanzengifts gehabt haben. Wir dürfen nicht vergessen, er war Botaniker und hatte seine Pflanzungen in der Scheune. Diese ist übrigens wegen Brandstiftung in Flammen aufgegangen. Jemand hat Benzin in der Scheune ausgeleert und angezündet. Dasselbe Vorgehen wie in der Kiesgrube: Vernichtung von Beweisen.« Jetzt wird es Alex unheimlich.

Woher weiß Tanja, dass das Benzin beim Brand aus einem ähnlichen Kanister stammte, wie derjenige, der in der Kiesgrube verwendet wurde. Er schluckt leer und hört zu, man kann förmlich sehen, wie seine Gedanken rasen.

»Vicenzo hat Patrick wohl in eine Falle gelockt und vergiftet, weil er nicht wusste, in welcher Dosis Divinia tödlich ist. Er hat sich mit Aconitum, das je nach Dosis zeitversetzt wirkt, abgesichert. Er war kräftig genug, die Leiche ins Auto und in die Kiesgrube zu schleppen. Ob er auch Luana mit Aconitum getötet hat, wissen wir nicht, aber es ist zu vermuten. Sie ins Auto zu bringen und über den Rand des Steinbruchs zu werfen, war für ihn, den kräftigen, durchtrainierten Mann, wohl kein Problem.«

Tanja steht mit diesen Worten abrupt auf, hält sich panisch die Hand vor den Mund und stürzt sich aus dem Raum. Marta rennt ihr nach und kann sie gerade noch auffangen, als sie sich würgend auf den Flurboden übergibt.

Die beiden Männer bleiben in Alex' Büro zurück und er stellt mit einem besorgten Blick auf die Tür fest: »Es hat sie wieder böse erwischt. Gibt es noch immer kein wirksameres Medikament gegen Migräne?« Paul zuckt rat- und sprachlos mit den Schultern.

»Die These von Tanja macht irgendwie Sinn. Aber wir müssen das ja nicht entscheiden, das wird wohl vor Gericht zur Sprache kommen. Wir müssen zunächst Frau Egger auf den Zahn fühlen. Sie kann uns, wenn sie will oder wenn es uns gelingt, sie zum Reden zu bringen, sicher mehr sagen. Vor allen Dingen frage ich mich, welche Rolle sie gespielt hat und welchen Einfluss sie hatte. Wir müssen sie in jedem Fall befragen, bevor Staatsanwalt Fluri von der etwas überstürzten Festsetzung von Frau Egger Wind bekommt und uns madig macht. Er ist offensichtlich mit Lombardi nicht weitergekommen.«

Paul schaut von seiner Doodle-Zeichnung erstaunt auf und runzelt die Stirn. »Fluri hat nichts herausgefunden, was wir nicht auch schon herausgefunden haben. Er hat ihn gehen lassen müssen, hat ihm aber mitgeteilt, dass das Labor geschlossen bleiben muss und er selbst nicht verreisen darf. Seine sonstigen Verfehlungen sind nicht unbedingt Teil dieser Mordaufklärung.«

Alex wechselt seine Sitzposition: »Eines irritiert mich noch immer, und ich muss herausfinden, ob Lombardi damals im Chemischen Institut in Basel der Doktorand war, der die Explosion im Labor verursacht hat. Ich werde ihn nochmals erzählen lassen, was er Tanja wissen ließ. Ich habe auch noch einige Fragen offen.« Paul schaut ihn fragend an, während Alex weiterspricht. »Nochmals genauer in diesen Unfall im Zusammenhang mit der Entwicklung des Migränemittels und dem Tod von Tanjas Vater hineinzuschauen, kann sicher Aufschluss auf unsere aktuellen Mordfälle geben«, beantwortet Alex die unausgesprochene Frage und fährt weiter:

»Da in Basel jemand zu Tode kam, könnte der Fall sogar wiederaufgenommen werden. Damals hieß Lombardi allerdings Renzo Barbaro. Er weiß aber nicht, dass wir Kenntnis davon haben. Tanja hat ihm unsere Vermutung noch nicht mitgeteilt.«

Paul schaut irritiert auf seinen Gesprächspartner und scheint vergessen zu haben, dass Alex und Tanja nach einem Mann in der Vergangenheit suchen.

Alex redet unbeirrt weiter, ohne Pauls Irritation weiter zu beachten: »Bald zwanzig Jahre ist das her, aber Lombardi hat die Details des Unfalls ganz sicher nicht vergessen, es sei denn, er hat sie verdrängt.«

33

Wachtmeister Weber bringt Nadja Egger ins Büro. Paul hat sich aus dem Verhörraum ein Aufnahmegerät samt Mikrofon geholt und vor ihnen auf den Schreibtisch gestellt.

Kuchta schaut Nadja Egger ernst an: »Frau Egger, sind Sie einverstanden, dass wir dieses Gespräch aufnehmen?«

Nadja nickt. »Ich muss wohl einverstanden sein.«

»Wollen Sie einen Anwalt kontaktieren?«

Nadja schaut erstaunt auf die beiden Polizisten: »Wieso ist das notwendig? Nein, ich brauche keinen Anwalt.« Sie steht auf und will zur Tür. Sie streckt den Rücken und dreht sich wütend um, kaum hört sie Alex' strengen Ton: »Frau Egger, ist Ihnen bewusst, dass Sie sich mit Ihrem Abgang aus dem Spital stark verdächtig gemacht haben? Auch Ihr Verhalten in Ihrer Wohnung, als unsere Beamten zu Ihnen kamen, Ihre Flucht zum Fenster, ist höchst verdächtig. Wie begründen Sie Ihre, ich nenne es einmal, Flucht?«

Nadja hat sich wieder auf ihren Stuhl gesetzt und fährt bei dieser Äußerung von Alex sofort aus ihrer Haut: »Jetzt verlange ich sofort einen Anwalt!«

»Sicher, das ist Ihr Recht. Aber die einfache Frage nach dem Grund Ihres Verlassens des Spitals werden Sie doch ohne Anwalt beantworten können.«

Nadja schweigt und schaut vor sich auf den Boden. Beide Männer warten geduldig. Sie sind Warten gewöhnt. Die Minuten verstreichen, keiner sagt ein Wort.

Die Sonne hat sich zwischen den dunklen Regenwolken vor dem Fenster hervorgewagt und bringt helles Licht in den etwas düsteren Raum. Die Sonnenstrahlen sind wie ein Scheinwerfer genau auf den gesenkten Kopf und die blonden Haare Nadjas gerichtet. Hinter ihr glüht durch das zweite Fenster im Raum die Felswand des Steinbruchs grellgelb auf.

Leise öffnet sich die Tür und Marta bringt vier Tassen Kaffee und Zutaten. Auf einem Teller liegen attraktiv arrangiert einige Kekse. Der Kaffeeduft gibt der düsteren Szenerie einen freundlichen, fast gemütlichen Anstrich. Sie schaut auf die schweigende Frau Egger und verteilt die Kaffeetassen. Im Plauderton erwähnt sie: »Ich musste die Kollegin nach Hause bringen, es geht ihr gar nicht gut. Sie hat mich gebeten, Ihnen das zu sagen, Chef. Sie hat eine schreckliche Migräne, es gibt einfach noch kein gutes Mittel dagegen.«

Nadja schnellt den Kopf nach oben und gibt erstaunlich begeistert kund: »Doch, es gibt ein neues, ausgezeichnetes Mittel. Es ist noch nicht auf dem Markt, aber es wird bald kommen.«

Marta nimmt den Faden auf und verwickelt Nadja in ein angeregtes Gespräch über Migräne, ob diese lästige und schmerzhafte Krankheit häufiger bei Frauen als bei Männern auftrete. Ob sie überhaupt als Krankheit zu bezeichnen ist oder vielmehr einen genetischen Ursprung habe. Nadja äußert sich sehr enthusiastisch über die drastische Wirkung dieses von ihr genannten Mittels. Sie hat sich im Stuhl energisch aufgerichtet, zeigt sich aber unversehens wieder niedergeschlagen.

»Es hat leider den Nachteil, dass eine zu hohe Dosierung Halluzinationen hervorrufen kann. Das Suchtverhalten der Patienten wird verstärkt und sie greifen, auch wenn sie keinen Anfall haben, wegen der schönen Nebenwirkung des Mittels immer häufiger zur Tablette.«

Marta nickt verständnisvoll.

»Eine meiner Arbeitskolleginnen scheint ebenfalls ein anderes, neues Mittel auszuprobieren. Aber es ist wohl nicht so hilfreich. Sie hat immer wieder schreckliche Anfälle, die kommen immer wie aus heiterem Himmel.«

»Vielleicht versucht Ihre Kollegin trotz der Nebenwirkungen einmal dieses neue Migränemittel, es heißt Divinia. Sie wird begeistert sein«, kommt die Antwort von Nadja wie aus der Pistole geschossen. Sie scheint völlig vergessen zu haben, dass das Gespräch nicht ein freundliches Kaffeekränzchen, sondern eine polizeiliche Befragung ist.

Jetzt ist es an Alex und Paul, die der Diskussion bisher nur mäßig interessiert zugehört haben, ihre Köpfe gespannt nach vorne zu strecken:

»Wo bekommt man dieses, wie sagten Sie, Divinia?«, fragen die beiden Ermittler fast synchron.

»Oh, fragen Sie Herrn Lombardi, er ist der Erfinder dieser neuartigen Substanz.« Plötzlich realisiert Nadja, dass sie sich zu weit aus dem Fenster gelehnt hat. Sie zieht sich wieder in ihr Schneckenhaus zurück und spielt das verängstigte Mädchen, duckt sich auf ihrem Stuhl zusammen und verknotet verlegen ihre Finger.

»Und wie kommen Sie zu all dem Wissen über Migräne und ihre mögliche Behandlung?«, nimmt Marta den Faden wieder auf.

Alex schweigt, während er aufmerksam zuhört. Er beobachtet jede kleine Regung Nadjas. Auch Paul sitzt wie eine gespannte Feder etwas im Hintergrund und schlürft zur Beruhigung seiner Ungeduld an seinem Kaffee und wechselt ständig die Stellung seiner langen Beine.

»Meine frühere Chefin, Frau Luana Ghorbani, hat, bevor sie unser Institut verlassen hat, viel mit mir über diese Substanz und ihre Eigenschaften diskutiert, sie hatte deswegen auch oft Streit mit Vicenzo«, gibt sie mit leiser Stimme freimütig zu. »Luana hat sich geweigert, Divinia für Herrn D'Amato herzustellen.«

Nadja scheint plötzlich auf der Hut.

Ein schneller Blickwechsel zwischen den Ermittlern.

»Mit Vicenzo D'Amato?«, hakt Alex nach. »Um was ging es da?«

»Sie meinte, das sei das Projekt des abwesenden Herrn Lombardi und sie wolle nicht ohne seine Erlaubnis die Synthese durchführen. Luana fand es zu gefährlich, wenn das Mittel in die Hände von Patienten und vor allen Dingen jungen Leuten kommen würde. Herr D'Amato aber zwang sie, im Labor von Herrn Lombardi immer mehr zu produzieren. Luana versuchte immer zu bremsen. Sie konnte sich jedoch scheinbar nicht weigern.«

Sie unterbricht sich.

»Und wie stellten Sie sich zu Luana und ihrer Weigerung, noch mehr von diesem Migränemittel herzustellen, während Herr Lombardi abwesend war?«, fragt Alex weiter.

»Ich fand das Mittel hilfreich und sicher nicht so gefährlich. Wenn man eine gute Applikationsform fände, würde es doch vielen Migränekranken helfen. Gut, ich selbst leide nicht an Migräne. Aber ich probierte einmal eine winzig kleine Menge und habe die Nebenwirkungen als sehr schön empfunden. Ich hatte keinerlei Nachwirkungen. Ich unterstützte deshalb Vicenzo, – äh – Herr D'Amato. Luana wurde dann aber auf mich wütend. Von da an stritten wir uns oft, nicht nur wegen Divinia, sondern auch wegen anderer Kleinigkeiten im Labor.«

»Weshalb konnte Frau Ghorbani sich nicht weigern, Divinia zu synthetisieren?«, meldet sich Paul aus seiner Ecke.

»D'Amato ist der Chef und Luana war seine Untergebene, sie musste gehorchen.« Nadja richtet sich erneut aus ihrer untertänigen Kleinmädchenstellung auf. Es ist ein ständiges Auf und Ab.

Erstaunt schauen alle drei auf Nadja. »Gehorchen, das tönt nach Knechtschaft, totaler Abhängigkeit!«, empört sich Marta.

Nadja zuckt mit den Achseln und scheint erleichtert, sich mit dieser Antwort nicht zum wahren Grund für Luanas zögerliche Mitarbeit äußern zu müssen. Es ist für die Ermittler offensichtlich, dies ist nicht der wahre Grund und sie bohren weiter.

Die Sonne hat sich verabschiedet, man kann sich im Raum kaum mehr sehen. Endlich schaltet Paul das Deckenlicht ein. Eine der Neonröhren flackert und ein ungesundes Summen geht von ihr aus.

»Der Streit mit Luana Ghorbani ist also so weit gegangen, dass Herr D'Amato Luana rausgeworfen hat?«, fragt nun Alex, um weiterzukommen. Er hat verstohlen auf die Uhr geblickt, es würde spät werden. Sein Magen knurrt. Er rutscht sich in seinem Stuhl zurecht. Seine Frage schreckt Nadja einen Moment auf und sie sinkt dann wieder nervtötend und dramatisch in sich zusammen. Schweigen.

»Was warf Herr D'Amato Frau Ghorbani denn konkret vor? Die

Weigerung von Frau Ghorbani, Divinia herzustellen, war doch nicht der wahre Grund, Frau Egger.« Er gibt dem Satz einen fragenden Ton. Schweigen.

Spannung vibriert im Raum. Alex konzentriert sich auf Nadjas Gesicht und registriert jede Zuckung, jede Bewegung von Kopf und Händen, um die Frau zu lesen.

»Er war fest davon überzeugt, Luana, das Biest, hat das Geheimnis von Divinia an einen Journalisten verraten«, bricht es plötzlich aus Nadja heraus.

Sie beißt sich auf die Lippen.

»Das Biest?«, schießt Marta ihre Frage ab. »Weshalb sagen Sie so etwas über Luana? Eben haben Sie doch freundlich über sie gesprochen.«

Das bekannte Schweigen, diesmal hält es an.

»Wir setzen das Gespräch morgen fort«, befindet Alex, als sie nicht mehr weiterkommen. »Sie, Frau Egger, werden uns sagen, was an dem besagten Abend im Haus von Frau Ghorbani und Herrn Krämer geschehen ist.«

Marta und Paul schauen Alex erstaunt an. Das Summen der defekten Neonröhre hört schlagartig auf und gleichzeitig wird es im Raum dunkel. Nadja kann den Blickaustausch nicht sehen.

Paul und Marta begleiten Nadja Egger zurück in ihre Zelle. Sie wehrt sich nicht. Sie wird eine Nacht Zeit haben, die Antwort auf die Frage zu finden. Den Ermittlern bleiben weniger als vierundzwanzig Stunden, die Beweislage gegen Nadja Egger zu verbessern.

Die beiden Ermittler kommen zurück und erwarten von Alex eine Erklärung, doch Alex scheint nicht gewillt, sein Wissen zu teilen, schaut Marta an und fragt besorgt: »Wo ist Tanja?«

Marta macht eine kleine Handbewegung: »Ich habe sie zu ihrer Wohnung gefahren und sie Dominik übergeben.«

Alex wechselt beruhigt vom Betreuer zum Ermittler: »Während ihr weg gewesen seid, habe ich kurz mit Arthur Römer gesprochen.

Die KTA hat die Fingerabdrücke sowohl von Nadja Egger als auch Vicenzo D'Amato gefunden und wisst ihr, wo?«

»Mach's nicht so spannend, Chef!«, schnappt Marta. Paul nimmt es gelassener und wartet.

»D'Amato war unvorsichtig, seine Fingerabdrücke waren überall im Haus, Nadjas nur in der Küche und am Sideboard mit den Spirituosen. Und jetzt kommt's: Auf der kleinen Flasche, die mitten in den vielen Spirituosen stand, fanden die Kollegen die Fingerabdrücke der Egger und von D'Amato. In der Flasche ist eine gehörige Dosis Divinia und«, er machte eine Spannungspause, »eine mittlere Menge Aconitum, das Gift des blauen Eisenhuts, in einem mittelguten starken Zwetschgenschnaps. Alles in allem eine tödliche Mixtur auf Raten.«

Tanja hat ihre Wohnung früh am Morgen und einen übellaunigen Dominik, der endlich auf dem Sofa eingeschlafen ist, alleingelassen und ist in der kühlen Morgenluft durch die stille Stadt gewandert. Wie erfrischend ist dieser kleine Spaziergang. Er lüftet die Gefühle und versenkt die üblen Erinnerungen an den gestrigen Abend.

Dominik ist ausgerastet, als er von der Verfolgungsjagd Tanjas und dem Absturz gehört hat. Gleichzeitig hat ihn das Mitleid über die leidende Freundin gebremst. Aber die Angst um seine Freundin war zu groß und alles sträubte sich in ihm, wenn er sich vorstellte, wie sie hinter dem Kerl hergefahren und er auf sie geschossen hat.

»Ich fass es nicht, du hast was? Du bist dem Kerl hinterhergefahren? Du hast doch gewusst, wie gefährlich er ist. Und er hat auf dich geschossen?«

Sein Lamento hatte nicht aufgehört und er schnappte sich sein Bettzeug und versuchte auf dem Sofa zu schlafen. Trotz Migräne oder gerade wegen der gab sie ihm Saures zurück, das auch nicht ganz ohne war.

Er ist so enttäuscht von ihr. Sie ist einfach unverbesserlich. Aber gerade diese Mischung von Unternehmensfreude, Unvorsichtigkeit und Durchsetzungskraft macht sie zur spannenden Frau. Er liebt sie, wenn er auch manchmal die Geduld verliert.

336

Es ist feuchtkalt. Über dem Sälischlössli versuchen die ersten Sonnenstrahlen, den frühherbstlichen Nebel zu verdrängen. Sie kann das Wasser der Aare nur vermuten. Aus den Wellen steigen Nebelschwaden auf. Es sieht aus, als würde das Wasser kochen.

Wenige Fahrzeuge schleichen mit müden Lenkern entlang der Basler Straße. Wohl denen, die über den Hauenstein hinüberfahren können. Drüben, jenseits des Passes, erwartet sie einmal mehr ein leergefegter, blauer Himmel.

Sie hat sich in Mamas Küche Wasser heiß gemacht. Marina tappt aus dem Schlafzimmer und setzt sich mit leicht vom Schlaf verquollenen Augen zu Tanja an den Küchentisch und versucht, ihre zerzausten Haare mit der einen Hand zu bändigen, mit der anderen Hand zieht sie ihren Morgenrock geschlossen. Sie fröstelt. Sie lässt die Haare los und greift dankbar nach dem heißen Grüntee, den Tanja vor ihr abstellt.

Beide Frauen brauchen an diesem Morgen etwas Gesundes und neue Flüssigkeit.

Tanjas Migräneanfall vom Vortag ist wieder einmal extrem schmerzhaft und lähmend gewesen. Tanja hat den schweißnassen Kopf hin und her geworfen und ist immer wieder panikartig aufgestanden und ins Bad geeilt. Der heftige Streit mit Dominik tat sein Übriges dazu.

Marinas Blick ist noch ein wenig vom schweren Wein getrübt, den sie zusammen mit Alex getrunken hat, als er bei ihr nicht nur juristischen Rat suchte.

Während sie das heiße Getränk schlürft, erzählt sie Tanja, wie sie sich zusammen ins Bett gelegt hatten und er ihr von der Vernehmung dieser Frau Egger erzählte.

»Er hat sich seinen Frust von der Seele geredet, aber dann hat der Wein seine Wirkung getan und er ist eingeschlafen. Ich habe noch lange wach gelegen und über das Gehörte nachgedacht.«

Ein leichtes Lächeln verzieht Tanjas Mund.

337

Alex war gestern mit hängenden Schultern bei Marina aufgetaucht und hatte sich beschwert, wie schwer es sei, den möglichen Tätern ein Geständnis abzuringen. Er klagte, es scheine ihm das richtige Gespür, einen Täter zu überführen, abhandengekommen zu sein. Und auf Hilfe aus Solothurn, darauf könne er lange warten.

Lombardi sei auf freiem Fuß, Fluri hätte ihn springen lassen. Und aus dieser Cheflaborantin werde er einfach nicht klug: »Sie spielt das verschüchterte Mädchen, braust dann aber wieder auf. Sie muss eine hervorragende Schauspielerin sein.«

Marina erzählt Tanja von den gefundenen Fingerabrücken von D'Amato und Egger. Das sei der einzige Lichtblick und bringe sie vielleicht weiter.

»Aber die Frage, wer welchem der Opfer das Zeugs verabreicht hat und wie, das bleibt weiterhin offen«, überlegt Tanja.

»Martas clevere Idee mit der Verdächtigten von Frau zu Frau zu sprechen, hat auch etwas gebracht«, fügt Marina noch an. »Eigentlich dürfte Alex dir und mir das alles gar nicht erzählen. Er meint immer wieder, gegen eine Wand zu laufen. Er müsse das mit jemandem besprechen.«

Marina zieht lautstark die Luft ein. »Und du hast offensichtlich mit deiner Anstellung in Hochrütti die Suppe zum Wallen gebracht, Tanja. Der Unfall von Papa und dieses Institut in Hochrütti, die hängen sicher zusammen, da bin ich überzeugt.«

Alex hat am Morgen entschieden, Druck auszuüben. Er gab den Auftrag, den düstersten der zur Verfügung stehenden Verhörräume für die weitere Befragung von Nadja Egger bereitzustellen. In der Vergangenheit war dieser Raum nur einmal zum Einsatz gekommen: kahle Wände mit einem hochliegenden Fenster, durch das kaum Licht hereindringt, ein hölzerner Tisch mit einer Kelkoplatte, die schmutzig graugrün in den Augen wehtut, und harte Stühle, die nicht dazu geeignet sind, lange Sitzungen abzuhalten. Der Bretterboden ist mit einem gelbgrünen Linoleum ausgelegt und knarrt beim geringsten Auftritt.

Ein Wasserspender macht zeitweilig blubbernde Geräusche in

einer Ecke, weiße Pappbecher schauen eng aufgereiht und nicht gerade einladend aus einem Fach. Das rote Kontrolllämpchen eines Aufnahmegeräts blinkt bedrohlich.

Auf dem Weg zum Vernehmungsraum springt eine Tür auf und Marta gesellt sich zu Alex. Augenringe zieren nicht gerade vorteilhaft ihr Gesicht. Die braunblonden Haare hängen ihr in Strähnen in die Stirn und an den Seiten. Trotzdem strahlen ihre Augen: »Guten Morgen, Alex. Ich habe die Nacht mit Recherchen zu den verschiedenen Personen, die in diesem Fall involviert sind, verbracht. Genau um Mitternacht, zur Hexenstunde«, grinst sie, »genau zu dieser Zeit, du glaubst es jetzt nicht, habe ich eine Information zur Egger gefunden.«

Jetzt ist es an Alex, stehen zu bleiben und sie gespannt anzusehen. Wenn Marta mit viel Tamtam eine Erkenntnis vorbringt, dann muss etwas an der Sache dran sein. Er nimmt sie am Arm und zieht sie zurück in ihr Büro, dabei schaut er sie fragend an.

»Eine Frau Nadja Egger hat vor Jahren an der Schauspielschule Zürich eine Ausbildung begonnen, aber nach etwa der Hälfte der Zeit abgebrochen und kurze Zeit nachher eine Ausbildung zur medizinisch-technischen Laborantin mit Auszeichnung abgeschlossen.«

»Unsere Nadja Egger?«, entgegnet Alex ungläubig.

Es braucht die triste Umgebung des Verhörraums an diesem Morgen nicht. Nadja Egger hat großartig auf die Hilfe eines Anwalts verzichtet. Sie sitzt auf einem der harten Stühle, wie jemand, der unter dem Eindruck steht, ihm könne nichts passieren und alles würde sich als schrecklicher Irrtum herausstellen. Mit ihren spitzen Fingernägeln, von denen einige abgebrochen sind, trommelt sie ungeduldig auf den Tisch. Der hässliche Trommelwirbel erfüllt den Raum, als die Ermittler eintreten.

Sie begrüßen die Frau freundlich und mit Handschlag: »Frau Egger«, beginnt Alex, »haben Sie eine Antwort auf meine Frage, was Sie im Haus von Luana Ghorbani gemacht haben, gefunden?«

Nadja beginnt sofort, schnell wie ein Wasserfall zu reden: »Sie müssen wissen, Luana ist sehr harmoniebedürftig, sie mag keinen Streit. Aber wer mag den schon? Sie bat mich an einem Abend vor einigen Wochen, Herr Lombardi war schon weg in seinem Sabbatical, zu ihr ins Haus zu kommen und mit ihr die Friedenspfeife zu rauchen.«

»Die Friedenspfeife?«, fragt Paul, der sich an die Indianergeschichte erinnert, die er seinen Jungen jeweils vor dem Zu-Bett-Gehen vorliest.

»Ja, sie nannte es so. Ich stimmte zu, weil mir das Gezerre unbehaglich war, und wir setzten uns in ihrem Wohnraum zusammen. Die beiden haben ein wunderbares Haus gemietet. Patrick war auf Reisen.«

»Wissen Sie, wohin?«, schiebt Paul interessiert dazwischen.

»Ich glaube, mitbekommen zu haben, dass er in den USA andere Laboratorien besuchen wollte. Das war zumindest so viel, wie ich aus den Gesprächen von Patrick und Vicenzo herausgelesen habe. Vicenzo war darüber nicht happy. Aber Patrick beharrte auf der Reise.«

Paul triumphiert. Nadja bestätigt unwillkürlich seine Rechercheergebnisse zu Patricks Tod.

Nadja schiebt nervös eine Haarsträhne aus der Stirn und fährt mit ihrer Erzählung fort: »Luana hat mit Lachs belegte Brote vorbereitet. Eier- und Spargelbrötchen waren auch dabei. Viel zu viel für uns zwei. Sie hat mir dazu einen wunderbaren Wein angeboten. Ich trinke nicht oft Wein, aber ich bat Luana, sie solle sich keinen Zwang antun. Sie schenkte sich ein großes Glas Wein ein und trank es gierig aus.«

»Aber als Muslimin trinkt sie doch keinen Alkohol und es waren keine Weingläser im Haus!«, wirft Paul erneut heftig dazwischen und erntet damit strafende Blicke von Alex und Marta.

Nadja blickt misstrauisch von einem zum andern. Woher wusste die Polizei, dass Luana Muslimin war? Sie unterbricht ihre Erzählung für einen winzigen Augenblick, berichtet aber sofort weiter.

»Ja, sie sagte, sie würde eine Ausnahme machen. Es war sehr gemütlich und ich ließ mich herbei, auch ein Glas zu trinken.

Im Kamin brannte ein Feuer. Wir redeten und redeten. Wir entspannten uns immer mehr und ich bin der festen Überzeugung, wir räumten unsere Differenzen wirklich aus. Noch vor Mitternacht ging ich weg.«

»Und Herr D'Amato war an diesem Abend nicht dabei?«, versicherte sich Marta.

»Nein, Luana und er waren sich spinnefeind. Er würde das Haus von Luana nie betreten.

Am Tag nachdem ich mich mit Luana versöhnt hatte, entbrannte zwischen Luana und Vicenzo wieder einmal eine dieser heftigen Auseinandersetzungen, die an diesem Tag fast ins Tätliche ausuferte. Alles nur wegen Divinia und Luanas Weigerung, den Stoff herzustellen, solange Herr Lombardi nicht im Hause war. Sie haben sich angeschrien und fast wären sie aufeinander losgegangen, wenn ich nicht dazwischen gegangen wäre. Luana lief an dem Tag einfach weg und kam auch am nächsten Tag nicht zurück zur Arbeit. Und sie blieb weg.«

»Frau Egger, das ist eine interessante Geschichte, die Sie uns da erzählt haben. Vieles macht Sinn, aber ich möchte Sie bitten, Ihren Anwalt zu kontaktieren. War Ihnen bekannt, dass auf dem Sideboard bei den Spirituosenflaschen ein besonderes Flakon mit einem alten Zwetschgenschnaps stand?«

Nadjas Kopf schießt nach oben, sie reißt die Augen auf, sodass das Weiß der Augen grell mit den Farben der Iris kontrastiert. Ihr Mund steht entsetzt offen. Dann sinkt sie wieder in sich zusammen.

»Und? Wussten Sie es oder wussten Sie es nicht?«, beendet Paul das Schweigen.

Alex schiebt ihr ihr Handy über den Tisch zu. »Sie haben die Nummer Ihres Anwalts oder müssen wir Ihnen einen Pflichtverteidiger organisieren? Ich betone, wir haben den Beweis, dass Sie an der Tötung von Frau Luana Ghorbani durch Vergiftung beteiligt waren. Wir werden die Vernehmung in Gegenwart von Staatsanwalt Hans Fluri aus Solothurn weiterführen.«

Nadja Egger bricht in bemitleidenswerte Tränen aus und schlägt theatralisch ihre Hände vor das Gesicht. Das Licht der Lampe strahlt grell auf die Szene.

Die drei Polizisten stehen über ihr und schauen auf ihren gesenkten Kopf. Wie im Tandem schütteln sie ihre Köpfe. Welche Schauspielerin!

Alex bittet Weber, Frau Egger in ihre Zelle zurückzubringen.

*

»Herr Staatsanwalt Fluri, endlich erreiche ich Sie. Ich möchte Sie förmlich darüber informieren: Wir haben die Cheflaborantin in Hochrütti, Frau Nadja Egger, wegen Planung und Beihilfe zum Mord an Luana Ghorbani in Haft genommen. Wir haben starke Hinweise, dass sie Frau Ghorbani zusammen mit dem verstorbenen Herrn D'Amato vergiftet und mitgeholfen hat, die Leiche des Opfers über die Felswand im stillgelegten Steinbruch in Olten zu werfen. Die Spurensicherung und die Gerichtsmedizin haben festgestellt, dass Frau Ghorbani schon tot war, bevor sie in den Steinbruch transportiert wurde. Was den Tod von Herrn Patrick Krämer anbelangt, ist auch er an der gleichen Mixtur, die Frau Ghorbani verabreicht wurde, verstorben, bevor er in der Kiesgrube verstümmelt und verbrannt wurde. Herr Dominik Gerber wurde vom gleichen Täter mit Absicht in die Höhle, benannt Häxechuchi, oben auf dem Born gestoßen und vorher ausgeraubt.«

Alex glaubt, im Hörer ein heftiges Ein- und Ausatmen zu hören.

»Frau Nadja Egger wurde wohl in der Absicht, sie als Informationsquelle für die Behörden auszuschalten, vom Haupttäter in einem selten betretenen Raum im Keller des Instituts Hochrütti eingesperrt. Das Ziel dieser Aktion ist noch nicht ganz geklärt.«

Alex holt tief Luft und spricht schnell weiter, um dem Staatsanwalt keine Gelegenheit zu geben, zu antworten. »Herr Lombardi war an den Aktivitäten nicht beteiligt, hat sich jedoch im Lauf der Zeit verschiedener Vergehen, die nicht direkt mit den Mordfällen und dem versuchten Mord zu tun haben und von anderen Stellen untersucht werden sollen, schuldig gemacht.«

Dann unterbricht Fluri ihn heftig:

»Weshalb erfahre ich erst jetzt von der Verhaftung dieser Frau

342

Egger? Was ist das für ein Lotterbetrieb bei euch da unten? Sie vernachlässigen immer wieder den Dienstweg, Herr Frind.«

Die Stirnader in Alex' Gesicht schwillt gefährlich an. Gut, dass zwanzig Kilometer zwischen ihren Büros liegen.

*

Es dauert kaum eine Stunde, da steht Fluri bei Alex im Büro und tobt:»Frind, Sie haben es wieder einmal geschafft, mich während der ganzen Zeit einzig in der Absicht, mich bloßzustellen, nicht zu informieren. Ich werde Sie belangen. Sie haben illegal Frau Beduzzi einbezogen. Ich habe die Frau und auch Sie, Frind, wiederholt gewarnt, diese Extratouren zu unterlassen! Ich will diese Frau Egger sofort sehen und sie einvernehmen.«

»Herr Staatsanwalt Fluri, wollen Sie nicht zuerst den Bericht, den unser Team zu dem Fall, nein, den Fällen sorgfältig zusammengestellt hat, in Ruhe lesen? Der Anwalt von Frau Egger ist noch nicht hier. Ich möchte noch anfügen, Frau Egger weiß offenbar noch nichts vom tödlichen Unfall von Herrn Vicenzo D'Amato. Wir haben sie nicht informiert. Wir dachten, Sie seien vielleicht so nett und interessiert daran, es ihr zu sagen und das in Ihrem Verhör einzusetzen.«

Fluri holt empört Luft und versucht Alex niederzustarren, setzt sich dann aber auf Alex' Stuhl vor den Bildschirm, den er ihm höflich, jedoch mit einer übertriebenen Geste angeboten hat.

Kindergarten, geht es Alex durch den Kopf. Das Gleiche denken Marta und Paul, die sich diskret im Hintergrund halten. Der Staatsanwalt beachtet sie nicht.

34

»Tanja, wo bist du?«, spricht Alex auf den Anrufbeantworter von Tanjas Smartphone. Staatsanwalt Fluri soll sich an Nadja selbst die Zähne ausbeißen und ein Geständnis aus ihr herausholen. Er will sie ja unbedingt allein verhören, mahnt sich Alex.

Tanja meldet sich. Sie flüstert dabei ins Mikrofon. Er wundert sich über dieses seltsame Verhalten. »Alex, ich bin in der Villa von Herrn Lombardi in Hochrütti und habe ein sehr interessantes und aufschlussreiches Gespräch mit ihm. Kommst du auch?«

Alex hustet. Die Katze kann das Mausen nicht lassen. Er stellt einmal mehr verzweifelt fest, seine Ziehtochter will sich einfach nicht mehr ändern. Was hat sie sich dabei gedacht? Sie kann doch nicht einfach in die Villa hineinspazieren. Andererseits, was sie bisher von Guido Lombardi erfahren hat, war äußerst hilfreich in der Aufklärung von Luanas und Patricks Tod. Worum geht es bei diesem Besuch? Besser eine Auskunft auf privater Ebene, dann kann man den Besuch akzeptieren. Aber in dieser Mordsache ist die Rolle und die wahre Identität von Lombardi noch immer nicht klar, sie müsste sich vorsichtiger verhalten.

Er setzt sich in sein eigenes Auto, um diesem Besuch in Hochrütti einen privaten Anstrich zu geben.

Er klingelt. Die Tür öffnet sich. Tanja blickt zögernd durch den Türspalt. Ein erleichtertes Lächeln erscheint auf ihrem Gesicht. Sie öffnet die Tür weit und weist mit einer Kopfbewegung den Weg, äußert sich aber nicht.

Sie führt Alex in den abgedunkelten Wohnraum. Die absolute Stille fällt ihm auf. Die Fensterläden sind noch immer wie bei ihrem ersten Besuch geschlossen und lassen nur durch Ritzen mäßig Licht herein. Eine einzelne Designerlampe spendet aus einer Ecke etwas mehr Helligkeit.

Auf dem Sofa sitzt Lombardi. Wie schon so oft in den letzten Tagen lässt er den Kopf hängen. Er nickt nur, als Alex zu ihm tritt, um ihn zu begrüßen. Tanja schenkt auch Alex eine Tasse Tee ein und setzt sich zu ihnen.

»Herr Lombardi hat auf meine Frage, ob er wirklich Guido Lombardi heiße, gestanden, dass er in Wirklichkeit Renzo Barbaro sei.« Sie setzt hinzu: »Er hat mir auch gestanden, dass er vor vielen Jahren durch unsorgfältiges Hantieren mit Chemikalien den Tod seines Mentors Renato Beduzzi verursacht habe.« Bei diesen Worten errötet sie. Sie hatte nach dem ersten Gespräch mit Lombardi nichts darüber berichtet.

Alex ist leicht verärgert darüber, dass sie diesen Teil des letzten Gesprächs nicht in Gegenwart von Marta und Paul gebeichtet hat. Warum wohl? Sie hat sich damals wohl gedacht, dass die beiden erst später erfahren sollten, dass Renzo Barbaro alias Guido Lomabrdi für den Tod von Tanjas Vater verantwortlich ist, wenn ein Geständnis Lombardis vorliegt.

»Ich bin damals feige davongelaufen und zu meinem Onkel Antonio Barbaro nach Italien geflüchtet«, hören sie Lombardis Stimme. »Er ist der Bruder meines verstorbenen Vaters, der als Hilfsarbeiter in einer chemischen Fabrik in Basel gearbeitet hat. Meine Eltern haben sich für mich aufgeopfert. Sie wollten, dass ich es einmal besser hätte als sie. Ich durfte studieren und sie haben auf viel verzichtet. Ich war undankbar, ich sah es als selbstverständlich an, dachte nicht darüber nach. Ich habe an jenem Tag, als die Explosion meinen Professor getötet hat, auch ihr Leben zerstört. Mein Handeln hat sie ins Grab gebracht. Ich war zu feige, um meine Tat zuzugeben und meinen Mann zu stehen.

Ich war wütend auf Professor Beduzzi, ja, ich habe ihn in dem Moment gehasst, als er mir nicht abnehmen wollte, dass ich den Durchbruch geschafft hatte. Ich war so überheblich zu glauben, er sei einfach nicht fähig zu erkennen, welch überwältigenden Erfolg ich mit Divinia hatte, und so sehr über mich erzürnt, dass er mich sofort entließ. Er wollte damals dabei sein, als ich das Labor räumte, damit nichts von den Chemikalien und Unterlagen von mir mitgenommen würde. Seine große Erfahrung und sein Wissen sagten ihm sofort, welche Gefahr von einem unkorrekten Gebrauch der Substanz ausging. An dem Tag der Laborräumung hatte ich den kindischen Wunsch, ihn zu erschrecken. Er sollte an mich denken.«

Tanja und Alex sitzen wie vom Donner gerührt auf ihren Plätzen und starren Renzo entgeistert an. »Sie wollten ihm einen Denkzettel verpassen? Das ist bescheuert, das ist gemeingefährlich. Sie wussten genau, was Sie taten, Sie sind Chemiker«, beginnt Alex und stockt, denn Tanja beginnt verzweifelt zu weinen. Er dreht sich zu Tanja und nimmt sie in die Arme, dabei streicht er ihr sanft über den Kopf.

Er bleibt neben ihr sitzen und behält den Arm um ihre Schultern gelegt. Sie hört nicht, wie Renzo weiterredet. Er schaut dabei schuldbewusst auf Tanja und begreift nicht, weshalb die junge Frau ihm gegenüber so heftig reagiert.

»Wie ich Ihnen, Marianne, schon gestern erzählt habe, habe ich Wasser in eine Flasche, die noch Reste von Natrium enthielt, einlaufen lassen. Die Knallgasexplosion hat den Brunnentrog zerrissen.«

Tanja schaut auf, wischt sich die Tränen weg und räuspert sich, dann sagt sie ruhig: »Guido oder Renzo, ich danke dir für deine Offenheit.« Sie duzt ihn unwillkürlich. »Das macht leider meinen Vater nicht mehr lebendig und du hast mir meine Jugend gestohlen.« Nun ist es an Barbaro, sie ungläubig anzustarren, als sie weiterredet: »Ich bin nicht Marianne Moser, ich heiße Tanja Beduzzi und bin Professor Renato Beduzzis Tochter.«

Er sitzt zuerst steif, als ob ihn jemand instanttiefgekühlt hätte. Seine Kinnlade hängt offen. Er bewegt sich nicht, blickt weiter auf Tanja, dann dreht er sein Gesicht zu Alex, als solle dieser ihm sagen, dass dies alles nicht wahr sei.

Nach endlosen Minuten kommt wieder Bewegung in ihn und er bricht schluchzend zusammen. Jahre des Verbergens, der Angst, entdeckt zu werden, und die Gewissheit, dass dies nun der Moment ist, den er seit jenem Morgen vor zwanzig Jahren gefürchtet hat, peinigen ihn.

Alex nimmt sein Telefon und tippt Pauls Nummer ein. Er und Marta sind unterwegs nach Hochrütti. Der Instinkt hat Marta dazu bewogen, Paul zu überreden, einmal mehr Alex zu Hilfe zu eilen.

»Herr Barbaro, ich nehme Sie vorläufig in Untersuchungshaft, wegen versuchten Mordes an Herrn Renato Beduzzi. Die Kantonspolizei Basel-Stadt wird den Fall wohl wieder aufrollen.«

Er sucht auf seinem Smartphone die Telefonnummer seines Kollegen Tomy Leutwyler in Basel. Er muss nur kurz warten.

»Hallo Tomy, Renzo Barbaro hat gestanden!« Schweigen am anderen Ende. »Tomy, die Unterlagen, die du mir geschickt hast, waren sehr hilfreich. Wir haben Renzo Barbaro alias Guido Lombardi hier in Hochrütti verhaftet.

Könnt ihr ihn abholen oder müssen wir ihn nach Basel bringen?«

Wieder Stille in der Leitung.

»Ja, ich weiß, ihr müsst den Übergabevorgang einleiten.« Alex seufzt. »Ja, ja, die Bürokratie. Sollen wir ihn über Nacht in Gewahrsam nehmen, oder können wir ihn unter Hausarrest stellen?«

35

»Herr Barbaro, wir setzen Sie in Olten in Untersuchungshaft. Sie können sich einen Anwalt nehmen. Ich werde Staatsanwalt Fluri in Solothurn umgehend informieren, er wird Kontakt mit Basel aufnehmen.« Paul tritt zu Barbaro und bittet ihn aufzustehen. Renzo reagiert wie ein Roboter. Die Tür fällt hinter den Beamten und dem Festgenommenen ins Schloss.

Einmal mehr steht die alte Villa verwaist.

Tanja hat während der Ankunft von Marta und Paul und der Verhaftung von Renzo alias Guido teilnahmslos auf dem Sofa gesessen. Sie sitzt in Gedanken als kleines Mädchen in einem an einer Kette aufgehängten Autoreifen, sie lacht, weil ein junger Mann den Reifen mit voller Kraft in Bewegung hält, das Mädchen kreischt.

»Papa!«, flüstert sie.

Alex schaut Tanja an. Sie muss eine Aufgabe erhalten, um ihre Orientierung wiederzufinden:

»Wir müssen das alles sofort deiner Mutter erzählen. Rede du mit ihr, Tanja, ich habe noch einen weiteren Fall zu klären. Ich komme so schnell wie möglich dazu.«

Er fasst sie sanft am Ellbogen. Sie gehen zum Abstellplatz ihrer Autos.

»Ich fahre jetzt in die Dienststelle, ich muss Fluri im Fall Lombardi informieren«, sagt Alex gespielt nonchalant über das Autodach hinweg, während er sich in sein Auto faltet.

Von Westen braust in Böen ein Herbststurm heran. Alex' Worte werden, zusammen mit einzelnen gelben Blättern, die sich bis jetzt noch verzweifelt an die nackten Äste geklammert haben, weggeblasen. Tanja hört seine Worte nicht.

Dieser Moment, endlich dem Mann gegenüberzustehen, der zugegeben hat, verantwortlich für den Tod ihres Vaters zu sein, war übermächtig. War das nun der Augenblick der Befreiung? Tanja fürchtet, in ein Loch zu fallen. In ihrem linken Blickfeld baut sich ein Flimmern auf und bildet sich rasch zu einer heftig gezackten, farbigen Aura aus. Bald wird der Bohrer in ihrem Kopf mit seiner Verwüstung beginnen.

Sie steigt trotzdem in ihr Auto. »Ich muss zu Mama!«, sagt sie laut zu sich selbst.

Sie sieht nur die Hälfte der Straße, der Scheibenwischer hat Mühe, den Platzregen von der Frontscheibe zu wischen. Sie fährt an die Seite und vermag gerade noch die Warnblinker einzuschalten, dann sinkt ihr Kopf auf das Lenkrad.

*

Im Verhörraum sitzt Nadja am Tisch und starrt auf das Mikrofon, das einsam und nackt die Hoffnungslosigkeit, die sie mittlerweile erfasst hat, unterstreicht.

In wenigen Minuten wird sie beichten müssen, wohin sie ihre Eifersucht geführt hat. Sie sträubt sich innerlich, diesem Gecken von Staatsanwalt auch nur ein Wort preiszugeben. Er hat sie angefahren, statt sie zu begrüßen. Kommt ihr Anwalt endlich? Sie kaut an den Fingernägeln. Sie hat beschlossen, die Kleinmädchenrolle weiterzuspielen. Der Staatsanwalt trommelt mit seinen Fingern ungeduldig auf die Tischoberfläche. Der schwere Goldring an seinem linken kleinen Finger unterstreicht, wie wenig Handarbeit er je tun wird. Immer wieder blitzt der große Rubin neben dem Wappen im Licht der Deckenlampe auf.

Weber tritt an der Wand von einem Fuß auf den anderen. Seine Prostata macht ihm zu schaffen. Die Minuten wandeln sich in eine Stunde. Wieder unternimmt Fluri einen Anlauf: »War an dem Abend, an dem Luana Ghorbani nachweislich zu Tode kam, noch jemand anwesend?« Er setzt nach: »Sie haben Frau Ghorbani das Gift verabreicht!«, versucht er sie zu provozieren.

350

Nadja hört gar nicht zu. Sie starrt auf ihre Hände.

Die Tür öffnet sich und drei Augenpaare wenden sich dem Ausgang zu. Enttäuschung in Nadjas Augen. Hoffnung bei Weber, würde er doch hoffentlich endlich austreten können. Wut in den Augen des Staatsanwalts. Er legt keinen Wert auf die Anwesenheit von Alex.

»Ich sehe, der Anwalt von Frau Egger ist noch nicht da. Herr Staatsanwalt Fluri, kann ich Sie kurz sprechen?« Weber trippelt weiter von einem Fuß auf den anderen.

Alex und der Staatsanwalt treten auf den Flur vor dem Verhörraum. »Herr Dr. Fluri, hat Frau Egger gestanden?«, fragt Alex, fährt aber gleich weiter: »Ich habe herausgefunden, wer Herr Lombardi wirklich ist.«

Fluri hört nicht, was Alex sagt. Er schaut gebannt den Gang entlang und erblickt seinen schlimmsten Widersacher in Sachen Strafverteidigung auf sich zukommen. Sein Fechtgegner in der Kategorie Säbel aus der Studentenverbindung, der ihn, Fluri, immer geschlagen hat, kommt lächelnd auf die beiden Männer zu und streckt ihnen seine Hand entgegen. Er wartet nicht, dass die Begrüßung stattfindet, und tritt ungebeten in den Verhörraum, um mit Frau Egger zu sprechen und sich ein Bild zu machen. Weber kommt heraus und stürmt an ihnen vorbei.

»Herr Staatsanwalt Fluri, ein Kaffee oder Espresso?«

Eine Münze klappert in den Apparat. Alex fragt höflich und zuvorkommend: »Milch und Zucker?«

Der Staatsanwalt räuspert sich. »Schwarz, bitte!«. Er schaut Alex dabei von unten an. Was will der Kerl jetzt schon wieder von mir?, ist von seiner Mimik abzulesen.

»Herr Fluri, wir haben zusammen den Fall gelöst, wir haben alle Beweise, schön wäre ein Geständnis aus dem Mund von Frau Egger. Ist es damit nicht an der Zeit, dass wir unser Kriegsbeil begraben? Anwalt Burri ist ein harter Brocken. Deshalb müssen wir dringend zusammenarbeiten, keine Grabenkämpfe mehr.« Er streckt Fluri dabei versöhnlich die Hand entgegen. »Sie können gerne die Pressekonferenz führen, Sie brauchen mich dabei nicht.«

351

Wie ein Ertrinkender und trotzdem leicht misstrauisch ergreift Fluri Alex' Hand.

Sie trinken ihren Kaffee schweigend. In einer synchronen Bewegung werfen sie den leeren Becher in den Abfalleimer. Hoffentlich wird ihr Burgfriede besser als der Automatenkaffee.

*

Ein Klopfen an der Fensterscheibe lässt sie abrupt aufsehen, ein Schmerz durchzuckt ihren Kopf. Er war gegen das Autofenster gelehnt. Das durch den Regen ausgekühlte Glas war ein Segen, sie hat ihre Schläfe dagegen gepresst. Dann ist sie wieder in ihre Benommenheit zurückgesunken.

Mit zittrigen Fingern kurbelt sie den Fensterheber. Ein Polizist sieht mit besorgtem Gesicht in das Innere des Wagens. »Es geht Ihnen nicht gut?«, fragt er. »Sie können hier nicht stehen bleiben. Ich fahre Sie zu Ihrem Bestimmungsort. Ein Kollege wird hinter uns herfahren.«

Wortlos steigt sie, achtlos auf den strömenden Regen, aus, hält sich am Auto fest, übergibt sich am Straßenrand, wischt sich umständlich mit einem Taschentuch den Mund ab und steigt auf der Beifahrerseite wieder ein.

»Schnallen Sie sich bitte an.« Er blickt dabei genauer auf sie: »Tanja? Jetzt erkenne ich dich erst, was ist denn mit dir los? Bist du krank?«

Sie schaut ihn lächelnd an und sagt leise: »Ihr wolltet ja nie glauben, wie mies es mir geht, wenn ich Migräne habe. Ihr habt immer spöttisch gelächelt. Ich weiß schon, ihr dachtet: Wilde Partynacht! So oft kann man gar keine Partynächte feiern«, fügt sie müde an.

Der Streifenpolizist schaut betreten auf die Straße. Der Aufgriff würde sich im Korps in Windeseile verbreiten.

*

352

Im kalten Licht der Neonröhren sitzen Nadja und Anwalt Burri nebeneinander. Staatsanwalt und Chefermittler haben sich gegenüber an den Tisch gesetzt.

»Wir sind ganz Ohr, was haben Sie uns zu sagen?«

Der Verteidiger Burri bleibt in seiner entspannten Haltung und breitet seine Arme auf der Stuhllehne hinter seiner Mandantin und einem leeren Stuhl neben sich aus und schaut spöttisch auf die andere Seite des Tischs. Seine Gestik manifestiert: Ach, was regt ihr euch auf? Es ist alles nur halb so schlimm:

»Frau Egger bekennt sich schuldig.«

»Können Sie die Aussage von Herrn Burri, Ihrem Anwalt, bestätigen, Frau Egger, und zu was genau bekennen Sie sich schuldig?«, fragt nun Alex. Er lässt sich durch die gespielte Lässigkeit von Burri nicht aus dem Konzept bringen.

Nadja hat sich in ihrem Sitz gerade aufgerichtet. Es ist nichts mehr von dem Schulmädchengehabe zu spüren. Sie ist nun die stolze, selbstbewusste Frau, die es nicht für nötig hält, diesen Männern auf der anderen Seite des Tischs alles auf die Nase zu binden. In arrogantem Ton verlangt sie ein Glas Wasser, woraufhin Alex ihr eine kleine Flasche Mineralwasser und ein Glas über den Tisch schiebt.

Sie lässt sich Zeit, füllt ihr Glas randvoll und nimmt einen tiefen Schluck, so als wollte auch sie signalisieren: Ich habe doch nichts Böses getan und ihr könnt mir nichts nachweisen.

Sie beobachtet ihre beiden Gegenüber genau. Ein schlaues Lächeln legt ihr Gesicht kurz in Falten, verschwindet aber sofort wieder, so wie sie merkt, dass Ermittler und Staatsanwalt ihr ihre ungeteilte Aufmerksamkeit schenken. Sie nimmt einen tiefen Atemzug und beginnt vorsichtig mit ihrer Erzählung. Sie holt weit aus:

»Herr Guido Lombardi war im Hauptlabor in Luzern mein Chef. Sehr nett und umgänglich, aber meiner Ansicht nach etwas unsicher, was das Fachwissen anbelangte. Er ist eher ernst veranlagt, lacht kaum. Aber wenn man etwas von ihm will, dann steht er zu seinen Versprechen.«

Marta, die neben Alex Platz genommen hat, beugt sich zu ihm

und flüstert ihm ins Ohr: »Die Egger und der Anwalt wollen uns einseifen, sie will uns auf eine falsche Spur lenken!« Alex nickt.

»Frau Ghorbani und Herr Krämer waren als wissenschaftliche Mitarbeiter tätig. Sie waren mit der Betreuung der Apparate und mit der Auswahl neuer Geräte beauftragt.«

Einen schwärmenden Blick in den Augen berichtet sie über die Freizeitbeschäftigung und will damit wohl sagen: Wir waren alle vier ein Herz und eine Seele und ich gehörte dazu.

»Wir waren eine verschworene Gruppe innerhalb des Teams und trafen uns nicht nur bei der Arbeit, sondern auch im Ausgang und beim Sport. Als Herr Lombardi in Hochrütti das Labor eröffnete, zog er Luana und Patrick mit. Er fragte nur die beiden, ob sie mitgehen möchten, mich fragten sie gar nicht erst, ich war ihnen zu wenig. Das traf mich schwer.«

In Erinnerung krümmt sie ihren Rücken und ihr Blick verschwindet im Nirgendwo.

»Ich war, bevor Luana kam, mit Patrick liiert und teilte eine Wohnung mit ihm. Als Luana dazukam, war Patrick plötzlich Feuer und Flamme für die schöne, geheimnisvolle Luana. Er brach mit mir und zog aus. Er nahm sich eine eigene Wohnung in Kriens, Luana lebte mit ihrem Vater in Emmenbrücke. Dass Luana mir Patrick weggenommen hatte, kränkte mich extrem. Ich war plötzlich ein Niemand.«

Sie schlägt dramatisch die Hände vor die Augen und ihre Schultern zucken. Sie weint, ein paar Tränen lässt sie auch noch rinnen und sucht nach ihrem Taschentuch.

Marta schaut auf die Frau und dreht ungläubig ihren Kopf weg. Auch Alex hat genug von dem Getue und sagt harsch: »Frau Egger, Luana Ghorbani und Herr Patrick Krämer waren nicht legal verheiratet. Frau Ghorbani hatte kein gültiges Visum, konnte deshalb nicht in den Iran zurück. Sie liegen also falsch, falls Sie glauben, die beiden wären ein richtiges Paar. Sie spielten das verliebte Paar nur.«

Wieder richtet sie sich auf und schaut Alex mit tränennassen Augen an. Ihre Nase ist vom vielen Schnäuzen gerötet.

»Aber, aber ...« stammelt sie verzweifelt, als sie erkennt, dass

354

sie und ihre Umgebung von Luana und Patrick vorgeführt worden sind. »Vicenzo, ich meine Herr D'Amato, sagte mir, dass die beiden es heiß treiben würden. Die beiden würden aneinanderkleben wie Pech und Schwefel. Das quälte mich zutiefst.« Sie schluckt. »Fragen Sie ihn doch selbst!«

Sie sitzt noch immer mit gekrümmtem Rücken auf dem harten Stuhl. Alex lässt ihr Zeit und, nach einem Blick auf seine Armbanduhr, drängt er sie fortzufahren.

»Wir hören, Frau Egger. Weshalb kamen Sie denn trotzdem nach Hochrütti?« Fast unhörbar redet sie weiter. »Bitte etwas lauter, Frau Egger, sprechen Sie ins Mikrofon!«, herrscht er sie an.

»Ich telefonierte mit Guido und bat ihn, die Geschäftsleitung in Luzern dazu zu bringen, dass ich auch nach Hochrütti kommen könnte.« Die Erinnerung an das Gespräch ließ sie sich wieder aufrichten. »Ich wollte Rache nehmen, ich musste Luana bestrafen für das, was sie mir angetan hatte. Das konnte ich nur, wenn ich in ihrer Nähe war. Ich wollte Patrick zurück.«

Ihr Antlitz hat sich allein in der Vorstellung, wie sie Luana hasste, bösartig verzerrt. Sie ballt verkrampft die Hände, doch entspannt sich sofort wieder.

»Die Geschäftsleitung stimmte zu und ich kam hierher in dieses Nest.« Sie macht trotz ihrer prekären Lage ein angeekeltes Gesicht und eine wegwerfende Handbewegung. Alex lässt das Getue kalt. Auch die Zuhörer sind unbeeindruckt, ja fast gelangweilt.

»In dem Kaff ist zwar nichts los, aber ich konnte Luana aus der Nähe umso besser beobachten und meine Strafe für sie vorbereiten.«

Wieder nehmen Erinnerungen sie wieder in ihren Bann und sie macht eine Pause. Die Zuhörer beginnen, sich nervös auf ihren Sitzen hin und her zu bewegen. Nur Burri sitzt noch immer mit ausgebreiteten Armen da, scheint aber auch das Interesse verloren zu haben.

»Plötzlich kam wie ein Geschenk des Himmels Vicenzo als Geschäftsleiter dazu. Er ging bald einmal auf Luana und Patrick los und begann, sie zu schikanieren, als sie dieses Medikament Divinia nicht in großen Mengen herstellen wollten. Guido, das Weichei,

355

ist nach Italien abgetaucht und hat Vicenzo den Laden überlassen. Auch Patrick hat sich abgesetzt und ist in den USA auf Reisen gegangen.«

Alex sendet einen schnellen Blick zum Staatsanwalt, der besagt: Sie wollten nicht hören. Dieser nickt schuldbewusst.

»Das war ganz in meinem Sinn«, nimmt Nadja den Faden wieder auf. Ihre Wut lässt sie alle Vorsicht, sich nicht selbst zu belasten, vergessen.

Alex überlegt, Verteidiger Burri hat ihr wohl eingeredet, dass sie nur wenig Spielraum habe, sie solle in kleinen Häppchen gestehen, um damit die Strafe zu reduzieren.

»Mittlerweile hatte ich Vicenzo so weit, dass er mir aus der Hand fraß. Er war so etwas von einsam und es war offensichtlich, er war unter Erfolgsdruck. Er musste liefern: Divinia an seine Kunden und Geld an seinen Auftraggeber.«

Der Staatsanwalt will auch etwas beitragen. Er sitzt lässig zurückgelehnt auf seinem Stuhl. Anwalt Burri kann doch nicht besser den Gelassenen spielen, das lasse ich nicht zu.

»Wie heißt der Auftraggeber?«

»Ich weiß es nicht, und ich würde es auch nicht sagen, denn, wenn ich auch nur Pieps mache, machen die mich platt«, schießt sie zurück. Sie hat noch immer nicht begriffen, dass es ohnehin schlecht um ihre Zukunft steht.

Sie plappert nervös weiter.

»An einem Freitag, Anfang September, bat mich Luana zu sich nach Hause, um, wie sie meinte, unser gespanntes Verhältnis zu beenden. Die Gelegenheit sei günstig, die Männer, wie sie sie nannte, waren weg, die Luft sei rein. Wir könnten reden. Ich willigte ein und kam am gleichen Abend zu ihrem Haus. Sie hatte Wein vorbereitet und belegte Brötchen. Und wir redeten.« Sie studiert die Oberfläche ihrer Hände und schweigt.

»Und wie ging es weiter?« Kein Ton von der anderen Tischseite.

»Ich werde Ihnen sagen, wie es weiterging«, übernimmt nun Alex die Rolle des Erzählers: »In einem günstigen Moment, als Frau Ghorbani abgelenkt war, schnappten Sie ihr Glas mit Saft, nicht

356

mit Wein, wie Sie in der letzten Befragung ausgesagt haben, und schütteten K.o.-Tropfen hinein. Dann, als Frau Ghorbani wehrlos zu Boden ging, haben Sie, Sie sind als medizinisch-technische Laborantin dazu ausgebildet, ihr das Gift gespritzt.«

Nadja starrt Alex an, als wäre er ein Außerirdischer. Sie öffnet und schließt tonlos ihren Mund. Auch Burri hat sich bewegt, legt die Arme auf den Tisch und blickt gespannt auf Alex.

»Sie haben gewartet, dass die Mixtur wirkt, haben das Licht gelöscht und sind weggegangen. Herr D'Amato ist während der ganzen Zeit im Hintergrund geblieben, nachdem er sich ins Haus geschlichen hatte. Die Tür war nicht abgeschlossen, am Türgriff fanden wir seine Fingerabdrücke.«

»Er hat hinter ihnen aufgeräumt, er hat die Leiche ausgezogen, ihre Kleider und ihre Haare im Kamin verbrannt. Das Flakon hat er aufgelesen und ordentlich wieder auf den Tresen zurückgestellt. Seltsamerweise hat er keine Handschuhe getragen. Es musste wohl alles sehr schnell gehen. Gegen drei Uhr in der Nacht hat er die Leiche zum Steinbruch gefahren und mit einem triumphierenden Schrei in die Tiefe gestürzt. Er war wohl überzeugt, dass kein neugieriger Nachbar ihn beobachten würde. Die Garage im Untergeschoss von Frau Ghorbanis Haus war dabei von großem Nutzen.

Frau Ghorbani war die Widersacherin von Ihnen, Frau Egger, und in den Augen von Herrn D'Amato eine Verräterin. Sie beide waren vereint, aus unterschiedlichen Gründen, in der Absicht, Frau Ghorbani zu töten. Herr D'Amato muss geglaubt haben, es würde sich kein besserer Zeitpunkt mehr ergeben, seine Absicht in die Tat umzusetzen. Er muss von seinen Kunden und seinem Auftraggeber extrem unter Druck gewesen sein. Er hatte Zugang zu den Synthesevorschriften und war überzeugt, einen anderen Chemiker oder eine Chemikerin dazu bringen zu können, den Stoff an einem anderen Ort herzustellen. Und, er hatte noch Lombardi selbst. Er konnte ihn jederzeit unter einem Vorwand zurückkommandieren. Auch ihm gegenüber hatte er ein Druckmittel. Nun waren nur noch Sie, Frau Egger. Sie mussten auch dran glauben. Herr D'Amato hat den Spieß umgedreht und Sie zu seinem Werkzeug gemacht, wie

Sie ihn vorher dazu gebracht haben, Luana Ghorbani und nebenbei auch Herrn Krämer zu überwachen und zu töten.«

Nadja beginnt zu zittern. Ist es Wut, ist es Scham? Angst ist es nicht, denn ihr Gesicht spricht von diesem Kochen in ihr selbst, es steigt aus dem Bauchraum und rötet ihr Gesicht, sie rutscht angespannt auf die Vorderkante ihres Stuhls. Es ist offensichtlich, was sie denkt: Dieser Mistkerl, er hat mich reingelegt! Ich wollte es nicht wahrhaben, ich habe gemeint, ich könne ihn am Gängelband führen. Dabei hat er mich benutzt, von Anfang an, ich war seine Rückversicherung. Sie sinkt in sich zusammen, eine leblose Puppe. Sie wird sich rächen.

»Das Fläschchen mit der tödlichen Mischung blieb nach Ihrer Tat zwischen den Spirituosen stehen«, fährt Alex Frind weiter, »denn D'Amato plante, Herrn Krämer in das leere Haus zu bringen und hier auf die gleiche Art, wie Sie Frau Ghorbani umgebracht haben, zu töten.«

»Ich beschuldige Sie, Frau Ghorbani getötet zu haben. Der Tod von Herrn Krämer wird leider nicht mehr gesühnt werden.«

»Herr Frind«, schaltet sich nun Burri dazwischen, »eine schöne Geschichte, aber sagen Sie, zeigen Sie uns den Beweis für Ihre theoretischen Fantastereien?«

Nadja sitzt schlaff und schweigend neben ihrem Anwalt.

Alex klaubt aus seiner Anzugtasche eine Beweistüte heraus und legt sie auf den Tisch: »Der Inhalt dieses Fläschchens, das zwischen den übrigen Spirituosen stand, wurde in verschiedenen Laboren untersucht und enthält hochprozentige Mengen an dem Halluzinogen Divinia und Aconitum. Aconitum ist das Gift aus dem Blauen Eisenhut und wirkt sofort tödlich, Atemnot und Erbrechen und Bauchkrämpfe gehören dazu. Der Zwetschgenschnaps muss bitter gewirkt haben.«

Er zieht sein Gesicht angeekelt in Falten.

»Die Fingerabdrücke auf dem Fläschchen, sowohl die von Herrn D'Amato als auch diejenigen von Frau Nadja Egger wurden eindeutig identifiziert! Die exakten Konzentrationen der einzelnen Komponenten im Gefäß wurden auch im Blut der Opfer festgestellt.

Das Injektionsbesteck wurde in der Mülltonne zwei Häuser weiter sichergestellt.«

Anwalt Burri schaltet sich erneut ein und wendet sich an Staatsanwalt Fluri, der bisher geschwiegen hat. »Und Sie lassen so ein dünnes Beweismittel zu? Wie konnten die Ermittler wissen, dass das Fläschchen nicht in die Sammlung gehört? Ein einzelnes Fläschchen, das wohl nicht besonders auffiel.«

»Das Fläschchen war das einzige der Spirituosenflaschen mit Selbstgebranntem aus der Region. Es musste einfach auffallen. Fahrlässig vom Täter oder der Täterin«, grätscht Frind empört dazwischen.

Burri winkt ungehalten ab. »Tut jetzt nichts zur Sache. Und weshalb verhören Sie nur Frau Egger, weshalb nicht auch Herrn D'Amato oder Herrn Lombardi?«, richtet er die Frage an Fluri.

Dieser gibt die Frage sofort weiter an Alex Frind und bedeutet ihm mit einer Handbewegung fortzufahren.

»Herr Lombardi ist nicht an dem Vergehen beteiligt. Herr D'Amato ist bei seiner Flucht zu Tode gekommen«, erwidert Alex kurz angebunden. »Sein Tod ist Gegenstand einer weiteren Untersuchung.«

Wie von der Tarantel gestochen verwandelt sich die schlaffe Frau in ein wütendes Wesen. Sie springt auf und wird ausfällig: »Weshalb habt ihr verdammten Bullen mir das nicht gesagt? Er war der Täter, nicht ich. Ihr habt mich in eine Falle gelockt!«

Sie schreit und tobt, bis Marta sich von der Rückwand des Raumes löst, sie an den Schultern umfasst und sanft wieder auf den Stuhl drückt. Nadja schlägt die Hände vor das Gesicht und weint nun hemmungslos. Alles ist verloren!

Alex gibt zu Protokoll: »Frau Egger, ich nehme Sie wegen Mordes an Luana Ghorbani und wegen Beihilfe zum Mord an Patrick Krämer fest.«

Marta und Weber bringen die noch immer weinende Frau zurück in ihre Zelle.

»Herr Burri, als Nebeninformation teile ich Ihnen mit: Herr D'Amatos Blut wurde in der Höhle, im Volksmund Häxechuchi

359

genannt, zusammen mit dem Blut des Opfers eines Tötungsversuchs, Dominik Gerber, gefunden und eindeutig identifiziert. Herr Gerber ist Journalist, erhielt von Frau Ghorbani Laborinformationen und wurde in der Folge in der Häxechuchi von Herrn D'Amato niedergeschlagen und mit Tötungsabsicht in den Höhlenabgrund gestürzt. Wenn er noch leben würde, müssten wir ihn in diesem Fall unter Anklage des versuchten Mordes und der Beraubung stellen.«

EPILOG

Auf der Aussichtsterrasse des Sälischlössli treffen sie sich zum Aperitif. Sie sind dick eingepackt in ihre Mäntel und schauen hinüber zum Born, der sich noch immer wie ein flacher Kuchen zwischen Aare und Dünnern schiebt. Nur die obersten Wipfel der kahlen Bäume sind weiß vom Raureif. Eine dünne Schneeschicht verzuckert die Landschaft. Den Belchen kann man jetzt am Abend nicht sehen, aber Tanja schaut in die Richtung und sehnt sich danach, wieder hinaufzurennen, sich auf ihren Stein zu setzen und den Gedanken nachzuhängen. Sie ist sich nun sicher über den Unfallhergang im Labor, bei dem ihr geliebter Papa zu Tode kam. Ein Basler Gericht muss entscheiden, ob es sich um Absicht oder mangelnde Vorsicht, ja fahrlässiges Handeln von Renzo Barbaro gehandelt hat oder ob der Fall endgültig zu den Akten kommen soll. Falls das Gericht zu dem Schluss kommt, dass es sich wirklich um einen Unfall gehandelt hat, wird das Labor von Renzo Barbaro alias Guido Lombardi weitergeführt werden können. Für die Vergehen gegen das Betäubungsmittelgesetz wird er sich hier im Kanton verantworten müssen.

Dominik hat die Krücken endlich weggelegt und lehnt sich an Tanja. Er schaut hinüber zur Stelle, wo er im Dunkel der Nacht die Häxechuchi vermutet, und schwört sich, nie wieder in Stadtschuhen den steinigen Weg hinauf zum oberen Rand des Steinbruchs zu rennen. Er wird aus der Geschichte nicht einen Zeitungsbericht, jedoch ein Buch, einen Roman schreiben. Er weiß schon den Titel: Teufelszeug.

Marina kuschelt sich behaglich an Alex und wärmt ihre Hände an seinem Bauch. Sie streichelt über seinen Pullover und lächelt still in sich hinein. Sie wird Sandro in Ehren halten, sie hat zu schöne Erinnerungen an ihn.

Marta und Paul haben Weber überredet, auch zu der Einladung zu kommen, und er schaut glücklich zu Tanja hinüber. Sie hat ihn in den letzten Wochen oft besucht und mit ihm zusammen einfache Gerichte zubereitet. Marina, die Köchin, hat ihren guten Rat dazugegeben und beobachtet, wie der zuerst unbeholfene Mann es immer besser hinkriegte, Gemüse zu kochen, Fleisch und sogar Fisch zu braten und auch hin und wieder einen frischen Salat zu genießen.

Duri und seine Mitarbeiter fachsimpeln in einer anderen Ecke der Terrasse. Arthur Römer löst sich aus der Gruppe, schlendert zu Alex hinüber und boxt ihm in die Seite, ohne das zärtliche Streicheln Marinas über Alex' Bauch zu beachten: »Alex, jetzt wird es ernst, du hast mir im Lauf der letzten Wochen so manches Essen versprochen. Wann werden wir die erste Lasagne aus deiner Küche bekommen?« Er grinst: »Ohne uns hättest du schön im Regen gestanden.« Marina lächelt, streichelt weiter über Alex' Bauch und sagt: »Duri, ich übernehme!«

Ein weiterer Gast, dick eingehüllt in einen eleganten Wollmantel und in teuren italienischen Schuhen, tritt zu Alex und Marina: »Frau Beduzzi, ich bin Staatsanwalt Fluri. Herr Frind und ich haben erfolgreich zusammengearbeitet. Herr Frind, danke, dass Sie mich unterstützt haben. Die Pressekonferenz ist sehr gut aufgenommen worden. Die Regierung ist sehr zufrieden mit mir.«

Alex schmunzelt. Fluri kann einfach nicht über seinen Schatten springen, geht es durch seinen Kopf. Was soll's, in ein paar Wochen gehe ich in Pension. Er kann sich an Tanja die Zähne ausbeißen, die wird ihm schon den Meister zeigen.

LIEBEN DANK

Ein herzliches Dankeschön an meine Frau Ursula und meine kritischen Lektorinnen Martina und Andrea, aber auch an meine Lektoren Andreas und Rolf.

Es war eine anstrengende, jedoch vergnügliche Zeit. Als Senior einen Roman zu schreiben ist nicht leicht. Alle fünf haben mich moralisch unterstützt und mir aufmunternd auf die Schulter geklopft, wenn ich nicht mehr weiterwusste.

Auch ein großes Dankeschön an die Lektorin und die Korrektorin bei BoD, die mir sehr gute Ratschläge erteilt haben. Die gute Seele Velvet Noe hat mich routiniert durch den Dschungel des Publikationsvorgangs geleitet auch ihr vielen Dank!

DER AUTOR

Der Autor wurde 1943 geboren. Er wuchs in der Nähe von Schaffhausen auf, besuchte dort das Gymnasium und studierte darauf in Basel Chemie. Nach einem längeren Studienaufenthalt in den USA in den 1970-Jahren, leitete er eine klinisch-chemische Abteilung am Universitätsspital in Basel. Im Ruhestand erlangte er ein Lizenziat in Schweizer Geschichte. Einige Texte zur Schweizer und Lokalgeschichte wurden veröffentlicht. In seiner Freizeit liest und schreibt er gerne Kriminalromane. *Divinia* ist sein Erstlingsroman.